As aparências enganam

© 2022 por Ana Cristina Vargas
© iStock.com/ BenAkiba

Coordenadora editorial: Tânia Lins
Coordenador de comunicação: Marcio Lipari
Capa, projeto gráfico e diagramação: Equipe Vida & Consciência
Preparação: Janaina Calaça
Revisão: Equipe Vida & Consciência

1ª edição — 1ª impressão
2.000 exemplares — abril 2022
Tiragem total: 2.000 exemplares

**CIP-BRASIL — CATALOGAÇÃO NA PUBLICAÇÃO
(SINDICATO NACIONAL DOS EDITORES DE LIVROS, RJ)**

L455a
    Layla (Espírito)
    As aparências enganam / pelo espírito Layla ; [psicografado por]
Ana Cristina Vargas. - 1. ed. - São Paulo : Vida & Consciência, 2022.
    352 p. ; 23 cm.

    ISBN 978-65-88599-38-9

    1. Romance espírita. 2. Obras psicografadas. I. Vargas, Ana
Cristina. II. Título.

22-75787   CDD: 133.93
                           CDU: 133.9

Todos os direitos reservados. Nenhuma parte desta edição pode ser utilizada ou reproduzida, por qualquer forma ou meio, seja ele mecânico ou eletrônico, fotocópia, gravação etc., tampouco apropriada ou estocada em sistema de banco de dados, sem a expressa autorização da editora (Lei nº 5.988, de 14/12/1973).

Este livro adota as regras do novo acordo ortográfico (2009).

Vida & Consciência Editora e Distribuidora Ltda.
Rua das Oiticicas, 75 – Parque Jabaquara – São Paulo – SP – Brasil
CEP 04346-090
editora@vidaeconsciencia.com.br
www.vidaeconsciencia.com.br

ANA CRISTINA VARGAS

Romance pelo espírito Layla

As aparências enganam

Sumário

PRÓLOGO 7

CAPÍTULO 1 – O ENCONTRO COM EDGAR 9

CAPÍTULO 2 – AVALIANDO O CONFRONTO 15

CAPÍTULO 3 – AFASTANDO O EU: EGOÍSMO X JUSTIÇA 18

CAPÍTULO 4 – VELHOS TEMPOS 21

CAPÍTULO 5 – PAIXÃO E REBELDIA 25

CAPÍTULO 6 – O INTERESSE PESSOAL GRITA 32

CAPÍTULO 7 – O NOIVADO 35

CAPÍTULO 8 – O NASCIMENTO DE EDGAR 38

CAPÍTULO 9 – OUTRA MUDANÇA 43

CAPÍTULO 10 – INFÂNCIA MARCADA 50

CAPÍTULO 11 – O AFASTAMENTO 55

CAPÍTULO 12 – A COMPARAÇÃO 57

CAPÍTULO 13 – O AFASTAMENTO EMOCIONAL TORNA-SE
DISTÂNCIA FÍSICA 62

CAPÍTULO 14 – DOENÇA 65

CAPÍTULO 15 – PERCEPÇÕES DISTORCIDAS 73

CAPÍTULO 16 – ADAPTAÇÃO 81

CAPÍTULO 17 – ÓRFÃO 86

CAPÍTULO 18 – VINTE ANOS DEPOIS 88

CAPÍTULO 19 – A NOVA FACE 94

CAPÍTULO 20 – CONSTRUINDO O AMANHÃ 98

CAPÍTULO 21 – TOMANDO POSSE 104

CAPÍTULO 22 – OS CAMINHOS DA VIDA 110

CAPÍTULO 23 – AÇÕES 115

CAPÍTULO 24 – SEM SEGREDOS 121

CAPÍTULO 25 – MADAME ADELAIDE 125

CAPÍTULO 26 – O QUE VOCÊ VALORIZA? 130

CAPÍTULO 27 – A PAIXÃO 138

CAPÍTULO 28 – DECISÕES 143

CAPÍTULO 29 – CONSEQUÊNCIAS 150

CAPÍTULO 30 – MERGULHADO NA ILUSÃO 157

CAPÍTULO 31 – O NOVO PALACETE 165

CAPÍTULO 32 – O RETORNO DE IFIGÊNIA 171

CAPÍTULO 33 – PRECONCEITO E SOLIDÃO 176

CAPÍTULO 34 – CONFUSÕES 181

CAPÍTULO 35 – CRONOS ENGOLE SEUS FILHOS 186

CAPÍTULO 36 – AFLIÇÃO 192

CAPÍTULO 37 – A URGÊNCIA 198

CAPÍTULO 38 – REVELAÇÕES 203

CAPÍTULO 39 – A CARTA 208

CAPÍTULO 40 – ANGUSTIANTE ESPERA 214

CAPÍTULO 41 – REFLEXÕES 220

CAPÍTULO 42 – REFAZENDO PLANOS 227

CAPÍTULO 43 – DECISÃO SEM JUSTIÇA 232

CAPÍTULO 44 – FAMÍLIA 236

CAPÍTULO 45 – ROMY 241

CAPÍTULO 46 – NOVOS TEMPOS 245

CAPÍTULO 47 – ALVOROÇO 249

CAPÍTULO 48 – TEMPOS DEPOIS 253
CAPÍTULO 49 – É PRECISO VER ALÉM DA MATÉRIA 256
CAPÍTULO 50 – MUDANÇAS 262
CAPÍTULO 51 – INFLUÊNCIAS 267
CAPÍTULO 52 – O ENCONTRO 273
CAPÍTULO 53 – A REUNIÃO 279
CAPÍTULO 54 – MUDANÇAS NA SÃO CONRADO 287
CAPÍTULO 55 – O ÓBVIO 293
CAPÍTULO 56 – A GRANDE VIAGEM 298
CAPÍTULO 57 – AURORA DE NOVOS TEMPOS 313
CAPÍTULO 58 – INTERVALO DE ALEGRIA 322
CAPÍTULO 59 – O SEGUNDO CASAMENTO 329
CAPÍTULO 60 – EXPERIÊNCIA DE PAZ 333
CAPÍTULO 61 – AJUSTES 336
EPÍLOGO 341

Prólogo

Havia terminado a reunião. Eu ainda conversava com três participantes que me procuraram para falar de assuntos pessoais. Ergui a cabeça e olhei o jardim, enquanto ouvia as considerações de uma delas. Em um recanto, vi Flô sentada próxima da fonte. Ela estava triste, o que não era comum. A serenidade era sua maior característica, por isso eu apreciava tanto sua colaboração.

Respondi às questões propostas no pequeno grupo, e nos despedimos. Fui ao encontro dela, sentei-me ao seu lado e perguntei:

— O que houve? Você está triste.

— Sentimento pesado e desagradável, mas inevitável no momento, Layla.

O longo suspiro, que revelava cansaço, fez-me pensar que a causa daquele estado de ânimo era Mariana.

— Você foi vê-la? — Arrisquei a pergunta. Não precisava dizer nomes. Eu e Flô nos entendíamos com a facilidade dos que são íntimos.

— Sim, fui. Pouca ou nenhuma melhora. Estou refletindo sobre a sugestão que me fez em nossa última conversa com o orientador a respeito do caso.

Passei o braço sobre seus ombros e apertei-a suavemente, transmitindo-lhe força e solidariedade.

— Pode contar comigo, você sabe disso. Avise-me sobre o que decidir.

Ela concordou e encostou a cabeça grisalha em meu peito por alguns instantes. Depois, levantou-se, olhou o jardim e observou os pequenos grupos de mulheres que conversavam. Sorriu, olhou-me e disse:

— O tema da conversa de hoje mexeu com todas, inclusive comigo. É hora de tomar uma decisão. Enfrentarei essas memórias, Layla. Vamos mergulhar nessa história outra vez. Eu irei procurá-lo. Seguirei a sugestão de nosso orientador.

O contentamento invadiu-me. Acredito que meus olhos tenham brilhado muito, quase podia sentir. Devagar, vi esse júbilo transferir-se para o semblante de Flô, substituindo a tristeza. Estendi-lhe as mãos, e ela segurou-as firme.

— Unidas no mesmo propósito, Flô.

CAPÍTULO 1

O ENCONTRO COM EDGAR

O sol banhava as plantações, mas as gotas de orvalho ainda brilhavam sobre as folhas verdes dos cafezais. Ao longe, suaves ondulações e campos com gado pastando. Os sons da natureza eram música de pura harmonia e completavam aquele cenário rico do azul-celeste e do verde dos campos e das plantações.

A expressão emocionada de Flô denunciava que bastava retornar àquelas terras para que recordasse seu passado recente. Ternura e tristeza mescladas com inegável aflição revelavam que o amor ainda não era puro.

Lágrimas deslizavam pela face de Flô ao me dizer:

— Há tantas lembranças boas e outras ainda tão dolorosas! Mas sei que preciso fazer isso. Também tenho contas a ajustar nessa história.

— Tem certeza de que deseja prosseguir? Apesar do que disse, você sabe que cada um de nós responde por suas escolhas. Você não é responsável pelas opções dele. Sente-se emocionalmente segura o bastante para voltar à casa? Para encontrá-lo, Flô?

Ela secou as lágrimas com as mãos, fitou o céu e respirou profundamente por alguns minutos. Então, pegou minha mão e seguiu determinada em direção à sede da fazenda. Parou diante do palacete branco e muito bem conservado. Estava fechado. Os moradores ainda dormiam. As lágrimas retornaram, e Flô apertou com mais força minha mão. Ela fitou o céu, e notei, pela mudança e elevação de suas energias, que pedia forças ao Criador. Acompanhei-a em silêncio.

Refeita, Flô prosseguiu. Cruzamos a porta principal, e ela parou, admirando a sala. Havia algumas mudanças, pequenos confortos modernos, entretanto, no geral, o ambiente conservava a aparência de discreto luxo rural, típico das primeiras décadas do século XX no interior do sudoeste brasileiro. Herança da riqueza do ciclo do café. Havia ruído no ambiente. Era uma televisão que permanecera ligada, quiçá a noite inteira, enquanto a ocupante do quarto contíguo à sala dormia.

— Ele está no gabinete. Transformaram-na em um museu. Fazem discursos falsos sobre a história dele aos hóspedes que visitam a fazenda — disse Flô.

Eu sabia que a sede da fazenda fora transformada em um hotel--fazenda, servindo ao turismo rural. Sorri e concordei. Era muito comum a idealização do passado, ainda mais se o objetivo era atrair turistas.

Fomos ao conjunto de salas que compunha o gabinete. Havia um cômodo menor, com decoração bem masculina, que poderia ser descrito como uma sala para fumar. Era decorado com um conjunto de cadeiras de madeira, com espaldar enfeitado com frutos e folhas de café esculpidos e assento de veludo vermelho-escuro, forte, lembrando a cor das frutas maduras. Nas paredes, alguns retratos e o brasão da família em posição de destaque. Um armário fora transformado em vitrine e expunha objetos de prata que pertenceram a Edgar, como cachimbos, canetas, tinteiros e um belíssimo conjunto de bules e xícaras de café de porcelana com frisos e o monograma dele em ouro. Um ambiente sóbrio, frio, que, a respeito de seu dono, revelava uma dose de ostentação das suas raízes e uma grande paixão à origem de sua fortuna: o café.

Portas duplas de madeira davam acesso a uma enorme biblioteca. As paredes cobertas por estantes de madeira escura, bem polida, impecavelmente limpas, abrigavam uma invejável coleção de livros jurídicos, de história, de filosofia e alguns romances da época em que ele fora o dono daquele lugar. Três janelas altas iluminavam a sala. Havia ainda cortinas de veludo da mesma cor dos assentos das cadeiras, recolhidas e presas por faixas do mesmo tecido, e uma fina cortina de organza branca, levemente transparente, que velava as vidraças, mas permitia ver as plantações para além dos canteiros do jardim que rodeavam a casa. Uma enorme escrivaninha ocupava o centro da sala ladeada por cadeiras de madeira, estofadas e revestidas de couro.

Notei em todos os móveis as marcas do uso e da conservação. Os conjuntos de tinteiro, de prata e vidro, ainda estavam dispostos como devia ser da vontade de seu antigo dono. Sob o vidro que cobria o tampo da escrivaninha, viam-se antigos exemplares de jornais dos idos do Brasil nos anos 1930, em nítida adaptação à nova função, em frente à cadeira que deduzi ter sido de Edgar. Chamou-me a atenção que, na extremidade oposta da mesa, havia um vaso de cristal com algumas flores do campo frescas. Toquei-o, e emocionaram-me as marcas deixadas nele que pude perceber.

Olhei para Flô e apontei o vaso de flores. Ela balançou a cabeça, condescendente. Vi em seus olhos o brilho de uma tímida confiança, que alguém poderia interpretar como um brilho de esperança.

Edgar não estava ali, mas podíamos sentir sua presença. Flô contornou a escrivaninha indo em direção à outra porta dupla que ficava atrás da mesa de trabalho, e eu a segui.

O cômodo era bastante semelhante ao anterior, porém, menor, sem janelas, iluminado por uma belíssima claraboia de vidros coloridos nas cores azul-escuro, verde e âmbar. No alto da claraboia havia uma ventarola que podia ser aberta por uma corrente, cuja extremidade estava fixada na parede em uma mão de prata. Em um canto havia um divã de veludo no qual estava reclinado Edgar olhando fixamente o céu através da claraboia.

Trajava-se elegantemente conforme os padrões de 1930 e ainda usava sobre os ombros a longa capa negra, símbolo de seu passado de poder e autoridade.

A cabeça completamente raspada repousava sobre a almofada. Somente a pele morena denunciava, como preconceituosamente diziam seus muitos adversários, que o "excelentíssimo tinha um pé na cozinha".

Flô deteve-se. Notei que se esforçava, lutando com seus sentimentos e impulsos. Parei ao seu lado e aguardei. A luta era dela, e Flô sabia que eu apoiaria qualquer decisão que ela tomasse, pois, se a vida nada nos pede além de nossas forças, como eu poderia impulsioná-la a uma atitude naquele momento crucial? Foi intenso. Temos muitas inversões de valores, e um deles é que intensidade se liga à ação material. Dia a dia, convenço-me do contrário: intensidade é um processo mental e emocional, uma ação interna, invisível, uma luta sem trégua pessoal, que depois se converterá ou não em ação material. Minha amiga vivia aquele encontro com suas virtudes. Percebi nas emoções e em sua expressão que ela confrontava lembranças e sentimentos do passado com a prudência e a coragem desenvolvidas posteriormente.

Quando a paz e a alegria prevaleceram em sua expressão, comemorei intimamente a vitória das virtudes. E, com a coragem dos doces e anônimos heróis humanos, ela aproximou-se de Edgar, pousou suavemente a mão sobre sua testa e permitiu-se mergulhar no mundo íntimo dele, senti-lo, captar seus pensamentos e fazê-lo notar sua presença.

Por conhecer toda a história por detrás daquele singelo gesto, aplaudi a coragem de Flô. Ela demonstrava força de alma, expondo-se e lutando contra o perigo de sucumbir a si mesma. Entendia seu medo, mas aplaudi — e muito — sua coragem, que é exatamente a virtude de identificar o medo e superá-lo. É a capacidade de suportar, combater, aguentar, perseverar. É a firmeza de alma, é a virtude do presente que perduram. A coragem nasce no aqui e no agora difíceis e se mantém no porvir, suportando algo que se torna sempre presente. Qualidade que se desenvolve, que temos em germe, mas que exige esforço e vontade, pois é a virtude que se opõe à preguiça e ao medo. Exige a superação do impulso animal da fuga ou do prazer, do repouso. Para tanto é preciso vontade, e esse esforço do querer é a virtude. Flô não mostrava os traços da covardia de outrora.

Não mais se poderia chamá-la de covarde nem ela pensar assim sobre si mesma. Não que a covardia seja a pior das imperfeições humanas, mas porque ela nos impede de resistir ao pior que há em nós mesmos. Sem coragem, jamais travamos a batalha silenciosa e intensa que vi Flô travar sob as luzes daquela claraboia. E vê-la vencer trouxe-me grande felicidade.

Edgar abriu os olhos. Havia uma expressão de vazio, que poderia parecer calma a alguns. Era, contudo, ausência de emoções, o que me levava a concluir que ocupava o pensamento com ideias impessoais. Fitou Flô, e a surpresa preencheu o vazio em seu olhar. Ele sentou-se afastando a mão dela de sua testa.

— O que quer aqui? — perguntou Edgar encarando-a.

— Conhecê-lo — respondeu Flô, serenamente.

Edgar ajeitou os trajes e preocupou-se em alinhar a toga desfazendo as dobras. Empertigou-se.

— O que deseja de mim?

— Apenas conhecê-lo — repetiu Flô. — Não preciso de nada. Não venho lhe pedir favores.

Surpreendido, mas visivelmente descrente, Edgar examinou, sem qualquer vergonha ou pudor, a desconhecida que o procurava. Literalmente, esquadrinhou-a com o olhar.

"Uma negra! Duvido que não venha pedir. Talvez tenha sido bonita no passado, mas agora... está velha para que a alguém a deseje como amante. São vadias! Todas são", pensou Edgar com desprezo e revolta.

— Eu não tenho nem nunca tive uma mulher negra. Não gosto dessa pele escura nem desse cabelo. Não perca seu tempo comigo — avisou Edgar.

Entendendo que ele a descartava como eventual amante, Flô riu, e sua risada pura e divertida o irritou e surpreendeu. Ela, no entanto, não lhe deu oportunidade de expressar os desaforos que leu em seu pensamento. Senhora de si, respondeu-lhe:

— Edgar, não minta para mim. Não perca seu tempo dessa maneira. Eu vivo na mesma dimensão que você. Eu também "já morri". Estou no "mundo dos mortos" como você pensa. Mas, diferente de outros, eu realmente não preciso de nada. De nada material. Estou sendo honesta quando lhe digo que quero conhecê-lo e somente conhecê-lo. Não tenho nenhum "favor" a lhe pedir ou a oferecer.

— Ainda duvido. Não há coisa mais comum do que mulheres da sua raça se oferecendo a homens poderosos em troca de uma vida de conforto e indolência — retrucou ele.

— O que se vê depende do meio em que se vive e do que se quer ver. Quando estive na vida material, fui negra, sinto-me orgulhosa disso e sou grata àquele corpo, tanto que ainda o mantenho como minha aparência e identificação. Eu poderia tê-lo mudado, mas não quis. Gosto dessa aparência, da beleza desta raça, que já não é mais "minha raça". Sou um espírito liberto, Edgar. Liberta não apenas da matéria, mas de muitas ilusões. Como espíritos, não temos raça, cor, credo, sexo, muito menos classe social. Somos seres plenos e podemos vivenciar qualquer experiência na matéria, em qualquer lugar da Terra e até mesmo em outros planetas. Então, fisicamente, podemos ser, ou melhor, parecer, vestir a aparência física que quisermos. Mas, frequentemente, temos o corpo e a aparência de que necessitamos quando encarnamos. E, na vida espiritual, escolhemos a aparência com a qual nos identificamos mais. Isso vale para todos, indistintamente — enfatizou Flô, fitando-o serena e firme. — Aliás, isso é instintivo. Olhe-se, perceba-se. Você é um exemplo. Tem a aparência de quando era um homem jovem e vigoroso, não de quando seu corpo morreu.

A reação dele à referência da doença foi imediata. De um salto ergueu-se e pôs o dedo em riste na face de Flô, ameaçando-a:

— Negra impertinente! Não ouse falar comigo assim! Só porque a escravidão acabou, não pense que não posso dar-lhe boas bofetadas.

Inabalável, Flô encarou-o firme e com autoridade respondeu:

— Eu sei que deseja, mas não passará disso. Eu não permito. A verdade dói quando é negada. Não lhe disse nada ofensivo; apenas falei a verdade. Perceba-se.

E olhou-o de cima a baixo detidamente, observando cada detalhe da bem cuidada aparência de Edgar, da elegância de seus trajes, do corpo esbelto e vigoroso sob as roupas, da face sem rugas de traços bem definidos que lembravam seu pai, de quem era uma cópia fiel recoberta por uma pele morena, de mulato.

O comando de Flô era irresistível para Edgar, e ele a obedeceu. Acompanhou com o olhar a análise criteriosa que ela fazia e viu seu rosto refletido nos olhos dela. Lentamente, baixou a mão e deu as costas a Flô. Olhou a paisagem através da janela e, em voz baixa, perguntou:

— Como sabe?

— Simples, eu acompanhei sua vida. Você ia à igreja. Não se lembra da referência de Paulo de que temos sempre uma nuvem de testemunhas para nossos atos?

— Por que nunca a vi antes? Por que me procura agora? — E, sem dar a Flô oportunidade de responder, prosseguiu: — Deseja me chantagear, extorquir algo. Se acompanhou minha vida e sabe de tudo, quer extorquir-me algo por causa do Adamastor. Eu entendi. Diga logo o que quer pelo seu silêncio.

— Já lhe disse: não quero nada. A consciência o incomoda bastante, Edgar.

— Não quer negociar seu silêncio? — insistiu Edgar.

— Meu silêncio não vale nada. Não mais. Porém, ainda que valesse, eu não negocio minha consciência. Essa lição está consolidada em mim. Diga-me: você não gostaria de caminhar comigo pelas lavouras? Estão muito bonitas.

— O quê?! Eu tenho mais o que fazer do que andar por minhas terras com uma negra... velha. Aliás, se não quer nada de mim, pode ir embora, pois não quero nada de você também. Então, não há razão para prosseguir esta conversa. Saia daqui agora!

Flô suspirou resignada. Olhou-me e aquiesci ao seu mudo pedido de orientação. Ela entendeu meu pensamento: era inútil entrar em choque com ele. Não seria à força ou numa discussão acalorada que atingiríamos nosso objetivo.

— Está bem! Até outro dia, Edgar. — Despediu-se Flô, desfazendo a conexão com Edgar que possibilitava a ele percebê-la. Para ele, Flô simplesmente desaparecera de maneira tão súbita quanto aparecera.

CAPÍTULO 2
AVALIANDO O CONFRONTO

Flô retornou silenciosa. Ao chegarmos à instituição, ela despediu-se rapidamente e retomou seus afazeres. Respeitar o tempo das coisas é uma das lições da natureza que me tocam profundamente. É o respeito ao outro em sua máxima expressão: permitir ser o que é, como é, viver e alimentar-se como pode e deseja, ter a aparência que a vida lhe oferece e fazer cada coisa, viver cada etapa, no seu próprio tempo, conectado à harmonia geral. Qualquer elemento da natureza consegue ser belo individualmente e no conjunto conformar-se às leis da vida individual ou coletivamente.

Essas regras de ouro escritas pelas mãos do Criador em toda a sua obra cumprem-se da mesma maneira no universo moral, emocional, psicológico, em uma palavra, no espiritual de todos os seres.

Flô precisava de tempo para absorver e avaliar aquela experiência. Precisava do silêncio e de uma espécie de solidão emocional. É como chamo aquele estado em que, embora convivendo com outras pessoas ativa e saudavelmente, há algo que vivemos solitariamente, uma experiência que elaboramos no silêncio da mente e do coração até que ela esteja pronta para abrir-se, ser libertada, compartilhada ou não. Não é uma dor ou um desconforto, ao contrário. É o nascimento de algo em nós que não precisa ser falado: é o nascimento dos nossos poderes ou, se preferirem, das nossas virtudes, da nossa força interior.

Entendia perfeitamente que o encontro com Edgar lhe exigira coragem, e essa virtude cardeal, que orienta e é companheira necessária de todas as outras, fora dolorosamente partejada. Viera à luz.

Flô precisava reorganizar-se com essa nova conquista. Ela superara o medo, e isso redimensionava seu universo íntimo e alterava o conceito sobre as coisas, as pessoas e sobre si mesma. Ela começava a vê-los e a ver-se sem as distorções provocadas pelo medo e pelos estados emocionais que ele desencadeia.

Dias depois, ela voltou ao assunto.

— Layla, gostaria de combinarmos a aproximação de Edgar — disse-me ela. — Vimos que será mais difícil do que imaginei inicialmente. Não sei qual foi sua avaliação, pois não falamos sobre o caso.

— Não é possível prever as ações e reações alheias, Flô. Não penso nelas; aceito-as e analiso-as. Quanto a Edgar, é muito cedo para dizer qualquer coisa além do óbvio que observamos. Não tinha expectativas. Simplesmente desejo ajudar. Você pensou em alguma coisa?

— Como diz nosso orientador, geralmente, fazer o óbvio é o melhor — respondeu Flô sorrindo. — Pensei em aproximar-me dele. Como Edgar permanece preso à última experiência terrestre, não me reconhece. Concluí que isso é muito positivo, pois tornará mais fácil meu trabalho. Hoje, ele não é mais quem foi no passado. É alguém estranho com algumas semelhanças com a outra pessoa que conheci.

— Muito bom, Flô! Você o colocou em uma situação comum a qualquer pessoa — elogiei.

— É verdade! É uma condição de indiferença, mas reconheço que ajudá-lo não é sem qualquer outra intenção. Ainda não alcancei esse estágio.

— Não importa que seja nulo nosso mérito, mas que o bem e o progresso se realizem — respondi encarando-a.

— Exatamente! Estou consciente das minhas intenções pessoais. Então, concorda?

— Sim, claro. Vamos conversar com o mentor dele. Podemos fazer essa tentativa amanhã, após nosso encontro matinal de reflexão com aquelas que se preparam para reencarnar na condição feminina.

Flô sorriu, concordando. Eu, mais uma vez, admirei a doçura dela. Uma conquista de sua última existência na dura vivência de mulher negra no Brasil.

Ela se foi, silenciosa, e fiquei pensando. Flô encontrara a coragem, e, em sua fala, quando disse que Edgar "era agora um estranho, com algumas semelhanças a uma pessoa de seu próprio passado", colocando-o numa posição de indiferença, portanto, longe da cólera ou do ódio, nascia um broto da justiça. O que de melhor poderia eu desejar como sua instrutora?!

Havia promissoras sementes. Antes de nos preocuparmos em solucionar e mudar fatos, é essencial analisarmos e conhecermos as possibilidades internas dos envolvidos. Elas, acima de tudo, dirão se o tempo da solução é chegado. Minha observação do crescimento pessoal de Flô permitia-me confiar no melhor.

CAPÍTULO 3

AFASTANDO O EU: EGOÍSMO X JUSTIÇA

Antenor deu-nos carta branca para atuarmos junto com seu protegido. Edgar era um pupilo rebelde, foi fácil de perceber.

— Toda boa ajuda será bem-vinda — disse-nos. — Estarei atento para secundá-las e colaborar no socorro. Infelizmente, ele se mantém muito distante de mim. Isso dificulta, retarda meu trabalho e, por consequência, a evolução e a felicidade dele.

Na longa conversa, discutimos as melhores abordagens ao caso. Antenor, como eu, estava visivelmente feliz com as condições íntimas de Flô para intervir na situação. O carinho, a gratidão e a alegria com que a abraçou ao final da reunião comoveram-na e fortaleceram sua disposição.

— Vejo e sinto que essa história acabou para você, Flô. Conseguiu atingir o final feliz! Que bom! Estou muito feliz por você — disse-lhe Antenor, encarando-a após o abraço.

— Obrigada! Eu estou tão feliz! Sinto-me muito bem e segura de que serei capaz de ajudá-los. Já disse a Layla: não é altruísmo. Tenho interesse pessoal. Ainda sinto necessidade de reajustar minha consciência em relação a ele e a Mariana. Isso me move — esclareceu Flô.

— O desejo de reparação — resumiu Antenor. — Louvável. Será uma alegria trabalhar com vocês. Aliás, Layla, apreciei muito as informações sobre a instituição a qual se vinculam. Oferecerá boa base de apoio ao que pretendemos.

— É bem-vindo entre nós, Antenor. Ficaremos felizes com sua presença e cooperação. E digo "ficaremos", porque sei que falo em nome de todos que aqui se abrigam e trabalham — respondi.

Antenor concordou. Ele trabalhava em uma organização socorrista, que, na nossa dimensão, estava mais próxima da região geográfica onde se situava a fazenda São Conrado. Flô viera até nós pelo trabalho de Tião e Pai João com os espíritos que viveram a escravidão no Brasil. Era uma longa história que a trouxera ao nosso convívio e com ela a complexa trama que a unia a Edgar e a Mariana.

— Encarrego-me de localizar Romy. Se pudermos contar com a ajuda dela, acredito que aumentaremos nossas chances de sucesso. Ela será capaz de enternecê-lo — falou Antenor fitando-me com olhar firme.

Sorri ante a sugestão, pois não estava na proposta de Flô, e respondi:

— Eu vi as flores sobre a escrivaninha. Concordo com sua interpretação.

Voltei minha atenção à reação de Flô e perguntei:

— Tudo bem para você?

— Quanto a Romy? Sim, tudo bem. Não havia pensado nesse caminho. — Flô sorriu e complementou: — Não poderia ser de outro modo. Você o acompanha há muitas encarnações. Conhece-o bem. Se crê no enternecimento dele com a presença dela, devemos incluí-la, se for possível.

"Excelente!", pensei, feliz com a resposta de Flô. Ela provou que avançara emocionalmente. Na expressão de Antenor notei que comungávamos do mesmo sentimento. Satisfeitas, despedimo-nos dele combinando o próximo encontro.

— Antenor será um grande auxílio — disse-me Flô no retorno à nossa instituição. — Comoveu-me muito o abraço dele. Foi uma das maiores demonstrações de humildade que já vi. Ele é muito bondoso. Conhece tanto ou melhor do que eu essa história e seus envolvidos, minha participação em tudo, e, ainda assim, senti quão genuína era a gratidão dele por meu interesse em ajudar Edgar.

— Quem já alcançou um estágio de superioridade real não tem necessidade de "parecer ou aparentar". Pode ser próximo, estar ao lado dos que estão em estágio inferior de evolução. A distância, que se apresenta como arrogância, nasce do orgulho — respondi recordando-me de minhas próprias experiências e de todos aqueles que me ajudaram no passado.

Chegando à instituição, Flô beijou-me a face e despediu-se informando:

— Concluirei meu trabalho, Layla. Hora de visitar nossas assistidas. Depois, estudarei na nossa biblioteca. Se precisar de mim, sabe onde me encontrar.

Acariciei sua face e concordei com um gesto de cabeça, deixando-a ir. Segui até nosso recanto de trabalho, onde uma trepadeira florida adornava e perfumava a entrada. Sentei-me em minha sala e entreguei-me ao silêncio e à meditação.

Refleti sobre o amadurecimento de Flô. A tranquila concordância com a possível presença de Romy no trabalho que ela se propunha a fazer em favor de Edgar e Mariana coroava a superação do egoísmo mais denso e mostrava as primeiras ações movidas pela justiça interna. O egoísmo é o império do eu, do meu; a justiça é enxergar o outro e dar a cada um conforme seu mérito.

E, naquela história, esse passo era gigantesco. Comecei meu trabalho de revisar aquele passado.

CAPÍTULO 4

VELHOS TEMPOS

— Não faça isso, filha! — murmurou Florinda ou Flô, como alguns a chamavam. A cozinheira observava a filha sorrir brejeira para Bernardo, o futuro senhor daquela propriedade.

Florinda parou a limpeza da janela por um instante. Desacorçoada, largou o pano sobre o balcão do armário e baixou a cabeça. Não tinha coragem para continuar olhando a filha provocar sedutoramente o filho do patrão, enquanto estendia as roupas no varal. A jovem aproveitara a atividade ao sol e, com a desculpa do calor, erguera a saia de chita prendendo as pontas no cós. Com isso, deixava entrever parte das belas coxas morenas.

Mariana crescera com Bernardo. O rapaz era alguns anos mais velho que ela e tinha naturalmente um temperamento alegre e simples. Tratava bem os trabalhadores da fazenda e, como crescera roubando doces e biscoitos na cozinha, afeiçoara-se especialmente a Florinda. Quando Mariana nasceu, a convivência próxima estendeu-se à menina.

Bernardo crescera, foi estudar em Ouro Preto e retornou homem feito à fazenda. Quando ele partiu, Mariana era uma menina de oito anos a quem ele tratava com carinho. Divertia-se com ela. Numa família de homens, ele era o caçula de três irmãos, e a presença de Mariana trouxera um sopro de candura.

Florinda perdera o companheiro durante a gestação, assim, Mariana nascera órfã de pai. Aquela situação sensibilizara a todos, que a cercaram de atenção, numa busca de suprir a ausência paterna. A patroa, dona Beatriz, tolerara em casa somente duas empregadas: Florinda e a mãe. Não cansava de repetir que não queria muitas mulheres em casa, porque estava farta de ver os problemas que causavam. Ela mesma sabia que tinha meios-irmãos mestiços e vira sua mãe incomodar-se muito por causa do marido e dos filhos. Quando nasceram seus filhos, entendeu que teria uma casa muito masculina e restringiu a presença de empregadas.

A própria Florinda sabia, na pele, o que era isso, pois sua mãe fora expulsa de outra fazenda carregando-a no ventre. Nunca lhe dissera quem era seu pai, mas os traços de miscigenação eram evidentes. Tenório, seu companheiro, cuja ausência sentia de forma inconsolável, era um mulato lindo, alto e forte. E Mariana herdara esses traços do pai. Aos quatorze anos, era uma mulata linda, com corpo de menina-moça, olhos grandes e castanhos, cabelo escuro cacheado e um corpo que prometia exuberância.

Com os filhos já adultos e distantes da fazenda, dona Beatriz afeiçoara-se à menina, a quem tratava como afilhada. Dera-lhe mimos e regalias com os quais Florinda não concordava, mas tolerava. Quando, eventualmente, conversava com outras trabalhadoras da fazenda, elas riam de seus medos e diziam-lhe: "Deixe a menina aproveitar! Quem sabe eles não dão um bom futuro pra ela?".

Mas na mente de Florinda ecoava a voz de sua mãe, falecida havia muitos anos. Quando Mariana era uma criança, ela dissera-lhe várias vezes: "Minha *fia*, não se iluda, não. Essas *regalia* de branco rico, de patrão com a tua *minina*, é igual à que a patroa dá pros gatinho de olho azul que ela cria. *Issu* não é bom. *Cê* não *divia dexá*. É muito ruim não *sabê* seu *lugá*. Já vi muita *muiê sofrê* por *issu*. Chiquinha foi uma só. É bom *lembrá*, fia, que *muié* à toa rica são pouca. O resto das *nega* que se *inveredô* por esse caminho sofreu e morreu doente na miséria. Não quero vê Mariana nesse trilho. E é onde vai dá essa puxaria com dona Beatriz. Já vi muito disso. É sempre a mesma coisa".

Aquele estado de ânimo não resolveria coisa alguma, ao contrário. Faria-lhe mal antecipadamente, decidiu Florinda, reagindo contra a apatia e a preocupação. Ergueu a cabeça e viu Bernardo acenar uma despedida para Mariana e andar em direção à estrebaria. Suspirou aliviada. Pegou as cortinas e os guardanapos que retirara da cozinha, fez uma trouxa e levou-a até onde Mariana estava lavando as roupas da casa.

Aproximou-se da filha, que estendia muitas peças em um extenso varal, e sentiu-se gelar interiormente quando Bernardo passou montado no seu cavalo preferido olhando a jovem com cobiça. A paixão atiçada brilhava nos olhos do rapaz, e Mariana, apesar da juventude e inexperiência, ruborizou, e seu rosto iluminou-se correspondendo ao sentimento do moço.

Mais forte do que antes, as advertências de sua falecida mãe ecoaram na mente de Florinda, levando-a a decidir que era tempo de ter uma conversa de mulher para mulher com a filha.

Elas compartilhavam um quarto simples com uma cama de casal e uma mesa onde ficavam as bacias que usavam para higiene. À noite, deitadas lado a lado, Florinda acariciava os cabelos da filha. Sentia-se temerosa de abordar aquele assunto com Mariana, mas era necessário.

— Filha, eu vi como *cê* e o Bernardo *tavam* se olhando hoje de tarde. Eu sei que *ocês* se *conhece* desde que *cê* nasceu, que ele e os *patrão* sempre te trataram muito bem, mas, filha, *cê* agora não é mais criança; é uma moça. E muito bonita. Isso pode ser perigoso. Não quero mais te *vê* se exibindo para o Bernardo, como fez de tarde.

Mariana afastou-se das carícias da mãe, apoiou-se sobre um cotovelo e encarou-a. Por fim, indagou:

— Por quê não? Prefere que eu me case com algum dos trabalhadores da fazenda? Quer que eu viva como você? Não farei isso! Quero e posso ter mais da vida.

A fria e contida agressividade na voz de Mariana assustou Florinda. Desconheceu a menina meiga que era sua filha. Ficou atordoada com a reação, pois imaginara que a jovem ficaria encabulada, que não tivesse consciência do que fazia ou sentia em relação a Bernardo. Preparara-se para explicar o que era sentir atração física por um homem, não para ser confrontada por uma mulher que premeditava uma sedução.

— O que *cê tá* pensando, minha filha? Pensa em casar com o Bernardo? Filha, isso não vai acontecer. *Cê tá* se iludindo e vai sofrer pensando assim.

— Mãe, ele gosta de mim.

— Mariana, o Bernardo lhe quer bem, pois *cê* cresceu dentro da casa deles. Eu me lembro dele menino te ajudando a aprender a andar. Eu vi *ocês brincá* junto. *Cê* vivia no colo da dona Beatriz. *Ocês* cresceram aqui quase como se fossem irmãos, mas não são. Filha, nós somos bem tratadas, mas, somos empregadas, pobres e mestiças. *Cê* acha que o patrão vai te querer como nora? *Cê* não pensa que eles já devem ter uma noiva escolhida pro Bernardo, assim como foi com o Pedrinho e o Olavo? O doutor Pedro não vai aceitar nunca. E não pense que o Bernardo não sabe do que estou lhe falando. Ele sabe sim o que tem que fazer na vida, o que a família espera dele, e ele vai fazer isso, filha. Não perca seu tempo nem seu coração devaneando com besteira.

— Mãe! — A descrença e a revolta estampavam-se na face de Mariana.

— É mãe, sim! — continuou Florinda firme. — É verdade, filha. Tem que ser vista! Cada um e cada coisa têm seu lugar no mundo. E a gente tem que se reconhecer, senão, vai sofrer à toa.

— Não acredito nisso. Se pensar como você, que meu lugar é ser empregada, serei sempre empregada. Eu quero ser patroa! Mais que isso: Bernardo é o homem da minha vida! Não quero outro. E sei que ele sente a mesma coisa por mim.

— Mariana, o que *cê tá* dizendo, minha filha?! *Cê* é muito criança, muito nova para dizer uma coisa dessas. Tire isso da cabeça. Lembre da sua vó! *Cê* conhece a história dela. Deus do céu, ela sofreu muito, demais. Eu era menina e sempre a via chorando, toda machucada. Os *homem branco* não respeitavam ela, e nenhum dos nossos quis ficar com ela. Filha, tua avó nunca soube o que é ser amada por um homem. Ela sempre foi usada e abusada por vários depois daquele que me colocou dentro dela e que, quando soube que eu ia nascer, a expulsou para longe. Ele a enxotou que nem uma cadela sem serventia...

— Eu conheço essa história, mãe, mas comigo será diferente! Não sou a vó Tonha — afirmou Mariana dando as costas para Florinda e afofando o travesseiro de pena para dormir. — Você vai ver.

— Hum! Vou ver a história se repetir, filha. Tire essa ideia da cabeça, pelo amor de Deus. Eu te peço, Mariana! Esqueça isso e fique longe do Bernardo.

A moça suspirou e nada respondeu. Pouco depois, fingiu ressonar. As duas, contudo, ficaram acordadas em silêncio, pensativas, até a madrugada.

CAPÍTULO 5

PAIXÃO E REBELDIA

Florinda carregava com cuidado a bandeja com o bule de café quente, recém-coado. Era hábito o patrão tomar café após o almoço. Ao aproximar-se da sala, a voz de dona Beatriz chamou-lhe a atenção e, ao ouvir a pergunta, instintivamente parou.

— Pedro, continuo muito preocupada com Bernardo. Ele está encantado pela Mariana. Conheço meu filho. Você já conversou com ele?

— Hum! Não se aflija à toa, mulher. Isso é normal. Ele é moço, vigoroso, e a negrinha é bonita. Ele está se divertindo.

— Não é certo! Eu gosto da Mariana. Ela é nossa afilhada, e não gostaria de vê-la sofrer — insistiu dona Beatriz. — Por favor, fale com ele. Há muitas casas de mulheres onde ele pode se divertir. Além disso, temo que não seja apenas diversão. Então, é melhor cortar o mal antes que ele cresça.

Florinda ouviu os passos pesados do patrão, que caminhava quando ficava nervoso ou contrariado, sinal de que não recebera bem a advertência da esposa.

— Você acha que ele está se engraçando com a Mariana?

— Sim, Pedro, e isso me preocupa. Ele sabe que logo terá que se casar. O prejuízo com a safra aumentou muito nossas dívidas, e sabemos qual será a melhor solução. A história se repete.

Percebia-se a aflição na voz de dona Beatriz. Após uma breve pausa, ela continuou:

— Se o que vejo continuar, teremos problemas, Pedro. Você conhece seu filho. Bernardo é teimoso, ainda é moço. Se ele se tomar de encantamento por uma menina bonita e fogosa como Mariana, não será nada fácil fazê-lo aceitar o sacrifício, ainda que pelo bem da família.

— Maria Carolina é uma moça bonita — protestou Pedro. — É rica, de boa família, branca. O que mais ele poderá querer?

— O que todos, ou ao menos a maioria, quer, e eu não preciso lhe dizer o que é. Poupe-me dessa vergonha — retrucou Beatriz irritada.

— Ora, ora, Beatriz, não faça drama. Maria Carolina, assim como você, é o tipo de mulher que um homem toma para esposa, para ter família. As outras são diversão, um prazer como fumar, caçar ou jogar cartas.

— Essa explicação não me agrada, você sabe disso. Ainda que a sociedade aceite esse comportamento, não o aceito. Jamais aceitarei. Se não falar com Bernardo, eu falarei.

Florinda ouviu um longo suspiro de irritação e sentiu o cheiro do tabaco de uma baforada de cachimbo.

— Está bem, Beatriz. Falarei com ele ainda hoje e o avisarei sobre o negócio proposto pelo banqueiro. Atualmente, o que temos de maior valor é o nome da família. E onde se meteu a Florinda que não traz o café? Será que foi colher?

— Eu verei o que houve na cozinha — respondeu Beatriz.

Ao ouvir o som dos saltos dos sapatos da patroa, Florinda teve um sobressalto e deu-se conta de que ficara ouvindo a conversa. Esforçou-se para disfarçar as emoções e agir normalmente. Avançou alguns passos e encontrou dona Beatriz.

— Ah! Que bom que está pronto o café, Florinda. Sirva o patrão na sala — ordenou dona Beatriz.

— A senhora não vai querer o café? — perguntou Florinda com um sorriso forçado.

— Não, Florinda. Hoje, não. Fiquei com dor de cabeça. Vou descansar — respondeu a mulher e seguiu em direção ao dormitório.

A irritação da patroa era evidente, e Florinda viu aquela reação com bons olhos. Baixou a cabeça e foi até a sala, depositou a bandeja sobre a mesa de centro, serviu uma xícara e adoçou ao gosto do senhor da fazenda antes de retirar-se.

Horas mais tarde, Florinda bateu suavemente na porta do quarto de Beatriz carregando uma xícara de chá. Falou com voz animada:

— Sou eu. Trouxe uma xícara de chá de camomila para a senhora.

— Entre — respondeu dona Beatriz.

Florinda abriu a porta e encontrou uma cena costumeira: a patroa sentada na cama, pernas esticadas, recostada nas almofadas, lendo. Sorriu ao ver a empregada e apontou a mesa de cabeceira: — Deixe aqui, Florinda. Obrigada. Não sei o que faria sem você.

Florinda sorriu satisfeita com a declaração de apreço. Tinham um relacionamento de confiança e auxílio mútuo. Não fossem as barreiras culturais e de preconceitos, haveria maior proximidade e intimidade entre elas e se poderia falar numa sincera amizade. Mas não era assim, pois havia uma grande vala que impunha distância. Devagar, Florinda colocou a xícara no local indicado e começou a falar sobre trivialidades que a outra respondia com monossílabos que encerravam o diálogo, indicando que desejava ficar só.

Florinda, apesar de munida de coragem e confiança, não sabia como começar a conversa que desejava ter com a patroa. A insistência fez Beatriz notar a ansiedade dela e perceber um desejo oculto, então, fechou o livro e colocou-o ao lado. Encarou a criada e perguntou:

— Florinda, você quer me dizer alguma coisa?

Um suspiro de alívio e o relaxamento na expressão do rosto da outra confirmaram a Beatriz que havia algo além do chá e das banalidades. Viu dor, medo e preocupação, muita preocupação, nos olhos castanho-escuros de Florinda.

— Fale sem medo — incentivou Beatriz.

— Patroa, é difícil para mim começar essa conversa. A senhora não imagina o quanto! Nem sei como! Mas tenho que lhe dizer que, sem querer, eu juro que foi, ouvi sua conversa com o patrão depois do almoço, na sala...

Beatriz ergueu a sobrancelha e manteve-se atenta.

— Bem, eu quero que a senhora saiba que também estou preocupada com as atitudes da Mariana e já falei com ela. Mas a senhora sabe como é a juventude: muito sonhadora e teimosa...

A ansiedade fazia Florinda falar rapidamente. Estava à beira das lágrimas, e Beatriz a interrompeu.

— Calma, Florinda. Conte-me o que você sabe. Juntas, poderemos ajudar esses jovens. Você é uma mulher sensata. Sabe que essa história não acabará bem e que quem tem mais a perder é Mariana.

— É claro que eu sei, dona Beatriz. Como não vou saber? Minha mãe e tantas outras como ela. Meu Deus! São tantas! Não é o destino que uma mãe sonha para uma filha, mesmo que seja pobre como eu. Dona Beatriz, nunca ensinei a Mariana a *sê* gananciosa, a querer *sê* o que ela não é nem pode *sê*. Eu disse para ela que dona Beja era branca e que Chiquinha foi uma só. Todas as outras acabaram a sete *palmo de fundura*, pobre e doente, deixando uma tropilha de filho jogado no mundo.

— Tem toda razão, Florinda. O mundo não é justo com as mulheres. A cor da pele nos diferencia, e isso torna a situação de vocês ainda mais difícil. Você ouviu a conversa e sabe que a situação financeira da família não é boa. Tivemos grandes prejuízos, Florinda. Meu marido hipotecou grande parte de nossas terras. O título está vencendo, e não temos como pagar. A salvação, mais uma vez, será negociar a história de um nome, o peso da tradição, na troca por uma moça rica. Foi assim que me casei com Pedro e será assim que Bernardo se casará com Maria Carolina, jamais com Mariana.

— Não sabia que a fazenda *tava* quebrada. Sempre pensei que o dinheiro do patrão não tinha fim — respondeu Florinda séria. — Se perderem a fazenda, o que será de nós? De toda essa gente que vive aqui, dona Beatriz? *Vamo* passar fome. Isso é muito sério. É bastante gente que depende do patrão pra *vivê*, pra *tê* uma casinha e comida pra criar os filhos. Todos nós temos gente nossa enterrada aqui.

— Eu sei, Florinda. Hoje, depois de muito pensar e sofrer, entendo esses arranjos. Meu casamento foi assim. Há motivos para se tolerar a existência, mas não foi fácil. Não pense que somente as mulheres negras sofrem. As brancas também, apesar de reconhecer que existem privilégios à nossa condição. A minha, em especial, de não ter enfrentado a miséria econômica. Mas saiba, Florinda, que as misérias do coração e da alma não distinguem cor nem privilegiam uns mais do que outros.

— É o que a senhora diz. Acho que não seja bem assim. Há misérias do coração que são igual pra todo mundo, mas... há outras que, eu acho, são piores pra nós. E como faço uma menina ver isso? Dona Beatriz, a Mariana cresceu mais no seu colo do que no meu. Ela viveu toda vida aqui na fazenda; nunca foi para a cidade! Nas festas da igreja nós vemos outras pessoas da vila, das fazendas dos *arredor*, e até nessas ela ficava com a senhora e com os *menino*...

— Sim, eu sei. Meu marido dizia que eu fazia mal a Mariana. Eu não via assim, pois sempre quis o bem da sua filha, Florinda. Gosto muito dela como minha afilhada, mas, ouvindo você falar, recordando o passado, é possível que eu tenha agido errado e contribuído para a situação.

— Minha mãe dizia a mesma coisa pra mim. Do jeito dela, mas era a mesma coisa no final das *conta*. Eu me preocupo com minha Mariana e com o futuro dela e vou lhe *dizê* por que, dona Beatriz... O Bernardo quer ela como mulher; tem cobiça. Eu vi. Mas tem mais... ele gosta dela. Eu sei *vê* isso nos *olho dum* homem. Isso torna as *coisa* mais difícil.

— Você acha isso, Florinda? Acredita que ele esteja apaixonado?

— Eu acho que sim. Ele sempre sentiu muita falta dela. A senhora se lembra de quando ele voltava da escola, nas férias. Eram grudados, dia e noite.

— Eram quase crianças, Florinda — protestou Beatriz, rindo da lembrança. — Não tinham maldade.

— O amor não tem maldade, dona Beatriz.

— Eu quis dizer cobiça — corrigiu-se Beatriz.

— A cobiça também não é maldade, patroa. É natural quando um homem e uma mulher se gostam. O caso aqui é diferente: Mariana é negra, pobre e empregada da casa; Bernardo é branco, filho do patrão e homem. O buraco que tem entre eles é esse, dona Beatriz.

— Há também a necessidade de dinheiro — lembrou Beatriz.

— Bernardo sabe dessa ideia de *casá* ele com essa moça da cidade? — perguntou Florinda.

— Não — admitiu Beatriz, indo até a janela contemplar a paisagem, em busca de alguma inspiração para o problema. — Pedro tocou no assunto na semana passada, mas ele não demonstrou nenhum interesse. Na verdade, saiu da mesa. Nem a sobremesa provou.

— Hum. Isso é ruim, não lhe parece? Bernardo é uma formiga. Fugir do açúcar não é da natureza dele. A conversa não foi do agrado. Vê o que lhe disse? Converse com ele, dona Beatriz, por favor. Eu falarei com a Mariana. E se *precisá* de a gente ir embora da fazenda, nós vamos.

Com lágrimas nos olhos e sem condições de continuar a conversa, Florinda deu as costas à patroa e retirou-se. Jamais pensara em sair da fazenda. Era seu lar, sua família, e lá estavam sepultados seu companheiro e sua mãe. Doía-lhe muito pensar na ideia e doera-lhe muito falar. Sabia que seria terrível executar a ideia, mas maior dor seria ver a degradação e o sofrimento da filha, o que tinha como certos.

Florinda soube que a patroa conversara com Bernardo quando, alguns dias depois, após servir-lhe o café, ele, aproveitando que estavam sozinhos na sala de refeições, segurou-lhe o braço, olhou-a nos olhos e declarou:

— Flô, você sabe que eu gosto muito de você e mais ainda da Mariana. Sempre gostei. Vocês são minha família. Mariana é muito importante pra mim, e eu jamais a deixarei passar qualquer necessidade ou sofrimento. Eu lhe prometo.

Pega de surpresa com a declaração do rapaz, Florinda sentiu os joelhos amolecerem e sentou-se. O peso de séculos de preconceito caiu sobre seus ombros e tirou-lhe as forças. Sem saber o que dizer, encarou Bernardo e naquele olhar examinou-lhe a alma. "Deus do céu, ele diz a verdade. Tem amor e paixão nos *olho* dele", constatou em pensamento, com uma terna tristeza. Era tão bonito o afeto brilhando nos olhos do rapaz, mas a experiência de vida de Florinda não lhe permitia entregar-se a sonhos. A ternura era a resposta ao amor que via e a tristeza era por saber das enormes dificuldades daquele sentimento florescer. Para os românticos, o início do amor é sempre lembrado, festejado, ansiado. Para quem aprendeu o que é o amor, a pergunta é: como viveram e superaram ou não as experiências boas e ruins do dia a dia que compõem os anos e as décadas? Bernardo e Mariana haviam descoberto um sentimento e uma vontade comum e recíproca. Estavam apaixonados, mas só o futuro responderia se amariam um ao outro. Os séculos de preconceito que pesavam sobre os ombros de Florinda se interpunham no futuro dos jovens. Vinha carregado pela família, pela sociedade, pelo olhar dos outros, que, independentemente de cor e raça, fariam julgamentos e tomariam atitudes. E isso era muito mais negro do que a cor da sua pele, Florinda sabia. Tinha o tom denso da discriminação, da violência, do menosprezo e do abandono. Bernardo teria força para vencer esses obstáculos? Era muito jovem e mimado, e pessoas mimadas são frágeis e fracas.

— Não sei o que lhe *falá*, Bernardo. Talvez eu devesse ter ficado feliz com o que *ocê* me disse, meu filho, mas não posso mentir: fiquei triste.

— Não diga isso, Flô! — protestou Bernardo com suavidade. — O amor faz as pessoas felizes. Você dizia isso pra mim...

Florinda sorriu com a lembrança, mas a tristeza não se dissipou de sua face.

— *Ocê* era um menino, mas agora não é mais. O mundo de criança acabou. As pessoas que achavam bonito *ocê* e Mariana brincando junto, comendo na mesma mesa, não vão *achá* a mesma coisa agora se *ocê andá* de mão dada com ela pela vila, Bernardo. Nem seus pais e seus irmãos vão *aceitá*. *Ocê* é um homem moço, bonito, branco, rico, estudado, e eu sou uma *muié* negra, sem estudo e pobre, mas te vi *crescê* e sou *véia* o bastante pra *sê* sua mãe... Por isso, posso lhe *falá* com sinceridade: meu filho, o que *ocê* tem na cabeça e nos *olho* é puro sonho; na vida real será sofrimento. Pro seu bem e da Mariana, desista disso. Mais que sua amante ela nunca vai poder *sê*, e isso será uma vida triste pra *ocê* e muito mais pra ela.

Bernardo balançou a cabeça inconformado com as palavras de Florinda, pois não era isso o que ele desejava. Embora Mariana já fosse sua amante, queria viver com ela e somente com ela. Se a jovem não pudesse ser sua esposa por questões legais ou religiosas, isso pouco o importava. Viveria ao seu lado e a honraria como se fosse sua legítima mulher. Não renunciaria à felicidade da paixão, da alegria e do carinho dela por nada.

CAPÍTULO 6

O INTERESSE PESSOAL GRITA

As francas advertências de Flô atiçaram a rebeldia natural de Mariana, mas estavam muito longe de ser a causa principal do romance com Bernardo. O mesmo aconteceu com a intervenção de Beatriz.

Inutilmente, ela aguardou o marido chamar o filho para conversar. Os dias passaram-se, e nenhuma mudança se avistava no cenário. A situação financeira da família piorava, enquanto Bernardo se apaixonava e apegava mais a Mariana. Enquanto isso, Pedro fumava seus cachimbos, reunia-se com seus amigos para jogar pôquer e tratar das questões políticas que tanto o interessavam e que também drenavam o poder financeiro da família, financiando campanhas fracassadas. Mais um fator que irritava Beatriz.

As oportunidades apresentam-se ou constroem-se. Beatriz aproveitou a que se apresentou. A tarde quente e ensolarada esvaziara a movimentação dos pátios da fazenda. Os trabalhadores preferiam trabalhar à sombra nos pomares ou nos galpões. Na varanda da casa, corria uma brisa fresca. A decoração era simples e agradável: paredes brancas, muitos bancos de madeira com encosto, repletos de almofadas com capas de crochê e vasos com folhagens. Instalada entre almofadas num dos bancos, Beatriz lia quando foi interrompida pelo filho, que, alegremente, lhe beijou o alto da cabeça e perguntou apontando o livro:

— Fugindo desta terra, minha mãe?

— Sim, Bernardo — respondeu Beatriz sorrindo e segurando a mão do rapaz, fazendo-o sentar-se ao seu lado. — Às vezes, a literatura é uma bênção libertadora, pois nos permite viajar para longe de nossas vidas, de nossos problemas e experimentar coisas novas e nunca imaginadas.

— Humm. Isso soa triste e ilusório — rebateu o rapaz.

— Mas não é, meu filho. É prazeroso! Nos traz muitas ideias novas. É enriquecedor. Toda forma de arte nos enriquece. É compartilhar a sensibilidade do artista.

— Prefiro a vida real, mãe. Essa vida de papel, imaginária, não é pra mim. Perdoe-me. Sei o quanto a senhora se esforçou para fazer de mim um leitor. É uma decepção que eu preferia não lhe dar, mas está acima da minha vontade. Se eu estivesse no seu lugar, já teria dormido. Estaria roncando — falou Bernardo rindo.

— É bom saber que não gosta de me decepcionar, filho. Eu o amo muito também. Faria qualquer coisa para evitar sua infelicidade.

— Que é isso, mãe? A personagem do romance que está lendo, por acaso, está morrendo?

— Não! — respondeu Beatriz. — Não gosto de coisas dramáticas!

— Não parece — disse Bernardo. — Falou de um jeito...

— É porque suas palavras trouxeram à tona minhas preocupações que o romance tinha absorvido por algumas horas, Bernardo.

— Preocupações? Com o quê? A senhora está doente?

— Com muitas coisas, meu querido. E as principais se relacionam a você.

— Comigo?! — indagou Bernardo tomado de espanto. — Mas por quê? Não há nada com o que se preocupar, mãe. Eu estou muito bem. Não tenho nenhuma doença, estou feliz trabalhando na fazenda. Sei que a senhora não acredita que isso seja possível, que gostaria que eu fosse como meus irmãos, mas gosto disso realmente. Olhe para mim, mãe: eu adoro trabalhar e viver aqui, e é isso que quero fazer. Nasci aqui e serei muito feliz em morrer aqui. Eu puxei ao vô! Não era o que a senhora dizia quando eu era criança?

Beatriz sorriu, acariciou o rosto por barbear do filho e encarou seus olhos meigos e sinceros. Desde menino, os olhos do filho faziam--na lembrar os olhos dos bezerros: puros e francos. A alma de Bernardo transparecia neles, e isso a encantava. Ele tinha uma sinceridade que não encontrava em seus outros filhos. "Ah, meu Deus! Como dói ter que feri--lo", pensou Beatriz. "Como seria bom que por toda a vida houvesse essa luz no olhar no Bernardo! Ele está realmente feliz, realizado, apaixonado mesmo. Talvez esteja apaixonado por Mariana desde pequeno, e eu que via ali uma amizade infantil. Ah, Deus! Como dizer-lhe a verdade sobre nossa situação? Sinto-me a cobra do paraíso".

Porém, quando pensou em deixar aquela fazenda onde sua família vivia há tantas gerações, abrir mãos de suas propriedades e acabar somente com a casa na vila próxima, único bem livre da penhora, isso despertou nela sentimentos difíceis de descrever, mas que lhe trouxeram uma força e frieza que enterraram seus pudores de ferir ou magoar o filho.

— Fique aqui, Bernardo. Preciso lhe mostrar uma coisa — disse Beatriz com voz firme e expressão preocupada.

Bernardo sentiu um frêmito, que lhe trouxe um mal-estar passageiro, como se uma lufada de ar gelado tivesse repentinamente eriçado todos os pelos de seu corpo. Instintivamente, ficou alerta e entendeu que algo desagradável estava por vir. Essas sensações intensificaram-se ao ver a mãe retornar carregando um pequeno baú onde guardavam os documentos da família. Em silêncio, Beatriz retornou ao seu lugar, pôs o baú sobre os joelhos, abriu-o e retirou vários papéis — que, pela aparência, Bernardo identificou como títulos de dívidas. Depois, ela simplesmente os entregou ao filho.

Bernardo leu os primeiros documentos com visível preocupação, porém, após examinar alguns foi tomado pela aflição e começou a analisá-los com crescente rapidez. Ao final, estava pálido e trêmulo, sentindo a cabeça formigando e grande dificuldade de raciocinar. Batia nervosamente os documentos contra as próprias coxas, denunciando a vontade íntima de destruí-los, porque se sentia ameaçado pelo teor de destruição deles.

Após alguns minutos, o rapaz levantou-se, devolveu os documentos à mãe, sem coragem de encará-la. Sucintamente, informou:

— Preciso andar.

Beatriz guardou os documentos e, quando ergueu o olhar, Bernardo já estava no pátio dirigindo-se aos estábulos. Beatriz balançou a cabeça. Tinha o peito apertado pela angústia, mas, por hábito, sussurrou:

— Tome cuidado, meu filho!

CAPÍTULO 7
O NOIVADO

    Passados alguns meses da conversa entre Beatriz e Bernardo, voltamos a encontrá-los, bem-vestidos e sorridentes, no almoço de noivado do rapaz com Maria Carolina, filha do detentor da hipoteca dos bens da família. Aos olhos dos convidados, o noivo era um belo rapaz, embora, pelos cantos das requintadas salas do palacete da família da noiva, comentassem que o jovem era "tosco", sem requinte, e que a vida no interior era muito boa para alguns dias de descanso, mas para Maria Carolina...
    Pedro tinha uma expressão feliz. Estava empolgadíssimo debatendo as questões políticas, os irmãos de Bernardo tinham expressões mais comedidas, e Beatriz mostrava a todos a melhor expressão do bom verniz social.
    Aqueles dias, contudo, haviam produzido uma transformação em Bernardo. Seu olhar perdera o brilho alegre, o sorriso não mais lhe iluminava a expressão e surgira cotidianamente uma máscara dura e fria. Sem perceber, ele adotara uma postura rígida. Estava usando uma armadura sob a pele. Fora a maneira como sobrevivera à difícil escolha entre seus sentimentos e a vida material e familiar a que estava habituado. Identificara em si um ser feroz, irado e ferido. A fera amava uma bela mulata, e a face externa do jovem bem-nascido comprometia-se a se casar com uma moça branca e bem-nascida, da qual se poderia dizer que a embalagem — os trajes e as joias— era mais bela do que o conteúdo.
    Maria Carolina era a perfeita ingênua e estava verdadeiramente feliz no dia do noivado, encantada com seu futuro marido.

A quilômetros de distância da festa, Mariana, sob o olhar preocupado de Florinda, passava a mão sobre o ventre, sentindo os primeiros movimentos do filho que crescia. Viviam a oscilação entre o amor e o encantamento com uma nova vida que em breve chegaria e a dolorosa consciência de um futuro difícil.

Mariana também havia mudado. Carregava tendências à ambição, a *status* social, ao comando. A realidade soterrava-as sob a pobreza e o preconceito. A vida, contudo, oferecia-lhes um limite a essas tendências nas barreiras da condição social terrena. Com frequência, falamos dos lírios que florescem no lodo, uma boa analogia para a ação sábia e educativa da vida. As dificuldades sociais e econômicas constituem-se em freios educativos para alguns, em desafios ao desenvolvimento da inteligência e da moralidade para outros, e é assim que tudo se interliga e serve ao grande propósito da evolução. O lodo da nossa própria inferioridade, que fomenta a miséria e o preconceito, serve de solo fértil ao florescimento de outras virtudes que o eliminarão da Terra. Mariana era bonita, e esse atrativo era uma tentação a si mesma, para testar seu propósito de superação das suas tendências. E ela fraquejara. Aceitara e incentivara as atenções de Bernardo, desejando tornar-se a senhora da fazenda. A voz da ambição fora a primeira conselheira. Depois, veio a descoberta da paixão e do apego ao prazer. E agora se mostravam outras faces da realidade que o orgulho a impedira de ver.

O orgulho não é lúcido e é a principal causa de erro em nossos julgamentos sobre os fatos, as pessoas e nós mesmos. Partindo do pressuposto de que ele nos faz ter uma imagem exagerada e distorcida a nosso respeito, fazendo-nos crer em capacidades muito superiores às que temos, vemos os outros e os fatos sob essa ótica distorcida e centrada em nós e em nossos interesses, como se tudo em torno apenas existisse e respondesse aos nossos objetivos. Embora ainda fosse uma adolescente, Mariana experimentara a cegueira causada pelo orgulho. Ignorara os avisos de Florinda, cujo julgamento era mais sadio e lúcido, e agora experimentava um turbilhão de emoções que não sabia definir. Seus pensamentos eram conflituosos. O futuro, antes tão claro, risonho e seguro, agora lhe parecia um abismo, uma noite escura e densa. Talvez uma noite de tempestade. E o presente era aquela atmosfera pesada, difícil de respirar. O chão abrira-se sob seus pés havia poucos dias.

Bernardo não tivera coragem de contar-lhe sobre o compromisso de casamento com Maria Carolina nem de afastar-se de Mariana. Ao saber do filho a caminho, ele, primeiro, sentiu-se o mais feliz dos homens e naquele momento amou Mariana mais do que a si mesmo e do que tudo em sua vida. Fora um sentimento de alegria intenso. Sentiu que era capaz de qualquer coisa por aquela criança que ainda não estava no mundo e, intimamente, guardou a esperança de que tudo, de uma hora para outra, poderia se resolver de outra forma. Esperou um milagre. Algo que salvasse sua família — sua mãe especialmente — da falência material, para que, assim, ele tivesse a liberdade de viver com Mariana e o filho em algum lugar distante e criar um mundo para eles.

Porém, dia a dia, o laço da angústia apertava-se em torno do pescoço de Bernardo, e Mariana começou a notar. Então, praticamente às vésperas do noivado e já sentindo o bebê se movimentar no ventre de Mariana, ele contou, em lágrimas e agarrado ao ventre da jovem, o que se passava.

Mariana ficou estática, gelada, sem ação e palavras. Em choque. E ainda não se recuperara. Sentia uma imensa tristeza, um vazio, medo, mas nenhuma lágrima rolava em sua face. Só conseguia lembrar-se do quanto fora amada e do quanto Bernardo ficara feliz com a notícia da criança que gerava. Não se importara em manter segredo para os pais dele, afinal, tinha-os como padrinhos queridos. Em seu pensar juvenil e orgulhoso, não cogitava que eles pudessem não receber bem a notícia, pois tinha plena confiança no afeto que lhe demonstravam. Não sabia o que fazer. Apenas via o sol raiar e se pôr. Estava insone.

— Filha, vamos descansar? — propôs Florinda, observando preocupada a expressão vazia no olhar de Mariana, as olheiras escuras, o prato intocado sobre a mesa da cozinha da fazenda. — Você precisa. Não é bom pra criança *cê ficá* nesse estado.

Tomando Mariana pelo braço, Florinda tinha o coração apertado, um nó na garganta e lágrimas ardiam-lhe nos olhos. Ela, contudo, sabia que não era hora de chorar. A vida pedia-lhe a vivência da força interior, não da tristeza. O olhar lúcido e realista, sem envolver-se em romantismo, a fizera perceber e preparar-se para momentos difíceis com a filha. Intimamente, refugiava-se nessa visão de que não era inesperado, mas intenso e dolorido. Amanhã seria outro dia — era inevitável — e traria mudanças. Assim, um depois do outro, levariam para longe aqueles anos de paz e segurança que vivera com a filha sob a proteção dos senhores daquelas terras. E um desses dias futuros lhe poria no colo um neto que carregava o sangue da cozinheira mestiça e dos Sampaio Brandão de Albuquerque.

CAPÍTULO 8

O NASCIMENTO DE EDGAR

Os meses até o casamento fixaram e radicalizaram a conduta de Bernardo e seus pais.

Pedro vivia em um mundo absolutamente à parte e tinha a cabeça enterrada nas questões políticas, nas revoltas que ameaçavam eclodir nos Estados e acabar com o poder das famílias tradicionais do cenário econômico e político. Passara um mês na capital do Estado e em viagem entre algumas cidades dos arredores. Regressara ao lar naquela tarde, e terminavam a última refeição do dia.

Beatriz olhava-o sem esconder que se sentia superior, afinal, ela era originária daquela sociedade rural. Seu avô tinha título de nobreza. A república extinguira a monarquia, mas jamais acabaria com a educação, a polidez e a elegância herdadas de berço, pensava ela. O marido melhorara muito nos longos anos de convivência, mas, observando-o defender acaloradamente suas ideias, não pôde se furtar de compará-lo aos homens de sua família. Aquela exaltação não teria lugar, não seria bem-vista. O máximo que seu pai se permitira ao longo da vida fora erguer ou, às vezes, enrugar as sobrancelhas para expressar emoções diante do que ouvia ou expunha. Um suspiro escapou dos lábios dela chamando a atenção do marido.

Pedro pousou a xícara de café sobre o pires de fina porcelana e indagou:

— Algum problema? Minha conversa causa-lhe tédio? Julguei que tivesse interesse no assunto.

— Eu tenho. Se não fosse minha intervenção, nós já não faríamos parte ativa dessa sociedade. Seríamos uma lembrança somente — respondeu

Beatriz bebericando o chá. — Nasci em uma família tradicional e conheço essa luta desde que era criança e ouvia meu avô ensinar-nos sobre os meandros e as delicadezas da corte. Dizia-nos ele: "Tão longe e tão perto, os políticos vivem em nossa despensa". E, por falar nisso, como está a família de nossa futura nora?

— Bem. Muito bem. As mulheres estão envolvidas nos preparativos de enxoval, vestidos para o casamento. Planejam uma grande festa. Perguntaram-me sobre Bernardo — respondeu Pedro, baixando o tom e perdendo o entusiasmo.

— E o que lhes disse? — perguntou Beatriz abandonando o chá. A bebida perdera subitamente o sabor, não lhe dava prazer.

— O que combinamos: que havia adoecido e se recuperava de uma doença nos pulmões.

— Meu Deus, a que ponto chegamos! — exclamou Beatriz.

— Sei que já falamos muito sobre isso, mas...

— Não me venha com suas teorias, imputando-me a culpa do que acontece. Não aceito isso — interveio Beatriz irritada.

— Aceitar ou não, pouca diferença faz, minha senhora. Não mudará os fatos. Não sei como será a situação em nossa casa após a vinda de Maria Carolina para cá. Bernardo mudou muito. Tornou-se agressivo, até grosseiro. Mal fala comigo.

Beatriz meneou a cabeça, primeiro expressando irritação, depois concordância e preocupação, tanto que corrigiu a fala do marido.

— Mal fala conosco. E, quando o faz, vejo um brilho frio em seus olhos, como se fôssemos subordinados, inferiores. Outras vezes, surpreendo-o olhando-me com raiva e quase sinto o ódio dele. Isso me assusta. Perdemos nosso filho.

— Tudo por causa de uma mulata da cozinha a quem se deu ousadia — comentou Pedro tomando o café que restava em um gole longo. Parecia desejar que a bebida dissolvesse o aperto que sentia na garganta ao tratar daquele assunto e que disfarçava.

— Se ele não está supervisionando as lavouras e as atividades da fazenda, está com ela. Sou obrigada a fingir que não sei que a leva para o próprio quarto. Um desrespeito à nossa casa e ao nome de nossa família — reclamou Beatriz e ordenou ao marido: — Você precisa corrigi-lo.

Pedro baixou o olhar fitando a xícara vazia, suja com os restos de açúcar e café. Recordou-se de que advertira o filho e tivera de enfrentar sua ira e irônica arrogância: "Sua casa?! Respeito à família?! Mas ora veja só! Quem o senhor pensa que é para reclamar do que eu faça nesta propriedade? Ela é minha. Comprei esse presente de casamento com minha liberdade, com minha vida. Não preciso lembrá-lo dos termos da escritura. Isto tudo é minha propriedade e agora mando eu. Se não lhe agrada ver Mariana dentro de casa, aconselho-o a ir morar na vila. Aquela casa é sua e de sua esposa. Também pertenceu ao meu avô. Espero que não a tenha hipotecado".

Bernardo falara-lhe com extrema firmeza, sem esconder o desprezo ou a raiva que sentia pelos pais. Pedro desconheceu o filho. Não imaginava que o jovem simples e alegre, que rejeitara estudar na capital e não quisera tornar-se doutor, tinha aquela personalidade dentro de si.

— Não falarei com ele. Já fiz isso, e o resultado não foi do meu agrado. Se quiser, fale com ele, mas não diga que não a avisei. Irei me deitar. Essa conversa não nos levará a algo proveitoso — respondeu Pedro, levantando-se e saindo da sala.

Deixou Beatriz sozinha, ruminando seus pensamentos na sala de refeições.

— Só um boi ou um cavalo é capaz de dormir nesta casa. Aquela mulatinha é escandalosa como uma gata no cio — murmurou irritada.

Florinda estava confinada na cozinha. Não servia mais as refeições nas salas. Seu trânsito pela casa, antes irrestrito, limitava-se atualmente à cozinha, à despensa e ao quarto ao lado que dividia com Mariana. Agora, na prática, o quarto era seu, pois a filha vivia no quarto de Bernardo. A jovem andava pela casa exibindo orgulhosamente a barriga da avançada gestação e ignorando a expressão de desagrado de Beatriz e Pedro. Embora estrita à cozinha, Florinda sabia de tudo o que se passava. As amigas, que a auxiliavam no trabalho doméstico, eram solidárias e de boa-fé contavam-lhe o que presenciavam. Mariana e Bernardo tentavam acalmá-la inutilmente.

Sentada à mesa, ela descascava dentes de alho e observava a maneira tranquila e relaxada de Bernardo tomando o café da manhã ao lado de Mariana. Reconhecia o amor nos olhos do rapaz, porém, isso não a tranquilizava. Em seu íntimo, persistia um temor pelo futuro da filha e do neto.

— *Ocê* devia tomar café com sua família lá na sala, Bernardo — lembrou Florinda e, como essa conduta fosse reiterada nas últimas duas semanas, indagou: — Por que não faz mais as refeições lá?

— Porque não quero — respondeu Bernardo secamente.

— Oh, gente! Mas que coisa mais esquisita! São seus pais — insistiu Florinda. — Por que não quer fazer as refeições com eles e vem cá pra minha cozinha?

— Florinda, não tenho mais pai nem mãe. Aquelas pessoas na sala são meus inquilinos. Aliás, nem isso, já que estão vivendo de graça aqui na fazenda e sem trabalhar — retrucou Bernardo firme e friamente.

— Mãe! — interveio Mariana. — A senhora sabe tudo isso! Pra quê falar desse assunto?

— Eu entendo a mágoa dele, Mariana, mas acho tudo isso muito esquisito. Vocês parecem ter inventado, cada um, sua história sobre a mesma coisa e se comportam de um jeito sem cabimento. Para dona Beatriz e o doutor Pedro, a culpa de tudo é da Mariana. Ela é a cobra da perdição e vai estragar um casamento lindo, porque o enlouqueceu. E, para você, Bernardo, seus pais morreram porque não poderá se casar com Mariana e ter a vida que queria. Ora, ora. Tudo isso é um caquinho da verdade. Que vocês todos têm interesse em comum, disso não se fala. Ficam uns se fazendo de vítima dos outros. Penso que todos vocês estão fazendo um negócio, protegendo seus bens, o modo como sempre viveram. Até concordo que essas terras se tornaram suas, Bernardo, mas não consigo pensar que essa birra de vocês vai acabar. Em breve, terá de pagar pelas terras com o casamento com a moça da cidade, a filha do banqueiro. E aí? Como será? *Ocê* vai *continuá* vindo comer aqui?

Um silêncio incômodo tomou conta da cozinha. Somente se ouvia o crepitar da lenha no fogão e o som da água borbulhando na caldeira. O pão ficou atravessado na garganta oprimida de Bernardo, e Mariana, incomodada com a mãe, trancou a respiração. Eles não gostavam de falar do futuro, e Bernardo recusava-se a ser confrontado com a parcela de responsabilidade de cada um diante dos fatos. Passara a sentir-se injustiçado pelos pais, esquecendo-se de que seu apego àquelas terras e ao modo de vida levaram-no a aceitar a "quitação da dívida" como dote no casamento com Maria Carolina. Dizer "não tenho escolha" como resposta não satisfazia Florinda.

— *Ocês* têm que pensar! Não adianta me *olhá* de cara feia. O amanhã vai existir, e isso é tão certo como a morte. E o que *ocês* vão fazer? Vão *continuá* assim, fazendo de conta que são um casal? Bem, daqui a pouco vocês serão quatro: Bernardo, a moça da cidade que será a esposa dele, Mariana e a criança que nascerá, que é a única pessoa que não teve escolha nessa história. Como será? Onde Mariana e a criança vão dormir? O que você dirá pra moça da cidade? Continuará doente pra não *enxergá* a moça? E os seus pais ficarão aqui, se mudarão? Que será feito deles? Acho bom *ocês começar* a pensar no futuro, porque é só *olhá* pra barriga da Mariana pra saber que ele está espiando a gente. Eu lhe quero bem, Bernardo, tanto que nunca lhe chamei de *sinhô*. Você era menino e vivia na volta da minha mãe e de mim. Cresceu, viro homem, voltou pra cá e continua sendo Bernardo. *Ocê* é o pai do meu neto. Não tenho nada nem medo de *enfrentá* a vida com Mariana e a criança longe daqui, mas tenho medo disso que *ocês* tão fazendo.

Os alertas foram em vão. Bernardo fechou-se no orgulho, na arrogância e na paixão. Mariana manteve a convicção de que seria senhora da casa, concentrava-se, fortalecia um pensamento de tola ambição e refugiava-se na paixão. Em suma, todos negavam as próprias verdades, teciam o destino com os fios da negação, das justificativas e idealizações e sentiam-se vítimas.

E foi assim, nesse ambiente marcado pelo interesse pessoal, que nasceu Edgar. Nasceu no quarto do pai, assistido por sua avó negra e pelas servidoras da casa. Bernardo decidira que, se a criança fosse um menino, teria o nome do avô materno: Edgar Sampaio Brandão de Albuquerque Neto.

Quinze dias depois, Florinda embalava o berço do menino que chorava desesperadamente padecendo com as cólicas. Mariana, exausta pela noite insone cuidando do filho, dormia na cama ao lado. Observando a filha e depois o menino, pegou-o no colo e, enquanto andava pelo quarto ninando-o, pensava que a criança era a única vítima daquela situação. "Como seria quando os Sampaio Brandão de Albuquerque retornassem do casamento de Bernardo e Maria Carolina?", questionou-se.

CAPÍTULO 9
OUTRA MUDANÇA

A ideia do futuro trazia tantos temores a Florinda, que, com o neto nos braços, se sentiu aliviada na manhã em que conheceu Maria Carolina. Enfim, chegara o momento de enfrentar o que seria a vida na fazenda doravante.

Assim que ouviram o som do motor do carro, foram à frente da casa. De pé na soleira da porta aberta, Mariana segurava Bernardo no colo, envolto numa manta de crochê, primorosamente tecida durante a gestação. A maternidade operara mudanças na jovem. Fisicamente, seu corpo, que ainda se recuperava da gestação, mostrava contornos bem femininos, arredondados, seios fartos, e seu rosto ganhara uma doçura e determinação que a deixavam ainda mais bela. Em seus grandes olhos castanhos brilhava amor, mas também uma dureza e uma determinação dignas de uma leoa africana. Ela sorriu ao ver Bernardo colocar a cabeça para fora da janela do carro e acenar-lhe com um grande sorriso.

Florinda baixou a cabeça, resignada. A relação da filha com Bernardo trazia-lhe um misto de alegria e dor. Era inegável a paixão entre eles. Ousava pensar que era mesmo amor, e isso a fazia feliz. Era uma afeição bonita. Mas justamente por ser bela e pura tornava-se mais dolorosa a questão social e todos os preconceitos que havia no caminho deles, empurrando-os para uma vida à margem do que seria bem-visto. Hipocrisia! Ah, quanta dor causa!

A cena que tinha ante os olhos lhe falava de um homem que queria desesperadamente chegar em casa, abraçar sua mulher e seu filho, porém, ele vinha com a esposa. E Florinda obrigou-se a lembrar que ele não era uma vítima, pois Bernardo concordara com aquilo. No momento da decisão, manter a propriedade e o estilo de vida falaram mais alto que seus sentimentos, e nem mesmo a notícia da chegada do filho mudara seus planos. Um profundo suspiro foi a resposta que deu a si mesma, buscando aliviar a ansiedade com o futuro que começava naquele instante, quando Maria Carolina desceu do carro e deu a mão ao marido para ser conduzida ao novo lar.

— Um bebê! Quase um recém-nascido! — exclamou Maria Carolina mexendo na manta para ver as feições do pequeno. — Como se chama?

— Edgar — respondeu Mariana, observando com incredulidade a esposa de Bernardo não esboçar surpresa com o nome.

— É um menino lindo! Posso pegá-lo?

Por um momento, Mariana ficou estática, sem ação ante o pedido de Maria Carolina, porém, logo recobrou a naturalidade e permitiu que a outra pegasse o bebê.

Bernardo observava a situação com desconforto, sem saber o que fazer. Optou por deixar nas mãos de Maria Carolina a condução daquele momento, afinal, ela nada sabia sobre Mariana e Edgar. Observando-a, decidiu que deixaria a situação como estava. Talvez ela se afeiçoasse ao menino, o que facilitaria tudo.

Beatriz, que vinha atrás da nora, parou, e seus olhos lançavam dardos sobre Mariana e Bernardo. Claramente irritada, ignorou completamente o encantamento de Maria Carolina com o bebê, passou por ela e, enquanto avançava pela sala, disse:

— Estou com dor de cabeça e cansada da viagem. Irei me deitar. Florinda poderá me levar uma refeição leve.

Aquele primeiro contato estabeleceu o padrão da nova rotina.

Edgar desenvolveu-se normalmente. Os traços evidenciavam inegavelmente a paternidade. À boca pequena, os trabalhadores da fazenda diziam que ele era o "patrão de cabelo encaracolado", porém, na sede da fazenda e entre a família o silêncio era pesado.

Maria Carolina revelou-se muito tímida, de humor deprimido. A mudança para o campo não lhe trouxera benefícios. Os poucos sonhos de moça que alimentava esfacelaram-se contra a rocha que era a paixão de Bernardo por Mariana, embora fosse um obstáculo que, dadas as suas características de personalidade e pouca vivência, ela demorou muito a descobrir.

Naquela vida de relacionamento social restrito ao grupo da fazenda e para ela ainda mais restrito à convivência em família, o mundo resumiu-se a Bernardo, Beatriz, Florinda, Mariana e o pequeno Edgar. Pedro passava a maior parte do tempo na cidade com os outros filhos, interessados na política. As empregadas mantiveram dela um grande distanciamento. Dona Beatriz pouca atenção dava à nora. Aliás, eles conviviam como estivessem vivendo em bolhas, cada um na sua. A casa era cheia de fronteiras invisíveis, porém, muito fortes.

Um fato confirmara-se: Maria Carolina apegara-se a Edgar. O bebê tornara-se sua companhia constante. Ela, que não tinha a experiência de acompanhar o desenvolvimento de uma criança, encantara-se com os muitos fenômenos dessa etapa da vida.

Florinda observava da janela da cozinha Maria Carolina no pátio com o pequeno Edgar, na ocasião com seis meses. Estavam sentados sobre uma manta de algodão à sombra de uma árvore. O bebê, cercado de alguns brinquedos, preferia brincar com um limão, que, às vezes, levava à boca. Maria Carolina sorria e, com paciência, retirava a fruta para ele repetir o ato e divertir-se, até que Florinda ouviu o riso do menino.

— Mariana, você precisa falar com o Bernardo. Olhe! — E apontou a cena no pátio. — Isso não será bom, minha filha. Já que vocês não se separam, bem podíamos fazer como tantos outros. Bernardo poderia lhe dar uma casinha noutra cidade e dinheiro para nos sustentarmos. Viveríamos nós, os três, somente, e ele nos visitaria sempre que desejasse. Isso seria o melhor para todos. Não sei como aguenta essa situação tensa que existe aqui. O que será quando essa moça descobrir a verdade? Ela está sendo a ama do filho bastardo do marido com a empregada. Acha que isso durará para sempre? Por acaso, vocês pensam que apenas eu sei que você vai todas as tardes ao quarto de Bernardo? Filha, com certeza não é para arrumar a cama ou a roupa. Pelo amor de Deus, tome cuidado! Não arrume outro filho!

Um leve rubor coloriu as faces de Mariana, e seus olhos brilharam antes de fitarem o piso da cozinha. O fato é que, apesar de tensa, a situação era cômoda ao casal. Eles não tinham planos; simplesmente viviam o que sentiam e acomodavam os fatos do cotidiano, sem maiores questionamentos. Assim tudo se mostrava mais fácil.

— Ele não quer isso, mãe. Bernardo quer ver nosso filho crescer e diz que não pode ficar longe de mim — respondeu Mariana.

— Meu Deus do céu! Como tudo isso vai terminar? Filha, um dia a mulher dele vai descobrir...

Mariana, cabeça baixa, deu de ombros ao ouvir o questionamento de Florinda e, para fugir da resposta, saiu resmungando da cozinha em direção ao pátio:

— Vou trocar as fraldas do Edgar.

Um ano se passou, sem que os constantes pedidos de Florinda recebessem qualquer atenção. Maria Carolina estava grávida. Apesar dos achaques típicos dos primeiros meses, estava radiante e ainda mais apegada a Edgar. Bernardo vivia comodamente com as duas mulheres, sem fazer espetáculo com nenhuma delas. Com o passar do tempo, desenvolvera uma sincera afeição pela esposa, tratava-a com educação e, até mesmo se poderia falar, com carinho. Mariana, contudo, era sua paixão. Inegavelmente, amava o filho e legalmente o protegera reconhecendo-o como seu filho e da esposa. Nem Maria Carolina nem Mariana tomaram conhecimento dessa decisão. O registro fora feito numa cidade mais distante, onde não era conhecido. E o segredo pertencia a ele.

Beatriz não suportou a mudança na atitude do filho e na vida da fazenda e mudou-se para a cidade, sob o pretexto de ficar próxima do marido.

Assim, Maria Carolina aproximou-se mais de Florinda e Mariana. A contragosto, Florinda aceitou a convivência e acabou por afeiçoar-se à jovem senhora, o que lhe impunha um drama de consciência muitas vezes discutido com a filha.

A essa altura dos fatos, Florinda sentia-se cansada, e uma constante dor no peito dificultava-lhe a respiração. "Angústia", pensava ela. Recordava-se de que, quando o companheiro morreu, sentiu algo parecido e atribuiu a dor à aflição que a situação lhe causava somada ao cansaço do trabalho e aos cuidados com o neto. Um bebê alegre e sadio que não parava quieto.

Uma tarde, contudo, a dor foi tão intensa que Florinda perdeu a consciência. Mariana encontrou-a caída, desacordada, no piso da cozinha. Na queda, Florinda feriu a cabeça, e uma poça de sangue formou-se rapidamente. A cena assustou a filha, que gritou desesperada:

— Bernardo! Bernardo! Me ajude!

O chamado ecoou pela casa, misturando-se ao choro de Edgar. Bernardo estava na sala de refeições acompanhando a mãe e a esposa em um café com algumas iguarias feitas por Florinda. Algo raro, pois, em geral, ele fazia as refeições na cozinha, à exceção dos almoços de domingo após a missa. Maria Carolina era extremamente religiosa. Acompanhá--la à missa dominical era uma espécie de liberação da consciência e tinha o mesmo efeito da confissão para muitos fiéis: sentir-se livre do passado para continuar sendo e agindo exatamente da mesma maneira. Era o seu sacrifício, sua penitência.

Bernardo pulou da cadeira assustado e instintivamente falou:

— Será que aconteceu alguma coisa com Edgar?

E correu à cozinha. Beatriz continuou a comer o bolo em garfadas pequenas, e Maria Carolina, sem saber o que fazer e sem querer, revelou seu pensamento em voz alta:

— Ainda não me acostumei com essa intimidade entre patrões e empregados! Mas será que aconteceu algo com o menino?

A ideia trouxe-lhe aflição e fê-la seguir atrás do marido.

Maria Carolina viu Mariana sentada no chão com Florinda desacordada no colo, pressionando uma toalha empapada de sangue contra a cabeça da mãe, o bebê chorando na encerra de madeira onde costumava ficar e Bernardo, aflito, tomando a empregada nos braços enquanto dizia a Mariana:

— Meu amor, venha! Vamos levar sua mãe para o quarto. Vá na frente e arrume a cama.

A urgência da situação a levou a ouvir a frase do marido com estranheza, mas não era momento para pensar ou questionar, afinal, Florinda estava mal e, a bem da verdade, pareceu-lhe que ela estava morta. Maria Carolina, contudo, não teve coragem de aumentar o desespero de Mariana com a constatação. Percebendo que a moça vagava desnorteada, falando de forma desconexa sobre toalhas e lavar o ferimento, Maria Carolina pegou Edgar no colo e pôs-se a acalmá-lo. Depois, aproximando-se de Mariana, que mexia nas gavetas do armário sem encontrar as toalhas, segurou seu braço e falou firmemente:

— Vá! Eu mandarei as toalhas e uma bacia com água. Vou pedir a Inácio que vá à vila buscar o médico. Florinda está mal, precisa de você. Vá!

O médico chegou apenas para atestar o que Bernardo e outros trabalhadores que se envolveram no socorro a Florinda já sabiam: não havia o que fazer. Ela estava morta, porém, Mariana não aceitou bem a notícia.

— Morta, doutor? Como? Não pode ser! Não! Deus não faria isso comigo! Tirar minha mãe? Não! Examine de novo! O senhor está enganado! — repetia ela, segurando com força o paletó do médico.

— Não há dúvida, minha jovem — respondeu o médico firme, visivelmente comovido com a reação de Mariana. — Lamento muito lhe dar essa notícia.

— Examine-a de novo — insistiu Mariana, dando sinais de raiva.

O médico olhou para Bernardo, e sua expressão advertia que o estado de Mariana não era bom. Bernardo, contudo, baixou a cabeça, sem reação.

O médico segurou as mãos de Mariana em seu paletó e, gentilmente — com a firmeza com que falara, também agira —, afastou-as. Segurando-a em seguida pelos braços a certa distância, encarou-a e falou:

— Venha comigo! Vamos examinar dona Florinda juntos. Então, respire fundo. Olhe nos meus olhos: acalme-se! — ordenou ele fitando a jovem.

Quando percebeu que tinha a obediência dela e que Mariana estava mais serena, retirou o estetoscópio que estava pendurado em seu pescoço e perguntou:

— Esse aparelho servirá para você ouvir meu coração e minha respiração, certo?

Com os olhos assustados e trêmula, Mariana concordou. O médico ajeitou pacientemente o aparelho nos ouvidos da jovem e, segurando a outra extremidade, posicionou-o sobre o próprio coração. Ele perguntou:

— Está ouvindo alguma coisa?

Mariana balançou a cabeça afirmativamente, e ele insistiu:

— Ouça! Preste atenção!

Pouco depois, moveu-o sobre o peito e disse:

— Ouça minha respiração, meu coração.

Sem esperar pela pergunta óbvia, Mariana balançou a cabeça afirmativamente enquanto dizia:

— Estou ouvindo. Som de vento.

O médico esboçou um meio sorriso e, tomando-a pela mão, conduziu-a para perto do corpo de Florinda. Encarou-a com firmeza e doçura e fez um simples gesto de cabeça, como se dissesse: "Vamos ver agora?". Mariana hesitou. Seus lábios tremeram, e ela apertou as mãos. Sob a pele morena se via a palidez e gotas de suor nas frontes.

— Aproxime-se! — ordenou o médico parando ao lado do leito. — Preciso que você se curve. Por favor, acompanhe meus movimentos.

Ela obedeceu. Antes de posicionar o estetoscópio para que ela ouvisse, o médico informou:

— Farei igual como antes: primeiro o coração, depois a respiração.

Não teve pressa; deixou que ela ouvisse o silêncio dos órgãos.

Mariana demorou alguns segundos e, nervosa, percebeu a inércia. Julgou que fosse o lugar onde o médico posicionara o instrumento. Tomou-o das mãos dele, que não opôs resistência, e pôs-se agitada a procurar algum som de vida no peito de Florinda. Passados alguns minutos, caiu de joelho, agarrada ao corpo da mãe. Sacudindo-a, chamava-a pedindo:

— Mãe! Mãe! Não faça isso! Eu preciso de você. O Edgar é tão pequeno. Mãe, não nos deixe...

CAPÍTULO 10

INFÂNCIA MARCADA

A mente infantil é semelhante a páginas em branco em um livro em construção. Cada palavra que ela ouve, cada cena que presencia, os sentimentos vividos não são somente capítulos da história; são, acima de tudo, a formação do escritor que assumirá e prosseguirá a obra inacabada pelos pais ou responsáveis. O toque indelével das mãos que cuidam da infância é profundo. A pele não é barreira. Elas tocam o invisível e muitas vezes conduzem vontades frágeis, desvirtuando projetos e desviando caminhos espirituais. Lindo é quando essas mãos buscam conhecer, amparar, respeitar, auxiliar a encontrar seus projetos e caminhos, quando esse toque deixa marcas de autoestima, autoconfiança, liberdade e responsabilidade para seguir escrevendo a própria vida em harmonia com suas verdades e sua consciência. Mas, desde a antiguidade, há o alerta: Tétis[1] já desejava governar a vida de seus filhos, portanto, a infância de Edgar não fugiu à regra.

A morte de Florinda deixara um rastro de perturbação. Mariana desequilibrara-se. Não estava preparada para viver o luto. Aliás, ela não fora preparada para lidar com a vida, quiçá com a morte. Negou o quanto pôde, desesperou-se e, no velório, implorou a todos os santos o milagre de trazer a mãe de volta à vida.

Não suportou o sepultamento e fugiu do cemitério. Isolou-se em uma velha cabana numa parte remota da fazenda, que por anos servira

---

[1] Tétis: deusa grega, mãe de Aquiles, cujo desejo de proteger seus filhos com um humano a levou a afogá-los segurando-os pelos calcanhares, em um ritual para torná-los imortal. Aquiles foi salvo pelo pai, no entanto, ficou marcado com um ponto frágil exatamente onde o toque da mãe fora intenso.

às caçadas do pai de Beatriz e que não era mais usada. Ela e Bernardo costumavam brincar na cabana durante a infância e fora lá que tiveram os primeiros encontros amorosos. Chorou dias e noites esquecida do filho e de suas responsabilidades. Lamentou a própria dor, curvou-se sobre si mesma e não opôs nenhum limite ao desespero. Da mesma forma inconsequente e apaixonada que se entregara ao relacionamento com Bernardo, entregou-se igualmente à dor. Sem vigilância, oração, reflexão e sem pensar em nada nem ninguém. O reino absoluto do eu e dos próprios sentimentos e desejos.

Bernardo encontrou-a no fim da tarde após o sepultamento. Ela estava exausta. Recusou-se a retornar com ele à fazenda. Incapaz de recusar-lhe algo, ele cedeu e retornou diariamente à cabana ao longo de semanas, provendo-a de alimentação e roupas e confortando-a. Também não se preocupou com o pequeno Edgar. Egoístas, eles pensavam na morte e na dor que sua irreversibilidade lhes trazia e esqueceram-se do filho, em tenra idade, que precisava deles e que também sentiria e muito a súbita ausência de Florinda. A ele impuseram uma tripla perda. Deixaram-no aos cuidados de Maria Carolina, sem questionar que mãos eram aquelas que marcariam além da matéria a mente de Edgar.

Inicialmente, ela foi inofensiva e, naqueles dias atribulados pelo luto e pela tristeza, foi uma presença benéfica ao pequeno. Deu-lhe atenção e cuidados, mas Edgar era um boneco vivo com quem ela, inconsequentemente, brincava de ser mãe. E o menino afeiçoou-se a Maria Carolina, por instinto, por necessidade de proteção.

Bernardo via com bons olhos a aproximação e incentivava a esposa a acolher cada vez mais o menino, sob o argumento de que a mãe dele adoecera com a morte de Florinda e que Maria Carolina se exercitava para cuidar do bebê que em breve nasceria.

Assim, o menino ganhou um quarto próximo ao do casal na casa, exatamente ao lado do antigo quarto de solteiro de Bernardo, onde ele costumava se encontrar à tarde com Mariana e que possuía uma porta de ligação entre os cômodos.

Passadas algumas semanas da morte de Florinda, a esposa de Bernardo começou a desconfiar da relação do marido com Mariana. Os cuidados dele com a jovem ultrapassavam muito os limites de uma relação entre patrão e empregada. Ela começou a questionar as novas empregadas da casa, que eram antigas trabalhadoras da fazenda, mas tinham servido à família em ocasiões especiais, como festas e datas especiais, quando ajudavam Florinda.

— Ah! Dona Maria, a senhora não me leve a mal, mas não posso falar da vida do patrão. Só posso lhe dizer que, desde criança, ele sempre gostou muito da Mariana. Eles cresceram juntos — respondia Filomena, a atual cozinheira.

Já Conceição tinha sérias dificuldades de manter a disciplina da língua e, se não falava claramente, contribuía para as desconfianças de Maria Carolina quando respondia coisas como: "Dona Maria, a Mariana é muito levada. Assanhada! Ela se aproveita de *sê* bonita, e verdade tem que *sê* dita: é uma mulata linda! Mas nunca se viu falar dela, nem se sabe que tenha tido namorado. E tem pouca mulher mais bonita que ela aqui nas redondezas. Ela sempre foi muito chegada do patrão, desde criança, isso também é verdade. Mas... sabe como é, né? Bem, vou fazer meu serviço. A senhora me dê licença, *tá bão*? Tenho que *limpá* o chão da sala.

Maria Carolina começou a pensar: se Mariana não tinha nenhum namorado conhecido, quem era o pai de Edgar?

— Sei não, senhora — respondiam as empregadas e fugiam dela alegando trabalho a fazer.

Enquanto isso, Bernardo continuava a visitar Mariana e cuidar dela na cabana. Maria Carolina, contudo, pensava que ele simplesmente mandara que levassem comida para a jovem. Surpreendeu-se quando Conceição, ao retirar a louça do almoço, informou a Bernardo:

— Patrão, a cesta pro senhor *levá* está pronta. Filomena deixou na mesa da cozinha. Ela não *tá* boa hoje e foi *descansá* um pouquinho mais cedo. Pediu que eu avisasse o *sinhô*.

Bernardo limpava o rosto sujo de feijão de Edgar, pois o menino estava aprendendo a comer sozinho, e respondeu simplesmente:

— Está bem!

Maria Carolina sentiu como se levasse um soco na boca do estômago. Seus olhos brilharam de fúria ao compreender a informação. Entredentes, indagou Conceição:

— O que se passa com Filomena? A cesta ao gosto do patrão?

— Sim, senhora, exatamente como ele manda *fazê* todo dia. Tem tudo que a Mariana gosta. Filomena fez pra ela, mas, tadinha, *tá* comendo tão pouco. Volta quase tudo, dona Maria. Que coisa, né? Ela gostava muito da mãe, mas não dá pra morrer...

Notando o olhar severo de Bernardo, Conceição calou a boca no mesmo instante e tratou de responder à outra pergunta apressadamente:

— Não se preocupe, dona Maria. Filó *tá* com aquelas *coisa* de *mulhé*. Amanhã, vai *tá* boa. Dá licença. — E saiu carregando as bandejas com as louças usadas.

Bernardo continuou o que fazia, ignorando completamente a conversa entre as mulheres e a ira e o ciúme visíveis e incontidos na expressão da esposa.

Maria Carolina observou-o durante alguns instantes com a expressão fechada, o rosto vermelho, os olhos brilhantes, maxilar enrijecido.

Frente à inércia do marido, ela indagou furiosa:

— E, então? O senhor não tem nada a me dizer? Eu mereço uma explicação sobre sua "estranha" relação com essa negra.

Foi a primeira vez que Maria Carolina se referiu a Mariana de forma desdenhosa e pejorativa, extravasando a educação altamente preconceituosa que herdara de sua família, sem fazer sobre ela qualquer reflexão pessoal. Incorporava ideias e sentimentos alheios, tornando-os seus.

Habituado à reprovação de sua família, a qual afastara ao máximo do seu convívio, Bernardo ouviu em silêncio a intimação da esposa, o que a irritou ainda mais. Exacerbando o tom, ela insistiu:

— Responda! Sou sua esposa! O senhor me deve respeito e fidelidade, pois fez um juramento em nosso casamento. Sinceramente, espero que não esteja quebrando esse juramento sagrado deitando-se com uma negra.

Bernardo irritou-se e sentiu o sangue acelerar em suas veias. Olhou para a esposa, deparou-se com seu ventre distendido e lembrou-se de que ela gerava um filho seu. Isso o fez respirar fundo e conter o desejo de esbofeteá-la. Nesse minuto, Edgar começou a chorar. A sensibilidade infantil captava os dardos emocionais violentos entre o casal, o que o fazia sentir grande insegurança. Bernardo pegou o menino no colo para acalmá-lo, e Maria Carolina tornou a carga:

— Você trata esse negrinho bem demais. Quero ver o que você fará, quando ele crescer. Vai dar-lhe uma enxada para ganhar a vida, eu espero.

— A senhora está passando do limite — respondeu Bernardo, enfatizando "a senhora", tratamento formal que não costumava usar. Continuou falando com ira contida: — Também posso lembrá-la de que fez um "sagrado juramento" de me obedecer. Cumpra-o! Cale a boca e vá para seu quarto.

— O senhor protege esses negros como se fossem da família! — retrucou Maria Carolina pálida diante da resposta do marido, erguendo-se para obedecê-lo. — Quando meu filho nascer, não quero esse negrinho dentro de casa.

— Dou-lhe um minuto para deixar esta sala e ir para seu quarto. Eu mando nesta casa e nesta fazenda! Só eu sei o quanto ela me custou. Eu mando e mandarei aqui até minha morte. Decido quem fica dentro desta casa e quem sai. Edgar ficará aqui, independentemente do número de filhos que a senhora tenha. Nunca, mas nunca mais, ouse se referir a ele desse modo ou a me dar ordens sobre qualquer assunto. E, agora, suma daqui! Não quero mais vê-la hoje.

Maria Carolina desatou em pranto ao ouvir a resposta fria e furiosa do marido. A forma distante como ele a tratara revelou a fragilidade da relação deles. O marido a tratara com muito menos consideração do que dispensava às empregadas.

Algum tempo depois, Maria Carolina olhava o jardim pela janela de seu quarto e viu Bernardo passar a cavalo levando o maldito cesto e carregando Edgar, zelosamente, como se fosse seu pai. Esse pensamento ficou martelando na mente dela, em seus sentimentos magoados.

E isso marcaria e geraria efeitos muito além daquele dia.

CAPÍTULO 11

O AFASTAMENTO

Alguns dias após a visita do filho à cabana, Mariana retornou à fazenda. Entendeu que a vida prosseguia independente de sua dor ou de seus medos. O filho, agarrando-a como se fosse uma tábua de salvação, mostrou-lhe que não podia ser egoísta e precisava crescer. Edgar tinha a mesma necessidade que ela tinha de Florinda.

Porém, a situação não era mais a mesma. Não era somente a ausência da mãe. Tinha que se adaptar a conviver com as novas empregadas e, repentinamente, percebeu o quanto tinha aquela casa como sua. Viu-se discutindo e corrigindo detalhes na arrumação da casa. Coisas pequenas, como a colocação de um bibelô ou a posição das almofadas de crochê, irritavam-na, porque não estavam como costumavam ser, como sua mãe fazia, como Beatriz gostava e, acima de tudo, como ela acostumara-se que deveria ser.

Maria Carolina, em avançado processo de gestação, estava muito mudada. Diante de Bernardo, ficava calada, mas as empregadas — e aí incluía-se Mariana — eram as destinatárias de sua ira. O pequeno Edgar, com a inocência típica dos primeiros anos, não notava que sua amiga predileta estava diferente. Ela tratava-o com atenção; ainda não conseguia feri-lo com sua raiva. A aparência de bebê o protegia, mas fosse pelos incômodos dos meses finais da gravidez, fosse pelas suspeitas que abrigava quanto à paternidade do menino, ela deixara de sentir por ele o carinho dos primeiros dias. Seus sentimentos estavam mudados.

Essa situação agravou-se com a chegada da mãe e das irmãs de Maria Carolina para acompanharem-na nas últimas semanas da gestação e nos primeiros tempos após o nascimento do bebê, notícia que irritou Bernardo profundamente.

Mariana dormia recostada no ombro dele. A madrugada cedia espaço às luzes do amanhecer que Bernardo observava infiltrarem-se pelos vãos das persianas. Ouviu os galos cantarem. Havia alguns dias a insônia o afetava. Estava muito incomodado com a perspectiva de receber a família da esposa na fazenda.

Ela moveu-se e atraiu a atenção dele. Mariana dormia profundamente. Observando o rosto da amada, ele ainda notava as marcas do sofrimento com a morte de Florinda. Fazia quase quatro meses, e tanta coisa havia acontecido! Marina ainda tinha olheiras. Bernardo a vira chorando ou com os olhos vermelhos e inchados. Às vezes, ela mostrava-se extremamente irritada e impaciente, e ele sabia que a situação estava no limite. No início, imaginara que seria possível viverem bem naquele arranjo doméstico, mas agora percebia que as coisas não eram tão simples. Flô fazia muita falta, pois apaziguava aquele ambiente. Olhando mais adiante, viu o berço de Edgar. O menino dormia serenamente.

Desde a discussão na sala de jantar, Bernardo afastara-se de Maria Carolina, e a desculpa da gestação avançada fora perfeita para evitar as relações conjugais. Desde então, passava todas as noites com Mariana. A tênue amizade e o carinho que a esposa despertara nele foram duramente atingidos naquele enfrentamento. Romperam-se as comportas do rancor que abrigava desde o casamento. Bernardo não distinguia a quem se dirigia seu sentimento, por isso lutava para que isso não afetasse seu sentimento pelo filho que nasceria em breve. Somente Mariana e Edgar estavam abrigados de seu rancor. Considerava-os tão vítimas como ele próprio e que eles sofriam mais, o que o fazia sentir-se culpado. Bernardo tinha consciência de que, até aquele momento, não sentia nada especial pelo bebê que nasceria em breve, apenas uma expectativa. Não se comparava ao que sentira quando Edgar estava para nascer. Em dois dias, sua fazenda seria invadida por mulheres estranhas, e isso o atormentava. Como ficaria sua rotina? Era a questão que lhe tirava a paz e o sono naquele amanhecer. O trabalho foi novamente seu refúgio.

Na casa da fazenda, o isolamento entre seus moradores era a prova de que a solidão pode ser mais um estado da alma do que uma realidade física.

Edgar, ainda com os passos vacilantes, caminhava entre um e outro, estendendo os braços à procura de atenção e segurança.

CAPÍTULO 12

A COMPARAÇÃO

— Elas estão chegando — anunciou Mariana a Bernardo ao ver uma nuvem de poeira na estrada.

Ele olhou através da janela na direção da estrada. Seu olhar tornou-se opaco, como se a nuvem de pó houvesse baixado sobre seus olhos. A comida perdeu o sabor, e ele empurrou o prato e suspirou irritado.

— Tenha calma! — pediu Mariana colocando a mão sobre a dele. — Lembre-se do que dizia minha mãe: vai passar. Elas ficarão aqui alguns dias e irão embora.

Bernardo segurou a mão de Mariana e apertou-a suavemente. Depois a soltou, levantou-se e falou irado:

— Eu sei, mas isso não muda o fato de que não queria nenhuma delas aqui.

Seus passos rápidos, duros, firmes, pesados ecoaram na sala como marteladas. Mariana ficou observando-o e perguntando-se onde estava o homem simples e meigo que era seu companheiro desde a infância. Mariana pegou Edgar e decidiu que seria melhor para ela e o filho ficarem longe da casa naqueles dias.

Arrumando a sala, Conceição e Filomena olharam espantadas para Mariana passar a cavalo no pátio, carregando Edgar e um saco de algodão branco cheio.

— Ué! O que deu nela? — indagou Conceição a Filomena. — Falou alguma pra *ocê*?

— Nadica! — respondeu Filomena apoiando as mãos no cabo da vassoura. — *Êta*, gente esquisita! Sobrou pra *nóis*, Filó. *Vamo* ter que dar conta das *visita*, da patroa que vai *pari*, e sabe Deus o que vai *sê*. Minha vó dizia que é um pé na terra e um na cova, e tinha razão. Semana passada morreu a Elisa, e não sei se a criança vai se *criá*.

Conceição, mais do que ligeiro, fez o sinal da cruz e respondeu:

— Cruz-credo! Até parece que *ocê* gosta duma *desgrama*. Esta casa já *tá* virada numa coisa que num se entende, e *ocê inda* me vem *falá* de morte?! Deus me livre! Coitada da patroa! Tenho dó dela, viu?

— É. Bem diz o povo que dinheiro não *traiz* felicidade — comentou Filomena. — Não gosto de *desgrama*, Ceição, mas é uma coisa *possive*. Vai *dizê* que não é?

Conceição baixou a cabeça concordando, e tacitamente encerraram o serviço em silêncio.

Bernardo não retornou para receber a sogra e a cunhada. Maria Carolina estava, voluntariamente, em repouso e não saía do quarto. Era uma tentativa inconsciente de chamar a atenção do marido e das pessoas da casa. Emocionalmente, estava bastante abalada. Não tinha vontade. Em decorrência desse estado de ânimo, a fase final da gestação parecia-lhe difícil demais. Cada dia era um suplício. Desejava livrar-se da barriga enorme e da criança chutando seu ventre. Sentia os seios pesados, inchados, as pernas travadas. Com a mesma intensidade, ansiava e temia o parto, e essa divisão interior aliada a sentimentos que considerava "inconfessáveis, por serem indignos de uma mulher de bem, de uma cristã-católica, de uma mãe", torturavam-na intimamente. Tudo isso somado às dificuldades no relacionamento com o marido levavam-na a, inconscientemente, desejar o fim de tudo.

— Pois é, Filó. Tudo é possível neste mundo de meu Deus, *inté* as empregadas receberem as visitas dos *patrão* — falou Conceição, observando que a nuvem de poeira do carro na estrada estava cada vez mais próxima.

Alheia à direção do olhar da colega de trabalho, Filó prosseguia limpando e polindo os móveis da sala, por isso entendeu de outra forma o comentário de Filó e respondeu com pouco caso:

— Ai, minha Nossa Senhora! Isso é coisa tão velha, Ceição. Tem pouca família que não tem um sarará nas nossas bandas, não? Os *patrão visitá* as *empregada* à moda do seu Bernardo e da Mariana é coisa mais que comum. *Tá* certo que é um pouco de exagero o modo, né? Assim, todo mundo sabe, ela vive aqui dentro da casa com a *mulhé* dele e tal...

Levando a mão à cabeça para ajeitar o lenço branco amarrado nos cabelos, Conceição balançou a cabeça e aproximou-se da amiga apontando a janela ao dizer:

— Não é isso, mulher! Disso *tô* careca de *sabê*. Daqui até a vila, todo mundo sabe da história de Mariana e do patrão. E, verdade tem de *sê* dita, eles se *ama* de verdade. Não é só safadeza com uma *nêga bunita*. Porque ela é *bunita*, né, Filó? Eu acho a Mariana muito *bunita*. Queria *tê* os cabelos dela. Cumprido, cacheado. Os *meu*, se *cresce*, dá pra *fazê* escada pro céu. Mas não é nada disso que tô falando. Filó, *oia* a estrada. *Tá* vendo?! É as *visita* da patroa.

— Ai, meu Deus do Céu! — exclamou Filó espantada e depois prosseguiu decidida: — Vou chamar a patroa.

Conceição fez uma careta e jogou as mãos ao alto, fingindo irritação com a ideia de Filó.

— Vá lá, mas vai perder seu tempo, viu? A patroa já *tá* que só quer usar a comadre. Não levanta da cama pra nada. *Ocê* acha que vai *sê* agora que vai *mudá*? Vai é *piorá* a situação, se é que conheço alguma coisa de gente *manheira*.

O que Filó desejava era sair daquela posição que sentia como desconfortável para si. No fundo, era tímida. Conceição era língua de trapo, como diziam os demais empregados da fazenda. Falava demais e, com frequência, o que não devia. Ela não se importava em receber as visitas, até gostava, pois assim teria muita história para contar no domingo na quermesse.

Betânia desceu do carro assim que o motorista abriu a porta. Conceição, parada à entrada da porta, ia mentalmente fazendo as identificações:

— Hum! Essa deve *sê* a irmã. É mais *bunita* que a dona Maria Carolina, mesmo sendo mais *véia*. Essa é uma madame. Parece com a dona Beatriz.

A avaliação de Conceição não estava de todo errada. Betânia era a irmã mais velha, muito decidida e primava pelo refinamento em seus modos. Bastava ver seus trajes. Adequara-se a ir passar alguns dias em uma fazenda, ainda assim, calçava sapatos de verniz com salto quadrado, vestido rosa de seda com saia plissada, chapéu e luvas brancos. Estava levemente maquiada, como ditava a moda da capital, mas a expressão de seu rosto revelava firmeza. Havia até dureza em seu olhar, inconfundivelmente frio.

Se Maria Carolina fora educada a vestir-se bem para tornar-se mais atraente, era nítido que em Betânia o propósito da elegância e do refinamento social era dar a ilusão da feminilidade e da candura.

Minutos depois, desceu dona Anastácia, uma senhora de porte esbelto e cabelos grisalhos firmemente apanhados em um coque. Diferente da filha, não fazia concessões à moda do momento e trajava-se de maneira mais severa. Usava um vestido longo, de tecido escuro e pesado, bem marcado na cintura, decote redondo bem alto finalizado com renda negra, e o mesmo detalhe acompanhava o acabamento das mangas que alcançavam o cotovelo e a bainha da saia. Tinha expressão firme, olhar de águia, pequenas linhas de expressão em torno da boca e dos olhos, pele branca. Tinha traços bonitos, mas lembravam a beleza dos quadros militares.

— Nossa! — exclamou Conceição baixinho e completou em pensamento: "Essa é osso duro de roer! Xiii, isso vai dar bode".

Mas tratou de disfarçar suas ideias e fazer o que lhe competia. Filó não retornaria, ela sabia. Então, adiantou-se para ajudar com as malas, uma quantidade muito maior do que ela estava habituada a ver. "*Inté* parece uma mudança! O pobre do moço não para de tirar mala e baú desse carro. Como cabe tanta coisa nisso?", perguntava-se mentalmente ao descer os degraus da escada que dava acesso à entrada principal da fazenda.

— Sejam bem-*vinda* à fazenda! — saudou-as. — Sou a Conceição. Junto com a Filomena, cuido da casa e, nos últimos dias, da patroa também.

— Ah! Sim — falou Anastácia correndo os olhos rapidamente de cima a baixo em Conceição. — Onde estão minha filha e meu genro?

— A patroa está no quarto, senhora. Faz uns dias que não tem saído da cama. Mas está bem. São os incômodos dos últimos dias. Sabe como é... — Um olhar bastou para Conceição parar de falar e cruzar as mãos sobre o avental.

— Leve-nos até ela — ordenou Anastácia.

— Sim, senhora — respondeu Conceição prontamente e estendeu uma mão em direção à entrada da casa: — É por aqui, faça o favor.

E, de imediato, começaram sérias mudanças e atritos constantes. Anastácia correu os olhos e rapidamente apreendeu os mínimos detalhes das salas e dos corredores por onde passava. Não a agradava a exposição de velhos objetos de família. Classificava-os como "tralha". As paredes repletas de quadros de mortos causavam-lhe um calafrio na espinha. E pra quê tanto crochê? Guardanapos, cortinas, almofadas, o horror foi ver as fronhas e os lençóis da cama da filha enfeitados com "aquelas coisas". Antes de seu neto nascer, haveria uma mudança naquele lugar, decidiu ela. "Graças a Deus, é limpo!", avaliou torcendo o nariz.

O olhar de Betânia não escondia o desagrado com a falta de modernidade na casa da irmã. "Meu Deus! Isto aqui parou no tempo", avaliava ela. E, ao longo do dia, essa opinião só foi crescendo e se consolidando. Atingiu o ápice, quando viu a banheira de ferro revestida de cobre com água até a metade e alguns baldes cheios parados ao lado.

— Que horror! — exclamou, recordando-se de seu banheiro moderno na capital, com água encanada. — Que sacrifício não se faz pela família! Mamãe vai enlouquecer quando vir isso — murmurou para si mesma enquanto se despia. Seu olhar deparou-se com os muitos trabalhos em crochê bem engomados que enfeitavam todo o quarto de banho feminino.

E assim, enquanto se comparavam uns aos outros, as situações e as condições, todos se desrespeitavam, aumentando a animosidade interna. Edgar, sem que qualquer um dos adultos observasse, sentia e aprendia. E, naquele limbo da infância, amealhava valores, sentimentos e conceitos, absorvendo-os diretamente do ambiente, sem filtros. E tudo se incorporava a ele.

CAPÍTULO 13

O AFASTAMENTO EMOCIONAL TORNA-SE DISTÂNCIA FÍSICA

Conceição chegou à cozinha e intimamente agradeceu a Deus a solidão do ambiente. Cansada, puxou a cadeira e sentou-se, apoiou os cotovelos sobre a mesa e deixou a cabeça descansar entre as mãos. Como os olhos fechados, respirava profundamente, bem devagar.

Alguns minutos depois, seu pensamento naturalmente dirigiu-se a Deus. Ela pensava: "Ah, meu Deus, dá paz pra essa gente! Dá paz pra dona Maria Carolina, que essa agitação toda não vai *sê* boa pro nenê. Dá paz pro seu Bernardo, que, apesar de tudo, é um bom homem".

Quantas vezes agimos como Conceição, pedindo paz para alguém, como se esta fosse uma guloseima que se oferta, como se houvesse possibilidade de a paz nascer no exterior? Deus fez da paz a conquista pessoal daquele que viaja às suas próprias cavernas, que desce aos seus infernos e os ilumina, enxergando em si mesmo todos os devoradores da serenidade, que se abrigam como carrapatos em suas forças interiores, e arranca-os um a um. Daquele que depois retorna à superfície e faz brilhar a própria luz, se torna senhor de si, de suas vontades, conhece os próprios ossos, ou melhor, a própria imortalidade. Que já não mais aceita a bota pesada da vontade alheia e em que não mais ecoa em si as crenças e os sentimentos de seus ancestrais. Os conceitos lhe pertencem, e os preconceitos foram postos fora, carrapatos arrancados. Nada disso lhe suga mais a vitalidade, logo, não há fúria. Não há tormento interno a rugir no exterior nem há mais feridas invisíveis no íntimo, que teimam em mostrar-se em estados patológicos de dor e sofrimento somatizados que maltratam o corpo físico. Não há mais a tirania da sombra na mente, não há mais os deuses negros governando o inconsciente e impondo flagelos morais e materiais. Brilha a sua luz! A luz de quem se desvendou, de quem se descobriu e se viu humano, capaz, com poderes e forças que o fazem à imagem e semelhança do Divino. A vida não é mais uma luta. Viver não é sofrer; é florescer, desabrochar! Abrir-se à luz. Deixar-se beijar pela vida igual à rosa oferecendo-se ao sol. Plenamente! Ciente de que nenhuma de suas pétalas é igual à outra e que a perfeição e a beleza estão na diversidade delas. Que seus encantos não escondem os espinhos, tampouco os abominam, pois sabem o quão necessários são. A natureza a tudo dotou de forças de proteção contra a invasão alheia. Sem isso, limites não seriam respeitados. Se os espinhos ferem é para advertir e proteger.

Porém, algumas pessoas, irrefletidamente, lançam as rosas no chão, e com os espinhos tecem coroas que acomodam sobre as consciências. Intimamente, entronizam um tirano; externamente, clamam aos outros por atos e palavras que lhes deem paz e colo. Cena triste! Porque continuam sangrando as próprias forças e desejando viver sem destronar a ignorância de si mesmos.

Não! Deus não lhes nega a paz! Apenas, eles não a buscam. E, como o caminho interior é protegido de invasores — somente pode ser percorrido por nós mesmos —, a paz fica guardada, esperando o dia em que seu legítimo proprietário a reivindique como sua e a faça brilhar.

Até lá, aos que acompanham a jornada, socorre a paciência para que aguardem as convulsões da semente que germina: inchar, romper a casca, permitir ver a vida do interior, vencer a terra escura e surgir expondo-se à luz.

Conceição não veria suas súplicas serem atendidas.

O nascimento de Mercedes foi o grande marco. A partir dali, a situação somente se complicaria.

Bernardo não tolerava a família de Maria Carolina e, com a chegada da primeira neta, ela praticamente se mudou para a fazenda São Conrado.

A tensão era tamanha que os moradores julgavam que era possível tocá-la. Era uma pressão tão grande dentro da casa que Conceição se habituara a não fechar as portas. Em suas crenças intuitivas, ela considerava que uma corrente de ar faria uma boa e grande limpeza naquela tensão. Pensava nas emoções vividas e reprimidas ali como sujeira que se gruda nas paredes. Não estava totalmente errada. As vivências impregnam os ambientes, deixando marcas que os mais sensíveis percebem.

Bernardo estava insone. Ergueu-se do leito e foi para o solário, como sua mãe o chamava. Era uma construção circular, com pé direito alto, teto de vidro colorido em abóboda, paredes de escarola que imitavam mármore, portas e janelas de ferro e vidros coloridos. O local era uma excentricidade de dona Beatriz, sua idealizadora. Era sua sala de leitura. O mobiliário era composto de sofás e mesas de apoio.

Ultimamente, Bernardo apreciava o local. Dava-lhe sossego. Já que paz era algo que ele considerava perdido para sempre. A chegada da filha mexera com ele, trouxera-lhe uma consciência sobre aquele casamento que não tinha.

Aceitara o compromisso arranjado, salvara a "joia da família" e pagara o preço de desistir de seus sonhos de juventude. Contemporizara e por algum tempo acreditou que seria possível conciliar a obrigação assumida e seus desejos reprimidos. Maria Carolina fora um acessório, um mal necessário, e até chegara a esquecê-la. A paixão por Mariana não sofrera abalos, porém, com a morte de Flô, as coisas tinham começado a se complicar, e agora, com a chegada da filha, ele começava a ver, com desgosto, que a obrigação ganhava terreno sobre sua vontade. E isso o incomodava terrivelmente.

Mariana, no primeiro dia da visita de Anastácia, mudou-se. Apenas um confronto foi suficiente. Furiosa, ela arrumou suas coisas e as de Edgar no antigo quarto que dividia com a mãe e desapareceu das salas da fazenda. Passava os dias com o menino à sombra das árvores, às margens do riacho onde as mulheres lavavam a roupa, e considerava mudar-se para a choupana, bem longe da casa. Noite após noite, ela acordava e acabava chorando, silenciosamente, até o amanhecer.

Sentia e entendia que o espaço perdido não seria recuperado. A raiva começou a imiscuir-se na paixão por Bernardo. O estado emocional abaladíssimo pela morte de Florinda revelava sua fragilidade, e a sensação de perda que experimentava reavivava o luto. Sentia-se sozinha, desamparada, desprezada e incapaz de reagir. Tinham lhe tirado tudo: sua casa, sua família, seu amor, restando-lhe somente Edgar.

Assim transcorreu o restante daquele ano, deteriorando progressivamente as emoções de todos, por consequência de relações extremamente difíceis. Culminavam com dois bebês que choravam de carência e imploravam atenção.

Bernardo, infeliz e frustrado com sua vida, encontrava na violência e na bebida a válvula de escape. Com o passar do tempo, nem mesmo Mariana escapou de sua ira.

CAPÍTULO 14
DOENÇA

A raiva dominou, cegou Bernardo e manifestou todo o seu poder destrutivo. Na ausência da família, Maria Carolina, por sua vez, sofria agressões físicas e era submetida a uma vida sexual sem prazer, apenas para cumprir "obrigação" e procriar, algo que ela aceitava por desejar um filho homem. Como acréscimo à lista de uma vida de frustrações, teve duas filhas: Mercedes e Josefina. Era uma competição pessoal com Mariana. Intimamente, Maria Carolina sabia que Edgar era filho de Bernardo.

Aos seis anos, Edgar compreendia o que sentia no ambiente doméstico desde muito cedo: um afeto inconstante de Maria Carolina, que, às vezes, o adulava, mas o inferiorizava pela condição racial e social e não escondia o desprezo pela mãe dele.

Ele temia a agressividade de Bernardo, a quem nunca chamou de pai. Não fora ensinado. Embora nunca tivesse sido agredido, passou a temê-lo. Via-o agredir e maltratar Maria Carolina e submeter Mariana a coisas que o faziam sentir medo, como encontrá-la amarrada e nua na cama depois de ele sair do quarto, ver marcas roxas e arranhões profundos nas pernas dela e, acima de tudo, encontrá-la chorando inúmeras vezes. Quando se perguntava o porquê, a resposta era:

— Meu filho, a vida das mulheres negras não é fácil. Sua vó me dizia isso, mas eu acreditei que comigo seria diferente.

— E a gente não pode ir embora, mãe?

— Não, Edgar. Isto aqui, tudo aqui, nos pertence. Não podemos ir embora e passar fome. — Era a resposta de Mariana.

Ele não entendia o que a mãe lhe dizia, mas temia, afinal, nunca havia saído da fazenda.

As crianças da fazenda viviam uma sociedade à parte, na qual não havia divisões raciais ou sociais. As brincadeiras e as descobertas eram idênticas, e, antes que seus pais as ensinassem o preconceito e a discriminação, elas viviam em alegria e unidade. Maria Carolina não gostava que suas filhas se misturassem com as outras crianças, no entanto, como vivia boa parte do dia em seu quarto, cultivando o isolamento como forma de proteção, a tristeza como companheira e fazendo da prece uma ocupação do tempo, as meninas escapuliam para brincar. As empregadas compadeciam-se de vê-las espiando as crianças que corriam e subiam nas árvores e acabavam abrindo a porta. Diziam:

— Vão brincar, mas voltem quando a gente *chamá* vocês. Sem choro nem reclamação, *tá* certo?

Mercedes e Josefina, prontamente, tiravam as meias brancas e os sapatos, calçavam chinelos iguais aos das outras meninas da fazenda e saíam faceiras. Foi assim que Edgar cresceu ao lado das irmãs, sem que soubessem dos vínculos familiares. Eram amigos.

Mas sua vida mudou subitamente. Mariana começou a emagrecer a olhos vistos e a tossir muito. No quarto deles, há meses, notou muitos vidros com chás e xaropes feitos com ervas. Ela frequentemente procurava por Bento, o curandeiro que tratava dos empregados da fazenda. Bento era um negro idoso, com cabelos brancos nas têmporas, magro e alto e tinha as maçãs do rosto bem pronunciadas. Vivia sozinho numa casinha pequena, de um único cômodo.

A solidão, contudo, era algo desconhecido para Bento. Quando trabalhava nas lavouras, tinha a companhia dos amigos. Vivia de casa em casa e foi aprendendo a arte de cuidar, quer fossem humanos ou animais. Quando chegou à velhice e não mais servia para as lides da agricultura, ele dedicou-se integralmente a isso. Se havia uma criança doente, os pais deixavam-na com ele enquanto iam trabalhar; se havia um idoso doente, ia para a casa dele até morrer. Os cães, os gatos, os cavalos, as cabras e o gado também lhe eram confiados, inclusive por Bernardo e por outros fazendeiros da região, que mandavam buscá-lo para benzer o gado que estivesse com carrapatos e outras infestações. Com a morte de Florinda, ele e Mariana tornaram-se mais próximos. Bento era a única pessoa que sabia toda a verdade, compreendia o que se passava na casa da fazenda e via com preocupação a doença dela.

Uma tarde, ao vê-la tossindo muito e fraca, perguntou-lhe:

— O que *ocê* acha que tem, *mia* filha?

— Não sei, Bento. Sei que está difícil de curar.

— E essa mancha roxa no seu pescoço? O que foi isso, menina?

Mariana baixou a cabeça envergonhada, pois não podia revelar ao que era submetida. Duas lágrimas silenciosas correram por seu rosto magro, e ela rapidamente as enxugou com as mãos e tossiu disfarçando o choro.

Bento aproximou-se, tomou-lhe um braço e puxou a manga comprida do vestido revelando marcas. Examinou-as sem nada dizer. Abaixou-se e examinou os tornozelos. Como suspeitava, também estavam marcados, porém, não tanto quanto os braços e o pescoço.

— Tem mais marca desse tipo, menina? — perguntou Bento.

Ainda cabisbaixa, Mariana emitiu um som baixo:

— Ahã.

— Sou um *nêgo* velho, menina. *Pudia sê* seu avô. Vi a Flô moça, barriguda de *ocê*. Uma santa *mulhé*, muito sabida, a sua mãe. Uma pena *tê* morrido tão cedo! Mas que bom que ela num viu isso. Foi o patrão, não foi?

Mariana chorou e abraçou Bento, sussurrando em meio às lágrimas:

— Ele não *tá* bem; *tá* bebendo muito. Tem cachaça em todos os armários. Aí ele perde a cabeça. Ele não bate em mim. Nunca me bateu nem no Edgar. Sei que ele me ama e ama nosso filho. Muito! Mas...

E um nó na garganta de medo, vergonha e raiva a impedia de confessar a origem das lesões.

— Fia, fia... *Ocê* pensa que precisa *dizê* isso pra um *nêgo véio* como eu. Mariana, eu sei como isso aconteceu, mas é pra *ocê falá*. Vai lhe *aliviá* o coração. *Ocê* pensa que é a única *mulhé* a passar por isso? Já vi isso *acontecê* com todo tipo de *mulhé*. Com branca, com preta, com mulata, com cabocla, com *mulhé* rica e pobre. Num tenha vergonha nem medo. Não posso te *julgá* nem quero.

Soluçando, Mariana começou a falar baixinho, abraçando Bento fortemente, agarrando-se a ele como se fosse uma tábua de salvação. Ele acolheu-a, deixou-se agarrar. Apenas lhe acariciava os cabelos e rodeava-lhe a cintura com o braço para ampará-la.

— Começou como uma brincadeira... depois, ele foi se tornando mais agressivo. Já não era o homem carinhoso com quem eu estava acostumada. Tornou-se bruto. Parecia que tava com raiva do mundo, mas antes ele se acalmava e depois me abraçava. Não me machucava. Eu só sentia a raiva nele, mas sabia que não era para mim. Sei que Bernardo me ama. Ele ainda me diz isso, mas *tá* piorando. E ele fica descontrolado quando me vê doente. Desesperado, eu acho. Agora, escondo dele que não fiquei boa, senão ele bebe ainda mais. A besta da Maria Carolina não sai da frente da santa, sempre ajoelhada, com o terço nas mãos. Infeliz criatura! Até tenho pena dela. Sei que nela ele bate, pois já vi. Coitada! Não tem culpa de nada. Acho que até hoje não sabe por que está aqui. Bernardo desconta nela toda a raiva que sente, mas acho que não faz com ela o que faz comigo...

Bento apenas a ouviu, abraçou-a, deixou-a falar e chorar em seu peito até acalmar-se. Notando que ela estava aliviada e se afastava dele, ergueu-lhe o rosto e, fitando-a, disse:

— Vou *rezá* muito pra *ocê*, minha *fia*. Pra Deus lhe *dá* força e paz.

Mariana pôs-se na ponta dos pés e beijou a face envelhecida do amigo.

— Obrigada, Bento! Não sei o que seria de mim sem você para me ouvir e me ajudar com seus remédios. Tenho que voltar. Já está ficando tarde. Fica com Deus! Até!

Bento sorriu e apertou rapidamente a mão de Mariana ao responder:

— Vá em paz, menina!

No outro dia, cedo da manhã, Bento encheu seu cantil com água, colocou algumas fatias de broa de milho na algibeira e seguiu em passo lento em direção às lavouras de café.

Bernardo estava sentado à sombra de uma árvore. Havia ali uma longa mesa e bancos feitos de maneira muito rústica. Era onde os trabalhadores faziam as refeições. A cabeça dele latejava. Bernardo sentia um mal-estar generalizado, a visão turva, consequências dos excessos alcoólicos da noite anterior. Bento observou-o e lamentou silenciosamente.

"Que fim teve o moço *bunito* e simples que *trabaiava* alegre *cum* a gente? Se *arguém* me contasse que isso ia se *dá*, juro que num acreditava *pur* nada deste mundo. Mais *tá* aí, bem diante do meu nariz. Que tristeza! A *mardita* bebida acaba *cum* a vida de quem se entrega pra ela. É vício do cão! *Oiá* a pele dele! Já tem as *mancha* vermelha dos *pinguçu. Tá* barrigudo, inchado. Os olhos *parece* de sapo. Vai se *acabá* na bebida, e isso não tem mais *vorta.* E vai *piorá* logo, logo. Bom, *vamo vê* se *tá* são, se dá pra *prosiá* com ele", pensou.

68

Bernardo, de cabeça baixa e zonzo, não percebeu a chegada do velho até ouvir-lhe a saudação.

— Dia, patrão! Posso me *achegá*? Queria lhe *falá* um minuto, é *possiver*?

Bernardo ergueu a cabeça, reconheceu Bento e sorriu. Por uma fração de segundo, pareceu a Bento que ele era ainda o mesmo jovem que admirava pela simplicidade.

— Claro, Bento! Venha, sente-se à sombra, homem de Deus. Esse sol está horrível. Já estou zonzo, com dor de cabeça, tal é o calor nessas lavouras. Dei uma folga aos homens. Vamos recomeçar à tarde. Tenho todo tempo que você quiser para prosear. Faz tempo que não lhe via. Está tudo bem com você? — respondeu Bernardo, feliz com a inesperada presença de Bento. Tinha sincera afeição por ele, como por outros trabalhadores de suas terras.

— Obrigado, patrão. Tenho água fresca, se quiser uns goles — ofereceu Bento apresentando-lhe o cantil.

Bernardo aceitou, tomou longos goles e devolveu o cantil.

— Muito bom, Bento. Fez-me bem! Estava com a boca seca, amarga. Nem tinha notado.

Bento balançou a cabeça concordando e guardou o cantil.

— O senhor não *tá* com a cara boa. Vou *colhê* umas ervas de chá e lhe *mandá*, se me *permiti*. Ajuda muito. Bom pro fígado. Deve ser a causa da sua dor de cabeça, mais do que o sol quente.

Conversaram sobre as plantações e as expectativas de uma ótima colheita. Enquanto isso, Bento observava com atenção o patrão. Sentia a vibração pesada em torno dele e viu alguns vultos espirituais que pareciam envoltos numa nuvem cinzenta. E, enquanto ouvia Bernardo falar das lavouras, em pensamento, orou a Deus pedindo proteção ao senhor daquelas terras. Um homem tão rico, mas tão carente de bens da alma, tão carente de paz. Logo sentiu o costumeiro bem-estar que o envolvia quando rezava antes de atender seus enfermos e quando os benzia. Teve vontade de benzer o patrão e mentalmente repetiu as fórmulas aprendidas com seus antepassados. Soprou a distância e discretamente em direção à cabeça de Bernardo, que, repentinamente, se calou. Por segundos, fechou os olhos e sentiu uma brisa na testa que lhe trouxe alívio e bem-estar. Ao abrir os olhos, viu Bento soprando em sua direção e perguntou-lhe com calma:

— Você está me benzendo, Bento?

Bento soprou mais uma vez, sorriu e respondeu:

— Sim, senhor. Benzi sua dor de cabeça. Era melhor se eu pegasse uns galhos de folha verde...

— Pode pegar, Bento. Eu acredito na sua benzedura. Pode fazer — autorizou Bernardo.

Bento sorriu satisfeito, levantou-se e andou uns metros na beira da lavoura para apanhar as ervas. Retornou e ficou de pé em frente a Bernardo, segurando o punhado de ervas na mão esquerda. Com a direita, pegava um ramo por vez e passava rapidamente do alto da cabeça aos pés do patrão, recitando uma prece num dialeto africano, e depois jogava o galho sobre o ombro esquerdo. Repetiu isso várias vezes e terminou segurando-lhe a cabeça entre as mãos e soprando-lhe entre os olhos.

Com a respiração levemente acelerada, como se houvesse feito grande esforço, Bento afastou-se, encerrando a benzedura, e sentou-se. Pegou o cantil e bebeu longamente, respirou fundo e indagou:

— Como o senhor *tá*, patrão?

Bernardo abriu os olhos e sorriu ao responder agradecido:

— Muito bem, Bento. A dor de cabeça se foi, e o mal-estar, também. Sinto-me bem. Muito obrigado! Um dia desses, pensei em ir à sua casa para pedir que me benzesse, mas acabei distraído e esqueci. Estava precisando disso, eu acho.

— É, tava sim. Tinha companhia ruim à sua volta — falou Bento referindo-se às presenças espirituais. — Procure *rezá*, patrão. Vai lhe *fazê* bem. São almas perdidas, sem caminho depois que *morre*. Ficam vagando e procurando as *coisa* que faziam quando *tavam* na Terra. Quando acham gente que gosta das *mesma coisa* que eles, grudam que nem carrapato, porque querem *vivê* aquilo de novo junto da pessoa. Aí, se o *home* fumava dois ou três *enrolado* por dia, passa a *fumá* dez ou doze; se gosta de bebida, em vez de um trago ou dois, vai *bebê* até o fundo da garrafa, e é assim *cum* tudo. Precisa *rezá* pro seu anjo da guarda pra ele lhe *dá* força e *afastá* essas *companhia*.

Bernardo ouviu, pensativo. Reconheceu que estava exagerando em tudo. Lembrou-se de como se tornava violento sob o efeito da bebida, envergonhou-se, mas nada disse. Bento continuou:

— Muito do seu mal-estar e desassossego é deles. É igual a essas *erva* de bicho que dão nas *árvore*. Grudam no tronco e vivem consumindo a seiva da planta. As *alma* atormentada grudam na pessoa e daí *senti* tudo o que ela sente. Aqueles em quem elas grudam é afetado pelo que eles têm, *iguá* ao tronco da árvore, e pode *morrê* que nem as *planta*. Isso é coisa séria, muito séria.

— Eu acredito em você, Bento. Irei procurá-lo. Fez-me bem. Mas o que você está fazendo andando neste sol? Ainda não me disse.

— Eu vim à sua procura. Quero lhe *falá* de Mariana e do menino — respondeu Bento, sereno e calmo, olhando-o de frente.

O silêncio e o olhar interessado foram o consentimento para Bento prosseguir, sem rodeios:

— Eu vim lhe *dizê* que ela *tá* muito doente e não vai viver muito tempo. O senhor até pode chamar os *médico* da vila, mas não vai *adiantá*. Vão só *fazê* ela sofrer *cum* os *tratamento* deles de *sangrá* as *pessoa* e lhes *dá* veneno. Ela tem doença ruim nos *pulmão*, e isso não tem cura. Sei que o senhor gosta muito dela e do menino, e é *cum* ele que eu tô preocupado. Mariana foi me *visitá onti*, me contou o que se passa na casa da fazenda e que tem medo do que vai *sê* do *fio*. Ela sabe da doença que tem e que as *força* dela não vão muito longe. Tem medo do que possa *acontecê* com ele, pois a patroa maltrata o "sarará", como ela chama o menino na sua ausência. Não bate nele nem nada, mas diz coisa que num se fala pra criança. Ela não gosta do menino, e Mariana tem muito medo do que possam *fazê cum* ele quando ela não *estivé* mais aqui pra *cuidá* dele.

Bernardo empalideceu ouvindo, pois sabia que Bento tinha razão. Embora negasse a gravidade da doença de Mariana, no íntimo sabia. Estava atônito. Lágrimas correram por suas faces, e Bento estendeu-lhe a mão, pousando-a sobre o braço de Bernardo.

— Quero *ajudá ocês*, patrão. Eu vi como tudo *aconteceu* e sei tudo. Entendo e admiro sua *corage* de *amá* uma *mulhé* negra e sei que o senhor queria que ela fosse patroa nesta fazenda, mas *vieru* os *problema* da vida e não foi assim. E tem o menino que vai *ficá* com o senhor.

— Não sei o que fazer, Bento. Não posso perder a Mariana. Ela é tudo o que eu amo nesta vida. Hoje, eu sei e me arrependo da escolha que fiz. Deveria ter ido embora, e meu pai que resolvesse as dívidas, pois eram dele mesmo. Que se danassem essas terras e as tradições da minha mãe. Elas não me dão carinho, não me aquecem. É só dinheiro, posse. Eu me arrependo muito, Bento, e tenho raiva de mim e dos outros também por tudo isso. O que você me aconselha?

Bento olhou-o penalizado. Era visível o arrependimento de Bernardo, mas ele não se enganava e aguardaria. Havia inércia também, e isso o levava a pensar que aquela situação se mantinha e permaneceria assim, porque convinha a Bernardo. Havia uma briga interna, mas Bento não era capaz — provavelmente nem Bernardo o fosse — de avaliar quem detinha maior poder: se o arrependimento do amor mal vivido ou o apego aos bens da família. Bernardo culpava a mãe, mas ela fora embora daquelas terras e pouco as visitava. Ele, contudo, criara raízes e tornara-se uma árvore cujos frutos eram amargos. Decidiu falar sobre o futuro, deixar aquele presente que pouco tinha a oferecer e respondeu:

— Mande o menino pra um colégio interno *iguá* ao que o senhor foi quando pequeno. Dê educação de *home* branco pra ele, assim, vai *dá* pra Edgar algo que nada nem ninguém vai *tirá* dele. Mariana vai *entendê* e lhe *agradecê pur tirá* ele dos *oio* da sua senhora, e isso vai *garanti* a vida dele. Ela se preocupa *cum* o futuro dele e sabe que não vai *vê* o filho se *torná home*. Não sabe o que vai *sê* dele nem do *sinhô*, mas sabe que o fim dela *tá* perto. *Levá* o menino pro colégio vai *dá* paz pra Mariana. *Cunverse cum* ela. Vai *vê* o que tô lhe dizendo.

Bernardo ponderou o conselho. Evitava pensar nisso, pois sentiria muito a ausência do filho. Seu desejo era ensinar-lhe tudo o que sabia sobre o cuidado com aquelas terras, sobre as lavouras e os negócios. Pensava que o registro de nascimento, cujo segredo guardava consigo, seria o bastante para garantir o futuro de Edgar, mas, ouvindo Bento, começou a pensar que a sugestão do velho talvez fosse o melhor a fazer.

CAPÍTULO 15

PERCEPÇÕES DISTORCIDAS

O dever da obediência travou uma luta feroz com o medo no íntimo de Edgar, quando Bernardo estacionou o carro em frente ao internato. Fora criado livre na fazenda e agora tinha diante de si um prédio enorme de três andares, janelas estreitas e altas e paredes escuras de cimento penteado. Tudo lhe parecia imenso e assustador. O dia nublado dava ao prédio da escola uma aparência pesada, e a fachada sinistra aos olhos do menino aumentava-lhe o medo do que estava por vir. Edgar estranhava o ambiente urbano. Era a primeira vez que via uma cidade, que lhe despertava a curiosidade e o medo. Era muito diferente de seu cotidiano. Viu poucas mulheres negras nas ruas, e as que viu carregavam cestas com hortifrutigranjeiros ou grandes fardos brancos que equilibravam na cabeça.

— O que é isso, senhor Bernardo? — perguntou o menino apontando uma daquelas mulheres.

— São lavadeiras, Edgar — informou Bernardo. — Elas trabalham lavando roupas. É assim que entregam o serviço aos clientes.

Edgar olhou novamente e perguntou:

— Não tem riacho nas casas da cidade?

Bernardo olhou para o menino e viu nos olhos dele o medo e a estranheza. Sentiu uma dor no peito, uma grande vontade de abraçá-lo e dizer-lhe que tudo daria certo, que fazia aquilo para seu bem, para seu futuro, e que não queria mais ouvi-lo chamá-lo de "senhor Bernardo", mas de pai. Amava o filho. "Por que não posso viver meus sentimentos? Por que não posso viver como quero? Por que não posso ser feliz?", questionava-se, tentando desfazer o nó que se formara em sua garganta.

Mas não podia abraçar o menino. Mais uma vez, os fatos e as obrigações sociais interpunham-se às suas vontades. Aliás, não podia dizer livremente que o menino era seu filho, então, explicou a Edgar:

— Na cidade, as casas não têm riachos, Edgar. É diferente, muito diferente da fazenda, mas há outras coisas que são muito boas. Você verá!

— O senhor morou na cidade e não gostou... — lembrou Edgar visivelmente amuado, falando baixo, lutando contra as lágrimas e olhando pela janela o prédio que o inspirava temor e que agora estava a poucos passos de distância.

Edgar não sabia o que fazer com as mãos; estava inquieto. Queria desesperadamente que alguém o abraçasse apertado, e lidar com a carência afetiva impunha-lhe endurecer interiormente. Era assim que a razão o protegia: cobrindo como uma casca as fragilidades emocionais de sua alma ainda em estado infantil.

Bernardo também lutava consigo mesmo. Sua vontade era voltar com o menino para a fazenda e encontrar Mariana feliz e saudável numa casa onde somente os três vivessem. A consciência, contudo, gritou-lhe: "Não é assim! Faça o que tem de ser feito!".

Então, ele respondeu:

— É verdade, Edgar: eu não gostei, mas fiquei na escola, estudei. Isso é muito importante. É o que você precisa fazer agora para ser um homem no futuro.

— Para ser fazendeiro como o senhor, eu preciso ficar nesse lugar feio? — insistiu Edgar.

Em meio à tristeza e à dor emocional que sentia, Bernardo sorriu, orgulhoso por ouvir o filho dizer que queria seguir seus passos, que era um modelo para o menino.

— Você quer ser como eu quando crescer, Edgar? — perguntou Bernardo ao menino.

— Quero ser dono da fazenda, mas não vou fazer minha mãe chorar. Ela chora muito por causa do senhor. Eu não vou machucar ela — respondeu Edgar sério, com os olhos brilhando de medo e coragem, enquanto encarava a fachada da escola.

Bernardo sentiu um golpe no estômago. As palavras do filho atingiram-no como nada tinha feito. Ficou calado, digerindo aquela visão de si mesmo: alguém que fazia a mulher que amava chorar muito. E ela estava morrendo.

Tocou o ombro do menino, fazendo-o encará-lo. Edgar tinha os olhos idênticos aos de Mariana. Mergulhando na inocência do olhar do filho, no medo e na coragem, na luta que via neles, Bernardo deu-se conta de que era a primeira vez que conversava com ele e, mandando às favas as convenções, fez o que seu coração pedia. Abraçou Edgar bem forte, beijou--lhe o alto da cabeça, como fazia quando ele era um bebê, acariciou os cachos dos cabelos rebeldes e murmurou:

— Meu filho, prometo que cuidarei da sua mãe. Ela não irá chorar mais. Você vai estudar, será um homem de bem, um doutor, como seu avô queria que eu fosse. A fazenda será sua. Tem minha palavra, Edgar! Mas você será um dono muito melhor que eu, se for um homem com mais estudo. Há muita coisa que você ainda não sabe, mas acredite em mim: as pessoas o tratarão muito melhor se você for um doutor.

Edgar não se lembrava de carinhos do dono da fazenda. Sempre o tratava bem, mas não se lembrava de abraços ou de beijos. Inicialmente, estranhou o comportamento de Bernardo, mas havia uma sensação de familiaridade com o cheiro, com o peito e a força dos braços dele. Até o beijo era conhecido. Coisas que crianças sentem, mas não questionam nem precisam de explicação. A carência foi momentaneamente suprida. Ambos encontraram forças naquele abraço para fazer o que era necessário.

Bernardo respirou fundo sentindo o cheiro do menino e apreciando o contato dos fartos cabelos que lhe tocavam a pele do rosto. "O cabelo e os olhos iguais aos da mãe", pensou Bernardo sorrindo e recordando-se de que era exatamente assim que sentia os cabelos de Mariana. Apertou Edgar rapidamente e sussurrou em seu ouvido:

— Vamos!

O menino afastou-se obediente e saiu do carro, conformado.

Bernardo apanhou a pequena mala com os pertences de Edgar, tomou-lhe a mão e os dois caminharam em direção aos portões da escola.

Trocou algumas palavras com o porteiro, que os encaminhou à sala do diretor.

— Boa tarde, professor Garcia! — cumprimentou Bernardo.

A idade, sem dúvida, promovera mudanças no mestre de sua infância, mas tinha sido muito bondosa. Leôncio Garcia continuava com um porte elegante e distinto. Ganhara somente cabelos grisalhos, algumas linhas de expressão mais acentuadas em torno dos olhos e usava óculos. O professor, por haver estudado na França, guardava alguns hábitos franceses.

— Ora, ora! Bernardo Sampaio Brandão de Albuquerque, seja bem-vindo! Fiquei muito feliz quando vi seu nome em nossa agenda de hoje. É muito bom receber um antigo aluno — respondeu o diretor levantando-se e estendendo a mão para cumprimentá-los. Edgar, silencioso e assustado, acompanhava as atitudes de Bernardo. — Como vai? E a família?

— Todos bem, graças a Deus — respondeu Bernardo.

— Por favor, sentem-se — convidou o diretor apontando as poltronas em frente à sua mesa de trabalho. E, voltando-se para o menino, falou alegre enquanto o observava: — Então, Edgar, será nosso aluno? Qual é a sua idade?

— Eu tenho seis anos — respondeu Edgar, sério, encarando o diretor.

— Ah! Que bela idade! Você já esteve em uma escola, Edgar? — perguntou professor Garcia.

— Não, senhor. Eu moro na fazenda São Conrado. Lá não tem escola — respondeu Edgar.

— Que pena! Seria muito bom se houvesse uma escola lá para as crianças estudarem — comentou o diretor sorrindo para Edgar.

— Se eu gostar da escola, vou mandar fazer uma quando eu for o dono da fazenda — informou Edgar, despertando um sorriso orgulhoso em Bernardo e surpresa no rosto do diretor.

— Espero que não mude de ideia — incentivou o diretor e, voltando-se para Bernardo, comentou: — É um menino decidido! Expressa-se muito bem para a idade. Teve algum professor em casa?

— Não, senhor — respondeu Edgar interferindo na conversa. Simpatizara com o professor. — Mas eu sei fazer contas, ler e escrever.

Bernardo espantou-se.

— É mesmo?! — perguntou o diretor em tom de surpresa e encarou Bernardo com um olhar interrogativo sobre a veracidade da informação do menino.

— É, sim. Eu sei ler, escrever e fazer contas. Minha mãe me ensinou, ela sabe. Ela lia histórias dos livros para mim. Eu aprendi. O senhor quer ver como sei? Eu leio para o senhor — desafiou Edgar.

— Tem personalidade forte esse menino! — disse professor Garcia a Bernardo e, voltando-se para Edgar, fez um gesto com a mão chamando-o para seu lado: — Venha cá! Mostre-me o que sua mãe lhe ensinou.

Edgar levantou-se e contornou a mesa colocando-se ao lado do professor, que retirou da gaveta uma folha pautada e um lápis. Colocou-os sobre a mesa e disse ao menino:

— Muito bem, Edgar. Escreva seu nome nesta folha.

Incrédulo, Bernardo viu o menino tomar o lápis com toda segurança e habilidade e escrever corretamente seu primeiro nome, com letra firme.

— Você sabe o alfabeto? — perguntou o professor.

— Claro! Eu conheço todas as letras, as grandes e as pequenas — respondeu o menino e, sem esperar ordem, pôs-se a escrever o alfabeto.

— Muito bom! Você tem uma letra muito bonita, Edgar. Sua mãe foi boa professora. E o que mais sabe escrever?

— Por que o senhor não faz um ditado? — sugeriu Edgar para causar maior espanto em Bernardo, que estava encantado, orgulhoso e, ao mesmo tempo, envergonhado por não saber dessas atividades e outra vez perceber que perdera muita coisa nos últimos anos.

O professor ergueu a sobrancelha, sinceramente admirado com a inteligência e a desenvoltura do menino.

— Está bem — concordou professor Garcia, abrindo novamente a gaveta e retirando algumas folhas de papel.

Entregou-as ao menino e, assim que o viu pronto, começou o ditado de algumas frases adequadas às primeiras lições. Ao término, Edgar entregou-lhe a folha. O professor ajustou os óculos e, fingindo seriedade, corrigiu linha a linha.

— Excelente, Edgar! Estão todas corretas. Você escreve muito bem e tem ótima caligrafia para sua idade — elogiou o professor.

Bernardo sentiu um leve rubor de satisfação com a aprovação do filho.

O professor, com larga experiência, notou que o menino estava mais tranquilo e que os traços dele não eram compatíveis com uma mãe de origem portuguesa e de uma família tradicional e tão conhecida como a que constava nos documentos do menino sobre sua mesa. Conhecia a família de Bernardo, então, olhou o menino e disse:

— Você é muito inteligente, mas agora conhecerá a escola, o quarto onde dormirá e alguns dos seus colegas. A professora Isadora o levará e o ajudará a arrumar suas coisas.

O diretor tocou um sino e, em instantes, uma mulher pequena, com a pele muito branca, os cabelos escuros presos em um coque, trajando o uniforme da escola, apareceu. Ela tinha uma expressão afetuosa que contrastava com a severidade do uniforme.

— Por favor, professora Isadora, acompanhe o jovem Edgar. Mostre-lhe a escola e o ajude a se instalar — ordenou o diretor.

Edgar olhou para Bernardo sem saber como agir.

— Vá, Edgar! Eu vou conversar com... — disse o diretor olhando para Bernardo, sem ter certeza de como deveria concluir a frase, pois notara que não se tratavam como pai e filho, o que o fazia supor que suas suspeitas estavam corretas.

— Vá, Edgar! — endossou Bernardo. — Eu irei vê-lo antes de voltar à fazenda.

O menino baixou a cabeça e, obediente, aproximou-se de Isadora, que lhe afagou os cabelos e lhe tomou a mão, conduzindo-o pelos corredores da escola. Com a porta fechada, o diretor encarou Bernardo e perguntou-lhe de chofre:

— Senhor Bernardo, tem algo que queira me contar sobre o menino que entrega aos nossos cuidados? Algo que eu não deva dizer, por exemplo?

Bernardo respirou fundo e, encarando o diretor, respondeu:

— O senhor notou que ele não sabe que eu sou o pai dele.

O diretor balançou a cabeça afirmativamente e indagou:

— E a mãe dele? Estou errado em supor que não seja a senhora sua esposa, dona Maria Carolina? E que, portanto, poucos deverão saber deste documento nesta escola?

— Agradeço-lhe imensamente se assim for, professor Garcia. Quero que Edgar tenha a melhor educação ao meu alcance — respondeu Bernardo.

— Muito bem. Assim será feito. Vamos, então, tratar das questões práticas... — falou professor Garcia apanhando os documentos da escola e conduzindo a situação como o ingresso rotineiro de um aluno.

Edgar acompanhou a professora Isadora calado, muito tímido, bem diferente do que se mostrara com o professor. O menino usara toda a sua força para mostrar aos homens que podia ser amado e aceito. Já com a professora, ele mostrava mais sua realidade emocional. Não disfarçava o medo nem queria parecer homem. Era um menino assustado, que olhava tudo com espanto por estar em um mundo absolutamente novo.

No dormitório, havia três camas, tipo beliches, outra novidade para Edgar. Algo que o atraiu por fazê-lo lembrar das árvores, porque gostava de olhar tudo de uma posição mais elevada.

— Posso dormir numa dessas camas altas? — perguntou Edgar à professora Isadora.

Ela abaixou-se e analisou as feições e os cabelos do menino. Encarou-o, sorriu e perguntou:

— Por que você quer dormir lá? Não tem medo de cair?

— Não, senhora. Estou acostumado a subir em árvores. Não vou cair.

— Está bem. Pode escolher a cama que o agradar. Este dormitório ainda estava vazio. Seus colegas chegarão mais tarde — informou a professora. — Suba sem os calçados. Quero ver se não terá mesmo perigo.

Prontamente, Edgar tirou os sapatos e comentou:

— Não gostei disso. Aperta os pés.

Correu para a cama que ficava encostada à parede e subiu. Sentou-se e, do alto, olhou a professora Isadora. Por fim, disse com ar vitorioso:

— Eu sei subir, e rápido! Sou o melhor da fazenda.

Isadora aproximou-se da cama. Intrigada com a aparência do menino, perguntou:

— Foi sua mãe quem o ensinou?

— Ela me ajudava, mas já faz tempo que nem olha mais. Ela sabe que eu sei me cuidar.

— Hum. Como é o nome da sua mãe?

— Mariana.

Professora Isadora calou-se. Conhecia Maria Carolina desde menina e sabia que ela se casara com um dos filhos de Pedro Brandão de Albuquerque havia aproximadamente cinco anos.

— Edgar, você tem seis anos, certo?

— Sim, senhora.

— E você e sua mãe sempre moraram nas terras do senhor Bernardo?

— Sim, é a primeira vez que saio da fazenda. Aqui é tudo diferente — comentou o menino com as pernas cruzadas à moda dos índios.

Professora Isadora olhou para o menino. Estava bem-vestido, com roupas e calçados obviamente novos. Observou-lhe os traços e constatou a semelhança com Bernardo, mas o menino era mulato. Ainda que se considerasse o fato de viver ao ar livre como explicação para o tom de pele, os cabelos falavam da ascendência africana. Mentalmente, a mulher encaixou as peças e deduziu a história por trás da presença de Edgar naquela escola, frequentada pela elite da sociedade local.

— Desça e calce os sapatos, Edgar. Vou lhe mostrar o restante da escola e levá-lo para almoçar.

Obediente, Edgar desceu e teve dificuldades para calçar os sapatos. Necessitou que a professora Isadora o ensinasse a dar o laço nos cadarços, fato que endossou as observações da professora.

— Pronto! Aprendeu como se faz? — ela indagou ao amarrar um dos cadarços. Ante a concordância do menino, ordenou-lhe: — Muito bem! Então, amarre o outro. Você não usava sapatos, Edgar?

— Não, senhora.

Enquanto andavam pelo corredor até o refeitório, ela anotou mentalmente algumas providências para o novo aluno, e a mais urgente: agendar um barbeiro para cortar os cabelos do menino o mais curto possível.

CAPÍTULO 16

ADAPTAÇÃO

Ao final de um mês, o menino que Bernardo encontrou à porta da escola sofrera sérias mudanças. Estava mais magro, calado e pouco sorria. Tinha o cabelo muito curto e usava camisa de manga longa branca abotoada nos punhos, calças curtas, sapatos e meias brancas zelosamente erguidas até os joelhos.

Bernardo espantou-se; quase não o reconhecera. Onde estava o menino alegre e inteligente? Encarou-o e reconheceu nos olhos, tão semelhantes aos de Mariana, a sombra de uma tristeza profunda e dolorida.

Cumprimentou-o contido e educado, sob o olhar de aprovação dos professores.

— Espero que ele retorne exatamente como está sendo entregue ao senhor — recomendou professora Isadora, com o semblante fechado. — Tivemos bastante trabalho para "transformá-lo" no menino que o senhor deseja e como são os alunos desta escola.

Bernardo encarou a mulher surpreso com o comentário. Obviamente, identificara o motivo e as ações da escola, que procurava assemelhar Edgar aos alunos brancos, escondendo sua pele e seus cabelos. Por amar Mariana, sentia por reflexo o que era o preconceito e a exclusão, mas não tinha forças para enfrentá-los. Aceitava-os, então, sob a justificativa de que o mundo era assim e sem maiores questionamentos. Por isso, respondeu rapidamente à professora:

— Ele está muito diferente, é verdade. Agradeço o trabalho de todos. Fique tranquila. Ele retornará do mesmo modo.

Com breves gestos, Bernardo despediu-se dos professores que acompanhavam Edgar, e, conduzindo o menino pela mão, deixaram a escola.

A viagem até a fazenda foi feita em silêncio. Na chegada, Edgar mostrou entusiasmo e gestos ansiosos. Desejava ver a mãe, os amigos, livrar-se daquelas roupas que o incomodavam e que a tão duras penas suportara. Porém, repentinamente, sem que Bernardo tivesse feito ou dito algo, ele parou. Suspirou e cruzou as mãos. Com uma voz inexpressiva e em tom baixo, pediu permissão para descer.

Em segundos, a lembrança dos comentários dos professores e cuidadores da escola sobre sua aparência e seu comportamento, as frequentes reprimendas sobre seus modos, tinham voltado à mente infantil e jogado um manto frio sobre a espontaneidade de suas emoções e ações.

Somente quando não estava mais ao alcance do olhar de Bernardo, Edgar correu à procura da mãe. Surgiu como um furacão na porta da cozinha:

— Cadê minha mãe? — perguntou Edgar a Conceição, que secava a louça cabisbaixa, quieta.

Assustada com a voz e a presença inesperada do menino, olhou-o surpresa com a aparência dele e perguntou:

— Edgar?!

Ele balançou a cabeça com um amplo sorriso.

— O que aconteceu? Os ratos roeram seu cabelo? *Cê tá* magro e cumprido! Num tem *cumida* boa na cidade?

O sorriso de Edgar murchou. Envergonhado, passou a mão na cabeça e murmurou:

— Cortaram meu cabelo na escola... pra ficar mais bonito — explicou o menino.

Conceição observou as roupas dele e, balançando a cabeça, comentou:

— Até parece filho de branco rico, mas não esqueça que sua mãe é preta e pobre.

Notando o embaraço da criança, Conceição arrependeu-se do que tinha dito. "Que culpa tem o menino? Que *ocê* sabe do que essa criança viveu esses dias: sozinha, longe da mãe e de tudo que conhecia? Era bom *tê* ficado com a boca fechada", disse-lhe a consciência. Largou o pano de prato e aproximou-se de Edgar, acariciou-lhe a cabeça e abraçou-o com carinho, lembrando-se de que ele encontraria uma situação muito triste em breve.

— Me perdoa, Edgar! Acho que falei besteira pra ti. Me conta como é a escola na cidade?

— Depois eu conto! Prometo! Conceição, onde está a mãe? — perguntou Edgar ansioso.

Conceição pensou nos próprios filhos — quase da mesma idade de Edgar — e apertou o menino novamente nos braços, o que o assustou e o fez perguntar aflito:

— Ela *tá* doente de novo, Conceição?

— *Tá*, Edgar. A Mariana *tá* muito doente, de cama e não sai do quarto faz um tempão. Ela fala de *ocê* todos os dias e está te esperando... — Conceição engoliu o restante da frase: "Pra te ver antes de *morrê*". — Vá lá! Bento *tá* cuidando dela.

— O Bento veio pra cá? — perguntou Edgar assustado, pois entendia que o velho cuidava dos doentes.

— Seu Bernardo chamou mais de um médico já, mas a Mariana pediu pro Bento *cuidá* dela — informou Conceição.

Edgar afastou-se de Conceição e foi caminhando decidido até o quarto. Abriu a porta e espiou. Sentado ao lado direito da enferma, Bento trocava compressas sobre a cabeça de Mariana. Bernardo, sentado na cama do lado esquerdo, segurava as mãos dela chorando.

Edgar sentiu medo e empalideceu. Não conseguia se mover. Durante uma das trocas, Bento percebeu o menino espiando pela porta entreaberta e sorriu para ele, falando com calma:

— Entre, Edgar! Sua mãe *tá* dormindo. Não precisa ter medo. Ela está com febre.

Edgar suspirou, visivelmente aliviado, e as cores voltaram ao rosto infantil. Restava somente uma linha branca em torno dos lábios, revelando a intensidade das emoções dele.

Com cuidado para não fazer barulho, o menino andou até o lado de Bento e olhou longamente a figura de Mariana adormecida.

— Ela vai ficar boa? — perguntou contendo o choro.

Bento olhou para Bernardo e viu as lágrimas correndo pelas faces. Ele não tinha condições de responder ao menino. Então, largou as compressas e puxou Edgar para sentar-se sobre seus joelhos. Abraçou o menino pelas costas e, com a cabeça apoiada no ombro de Edgar, perguntou:

— O que seu coração diz, Edgar?

— Que ela *tá* muito doente. Eu tenho medo — respondeu a criança.

Bernardo enxugou as lágrimas, fungou e procurou prestar atenção em Bento. Nos últimos meses, o velho tornara-se alguém muito especial na vida dele. Familiar, seria o termo — e não sabia o que era esse relacionamento desde o noivado com Maria Carolina. Recuperou as terras da família ao preço de perder todos seus afetos. A cena de Bento com Edgar era a imagem de um avô com o neto. Era sua idealização, não a realidade.

— Seu coração é muito sabido, menino — elogiou Bento em voz baixa. — A tua mãe está doente, sim. Muito doente.

Edgar engoliu as lágrimas e, com os olhos arregalados, continuava observando Mariana sem coragem de tocá-la e acordá-la, embora fosse seu desejo.

— Ela vai... vai... — Edgar não conseguia terminar a pergunta.

Bento suspirou, apertou um pouco mais o menino entre os braços e propôs:

— *Vamo perguntá* de novo pro seu coração, meu menino. Seu coração é muito sabido. Tudo o que ele diz é verdade.

Edgar fechou os olhos por alguns instantes e recostou-se instintivamente no velho, gratificando o carinho recebido e do qual ele sentia tanta falta. Deixou-se ficar naquele abraço escuro, morno, que acolhia seu medo sem reservas e lhe dava conforto.

— Bento, meu coração diz que não sabe o que vai acontecer, mas tenho medo de que ela não fique boa. Como vou ficar sem minha mãe? — perguntou o menino virando-se de lado no colo para aconchegar-se mais ao peito de Bento. Respirou o cheiro da camomila que exalava da pele do velho.

Bento confortou-o, embalando-o como se fosse um bebê. Por fim, sussurrou:

— Viu como seu coração é sabido e não mente? Ele não respondeu porque não falou com Deus ainda, então, não sabe o que a vida vai *decidi*. Por isso, *tô* aqui mais o seu p... Bernardo. *Tamo* cuidando da tua mãe. Olha pra mim? — pediu Bento, erguendo o rosto do menino para fitá-lo. — Eu não tenho mãe e vivo bem. Elas são importantes, mas a gente também vive sem mãe. Deus cuida e manda outras pessoas pra nos *ajudá*.

— Mas você é velho! Não precisa de mãe. Eu não quero ficar sem a mãe — insistiu Edgar com os lábios tremendo. — Eu tenho medo.

E escondeu o rosto no peito de Bento.

Bento acariciou-lhe as costas bem devagar para acalmá-lo. Bernardo olhava quase hipnotizado a cena. Bebia as palavras confortadoras de Bento, com tanta sede quanto o pequeno Edgar.

— Me fale do seu medo, menino — incentivou Bento, acalentando-o.

— Eu tenho medo de que ela morra e eu não possa mais voltar para casa. A escola é ruim. Não gosto de lá. — E, recordando-se das cenas do mês anterior, Edgar começou a chorar, liberando todo o medo que tinha vivido e estava sentindo. — Você viu o que fizeram com meu cabelo, Bento? Eles disseram que era feio, que assim — e levou a mão à cabeça — não vão ver que sou filho de uma negra. Mas eu não gostei. Não gosto de sapato também. A comida é ruim. Não tem queijo nem leite da ordenha. Tem árvore de fruta, mas me bateram nas mãos porque subi nela para comer...

CAPÍTULO 17
ÓRFÃO

O período de férias permitiu que Edgar vivesse os últimos dias ao lado de Mariana. Ele não questionou quem cuidava de sua mãe ou o porquê. Sentia que ela piorava e iria deixá-lo. Bento não o iludia sobre o futuro e nunca lhe disse que Mariana ficaria boa.

Conceição trazia as refeições para a doente e substituía Bento para que ele se alimentasse e descansasse alguns momentos.

Mariana alternava dias de lucidez com longos períodos de inconsciência. Em um desses dias, Edgar retornou ao quarto com Bento após o almoço e, como era seu costume, deitou-se ao lado da mãe. A expressão triste e preocupada do menino comoveu Conceição, que se aproximou dele e, acariciando-lhe a cabeça, falou para consolá-lo:

— Ela vai *ficá* boa! *Vamo* rezar.

Os olhos do menino voltaram-se para ela brilhantes de esperança, e ele indagou ansioso:

— Você acha que Deus pode curar minha mãe?

— Deus pode tudo — confirmou Conceição, beijando a face do menino.

Bento ouviu o diálogo com tristeza. A censura no olhar dele advertiu Conceição de que ele não aprovara o que ela fizera.

— É tão pequeno! É bastardo, mestiço, já sofre muito — sussurrou Conceição para Bento. Na verdade, foi quase uma resposta labial, uma mímica, tão baixa era sua voz, assegurando-se que o menino não a escutaria.

Bento observou-a, pensativo. A vida o ensinara que toda esperança falsa faz as pessoas sofrerem muito mais e, se ela gerar uma crença falsa em uma ação divina milagrosa, abrirá na alma a ferida da descrença.

Entendia a atitude de Conceição, mas jamais a endossaria. A verdade daquela hora libertaria Edgar do desespero, da descrença, traria aceitação de que a vida faz o melhor e permitiria que ele vivesse a realidade da finitude da vida material. A falsa esperança colocava o menino em uma expectativa de melhora, em uma ilusão de cura, que eles sabiam ser impossível. Naquele instante, era a solução fácil para os sentimentos de Conceição, que não suportou a própria dor diante do que viu. No futuro, face a face com a verdade, geraria desespero, descrença e revolta no menino.

Aquela forma de piedade não era boa, e Bento já tinha visto inúmeras vezes as consequências dela. Tantas que perdera a conta. Era tão comum! E tão equivocada!

Quando abriu a porta para Conceição sair com a bandeja, Bento encarou-a firme e disse:

— Quando *ocê* não *tivé* força para *aguentá* uma situação desse tipo, faça seu *trabaio* de boca fechada.

— Só quis *ajudá*, Bento. Pobre criança! Pensei nos *meu* e como iam *sofrê*... É demais pro coração de uma mãe! *Ocê* num é mãe, num entende, Bento. Fiz o que meu coração de mãe *mandô* — retrucou Conceição.

— *Ocê*, por acaso, num tem um pensamento de mãe, não? — indagou Bento, sério. — *Pruque*, se *tivé*, vai *entendê* que fez besteira. Quero vê o que vai *dizê* pra ele quando *chegá* o fim. E *nóis sabemo* qual vai *sê* e que num demora. Acho bom *ocê usá* a "cabeça de mãe" e *pensá, fia, pruque* ele vai te *pedi* explicação, vai *querê sabê pru que* Deus não curou Mariana, se podia. *Ocê tá* me entendendo?

Conceição irritou-se com a reprimenda de Bento, deu-lhe as costas e saiu a passos duros, batendo os pés com força no chão e demonstrando a raiva que sentia. Não pensou, não reavaliou sua atitude. Fizera o certo: consolara.

Quatro dias depois, lembrou-se da fala do velho ao ver o menino chorando desesperado, agarrado ao velho cachorro que o seguia desde pequeno.

Não demorou muito para a colega de trabalho invadir a cozinha com cara de espanto e confirmar o que a intuição lhe dissera:

— Ceição, a Mariana se foi.

Mostrando a janela que dava vista ao pátio, Conceição apontou Edgar chorando abraçado ao cachorro e disse:

— Eu imaginei. Pobre criança! O que vai *sê* dele?

CAPÍTULO 18

VINTE ANOS DEPOIS

Ainda soavam os aplausos na memória de Edgar. Generosos aplausos. Lembrava-se de quando subira os degraus do anfiteatro da Faculdade de Direito para receber o diploma. Formara-se com distinção e fora o orador da turma. Discursara para estranhos, pois não havia nenhum familiar na plateia.

Os únicos amigos próximos assistiram-no: o velho professor Garcia, então apoiado em uma bengala, com barba e cabelos brancos, sentado na primeira fila, que o aplaudia com os olhos brilhantes de orgulho, e, ao lado dele, o doutor Lima Gomes, seu tutor, que acompanhava a cena pensando no futuro.

Bernardo falecera havia quase uma década e a lembrança que guardava dele agora era a de um bêbado contumaz, um homem fraco, que possuía uma inteligência medíocre.

Após a morte de Mariana, a vida de Edgar fora a escola. Apenas nas férias de fim de ano retornava à fazenda e ao convívio com a família Sampaio Brandão de Albuquerque, da qual descobrira fazer parte de forma inusitada.

Contava na ocasião com quatorze anos, idade suficiente para questionar o que vivia e o papel das pessoas, porém, buscava suas respostas e explicações em cogitações pessoais, sem conhecimento real. Suposições apenas. Nelas começara a entender o papel da mãe na fazenda e, ante à rígida educação moral, que melhor definiria como a educação dos preconceitos socialmente aceitos, formou dela a ideia de uma prostituta negra mantida por Bernardo para atender aos seus impulsos mais baixos. Com repugnância, entendeu o que eram as marcas físicas que vira no corpo de

Mariana. Desprezou ainda mais a memória de Bernardo, vendo-o como um bêbado, amargo, covarde e apegado ao dinheiro.

Um dia, ainda na escola, o professor Garcia chamou-o em seu gabinete. Nada indicava a conversa que teriam.

— Sente-se, Edgar — dissera-lhe da forma usual. — Edgar — prosseguiu o professor —, você sabe que admiro muito sua inteligência e perspicácia. Acredito que você é o melhor aluno que já tive. Tenho muito orgulho de ver que o garotinho rude da fazenda está se transformando em um homem de um futuro extraordinariamente promissor. Você venceu muitas barreiras aqui.

— O senhor fala das minhas diferenças em relação aos meus colegas? — perguntou Edgar, referindo-se à cor de sua pele e à orfandade, à falta de origem.

— Sim. Você se impôs aos seus colegas por sua capacidade e inteligência — respondeu o professor. — Nossa sociedade precisará disso no futuro, quando você viverá e eu já terei partido.

— Agradeço-lhe, mas sabe que ainda é preciso engolir alguns nomes de família, que o senhor há de convir.... são maiores que minha capacidade — retrucou Edgar, com a maturidade e a dureza que o caracterizavam naquela adolescência que se poderia chamar de idade adulta precoce.

— Entendo, mas acredito que você terá meios de lidar com essa situação. Edgar, eu o chamei aqui porque recebi um comunicado do advogado do senhor Bernardo.

— O doutor Lima Gomes? — falou Edgar olhando o professor de frente, uma atitude incomum, mas não desrespeitosa.

Edgar conhecera o advogado. Ele acompanhara Bernardo em uma das visitas naquele ano. Lembrava-se de que o advogado o olhara com surpresa — logo escondida — e o tratara com fria polidez. Ficara sabendo que era o advogado quem fazia os pagamentos à escola e acompanhava seu desempenho escolar, mas não entendia a razão.

— Ele mesmo. O doutor Lima Gomes trouxe-me a notícia de que o senhor Bernardo faleceu há uma semana.

Edgar ficou pálido, e seu primeiro pensamento foi: "O que será de mim?".

— Bem... — falou Edgar, tentando gerenciar a confusão que lhe causava a notícia. Sabia que Bernardo pagava seus estudos, e, em suas conjecturas, a hipótese de ser filho bastardo era a explicação mais plausível para sua relação com os Sampaio Brandão de Albuquerque, porém, esta nunca fora confirmada. — Suponho que deixarei a escola, por isso me chamou e...

— Não, Edgar! — apressou-se o professor a interrompê-lo. — Não pense nisso.

— Professor, já suportei demais a caridade dos outros. E, sendo um aluno e, cabe dizer, "supostamente" como os outros, já foi difícil. Não quero ficar aqui de favor. Não sei o que fazer, mas acharei uma solução. No entanto, de favor, por caridade, por piedade a um "mestiço", eu não quero.

— Acalme-se, Edgar. Eu não disse nada disso. Entendo sua revolta, mas ouça-me, está bem? A situação é diferente, e o que tenho a dizer-lhe é delicado, por isso não estou encontrando as palavras e rondando o assunto. Farei, contudo, como me ensinaram.

Garcia fez uma pausa, respirou fundo, ajeitou o colete sob o paletó e empertigou-se na cadeira. Inclinando-se levemente à frente e encarando o jovem Edgar, falou diretamente, sem pausas:

— Edgar, o senhor Bernardo faleceu e deixou um testamento. Nesse testamento, você é o maior herdeiro. Você é filho dele, mas acredito que já suspeitasse disso. O doutor Lima Gomes é seu tutor até a maior idade e administrador dos seus bens. Você tomará posse de tudo após sua formatura na universidade.

— O quê? Como ele fez isso? E dona Maria Carolina, Mercedes e Josefina? Isso é possível? É legal? Minha mãe era uma negra, vivia na fazenda por ser... porque servia a ele — questionou Edgar.

— Edgar, legalmente, você é filho de Bernardo e Maria Carolina Sampaio Brandão de Albuquerque. Aqui está sua certidão de nascimento. — Tirou da gaveta uma pasta com documentos e entregou a certidão ao adolescente. E, completando o raciocínio, declarou enfático: — Isso o torna, legalmente, o herdeiro majoritário. Suas irmãs, obviamente, têm parcelas menores. Ainda que não fosse objeto das disposições de última vontade do seu pai, por lei, o patrimônio seria seu. No entanto, no testamento, isso ficou mais bem resguardado, até porque foram colocadas cláusulas concernentes às suas irmãs e à nomeação de um tutor para administrar seus bens até sua formatura universitária. Bernardo Sampaio Brandão de Albuquerque era um homem de negócios muito organizado, além de extremamente próspero. Ele tinha muitos investimentos no mercado financeiro inglês, que agora também são seus.

Edgar ouvia a tudo calado. O rosto pálido era a única demonstração de emoção, no entanto, seus pensamentos corriam acelerados. Ouvira sobre a herança que lhe caía nas mãos e entendia que era o novo senhor da Fazenda São Conrado, mas a confirmação de que Bernardo era seu pai é o que ecoava em sua mente. Enfim, ele tinha um pai e sabia agora quem ele era. Isso mexia com um universo de angústias infantis feito de medo, incerteza e vergonha que Edgar enterrara, escondera e que somente ele acessava. Fechado em suas divagações, remoendo emoções vividas desde quando ainda não registrava a memória dos fatos, algumas como a vergonha nem sequer eram originalmente dele. Era a voz de Maria Carolina acalentando-o que vibrava no seu inconsciente de bebê, nos primeiros meses de vida, e que dizia, enquanto o embalava, acreditando que não era entendida: "Que lindo menino! Tão moreninho! Quem será seu pai? Ah, essas negrinhas de fazenda são tão fáceis! Põem filhos bastardos no mundo como cadelas dão cria. Pobrezinho! Seu pai deve ser mais um desses ordinários que não pensam em nada...".

Ao longo da primeira infância, com outras palavras, porém com o mesmo conteúdo, Maria Carolina e sua família fizeram-no entender que ele vivia uma condição anormal. Muitas vezes, ouvira ela, sua mãe e irmãs falando sobre filhos bastardos e, por isso, suspeitava que era filho de Bernardo. Pouco antes de ser levado para escola, quando já tinha maior compreensão e lembrança dos fatos, presenciara uma dessas conversas. As mulheres falavam livremente, sem nenhum cuidado, como se as crianças não existissem, julgando-as incapazes de compreender o que diziam. Grande erro! Ele lembrava-se bem desse dia e do desprezo com que falavam sobre ele e sua mãe.

"Você precisa se livrar desse bastardo, Maria Carolina", ordenara-lhe a mãe, apontando o menino que brincava com Mercedes e Josefina em um canto da sala. "Isso lhe trará muito incômodo no futuro. Acredite na sua mãe. Eu quero seu bem. Não é bom criar as meninas perto dele".

"Bernardo não permite que sequer se pense nessa ideia", respondera Maria Carolina.

"E você não acha isso estranho? Seu marido parece ter mais afeto pelo filho bastardo de uma empregada inútil — sim, pois nunca a vi trabalhando — do que pelas próprias filhas! Nunca lhe perguntou a razão?"

Maria Carolina encolheu-se inconscientemente, recordando-se das agressões que sofrera todas as vezes que questionara a presença de

Mariana e Edgar na casa e da violência dele quando ousara sugerir que fossem embora.

"Melhor não falarmos sobre isso, mãe. O fim dela está próximo, e em breve tudo mudará. A senhora verá", respondera Maria Carolina olhando-o com raiva.

As poucas ocasiões em que Edgar retornou à fazenda após a morte de Mariana tinham sido muito diferentes. O antigo quarto de Mariana, ao lado do quarto de Bernardo, continuou intocado e servia como seu dormitório durante as férias. Ainda sentia naquele quarto o cheiro da mãe, o que o fazia consciente da solidão de sua vida e o entristecia. Tinha que se comportar exatamente com os mesmos rigores da escola. Maria Carolina exigia que ele usasse sapatos e as roupas que escondiam sua pele. Não podia brincar com as irmãs ou com os outros meninos da fazenda. Tudo isso o tornava consciente de que ele não tinha um lugar no mundo, ou melhor, que o lugar que ocupava no mundo ficava em uma fronteira malvista e solitária entre o branco e o negro, o legítimo e o ilegítimo, o rico e o pobre. Na época, Edgar não conhecia a palavra, mas ele crescera como um pária.

Na escola, todos eram filhos de famílias ricas e influentes, enquanto ele era uma situação sobre a qual não se falava. Por essa razão, usara a inteligência e estudara muito para ser o primeiro da turma durante todos os anos de formação acadêmica.

Bernardo fora presente, protetor e inexplicável em sua vida até os quatorze anos, contudo, morreu sem lhe dizer, pessoalmente, que era seu pai, sem revelar seu relacionamento com Mariana e sem falar sobre seus sentimentos por eles. Quantas vezes, desde que fora levado para a escola, fugira de dar explicação aos colegas sobre quem era Bernardo, o que fazia na fazenda nas férias e nos últimos anos nas viagens somente com ele. Nunca soubera, após a morte da mãe, como se comportar na presença de Bernardo. Entendia que dependia financeiramente dele e, por isso, o obedecia sem questionar. Aceitava tudo o que ele lhe oferecia, sem pedir nada, nem mesmo respostas. Aceitava tudo calado, inclusive vê-lo beber sozinho todas as noites.

Após a morte de Bernardo, o tutor passara a fazer esse papel. A vida tornara-se até mais fácil. O doutor Lima Gomes levava-o a vários lugares na capital, esmerava-se para dar-lhe cultura e vida social e para Edgar a explicação da presença dele tornara-se algo que fluía fácil: era seu tutor desde a morte do pai. E todos sabiam que ele era o herdeiro de uma fortuna.

A origem fora explicada e enterrada. O poder econômico, documentos com mãe e pai brancos e casados, aliados à sua inteligência e educação, garantiram-lhe uma juventude muito melhor que a infância. Portas abriam-se e bocas calavam-se na sua presença. A arrogância tornara-se uma defesa que Edgar acionava facilmente. No entanto, desde os doze anos, não colocava os pés na fazenda.

Com os aplausos da formatura, cumpria-se mais uma cláusula do testamento de Bernardo. A contar daquele dia, Edgar poderia tomar posse de todos os bens a hora que quisesse.

CAPÍTULO 19

A NOVA FACE

Dois dias após a formatura, Edgar fez a primeira refeição do dia na suntuosa sala da residência do tutor na capital, onde passara a viver desde que deixou a escola interna na adolescência.

Ouviu os passos pesados do doutor Lima Gomes e prosseguiu tranquilamente saboreando o café forte e aromático produzido em suas terras, como pensava desde a morte de Bernardo.

— Bom dia, Edgar — cumprimentou o tutor. — Descansado? Ontem não o vi.

— Bom dia, doutor. Sim, estou perfeitamente bem, obrigado. De fato, ontem foi um dia dedicado a planejamento. Como sabe, há muitas decisões que preciso tomar.

Lima Gomes não moveu um músculo da face. Ouviu a declaração absolutamente impassível, segurando o bule de porcelana branco com café fumegante. Deliciou-se com o aroma forte da bebida e, enquanto a adoçava, perguntou:

— O que decidiu?

— Aceitarei seu conselho — respondeu Edgar. — Assumirei a Comarca. Analisei os conflitos que têm ocorrido na região, e o senhor tem razão: fortalecer a estrutura legal é fundamental para a estabilidade dos negócios. Tenho como cuidar dos meus negócios, seguir a implantação das modernizações que iniciamos nos últimos anos e ainda ter tempo para contribuir com o plano maior da região. Aceito a indicação. O senhor poderia tomar as providências necessárias?

Lima Gomes ouviu a anuência de Edgar a seus planos e levou a xícara aos lábios calmamente. Não esperava outra resposta do jovem, ainda que isso implicasse uma frontal oposição ao pensamento da família Sampaio Brandão de Albuquerque. Mentalmente, podia ver a cara de espanto e desgosto do velho doutor Pedro, aquele mago negro da política local. Ele não gostaria nem um pouco de ver o neto bastardo tão perto e numa posição nevrálgica aos interesses dele. O sorriso de um prazer aguardado há muitos anos surgiu contido, mas perfeitamente identificável, na expressão de Lima Gomes.

— Excelente, Edgar. Vamos ao futuro! Este país precisa de modernidade. Fico muito feliz com sua decisão. Nossos investidores ingleses exultarão com a notícia. Providenciarei tudo agora pela manhã.

— Acalme-se, doutor — pediu Edgar, bebendo um gole de café. — Ainda não acabei. Temos mais "detalhes" a acertar.

Lima Gomes ergueu a sobrancelha curioso. Em seus olhos brilhava a chama do interesse, e ele exclamou matreiro, obviamente fingindo surpresa:

— Mesmo?! Vejo que o dia de reflexão após a formatura promete muitas decisões. Será que são para a vida toda?

Edgar sorriu. O tutor era uma raposa velha, mas ele fora bom e dedicado aprendiz.

— Sim. São para toda a vida ou pelo menos até que a morte nos separe — respondeu Edgar encarando o tutor.

Uma risada alta e espontânea foi a resposta de Lima Gomes, seguida do que mais se aproximaria de um orgulhoso olhar paterno. Inegavelmente, o tutor estava muito feliz por ver seu pupilo tomando decisões acertadas — entenda-se como totalmente de acordo com seu modo de pensar.

— Pedirá a mão da filha do doutor José Barros Linhares em casamento! — afirmou Lima Gomes sorridente. — Meus parabéns! Fez uma excelente escolha. Eles são muito influentes tanto na política quanto no judiciário. Essa união será uma alavanca poderosa. Acredito que muitos o invejarão. É bom manter vigilância!

Edgar recebeu a efusiva reação do tutor com imperturbável calma, o olhar frio de quem persegue uma meta friamente calculada. Depositou a xícara sobre o pires e, encarando o tutor, respondeu sereno:

— Como me ensinaram: "Quem teme a inveja tem medo de ser grande"[2].

---

2 Clitemnestra, no *Agamêmnon* de Ésquilo.

Lima Gomes parou de rir, encarou o olhar do pupilo e viu tamanhas decisão e frieza que um leve arrepio percorreu sua coluna e ele recusou-se a admitir que sentira medo.

— Muito bem! Essa é uma verdade milenar. Você foi um excelente aluno. De fato, lhe ensinei isso e não me arrependo. Vejo, hoje, que você aspira a ser grande. Poderia se contentar em ser um herdeiro, mas você faz muito bem em provar seu próprio valor e potencial. Sua chegada causará furor. Sua família não espera por isso, com certeza.

— Não tenho família, doutor — corrigiu Edgar, imediatamente. — Não tenho que atender às expectativas de ninguém. Meu pai é morto.

— Sim, sim, entendo. Mas você sabe que seus avós são vivos. Seu avô e seus tios são bastante atuantes na região e, embora tenham perdido a propriedade que agora é sua, não perderam completamente a majestade. Ainda possuem influência...

— Por pouco tempo ao que me consta — interrompeu Edgar duro e frio.

— Gostei de ouvir isso! — exaltou Lima Gomes. — Você será oposição na região e oposição à família que governa a região há muitas gerações.

— Eu sei. O relatório que você me entregou sobre a Comarca para onde irei foi muito esclarecedor. Um pouco de justiça imparcial fará bem à região — disse Edgar. — Afinal, lá não tenho amigos, então, não terei benesses legais a ofertar.

— Hum, hum. Você dispensará apenas a lei e os rigores da lei — completou o tutor. — Excelente! Seu sogro terá orgulho de você. Nenhuma decisão contrariada. Mudando de assunto: quando pretende fazer o pedido? Você tem cortejado a moça com muita discrição. Talvez fosse bom ser mais ostensivo. Nosso bom doutor Linhares tem muito afeto pela filha, e não acredito que a casaria a contragosto.

— Eu sei, mas confie em mim. Garanto-lhe que estou bastante seguro de que Ifigênia aceitará meu pedido.

— Ho, ho! *Touché*, meu Don Juan! — Aplaudiu Lima Gomes. — Vejo que você agiu rápido e pelas sombras. Jurava que você fazia uma corte muito discreta à moça. Até pensei que não havia lhe agradado a minha sugestão.

— Pois eu considerei ponderadamente. O jogo me agrada. Ifigênia é uma moça de excelente família, de bom caráter, doce. Não é uma beleza enlouquecedora, mas não é feia. E é inteligente. Aprecio conversar com ela. Será uma esposa perfeita, e, por minha vez, acredito que a família Linhares também se beneficiaria com a aliança comigo.

Lima Gomes respirou fundo e, encarando Edgar com aprovação, respondeu:

— Sim! Acredito que nunca esperaram que a vida lhes oferecesse essa revanche. E se, como me garante, Ifigênia aceitará o pedido, a felicidade será completa.

O tutor correu o olhar sobre a mesa com desdém e, fitando o pupilo, convidou:

— É cedo! Mas tão boas novidades merecem ser brindadas, mas não com café! — fez um sinal ao criado que aguardava de pé à porta da sala e ordenou: — Olegário, traga-nos o melhor vinho da adega!

— Agora, doutor? — e, notando o olhar de reprimenda do patrão, justificou-se: — É tão cedo! Quer agora mesmo?

— Não, Olegário. Quero para amanhã. É claro que é para agora. Vá! — respondeu Lima Gomes agastado. — Onde já se viu?! É o me que faltava! Será que, agora, terei de dar satisfação aos criados? Desde quando existe hora para se comemorar? Toda hora é boa quando há razões para comemorar.

Edgar sorriu preguiçosamente e relaxou. Minutos depois, os dois erguiam brindes confiantes num glorioso futuro.

CAPÍTULO 20

CONSTRUINDO O AMANHÃ

Possivelmente, a união de Ifigênia e Edgar não empolgasse pessoas românticas. Era inegável que o par que oficializava o noivado naquele carnaval das primeiras décadas do século XX estava feliz e satisfeito, mas não apaixonado.

Ifigênia tinha os traços bem definidos, harmoniosos, pele e cabelos claros bem cuidados. A expressão calma aliada a uma invejável cultura tornavam-na uma moça atraente, simpática e bastante cobiçada no mercado de casamentos, por isso muitas cabeças questionavam o que havia por trás da escolha dela. Por que se comprometia com um "mulato"? Edgar carregava um sobrenome ilustre, tinha uma posição econômica e social igual ou superior à da noiva, o que descartava interesses mais frequentes e óbvios. Paixão não poderia ser, diziam, apesar de o casal mostrar-se afetuoso.

Olhavam Edgar com tolerância e suspeita veladas. A fortuna dele cobria a aparência que revelava uma origem espúria e imperdoável aos olhos preconceituosos dos convidados, porém, como "não a enxergavam", não poderiam se referir a ela. Pairava um desconfortável "por quê?" no íntimo de cada um. Superficialmente, encantavam-se com a elegância do jovem casal e elogiavam o belo vestido de renda italiana de Ifigênia.

Após um belo discurso de Edgar sobre a felicidade e a honra de ter seu pedido de casamento aceito por Ifigênia, os convidados soltaram abafadas exclamações de espanto quando ele retirou do bolso a caixa de veludo com o monograma do casal gravado em ouro na tampa e revelou o caríssimo anel de noivado com que presenteava a escolhida. O brilho do ouro, dos rubis e brilhantes cegou completamente a elite presente, impedindo-a de prestar atenção no tom de pele do noivo e nos outros traços fisionômicos. Também esqueceram a pergunta sobre as razões da ausência da família do noivo. Cumprimentaram Lima Gomes e o velho professor Garcia como se fossem pai e avô de Edgar. E, por aquela noite, tudo estava como deveria ser, e os noivos haveriam de tornar-se muito felizes, afinal, segundo a opinião geral, eram iguais e compatíveis.

Quando os últimos convidados se despediram, Edgar sorriu para Ifigênia. Olharam-se com um brilho de vitória e satisfação. Ele tomou a mão da noiva, admirou a bela joia que enfeitava a mão dela e perguntou:

— Pesado?

— Absolutamente! É lindo! Até parece que eu mesma o escolhi — brincou Ifigênia, aludindo ao fato atípico de que ela escolhera e comprara o próprio anel de noivado. Edgar apenas recebera a conta da joalheria em sua residência. Ironicamente, prosseguiu com fingida inocência:

— Veja! Serviu-me com perfeição! Você é muito detalhista! Prestou atenção nos mínimos detalhes. Mas, diga-me, você gastou muito? Não deveria. Não mereço tanto.

Edgar divertiu-se com a fala da noiva. Mais uma vez, admirou a joia e lembrou-se do valor exorbitante que pagara por ela, porém, isso foi plenamente compensado com a reação dos convidados. Admirou a habilidade de Ifigênia em lidar com a sociedade. Respeitoso, curvou-se e beijou suavemente a mão da noiva.

— Minha fortuna por "nossa felicidade", Ifigênia. Você merece cada pedra preciosa deste anel e todas as outras que eu lhe der ao longo de nossa vida juntos. Foi exatamente como você disse que seria. Aprecio alguém que cumpre acordos.

Ifigênia tomou o braço do noivo e conduziu-o de volta à sala de recepção. Seus pais conversavam acomodados à cabeceira da longa mesa de banquete. Decidida, a moça pegou quatro taças de cristal no aparador e pediu a Edgar que pegasse uma garrafa de champanhe. Aproximando-se dos pais, propôs:

— Que tal um último brinde?

José Barros Linhares sorriu para a filha e o futuro genro ao responder:

— Um brinde somente? Devemos comemorar com muitos brindes! Essa noite foi sensacional!

Edgar abriu o champanhe, encheu as taças e falou:

— Que sejam muitos brindes, meu futuro sogro! Mas o primeiro deles faço questão de erguer à minha noiva, Ifigênia, e à dona Júlia pelo trabalho primoroso de organização desta festa. Gratidão às damas!

— Muito bem, meu futuro genro — elogiou José Linhares encostando a taça à de Edgar e às das mulheres.

— Foi mais fácil do que imaginei — confessou dona Júlia. — Aguardemos a repercussão amanhã.

Ifigênia encheu novamente as taças, olhou rapidamente cada um dos presentes e, erguendo a sua, propôs com os olhos fixos em Edgar:

— Ao sucesso dos nossos planos!

"Que mulher! Sou um felizardo!", pensou Edgar. E, tocando a taça na da noiva e retribuindo o olhar, sussurrou:

— Todos!

Deliciada, Ifigênia sustentou a intensidade e cumplicidade do olhar de Edgar.

— Merecido sucesso! — comentou dona Júlia interrompendo e admirando o momento do jovem casal.

— Muito merecido. Todos nós esperamos longos anos por ele. É hora de usufruirmos as alegrias que se aproximam — falou José Linhares entornando o champanhe.

Enlevados pelo clima de profunda satisfação com a realização da noite, os quatro ainda conversaram por algumas horas. Era madrugada quando Edgar deixou a casa dos Linhares. Saía com a "alma leve", cheio de regozijo e muitas ideias. Quando divagava, pensando no futuro próximo, um sorriso frio de deleite surgia em seu rosto e um brilho duro como aço iluminava seus olhos escuros, dois insondáveis abismos, janelas fechadas para a alma.

Enquanto isso, Ifigênia guardava em seu cofre pessoal a cópia do contrato pré-nupcial. E, na casa de Lima Gomes, pupilo e tutor de Edgar, trocavam ideias sobre as cláusulas e reiteravam a satisfação com os termos, entendendo-os justos.

Dias depois, a notícia do noivado chegaria às mãos de dona Beatriz. As marcas do tempo estavam visíveis nela, então com sessenta anos, grisalha, padecendo com algumas típicas doenças do envelhecimento, que a tornaram rabugenta e acentuaram a amargura que carregava desde a perda da fazenda e do relacionamento de Bernardo e Mariana.

Havia anos vivia como se Edgar, as netas e a nora não existissem, mas cultivava uma mórbida saudade da fazenda e o secreto desejo de lá passar o que julgava ser seus últimos anos. O marido, doutor Pedro, beira-va os setenta anos, contudo, conservava disposição e saúde, apesar de ter também as alterações naturais da idade. Continuava tão orgulhoso como sempre fora, e o revés da fortuna era causa de íntima e silenciosa revolta, porque mantinha a pose perante a sociedade. A real condição financeira da família era, contudo, sabida e comentada. Apesar disso, ele mantinha ain-da uma grande influência social e política na região, e não se poderia dizer que era um homem pobre e acabado. Ele e os filhos dominavam a região interiorana, valendo-se, frequentemente, de trocas de favores.

Beatriz perdera o sono na madrugada perturbada por dores reumá-ticas. Resolveu sentar-se no alpendre, em uma cadeira preparada para seu conforto, apoiou a bengala no encosto e começou a observar o raiar do dia. O jornaleiro passou no horário habitual e, ao entregar-lhe o jornal, comentou:

— Bom dia, dona Beatriz! Está cedo de pé. As dores estão incomodando?

— É, meu filho. Meus joelhos estão inchados e doem muito. Não há como dormir. Prefiro me sentar aqui e não perturbar o doutor Pedro — respondeu Beatriz.

— É o tempo! *tá* muito carregado, vai chover. Minha vó também está assim. Depois da chuva, passa — comentou o jornaleiro e, saindo, acenou e despediu-se: — Passar bem, dona Beatriz!

Ela murmurou um "passar bem" enquanto desenrolava o jornal e, ignorando as manchetes de capa, buscou as notícias sociais como era seu costume. Naquele dia, contudo, não teve o habitual prazer com as fotos e os comentários dos eventos. Uma violenta surpresa fê-la levar a mão ao peito. Beatriz empalideceu e faltou-lhe o ar ao ler a notícia sobre o noivado de Edgar Sampaio Brandão de Albuquerque e Ifigênia Barros Linhares. O jornalista não se restringia a noticiar a festa de noivado que reunira a nata da elite da capital; comentava também o inusitado enlace que reu-nia Edgar, o neto de Pedro Brandão de Albuquerque e herdeiro da fortuna da família, com Ifigênia, a filha de José Barros Linhares, antigo desafeto e antagonista político e profissional da família do noivo.

— Maldito bastardo! — esbravejou Beatriz, erguendo-se da cadeira. Ignorando as dores, pegou a bengala e andou decidida até o quarto onde o marido cochilava com o rádio ligado.

— Pedro, acorde! Vamos! Você precisa ler uma notícia! — chamou Beatriz entrando no quarto e parando ao lado da cama onde o marido co-chilava recostado numa pilha de travesseiros.

Pedro coçou os bigodes e, ainda com os olhos fechados, murmurou:

— Não me diga que o presidente renunciou.

— Acorde, Pedro! É sério! Aquele bastardo vai se casar com Ifigênia Barros Linhares — informou dona Beatriz com voz estridente, denunciando que estava furiosa.

O marido arregalou os olhos e, num gesto rápido, pegou o jornal das mãos da esposa. Ajeitou os óculos apressadamente e leu sem esforço as letras garrafais com a notícia do noivado.

Pedro ficou apático. Não leu a matéria sobre a festa e a questão das velhas rivalidades entre ele e o pai da noiva. Largou o jornal sobre o cobertor e pensou sobre os propósitos do neto bastardo. Vingança! Era óbvio. Aquele casamento era uma capa vermelha diante de um touro bravo. Era uma isca, mas também poderia ser uma declaração de guerra. Precisava se preparar. Venceu a apatia com súbita energia ao se recordar de que agora José Barros Linhares detinha maior influência política e jurídica do que ele e que ainda havia a vaga aberta com a morte do último juiz da região.

— Desgraçado! Esse mestiço pensa que é esperto! Pode encontrar o mesmo destino do doutor Firmino Dantas — resmungou ele, com o rosto vermelho.

Pedro arremessou o jornal com força contra a parede, e as folhas esparramaram-se. Atenta às palavras do marido, Beatriz, contudo, não deu importância. Ao ouvir o nome do juiz assassinado, tornou-se mais pálida. Acompanhara o pensamento do marido e a ideia a encheu de pavor. Era bem plausível e era um plano de vingança bem urdido, se fosse verdade.

— Meu Deus, Pedro! É fato! É muito possível que isso aconteça, mas, por favor, tenha calma. Não se precipite. Esse caso do doutor Firmino está dando o que falar, e lembre-se: o bastardo, se vier, virá com as costas quentes. Não será como um Firmino Dantas qualquer. Nós sabemos bem quem é José Barros Linhares — advertiu dona Beatriz.

— Hum! E como! — concordou doutor Pedro, erguendo-se e pisando no jornal. Vestiu um roupão escuro e saiu em direção ao escritório que mantinha numa construção contígua, ligada à residência por um pequeno corredor.

Minutos depois, os dois filhos do casal entravam na casa esbaforidos, irados, esbravejando quase ao mesmo tempo:

— Bastardo do demônio!

— Calma, meus filhos! — pediu Pedro, sem se dar conta de que era o mais necessitado do próprio conselho. Sentia um frêmito nas vísceras, uma ânsia inexprimível de esganar Edgar. — Confesso que por essa eu não esperava. Já estava sendo bastante difícil engolir o testamento de Bernardo, mas esse casório nem vou tentar engolir. Isso é uma declaração de guerra; não é uma participação de noivado.

Murmúrios de concordância seguiram as palavras de Pedro, e o filho mais velho, que quase babava de fúria, vociferou:

— O maldito não vai ficar só nisso! O senhor também pensa assim, não é?

— Penso! — respondeu doutor Pedro rapidamente. — Por isso, mandei que viessem rapidamente. Precisamos nos armar. O maldito ganhou a dianteira, saiu na frente, mas acredito que o fedelho não sabe com quem está lidando. Ele é café pequeno!

CAPÍTULO 21

TOMANDO POSSE

Ifigênia admirou a fotografia de casamento recém-colocada no porta-retratos. Bem tradicional. Ela estava sentada em uma das belas cadeiras francesas da casa, antiguidade herdada pela mãe, que criara lendas em torno dos móveis como tendo pertencido às cortes europeias. Sorriu ao se lembrar de que, quando criança, questionara a mãe desejando saber detalhes e então percebeu que se tratava de uma mentira. Adulta, entendeu que a farsa dava *status* social à família materna e que muita coisa que se ouvia nos círculos sociais não passava de lendas. Com isso, ganhou muita segurança, porque não se impressionava facilmente e não se sentia intimidada por pessoas com projeção social superior à dela.

Sentia-se pronta para enfrentar o tradicional e fechado universo social das elites rurais no interior como a esposa do doutor Edgar, o juiz de Direito da região, e comungava dos alvos com o marido.

Ouviu o som dos passos de Edgar no corredor e, ainda segurando o porta-retratos, voltou-se para a porta antecipando sua breve chegada. Ao vê-la na sala entre as caixas e os papéis que embalavam os objetos que ela desembrulhava, indagou:

— Então, tudo inteiro?

— Sim. Nas caixas que abri estava tudo intacto. Embalamos tudo muito bem. Veja! Nossa fotografia de casamento — disse Ifigênia estendendo o porta-retratos ao marido.

Edgar apanhou o porta-retratos e observou a imagem clássica dos casamentos. O véu de Ifigênia avolumava-se ao lado, mas o fotógrafo fizera jus à fama: a imagem era perfeita. Os detalhes do vestido de seda da noiva e a tiara com brilhantes que prendia o véu estavam nítidos. Observou a si mesmo, impecável e sério, de pé ao lado da cadeira da noiva, com uma mão protetoramente pousada sobre o ombro dela. Elegante. O cabelo muito curto continuava escondendo seus traços raciais. Ideia de Ifigênia. Fora ela quem pedira para ele não usar a cabeça raspada no casamento, mas cabelos convenientemente muito curtos. Tinha que concordar que ela estava com a razão. O cabelo e o traje completado por luvas brancas encobriam qualquer sinal de sua ascendência mestiça.

— Excelente! Você escolheu muito bem. Pretende deixá-lo nesta sala? — indagou Edgar.

— Sim. Fica perfeito. Assim, todos que aqui entrarem irão vê-lo. Colocarei outras fotografias junto — informou Ifigênia.

— Confio plenamente no seu bom gosto para decorar a casa — respondeu Edgar sorrindo amistosamente. — Bem, vim avisá-la que irei conversar com as autoridades da cidade e "inteirar-me das condições locais" — completou ele com ironia.

Ifigênia riu, pegou o porta-retratos e largou-o sobre um aparador. Depois, correu o olhar avaliativo da cabeça aos pés no marido.

— Está bom! Causará ótima impressão. Depois de terminar aqui, irei visitar o padre — comentou ajeitando imperceptivelmente o nó da gravata e o lenço no bolso do paletó do marido. — Boa sorte! Vá com Deus, meu caro!

Ele beijou a face que ela oferecia e disse:

— Para você também. Até a noite, Ifigênia!

Ela sorriu, fez um gesto coquete de adeus, aguardou que ele saísse da sala e retomou sua tarefa.

O carro novo chamava atenção nas ruas do centro da cidade. Havia um movimento razoável de pessoas, mas poucos veículos trafegavam. Somente os abastados da cidade possuíam carros. A maioria da população usava carroças e charretes. Isso causou irritação em Edgar, levando-o a reconhecer que se acostumara à vida e aos confortos da cidade grande. Recusava-se a lembrar dos tempos da infância.

Contornou a praça principal e estacionou ao lado do prédio da prefeitura. Em frente, cruzando a praça, ficava o fórum local, um local que precisaria de muitas melhorias. O prédio estava decadente. Havia alguns móveis bons, mas muitos deteriorados, poucos funcionários e um volume pequeno de trabalho, apesar de alguns processos volumosos cheirando a mofo. Não precisara olhar a capa para saber do que se tratava.

Desceu do carro e caminhou empertigado até a prefeitura.

O prefeito, um dos coronéis da localidade, recebeu-o com um amplo sorriso e um forte aperto de mão. Após as cordialidades de praxe, convidou-o a sentar-se e pediu ao funcionário que servisse um bom café.

— Doutor Edgar, primeiramente preciso agradecer-lhe por ter aceitado a indicação de assumir nossa comarca. Como sabe, estamos sem juiz há mais de um ano, após o trágico acontecido com seu antecessor. Viver no interior é um desafio que poucos jovens com seu talento aceitam. A região é muito boa, muito rica, de povo pacato e trabalhador, graças a Deus! Mas todo paraíso tem sua serpente. Temos alguns arruaceiros por aqui. Recebemos imigrantes, que semeiam algumas ideias políticas perniciosas, digamos — disse o prefeito.

— Sim, na capital a situação é bem mais complicada, coronel Dantas. Estão surgindo organizações dos trabalhadores, muitas discussões sobre direitos sociais. São novos tempos! É preciso acomodar os interesses e estabelecer a paz e a ordem. Mudanças hão de vir, e urge cuidar para que não afetem o cerne dos interesses do país, no caso específico, o interesse local — comentou Edgar cautelosamente.

O funcionário retornou carregando uma bandeja de prata e um bonito serviço de café em porcelana inglesa, que chamou a atenção de Edgar. Coronel Dantas ordenou ao funcionário:

— Gaspar, sirva primeiro ao doutor juiz.

O funcionário estendeu uma xícara fumegante e aromática a Edgar indagando:

— Com açúcar, doutor juiz?

— Não. Muito obrigado. Prefiro puro.

O funcionário serviu e estendeu a outra xícara ao prefeito e retirou-se.

— O café tem que ser puro para se apreciar o sabor — falou coronel Dantas retomando o diálogo. — O açúcar adultera o gosto. É um crime encher uma xícara do nosso bom café com açúcar. Estraga.

— Concordamos — respondeu Edgar. — Mas sabemos que os negócios do café e do açúcar caminham de mãos dadas. E é melhor vender dois produtos do que apenas um. É o produto forte da região, correto?

— É, doutor. Esses são garantidos. As novidades, embora muito promissoras, ainda têm muitas dificuldades e, por ora, dão muita dor de cabeça. O doutor Linhares é muito envolvido no assunto do minério, portanto, o senhor deve estar bem informado da situação — falou o prefeito fitando a xícara de café que segurava nas mãos.

Edgar, por sua vez, olhava o céu através das altas vidraças da janela, mas não prestava nenhuma atenção. Estava concentrado naquela conversa em que as coisas mais importantes não deveriam ser ditas claramente, e o tom tinha de ser casual e desinteressado.

— Sim, sim. Acreditamos que trará muito progresso à região. Precisamos do aço e do ferro para erguer o país, e tudo indica que uma associação com grandes mineradoras internacionais abrirá portas à exportação — confirmou Edgar propositadamente, sinalizando na fala que se associava integralmente aos interesses do sogro.

Coronel Dantas ergueu os olhos para fitar Edgar, moveu lentamente a cabeça em concordância e indagou à queima-roupa:

— Então, o senhor cuidará com zelo dos assuntos da ferrovia, estou certo?

— Coronel Dantas, eu lhe asseguro que trabalharei com celeridade e analisarei cada situação conforme determina a lei. É assim que posso ajudar o progresso.

— Ah! Com toda certeza, meu jovem doutor Edgar. É exatamente assim que esperamos que seja. Sabe, não cabe a mim, como prefeito, buscar progresso, novos investimentos, se as iniciativas esbarram em decisões contrárias na justiça. Não é bom batermos cabeças, como diz o povo. Estou feliz com sua chegada e acredito que nos entenderemos e trabalharemos unidos pelo desenvolvimento, mas...

O prefeito interrompeu-se sorvendo lentamente o café. Edgar manteve-se firme observando-o e aguardando que concluísse a ideia. Devagar, o coronel depositou a xícara vazia sobre o pires e depois os deixou na bandeja. Coçou a ponta do nariz rapidamente, um hábito que tinha quando se sentia nervoso ou desconfortável. A postura rígida e fria de Edgar o incomodava. Não esperava aquela atitude de um jovem inexperiente. Afinal, estavam falando de um conflito que envolvia muito dinheiro, e entre os interessados na questão havia membros da família do novato.

— Por favor, coronel Dantas, conclua o que dizia — pediu Edgar após uma espera prolongada.

— Claro. Peço-lhe desculpas. Me perdi nos meus pensamentos. Falávamos sobre construir o progresso e os novos empreendimentos, um tema espinhoso. A estrada, literalmente, atravessa alguns interesses contrários. O senhor entende o que eu falo.

— As desapropriações de terras. Casos espinhosos, eu concordo, mas a lei é soberana — respondeu Edgar.

— A lei. Sim... assim espero, doutor Edgar. Desejo-lhe que tenha sucesso. As situações por aqui nem sempre são resolvidas pela lei. Há um preço para tudo, inclusive por nossas cabeças. E é costume processos e pessoas envolvidas virarem pó.

— O senhor está falando do ocorrido com o finado doutor Firmino Dantas? Foi um preço baixo pelo que soube. Coronel, o senhor pode ficar tranquilo: não vim sozinho. Sou um homem precavido e conhecedor desta terra, pois nasci aqui.

Discretamente, o coronel ajeitou o paletó deixando entrever que estava armado. Edgar fingiu não perceber.

— É um homem prudente! — elogiou o coronel. — Mas é bom manter-se alerta. Soube que o doutor possui muitas terras, é dono da São Conrado e que nos últimos anos aumentou muito as divisas dela. É uma belíssima propriedade. Muito lucrativa. A estrada passará por lá?

— Não. Há uma curva no caminho — respondeu Edgar. — E nas suas, coronel?

— Também não. A estrada cruza por uma região de mata, lugar de antigos quilombos. E ainda há algumas aldeias indígenas por lá.

— Ah, sim — falou Edgar. Ingeriu o restante do café, colocou a louça na bandeja e ergueu-se estendendo a mão ao prefeito: — Coronel Dantas, foi um prazer conhecê-lo. Sou um homem aberto ao diálogo, estou à disposição e espero sinceramente que possamos trabalhar juntos pela ordem e pelo progresso na região.

— Sim, sem dúvida! O prazer foi meu, doutor — respondeu o prefeito em tom polido.

— Passar bem, coronel Dantas!

— Adeus, doutor! Vá pela sombra e com cuidado — recomendou o prefeito em tom dúbio.

Quando viu Edgar a certa distância, murmurou consigo mesmo:

— Lembre-se do destino de seu antecessor! Que Deus o tenha — rapidamente, fez um sinal da cruz e beijou a ponta dos dedos.

Edgar não ignorava as intrigas e os conchavos políticos locais e tinha plena consciência dos interesses em que iria se envolver.

Sentado próximo da porta, um homem observou atentamente o comportamento do prefeito e, quando Edgar cruzou a porta, o seguiu.

CAPÍTULO 22
OS CAMINHOS DA VIDA

À noite, descansavam na sala de estar. Edgar observou e aprovou a decoração. Sorriu ao ver a foto de casamento cercada de outras de figuras importantes da República.

— Que recado sutil, Ifigênia — comentou Edgar olhando a coleção de porta-retratos sobre o aparador.

— Gostou? — perguntou Ifigênia sorrindo com desdém, enquanto servia delicadas taças de cristal com vinho do Porto. Aproximando-se, entregou uma ao marido e sentou-se em uma poltrona.

— Ficou bonito e extremamente útil. Admiro sua sagacidade social, Ifigênia. Eu não imaginaria algo assim. Creio que nós, homens, não temos essa sensibilidade fina. Deve ser tipicamente feminina.

— Um trabalho dos séculos, meu caro! Uma habilidade longa e pacientemente desenvolvida por poucas e sábias mulheres, que não se contentaram em ser pessoas que veem as coisas simplesmente acontecerem, mas descobriram uma conduta semelhante à força da água. É possível fazer as coisas acontecerem.

Edgar fez uma carícia sutil na nuca da esposa e acomodou-se no estofado de dois lugares observando o penteado simples e impecável de Ifigênia, que combinava com o vestido discreto e elegante. Os sapatos bicolores importados e os brincos grandes revelavam o lado arrojado da personalidade da esposa.

— Como foi a visita à igreja? — indagou Edgar.

Ifigênia meneou a cabeça com descaso e respondeu calmamente:

— Conforme o esperado. Muito fácil! Padre Gabriel virá almoçar conosco no domingo.

Edgar ficou olhando a bebida na taça, e lentamente sua expressão foi se tornando marota. Ele indagou:

— Bem, se aprendi alguma coisa com você e com sua mãe, deduzo que isso quer dizer que o mensageiro virá, certo?

— Bom aluno! — saudou Ifigênia erguendo a taça vazia, que Edgar se apressou a encher. — Numa cidade pequena com uma elite extremamente devota, ninguém melhor do que o padre para abrir portas. Eu aposto, valendo um par de brincos de pérolas, que na próxima semana estarei no chá das senhoras da paróquia e começaremos a receber convites para jantares.

Edgar sorriu e selou a aposta com um aperto de mãos. Murmurou:

— Pagarei com prazer! Minha visita ao prefeito foi interessante. O sujeito age na base da intimidação, fingido, dissimulado, nada sutil. A conversa dele é patética. Vou observar, mas avisarei seu pai a respeito dele. Não me inspirou confiança.

— Será bom, primeiro, você se assegurar do quanto meu pai confia nele, de fato — aconselhou Ifigênia.

— Hum, você está sugerindo que, em relação ao nosso prefeito, meu sogro confia desconfiando? Jogo duplo de ambos os lados? — questionou Edgar. — Senti que o prefeito não é um parceiro confiável, muito menos fiel.

Ifigênia sorriu, com uma expressão de escárnio, e respondeu:

— Ele segue a lei do cão.

— E nós a dos anjos ou a dos homens? — provocou Edgar.

— A que melhor nos servir — respondeu Ifigênia.

— Isso nos faz todos seguidores da lei do cão — insistiu Edgar.

— É um jogo de palavras, doutor Edgar. O fato é: se resguarda nossos interesses, é uma boa lei! Não me importa a fonte. É assim que meu pai pensa, e é o que estamos fazendo aqui também, correto?

— Sim, senhora dona Ifigênia. Defendendo interesses morais e materiais. Olhei o processo sobre o doutor Adolfo Antônio Gouvêa e estou seriamente inclinado a arquivá-lo. O advogado da família renunciou Firmino Dantas.

— Um homem de bom senso! Deve amar a vida — comentou Ifigênia interrompendo o marido. — E nosso caçador? Apurou alguma coisa?

— Não, nada ainda. Pouco tempo. Aguardemos mais alguns dias. Enfim, o calor infernal desta região cedeu. Vou descansar. Boa noite! — anunciou Edgar erguendo-se e dirigindo-se aos seus aposentos.

Ifigênia sussurrou um boa-noite, pegou a garrafa de vinho e foi deitar-se na rede na varanda, que dava para o quintal da casa.

A rotina do casal foi rapidamente estabelecida. A vida social na pacata cidade era praticamente centralizada em jantares e almoços festivos uns nas casas dos outros, excelente ambiente para fofocas, intrigas, traições conjugais e rusgas que alimentam mal-estar, algo muito típico onde há convivência sem outro propósito além de "matar o tempo". O tempo e muitas oportunidades eram perdidos desse modo, mas isso servia perfeitamente aos interesses dos jovens moradores.

Além dos jantares e almoços, havia as festas e atividades recreativas do clube social familiar para os brancos e outro para os negros; a igreja e as comemorações religiosas nas quais, em geral, o mesmo grupo do clube tomava parte na realização, assessorado por alguns fiéis economicamente mais pobres, negros ou mestiços, cuja participação era restrita. Eram aceitos nas missas e procissões, e facilmente se notava a separação. Os participantes agrupavam-se por cor da pele e condição econômica.

Logo, Ifigênia desfilava nos jantares com lindos brincos de pérola e a todos dizia que era presente do marido pelas bodas de papel. Piscava um olho para o marido com um largo sorriso, que somente ele sabia a real razão. Com inata habilidade social, ela abriu todas as portas que interessavam ao casal.

Nesses eventos, era inevitável encontrar os familiares de Edgar. Em pouco tempo, Ifigênia tornou-se a celebridade local, algo que fora fácil de ser conquistado: era uma mulher jovem, de boa aparência, casada com uma das autoridades da região e vinha de uma família tradicional da capital. Quando viu outras mulheres copiando suas roupas e seus modos, ficou claro que atingira o propósito. Então, era hora de fazer girar as engrenagens da vida social como desejava.

Abririam as salas da própria residência para receber os novos amigos e retribuir a calorosa acolhida. Ifigênia elaborou meticulosamente a agenda de eventos, que Edgar examinava confortavelmente instalado no gabinete de sua casa.

Ele terminou de ler e enrolou as folhas em um cilindro, que batia pausadamente no joelho enquanto refletia sobre as ações a seguir.

Ifigênia não esperava sua aprovação ou desaprovação. A agenda era apenas para informá-lo antecipadamente. A situação se tornaria bem difícil para a família de Pedro Sampaio Brandão de Albuquerque.

Recordou-se do encontro com a madrasta, legalmente sua mãe. Maria Carolina era uma mulher de meia-idade, grisalha, que mantinha a rotina doméstica da casa da fazenda. Muitos diziam que ela era uma viúva reclusa; outros, que adoecera mentalmente. Ela, contudo, era apenas uma mulher cansada do jogo social e econômico daquele meio e resolvera que queria viver em paz, entre suas coisas. Não se opusera ao testamento do marido, afinal, garantira-lhe moradia e renda para uma vida confortável até o fim de seus dias e legara às filhas bons dotes que lhes garantiriam o futuro. O "amado Edgar" que ficasse com todo o restante, que nenhuma felicidade lhe trouxera. Assim, ela pensara e agira.

Edgar entrara na casa da fazenda sem bater na porta, sem pedir permissão, deixando claro que era o dono. Encontrara Maria Carolina lendo na sala de visitas perto da janela. Ela não precisou perguntar quem ele era, pois Edgar era a imagem de Bernardo quando jovem com alguns traços de Mariana, a cor da pele e o cabelo crespo cortado muito curto. Mas ele tinha uma imponência, uma presença fria e algo opressiva que não herdara de seus pais. O olhar era frio e cortante. Ele tinha raiva e mágoa dentro de si, identificou Maria Carolina, mas ela não estava disposta a compreendê-lo ou a pensar na sua participação naquilo, já que ele fora uma criança em sua vida. Como Edgar chegara, ela não tinha responsabilidade, mas como ele seria no futuro era também consequência da convivência com ela, então, era responsável. Sentiu medo e concentrou-se na defesa do que sentia ameaçado com a presença dele. Ele olhou-a sem esconder a curiosidade do que os anos haviam feito àquela mulher de quem guardava lembranças e sentimentos dúbios da infância, alguns muito recalcados, escondidos e silenciados nas dobras mais profundas da alma.

— Bom dia, dona Maria Carolina! Como sabe, esta fazenda me pertence, no entanto, a senhora e suas filhas têm garantido o direito de residirem aqui e receberem parte da produção. Isso será cumprido e pago em dinheiro uma vez ao ano, após a venda de toda a colheita. Meu capataz lhe trará o pagamento — Edgar informara com voz indiferente e toques de condescendência.

Maria Carolina concordou com um gesto afirmativo de cabeça e indagou com a voz, revelando um supremo esforço que aquele encontro lhe exigia:

— E com relação à casa?

— A senhora continuará morando na casa enquanto viver ou quiser. É seu direito conforme consta no testamento. No momento em que deixá-la, eu mandarei destruí-la. Não tenho interesse. Construirei "minha casa" do meu gosto, moderna e confortável, com entrada separada — respondera Edgar, sem esconder a alegria de depreciar aquele velho e tradicional casarão do qual não tinha boas lembranças.

— E suas irmãs? Também são herdeiras — perguntara Maria Carolina.

— Sim. Suas filhas receberam e receberão exatamente o que lhes foi legado, no tempo determinado. Essa foi a vontade do seu marido, senhora. Eu apenas a respeito e cumpro. As terras e tudo o que nelas se encontra são exclusivamente de minha propriedade. A senhora e suas filhas têm renda estipulada por um determinado prazo. O dote delas foi pago. Por enquanto, nada lhes é devido. O direito de uso desta casa é somente da senhora. Alguma outra dúvida, dona Maria Carolina? — respondera Edgar em tom formal e arrogante.

— Não senhor, doutor Edgar — respondera Maria Carolina com raiva.

Edgar fingiu não notar e intimamente achou divertido despertar a raiva em Maria Carolina e tratá-la com superioridade, como se dispensasse favores.

Depois disso, Edgar entrava e saía da fazenda quando bem entendia e como era de seu direito. Às vezes, cumprimentava Maria Carolina; em outras, não se dava ao trabalho de ser educado. Ela, por sua vez, pegava-se questionando: o que era a vida, afinal de contas? O que era ser filho? O que era ser mãe? O que era real? Ela vivera exatamente como se esperava, como lhe fora ensinado que era o "modo certo". Casara-se na igreja, tivera filhos, vivera com o marido até a morte dele, e ninguém tinha absolutamente nada a apontar em sua conduta. No entanto, o que haviam sido aqueles anos: dor e sofrimento. Sentada na cadeira de balanço do alpendre da fazenda, passava algumas horas pensando por que a felicidade não era considerada um modo certo de viver.

CAPÍTULO 23
AÇÕES

A dor não é visível; é sentida, percebida de maneira absolutamente pessoal, e isso é mais uma razão que nos impede de julgar o outro. Seja física ou moral, a dor é algo pessoal. Só quem sente sabe ou quem tem empatia consegue compreender.

As dores têm intensidades diversas, e cada um tem uma capacidade própria de ser ou não resiliente. As dores físicas nem sempre são compreendidas; em geral, são anestesiadas. As dores morais, cujas manifestações são ainda mais diversas, nem sempre se manifestam; podem estar ocultas, ou melhor, anestesiadas pela arrogância, pela indiferença, pela agitação constante, pela risada excessivamente fácil, pela voz que se sobressai entre as outras, pelo rosto bem maquiado, pelo profissionalismo rigoroso, enfim, por todas as condutas rígidas. As dores morais, contudo, são também muito incompreendidas e, com frequência, anestesiadas em rios de álcool e outras drogas.

Trabalhar a dor e fortalecer-se interiormente é opção de poucos. Mais um exemplo da lição sobre muitos são os chamados, mas poucos os escolhidos. O caminho solitário, que leva à estreita porta de conhecer a si mesmo e se autolibertar, desvencilhando-se de crenças e ideias incutidas por mil caminhos de automatização, é árduo. Em um mundo em que prevalece a irreflexão e a inconsequência, em que a maioria ainda crê que importante é o que se vê e o que se toca, o sofrimento é consequência natural, porque o que importa e o que dirige a vida não são perceptíveis aos sentidos materiais. É como o ar, que está em toda parte e alimenta a tudo e todos que vivem. Não se pensa sobre ele, não se dá importância, até que ele falte. Então, descobrimos que o invisível nos mantém vivos; é a fonte.

A essência da vida e da experiência de viver é invisível aos olhos, é intangível. E, como só naturezas semelhantes se percebem e identificam, é pela inteligência e pelos sentimentos que podemos perceber, estudar e desenvolver empatia com essas formas de sofrimento encobertas.

Quem se arriscasse a dizer que Edgar e Ifigênia sofriam seria seguramente taxado de invejoso. A percepção de todos era de que o casal era um exemplo da felicidade e da realização do que a maioria almeja. Diziam: "Eles têm tudo, uma vida maravilhosa!". É interessante o uso dessas palavras opostas: tudo e nada. O que é ter tudo? O que é não ter nada? Será possível qualquer uma dessas condições? Como se verifica, qual é a medida?

Mas o casal "ostentava felicidade" e acreditava nela em boa parte do tempo. E, quando sentiam um desassossego íntimo, um desconforto consigo mesmos, recrudesciam nas condutas costumeiras. Mergulhavam no enganoso conforto da repetição, entretinham e ruminavam os mesmos pensamentos e íntimos sentimentos nunca confessados ou iluminados por um diálogo aberto. No seu inferno pessoal e invisível, arrastavam a condenação de todos os Sísifos[3]: não largar, não abandonar e crer que persistir até o fim é uma virtude. Não analisavam o que faziam nem o fardo que carregavam ou se o objetivo a que se propunham era alcançável. Não perguntavam se as leis da vida estavam sendo observadas em suas condutas... Bem, isso é ainda menos provável para quem se julgava acima delas. O conforto da mesmice, a ilusória sensação de domínio e controle é o que mantinham a situação estacionária.

Edgar ganhava fama de juiz durão, rigoroso. Diante dos pedidos sobre sua mesa, materializados em processos, sua conduta invariavelmente era: primeiro ver o nome das partes; segundo, verificar quem eram seus advogados. A partir disso, ele estabelecia seu juízo íntimo, qual seria sua interpretação sobre o que iria ler ou ouvir. Era simplesmente automático. A imparcialidade e o enquadramento legal eram uma segunda etapa, mais consciente. Então, se fosse alguém cujos interesses se ligavam aos seus ou que tinha a sua simpatia, a decisão emocional tendia a ser favorável,

---

3 Sísifo: personagem da mitologia grega que tentou ludibriar os deuses e a morte e foi condenado a, no Hades (inferno pagão), carregar uma enorme pedra até o topo de uma colina íngreme. Nunca alcançou o topo, pois a pedra rolava, e ele precisava repetir a escalada incansavelmente.

porém, se fosse o contrário, a negativa desenhava-se muito clara em seu íntimo, e as teorias escolhidas ou até construídas para suas decisões eram igualmente rápidas, porém, não tão automáticas para que se pudesse dizer que agia inconsciente de suas emoções. Tinha prazer em realizá-las, e o prazer não é inconsciente. Especialmente se os advogados eram ligados à família de seu avô, a seus tios e primos, maior era sua satisfação. Assim, ele ia destruindo paulatinamente a fama e a clientela deles.

Em meio àquela guerra pessoal, os imparciais diziam a respeito dele: "A justiça do doutor Edgar é como uma cobra: só morde quem tem os pés descalços. Então, cuidado! Se não tem botas, fique longe!".

Ele também se estabelecia como um proprietário de terras severo, distante da população que nelas trabalhava. A relação era mediada por capatazes, que agiam como se ainda fossem feitores de escravos.

"População ingrata! Vivem aqui de graça e ainda reclamam. Querem sempre mais dinheiro! Pra quê?! Eles não têm noção do que é a vida. Na cidade, morreriam de fome", pensava Edgar quando ouvia os pedidos de aumento de uns poucos trabalhadores mais ousados. A resposta era invariavelmente: "Se não estiver satisfeito, pegue suas coisas e vá embora".

Os trabalhadores viviam em uma pequena vila dentro das terras de Edgar, habitavam casas rústicas que eles mesmos construíam e também faziam os móveis com a madeira das matas. Cada um demarcava um pequeno terreno em torno da casa onde podiam cultivar horta, árvores frutíferas e criar alguns animais domésticos, como aves e bodes, e, graças a isso, se alimentavam.

O velho curandeiro falecera anos antes de Edgar assumir a fazenda, mas transmitira seus conhecimentos a Iara, filha de Miguel e Jacira, uma indígena que abandonara sua tribo para viver com Miguel. Diferente das outras mulheres, ela não trabalhava nas lavouras da fazenda e assim educou a filha.

Quando ela chegou à fazenda, Bento a ajudou muito, e uma forte amizade nasceu entre eles. Jacira conhecia ervas e os produtos da mata que auxiliavam a saúde e praticava as curas indígenas. Esse interesse os uniu, e o velho Bento encontrou neles uma nova família. Quando Iara nasceu, o velho rejuvenesceu. Sentia-se avô da menina, transmitiu naturalmente tudo o que sabia a ela e à mãe e as incorporou em seu relacionamento com a comunidade. Após o falecimento de Bento, as mulheres deram sequência ao seu trabalho. Iara tinha um talento especial para tratar as pessoas. Mãe e filha cultivavam plantas medicinais, colhiam e secavam cascas, folhas e raízes de árvores nas matas. O espaço de horta era pequeno, mas os vizinhos a abasteciam fartamente e eram extremamente gratos aos cuidados delas.

Jacira tinha fama de mulher selvagem e furiosa e fizera questão de educar a filha a mostrar essa face a alguns homens brancos. Os capatazes as temiam, embora não confessassem. Especialmente a menina, a quem chamavam de bruxa.

A resposta de Edgar aos queixosos era equivalente a fazer um saco com as poucas roupas que tinham, colocá-la nas costas e sair a passo da fazenda. Ficariam sem amigos e sem a assistência de Jacira e Iara. Também sabiam que não conseguiriam trabalho em outras fazendas da região, porque os proprietários não se indisporiam com o juiz. Então, mesmo os revoltados acabavam engolindo a ira, ou melhor, afogando-a numa cachaça da pior qualidade aos domingos e tocando modas de viola que contavam histórias tristes ou sonhos impossíveis, enquanto as mulheres se reuniam para fazer doces e costuras ou simplesmente dormiam. E, na segunda-feira, seguiam na mesma vida, sem sequer o ar da mudança ventilar-lhes o pensamento.

Ifigênia rapidamente conseguira seus objetivos e agora começava a impor à família de Pedro e Beatriz a pena do banimento social. Tornara-se figura obrigatória nas festas locais, fossem públicas ou privadas, e o que começara como uma sutil indiferença e um incômodo com a presença dos desafetos agora era questão que dividia a comunidade local.

Pedro protagonizara uma cena desagradável em um jantar atiçando provocações e indiretas a Edgar, que, inicialmente, fingiu ignorar, ciente de que a conduta de fria indiferença incomodaria o avô e o levaria a explodir e causar escândalo, exatamente o que ele queria. Assim, quando, em um jantar na residência do prefeito, o velho doutor Pedro, sentado mais ao centro da mesa, começou a falar mal das estradas de ferro e da nova forma de mineração que se estabelecia na região e fazer suposições sobre questões escusas que envolviam a família de Ifigênia — obviamente sem citar nomes —, Edgar e a esposa apenas trocaram olhares e começaram a conversar com o convidado ao lado.

O prefeito e a esposa, sentados à cabeceira da mesa de banquete, ficaram constrangidos. Sabiam que a família Sampaio Brandão de Albuquerque estava decadente, financeira e socialmente, mas, por apego à tradição, havia sido convidada. Arrependeram-se.

— Doutor Pedro, é a vida. O progresso sempre traz novidades, e nós nos acostumamos a elas com o tempo. E acaba sendo bom para todos!

O senhor, como eu, era moleque quando a moda era discutir a abolição dos escravos. Deve lembrar-se de que muitos temiam a falência dos negócios, da agricultura, mas veja só: nada disso aconteceu. Hoje, não gastamos mais comprando escravos, e não falta gente nas lavouras. Ficou até melhor. Será assim com as ferrovias e a mineração em grandes companhias. Vamos vender muito minério para o exterior e ganhar muito dinheiro. Vamos aproveitar o jantar e festejar! Amanhã será a festa do Divino! Todos comemorando. Só alegria! — argumentou o prefeito, tentando consertar a situação e fazer Pedro parar ou mudar o tom da fala incessante.

— Pois é, meu bom amigo... nos conhecemos desde essa época, é verdade, mas ainda penso que o melhor teria sido prosseguir com a escravidão e com a monarquia. Nossa sociedade perdeu muito dos seus limites e da sua organização com essas modernidades e liberdades. Eu preferia quando lugar de negro era bem definido e quando não se misturavam. Hoje, muitas mulheres brancas não se dão mais ao respeito e se casam com negros e mestiços. Essa história de ferrovia, de mineração, isso que chamam progresso, não me engana, será para alguns. Será igual o que ocorreu com a libertação dos escravos e a República, seremos invadidos pelos estrangeiros. Os ingleses tomarão conta de tudo, e nós vamos lamber os sapatos daqueles lordes "emperucados". Vamos disputar cada libra que eles jogarem aqui como macacos brigando por frutas. É isso que essa juventude fará com essas constantes modernidades.

Pairou um silêncio pesado e desconfortável entre os presentes. Ouvia-se com clareza o zunir dos insetos na rua.

A esposa do prefeito baixou a cabeça e terminou a refeição rapidamente, no que foi imitada pelos demais. Em poucos minutos, levantou-se convidando a todos para o cafezinho ou conhaque na sala ao lado, oportunidade em que Ifigênia se aproximou da anfitriã que servia algumas amigas e, discretamente, para que somente elas vissem e ouvissem, lhe disse:

— Querida, quero agradecer-lhe, também em nome do meu marido, pelo jantar maravilhoso. Estava tudo perfeito. Mas, infelizmente, não temos mais condições de continuar num ambiente com pessoas de tão baixo nível, tão desagradáveis!

Ifigênia enxugou os olhos com o lenço de linho imaculado, e o gesto surpreendeu e comoveu as senhoras.

— Doutor Pedro se excedeu no vinho e foi inconveniente. Eu lhe peço mil desculpas, querida Ifigênia — pediu a anfitriã, envergonhada.

— Eu creio que foi proposital, minha amiga. Não foi a primeira vez — lamuriou-se Ifigênia. — Edgar é uma autoridade, um homem educadíssimo, vocês sabem. Ele não gosta dessas posturas arcaicas do avô. Infelizmente, família não se escolhe, não é mesmo? Infelizmente, ainda há falta de aceitação da lei em certas mentes. Não perdoam o fato de Edgar ser o herdeiro principal do pai. Absurdo! Todos sabem como Edgar cuida da minha sogra e é um filho zeloso. Pobre mulher! Ela deve ter sofrido muito quando ingressou nessa família. Não é pra menos que está com problemas mentais. Vamos esquecer isso. Só vim lhe agradecer pelo jantar magnífico, como sempre são os seus, mas estamos nos retirando. Boa noite!

Ao dar as costas, Ifigênia ouviu os sussurros das senhoras. Intimamente, sorria quando foi ao encontro de Edgar, que se despedia do prefeito.

— Obrigado pelo jantar, mas iremos embora. Infelizmente, há alguns convidados indignos de frequentar sua casa ou de qualquer outro cidadão educado nesta cidade. Boa noite!

Ifigênia fingiu enxugar os olhos discretamente, aceitou o braço do marido e, num tom magoado, sussurrou um boa-noite ao prefeito.

Ali começou o banimento social da família paterna de Edgar. A cada convite, sutilmente, e às vezes nem tanto, inquiriam sobre a lista de convidados. Se algum membro da família do doutor Pedro estivesse presente, eles não compareceriam. Como, no momento, o casal era mais influente, o resultado foi de crescente exclusão social dos patriarcas e filhos da família Sampaio Brandão de Albuquerque.

CAPÍTULO 24

SEM SEGREDOS

Meses depois, Edgar e Ifigênia conversavam na sala de estar após o jantar. Ela bebericava uma taça de vinho do Porto.

— Irei viajar. Preciso de férias! — anunciou Ifigênia.

— Feliz de você que pode fazer isso. Quando pretende partir? — perguntou Edgar friamente.

— Em dois dias. Amanhã, arrumarei as malas, não levarei muita coisa. Aproveitarei a viagem para renovar o guarda-roupa. Uma atualização faz bem — informou Ifigênia com ares de pouco caso.

— Já sabe para onde ir? — indagou Edgar.

— Minha prima, Anabela, cuidou de tudo. Já comprou as passagens e cuidou da nossa hospedagem. Diga que estou passando algum tempo com meus pais. Saudades sempre causam ótima impressão — respondeu ela com ar debochado.

— Viajará com Anabela. Sim, você tem toda razão: saudades são uma boa desculpa. E nem se poderá dizer que faltamos com a verdade, não é mesmo? Afinal, vocês são muito próximas, e já estamos há dois anos longe da capital — ironizou Edgar.

— Dois anos, três meses e dez dias — falou Ifigênia fitando a taça com o líquido escuro e adocicado.

— Meu Deus! Contando os dias com precisão, Ifigênia. Está sendo tão ruim assim? Eu confesso que até tenho me divertido. Sinto-me realizado.

— No momento, estou entediada. Tudo muito previsível! E essas mulheres interioranas me perguntando todos os dias quando teremos um filho, sinceramente, estão acabando com minha paciência.

Edgar riu com gosto da irritação da esposa. Já ouvira algumas insinuações desse tipo, mas uma breve resposta e mudança de assunto tinham resolvido. Sabia, contudo, que entre as mulheres esse assunto poderia se renovar mensalmente.

— Está bem! Acho que entendo que isso deva ser um aborrecimento muito grande para você — comentou Edgar contemporizando ante o olhar fulminante que recebera de Ifigênia ao rir das causas de seu aborrecimento. — Quanto tempo ficará fora?

— Não tenho certeza, Edgar. Dois meses, no mínimo. Quando eu retornar ao Brasil, mandarei avisá-lo. Embarcaremos no Rio de Janeiro na próxima semana.

— Muito bem! Boa viagem! Divirta-se — desejou Edgar, levantando-se e informando: — Vou ler um pouco antes de dormir.

Ifigênia olhou primeiro a garrafa de vinho do Porto, depois o conhaque que estava ao lado. Levantou-se, deixou a taça vazia sobre a bandeja, pegou a garrafa de conhaque, abriu-a e, tocando de leve o ombro do marido, disse:

— Boa leitura! Irei aproveitar o ar da noite no jardim. Odeio esse calor sufocante! Graças a Deus, as noites são frescas. — E se afastou preguiçosamente. Com ar pensativo, Edgar observou-a sair pela porta lateral, de folhas duplas, envidraçadas.

Ifigênia partiu discretamente. Avisou a amiga mais faladeira da cidade de que iria passar algum tempo na capital para dar atenção aos pais, pois a mãe estava enferma. Falou do quanto lamentava abandonar temporariamente os trabalhos de caridade e as amigas, mas era um dever de consciência. Antes de Ifigênia embarcar no carro que a levaria até a estação de trem mais próxima, toda a pequena cidade sabia e falava da inesperada viagem da esposa do juiz.

A rotina de Edgar não se modificou muito com a partida da esposa. Ele diminuiu os jantares e as festividades aos quais comparecia e concentrou-se totalmente no seu trabalho e na construção da nova sede da fazenda. Pediu ao antigo tutor que contratasse um engenheiro e um arquiteto para as construções que pretendia fazer e deu-lhe as características que desejava. Algumas semanas depois, chegaram à cidade dois jovens e talentosos profissionais que se encarregariam do projeto e da execução da nova casa, um pequeno palacete, absolutamente revolucionário para os padrões de arquitetura das demais casas rurais, apegadas ao estilo colonial português. Edgar queria um palacete clássico e luxuoso. Escolheu um terreno distante da antiga estrutura que reformou transformando-a em sede administrativa, onde ficou reservado o uso da casa antiga para Maria Carolina, que seguia vagando como um fantasma por entre os quartos e alpendres.

Algum tempo após a partida de Ifigênia, Edgar foi surpreendido em seu gabinete pela visita do coronel Dantas.

Ao ser informado por Adolfo, seu secretário no foro da cidade, da presença do prefeito, Edgar parou a leitura do processo que tinha sobre a mesa e ficou pensativo por alguns instantes. O que teria trazido o prefeito até ali de forma inesperada? A acusação sobre a morte do antecessor andava a passos de tartaruga. Edgar sabia quem era o autor do crime, mas guardava esse valioso segredo. Andamento célere tinham os processos de desapropriação e todos do interesse dos investidores na ferrovia e na mineração. Por acaso, trabalhava em um deles naquele momento.

— Doutor Edgar, o que devo dizer ao prefeito? — perguntou Adolfo alguns instantes após anunciar a visita.

— Mande-o entrar — respondeu Edgar. — Vejamos o que deseja o coronel Dantas.

O prefeito entrou trajando um terno de linho e segurando o chapéu entre as mãos.

— Coronel Dantas! Como tem passado? E dona Carminha, sua esposa, está bem? Por favor, sente-se — cumprimentou Edgar, apontando-lhe a cadeira em frente à sua mesa.

— Doutor Edgar, bom dia! Estou muito bem. Carminha também! Graças a Deus, vivemos um bom momento em família. Tudo muito calmo como deve ser — respondeu o coronel.

Edgar acenou a cabeça concordando. Sisudo, colocou uma folha em branco sobre a página que estava lendo e fechou o volume colocando-o de lado, demonstrando ao visitante sua intenção de dar-lhe total atenção, mas também fazendo-o entender que estava ocupado. O coronel acompanhou os movimentos com uma expressão curiosa e divertida.

— E dona Ifigênia? Ainda na capital? Com todo respeito, doutor Edgar, estamos saudosos. Ela é uma mulher encantadora!

— Minha esposa está acompanhando os pais, pois minha sogra está enferma. A recuperação vai demandar algum tempo. Foram passar um tempo à beira-mar por indicação médica — respondeu Edgar.

— Oh! Que lástima! Estimo as melhoras da senhora sua sogra.

— Obrigado! — Edgar observou o coronel sentado, bem à vontade, com a costumeira expressão de ave de rapina nos olhos escuros. Não parecia disposto à objetividade. — Aceita um bom café das minhas terras, coronel?

— Com prazer, doutor! É famoso o seu grão.

Edgar chamou o secretário e pediu-lhe o café, que minutos depois era trazido por uma copeira negra que entrava e saía muda do gabinete do juiz. Não ousava falar-lhe, evitava erguer o olhar. Ele, por sua vez, aparentava não a enxergar. Aliás, ele não dava a menor atenção aos que o serviam.

O visitante já havia degustado a xícara de café e falado de todas as amenidades típicas sem dizer a que viera, enquanto Edgar balançava a perna nervoso. Antes de perder a paciência, confrontou o coronel:

— Coronel Dantas, a que devo sua visita? Acredito que não veio aqui apenas para falar de amenidades e tomar um café comigo.

O coronel pigarreou e olhou o teto. Depois, encarou Edgar e disse:

— Vim lhe fazer um convite, mas, como nunca o encontrei no local, e bem... toda a cidade admira sua esposa ...

— Não estou entendendo, coronel. Por favor, seja claro e direto.

— Está bem! Os investidores da mineradora e da estrada de ferro estarão na cidade e desejam mostrar seu apreço e sua gratidão pelo nosso trabalho, meu e do senhor, além de outros nomes da região. Convidam a todos para uma reunião na chácara de Madame Adelaide, na próxima sexta-feira, à noite.

— Ah, sim. Madame Adelaide. Conheço a fama — respondeu Edgar escondendo a surpresa e a vontade de rir. — Não sei como chegar ao local. Não conheço a chácara.

— Terei prazer em conduzi-lo. Passarei às 17 horas de sexta-feira em sua casa para apanhá-lo. Fica um pouco distante da cidade — informou o coronel fitando Edgar.

— Eu o seguirei. Prefiro ir com meu carro.

— Como quiser, doutor Edgar. Então, passar bem e até sexta-feira.

— Passar bem, coronel.

Quando a porta se fechou após a saída do prefeito, Edgar sorriu divertido e pensou que algumas coisas não mudavam em parte alguma. Quer fosse no interior parado no tempo ou na capital, eram idênticas. "Enfim, conhecerei a famosa chácara da Madame Adelaide!", pensou zombeteiramente.

CAPÍTULO 25

MADAME ADELAIDE

Quando os faróis do carro iluminaram o portão de acesso à chácara, Edgar coçou o queixo pensativamente. Era a primeira vez que ia ao famoso local, mas sabia perfeitamente bem de que tipo de entretenimento se tratava. No entanto, surpreendeu-se com a elegância do portão de ferro e das grades, artisticamente trabalhados, e com os muros de pedra. Nenhuma identificação. Os muros eram suficientemente altos para garantir a privacidade dos que cruzavam o portão.

Entraram por uma bonita alameda margeada por árvores e gramado, passaram por um belo parque com um lago e viram quadras para prática de esporte e até mesmo um campo de golfe. Ficou curioso com uma construção exótica, de estilo oriental, que não soube definir. Uns cem metros depois, a alameda terminava em uma rótula com uma fonte ao centro, iluminada, que representava o nascimento de Vênus. "Mensagem sutil e elegante", pensou Edgar curioso e impressionado com o local.

Visivelmente, tratava-se de um clube de cavalheiros, que oferecia todos os prazeres masculinos numa zona um pouco afastada da cidade. A sede era uma bela e confortável chácara dirigida por dona Adelaide, com muitos quartos e amplas salas de convivência, além de alguns escritórios reservados onde se negociavam os maiores interesses da região. As várias sobrinhas da proprietária faziam a alegria e o encanto do lugar. Não havia a velada distinção de cor da pele; todos eram recebidos de braços abertos. O dinheiro tinha a mesma cor para todos, e isso claramente era o mais importante. E era um local sigiloso, bem escondido, que somente os mais ricos e influentes da região frequentavam. Inegavelmente, era também um prostíbulo, mas extremamente elegante e discreto. A decoração das salas era de refinado bom gosto. Os escritórios eram sóbrios, e os jardins e pomares eram muito bem cuidados. Os prazeres sexuais ficavam restritos aos quartos de trabalho. Nesses, a decoração era erótica e sutilmente beirava à vulgaridade. Expressava o convite: solte seus demônios, suas amarras e seus pudores, libere-se. Os espelhos, com frequência, refletiam imagens impensáveis dos conservadores e rigorosos cidadãos de bem daquela cidade.

— Doutor, o senhor sabe onde estacionar o carro? — perguntou Tenório, o homem que era a sombra de Edgar e que, naquele dia, também conduzia o carro.

Edgar olhou ao redor. Não havia nenhum veículo. Somente a bela casa iluminada informava que havia pessoas no local. Uma pequena escadaria de mármore conduzia à porta principal. Um jovem mordomo negro, forte, bem apessoado e impecavelmente uniformizado, com luvas brancas, recepcionava os convidados abrindo-lhes a porta.

Ele assegurou-se de que a pequena pistola que portava sempre na cintura estava convenientemente escondida. Olhou para Tenório e respondeu:

— Eu entrarei. Acredito que deva haver um estacionamento em um local discreto. É típico! Aguarde! Alguém deverá aparecer para guiá-lo. Como sempre: fique alerta e próximo. Não é possível confiar nessa gente.

Tenório olhou em torno desconfiado e curioso, mas manteve a expressão dura da face. Restringiu-se a concordar com um leve movimento afirmativo de cabeça. Edgar saiu do carro e subiu calmamente os degraus. Ouviu o carro arrancar e contornar a rótula. Tenório era uma das poucas pessoas em quem Edgar confiava, por isso não se preocupou e agiu com naturalidade.

— Boa noite. Seja bem-vindo — saudou o mordomo. — Quem devo anunciar?

Edgar retirou um cartão de visitas do bolso do paletó e entregou-o ao mordomo, que olhou e disse:

— Por favor, me acompanhe, doutor Edgar.

"Alfabetizado! Mais uma surpresa!", pensou Edgar seguindo o mordomo por um *hall* com pé direito alto, decorado com colunas de mármore e um aparador com vasos de cristal e arranjos de flores, encimado por um grande espelho de cristal com moldura dourada, que refletia os armários e o chapeleiro de madeira nobre, finos tapetes sobre o piso de mármore e o bonito trabalho em escaiola que decorava as paredes.

O mordomo parou em frente aos armários e estendeu as mãos a Edgar, que lhe entregou o chapéu e observou que o chapeleiro estava praticamente cheio, o que significava que havia muitos convidados. Ele, contudo, ainda não vira o movimento e o burburinho que esperava encontrar. Parecia-lhe estar entrando em uma pomposa residência. Escondendo o quanto estava intrigado, seguiu silenciosamente o mordomo por uma porta lateral que dava acesso a uma sala de espera. O mordomo bateu levemente o sinete de metal preso a uma das folhas da porta dupla e abriu-a fazendo um gesto para que Edgar entrasse.

Era uma sala de reuniões, e chamou-lhe a atenção o fato de que não tinha janelas. A ventilação era feita por aberturas muito altas e estreitas, protegidas por grades internas artisticamente trabalhadas, disfarçando muito bem a própria função. A ideia foi imediatamente percebida: não havia como espionar aquela sala ou dela escapar. Somente convidados entravam ali. As paredes estavam decoradas com escaiola, e uma mesa de madeira escura, cercada por muitas cadeiras, ocupava a sala. Ao redor dela, Edgar reconheceu os principais donos de terras da região, políticos locais e da capital, os investidores da mineradora, os construtores da ferrovia e, surpreso, viu o sogro e outro importante membro do judiciário. Não sabia da presença deles.

Após o anúncio do mordomo, uma mulher muito elegante em um vestido de tafetá cinza-prata, com vários colares de pérolas — algumas verdadeiras e outras visivelmente falsas —, com os cabelos castanhos presos em um penteado de tranças, de fisionomia simpática, levantou-se e foi recebê-lo.

— Doutor Edgar! Seja bem-vindo à minha casa! Sou Madame Adelaide. É um prazer conhecê-lo. — Ela estendeu-lhe a mão, e Edgar reparou nas unhas pintadas de vermelho, que contrastavam com a pele branca, e na maquiagem com cores mais vibrantes que ressaltavam a boca também pintada de vermelho. As típicas identificações de uma cortesã, porém, uma refinada cortesã. "Não esperava isso por aqui", pensou ele.

Galantemente, ele tomou a mão da mulher e roçou os lábios em um rápido beijo.

— O prazer é meu, Madame! Do que vi de sua casa, devo dizer-lhe que estou muito surpreso. É encantadora tal como a dona.

Madame Adelaide abriu um amplo sorriso e, desinibidamente, tomou-lhe o braço. Conduziu-o a uma cadeira ao lado do sogro e disse:

— Fico muito feliz que tenha gostado, doutor. Espero que venha nos visitar assiduamente a partir de agora. Nossas portas estarão sempre abertas para recebê-lo.

Ao lado da cadeira reservada a Edgar, Madame Adelaide fez um sinal convidando-o a se sentar. Acomodado, ele olhou discretamente o relógio conferindo que não estava atrasado. Depois, viu que do outro lado, à sua frente, o coronel Dantas estava sentado. Edgar lançou um breve olhar ao redor da mesa. Eram conhecidos; a diferença é que nunca tivera contato com todos reunidos. Saudou-os:

— Senhores! Boa noite! Agradeço, desde já, o convite para esta reunião.

Embora não demonstrasse exteriormente, Edgar notou que Madame Adelaide mantinha a mão pousada com intimidade sobre o ombro de seu sogro.

— Muito bem! Creio que todos os convidados estejam presentes. Mandarei servir algumas bebidas, com licença — falou Madame Adelaide, retirando-se da sala por uma discreta porta lateral.

Horas depois, com os assuntos resolvidos com relação ao encaminhamento dos projetos e às soluções das repercussões sociais com as menores despesas possíveis, o representante dos investidores relaxou e encostou-se na cadeira. Na cabeceira da mesa, coordenava a reunião e propôs:

— Bem, como estamos de acordo, penso que agora podemos usufruir das melhores coisas que a casa de Madame Adelaide tem a nos oferecer. Considerem essa noite como uma demonstração de amizade. As despesas são por nossa conta.

Todos sorriram, e o empresário discretamente apertou uma campainha que havia sob o tampo da mesa. Minutos depois, a porta se abriu, e muitas mulheres bem-vestidas, porém, com decotes amplos e saias mais curtas, além de maquiagem vibrante, entraram barulhentas na sala e foram pegando pelo braço ou pela mão os convidados e conduzindo-os ao salão.

Uma jovem de cabelos claros, brilhantes olhos cor de mel, pele levemente rosada, vestida de azul-royal, com uma pena presa no adereço de cabeça, aproximou-se de Edgar com um caloroso sorriso, estendeu-lhe a mão com uma expressão coquete e disse:

— Terei um imenso prazer se aceitar minha companhia esta noite, doutor Edgar.

Edgar correu o olhar, sem reservas, pelo corpo da mulher, concentrou-se nos seios, cuja pele rosada se mostrava provocativamente no decote do vestido, e depois nos quadris. "Poderia ser uma pouco mais exuberante, mas é bem atraente", pensou ele. Tomou a mão da mulher e beijou-lhe a palma e o pulso, sinalizando sua aceitação.

— E como devo chamá-la?

— Romy. Por favor, me acompanhe.

Algo na mulher encantara Edgar. A voz aveludada com um sotaque que ele não identificou, mas desconfiava que era falso. Não se importou. Soava bem aos seus ouvidos. O timbre da voz dela o seduzia e suas maneiras educadas e livres atiçavam seus apetites sexuais adormecidos. Romy despertava impulsos naturais muito fortes que Edgar mantivera presos sob fortes correntes. Ele acompanhou-a ao salão dividido entre entregar-se àquela noitada ou não.

Observou seus pares e viu que nenhum deles, nem mesmo seu sogro, dava mostras de timidez ou de obedecer às convenções sociais. Eles tinham uma expressão muito diversa; pareciam meninos, bobos e felizes com um brinquedo. A luxúria brilhava nas feições de muitos, e a bebida farta e livre liberava os freios.

Edgar sentou-se em uma poltrona; sentia-se confortável. Agora, eram estranhos. Esse era o pacto tácito. Romy retornou com a bebida. Estendeu-a a Edgar e, sem pedir licença, sentou-se em seu colo, passando o braço por seu pescoço e acariciando-o despreocupadamente. Arrepios prazerosos percorreram a coluna de Edgar e, aproveitando a proximidade da mulher, abaixou a cabeça aspirando o perfume que emanava dela e roçando o rosto em seu decote.

— Deliciosa — murmurou em seu ouvido.

Romy observou a chama ardente de desejo nos olhos de Edgar e, com um riso provocante, tocou-lhe o rosto com um dedo, fazendo-o encará-la. Perguntou:

— Prefere jantar no salão ou comer no meu quarto?

Ele riu, olhou ao redor, considerou que ninguém prestava atenção nele e respondeu:

— Não quero comer nada. Vamos!

— Hum! Adoro homens decididos! — sussurrou Romy, mordiscando o lóbulo da orelha de Edgar. Ela ergueu-se, estendeu-lhe a mão e disse:
— Venha!

Na manhã seguinte, quando estavam a caminho da cidade, Tenório observava Edgar dormindo no carro e riu sozinho! Não iria criticá-lo, pois sua noite também fora divertida.

CAPÍTULO 26
O QUE VOCÊ VALORIZA?

Muito distante das confusões da pequena cidade interiorana brasileira, Anabela e Ifigênia descansavam ao sol da Índia, em um confortável hotel inglês lotado de hóspedes vindos de diversas partes do mundo e que oferecia um ambiente cosmopolita.

No amplo espaço ao ar livre, com recantos para descanso e leitura, silencioso e discreto, elas estavam bem relaxadas, deitadas em espreguiçadeiras. Ifigênia tinha o chapéu sobre o rosto e cochilava. Anabela lia concentrada. Em algumas páginas via-se que ela se detinha, e algum pensamento registrado pelo autor a levava a refletir sobre um tema pessoal e, às vezes, muito íntimo ou considerado um tabu em conversas sociais. Nas páginas da literatura, tornavam-se uma provocação, um convite à reflexão e um caminho para abertura de diálogo. Tinha especial carinho pelo trabalho de Dostoiévski[4], que lhe falava a alma. Ifigênia movimentou-se durante o sono e chamou a atenção de Anabela, desviando-a da leitura.

Anabela contemplou-a adormecida, o chapéu cobrindo-lhe o rosto, o corpo de belas formas relaxado. Ela parecia tranquila, e isso lhe arrancou um suspiro de contentamento. Preocupava-se muito com Ifigênia. A situação dela exemplificava um pensamento de Dostoiévski que, há anos,

---

[4] "Fiódor Mikhailovich Dostoiévski foi um escritor, filósofo e jornalista do Império Russo. É considerado um dos maiores romancistas e pensadores da história, bem como um dos maiores 'psicólogos' que já existiram." Fiódor Dostoiévski. *In* Wikipedia: a enciclopédia livre. Disponível em: https://pt.wikipedia.org/wiki/Fiódor_Dostoiévski. Acesso em: 17 dez. 2021.

registrava reiteradamente na capa de seus diários: "[...] para proceder com inteligência, a inteligência só não basta".

Não lembrava em qual das obras do autor encontrara o trecho, mas isso não importava. Ler frequentemente aquela frase a fazia consciente de que a inteligência não era apenas a fria razão. Também era preciso ouvir: o emocional, o instintivo, o intuitivo, um caminho para o espiritual tão desprezado no dia a dia. Sabia muito bem quão estranha ela era naquela sociedade materialista, que mais apreciava ver o ser humano como uma máquina do que como um ser divino e na qual muitos se ofendiam, pateticamente, com as ideias evolucionistas de Darwin[5], mas de bom grado abraçavam a ideia mecanicista da vida e de si mesmos. E, como máquinas, todos tinham que funcionar da mesma forma. Ela não funcionava como a maioria. O predomínio da ideia de uma única forma de inteligência norteava uma visão muito estreita e limitada da vida e das pessoas, que deveriam encaixar-se em padrões ou eram "carimbadas" com um tipo de selo invisível, mas que, de alguma forma, a sociedade decifrava e respondia ao comando. Eram máquinas defeituosas. Pessoas que não deveriam ser vistas, que estragavam a perfeição do padrão dos defensores daquela mentalidade. Mostrar-se diferente obrigava a questionar, e máquinas não pensam. Estabelecer o conflito era mostrar um nervo exposto.

Anabela deixou o livro repousar aberto sobre o peito. Um gesto belo e simbólico de acolher, de abrir o coração, o íntimo, aos pensamentos e às ideias do autor. A leitura fazia-lhe um enorme bem, dava asas a seu pensamento e a fazia sentir-se acolhida e integrada em um mundo de ideias mais amplo, questionador e revolucionário, que se propagava silenciosamente em letras impressas em preto e branco. Se elas revolucionariam a sociedade, Anabela não sabia dizer, mas revolucionavam sua alma e isso a fazia feliz. Sentia-se acompanhada.

Mas Ifigênia a preocupava. Ela era uma prova viva de que a inteligência somente não basta para agir-se com inteligência. Ela estava se destruindo, e Anabela tinha plena consciência disso. Ifigênia insistia em viver no mundo das máquinas, em "adaptar-se" a qualquer preço, e acreditava que vencer era ser aceita e para tanto tinha de ser igual. Vivia esse mundo duro como pedra. Um mundo que imponha uma dissociação da alma e do corpo.

A alma, cativa da máquina, debatia-se contra a rigidez mental e os preconceitos. Eram dores caladas, risadas emudecidas, era tanta coisa sufocada

---

5 Charles Darwin (1809–1882) foi um naturalista inglês e autor de *A Origem das Espécies*.

que um dia, de repente, a própria máquina se afogava, se asfixiava, se calava para sempre pendurando o pescoço em algum lugar inapropriado. Vidas se iam silenciosamente. Caladas. Hipocritamente, alguém escreveria em suas lápides: "Aqui, jaz em paz". Mentira! Anabela acreditava na imortalidade da alma e sabia que a individualidade e suas vivências não se perdiam jamais. Em algum momento, em algum lugar, nesta ou na outra dimensão da vida, tudo viria à tona. Não há paz no silêncio forçado. É a velha *pax* romana. O silêncio de uma ditadura. A ditadura da ilusão da igualdade.

No início da viagem, Ifigênia tinha muitos momentos de isolamento, muito fechada, semblante pesado. O álcool era seu remédio contra o mal-estar, contra o desassossego da alma. Bebia para alegrar-se, bebia para acalmar-se, bebia para dormir, bebia... para se esquecer de si mesma. Bebia muito. Anabela a amava. Elas tinham crescido juntas, compartilhavam gostos, ideias e segredos. A diferença entre elas existia na forma de ver a vida e na força interior. Anabela não compartilhava dos mesmos conflitos emocionais e familiares de Ifigênia. Ela era filha única. O pai morrera quando Anabela ainda era criança. Ela guardava poucas e boas lembranças de um homem gentil e alegre que adoecera gravemente e morrera em poucos dias. Sua mãe era uma alma livre, amante das artes, que a educara para ser feliz e independente, algo quase impensável naquela época em que as meninas eram educadas para serem esposas e mães. Talvez pelo famoso "instinto materno", a mãe de Anabela não se preocupara em ver a filha casada.

A herança deixada pelo pai garantia-lhes uma boa vida. Anabela a gerenciava com prudência, e isso lhes dera incomum independência em comparação às mulheres da época. Elas tinham vivido bem e felizes. Havia alguns anos, a mãe falecera, e Anabela prosseguia a jornada tranquilamente, tão feliz quanto era possível ser. Muitos atribuíam à liberdade e paz interior de Anabela à "solidão familiar" e à independência financeira, o que não era completamente verdade.

Ifigênia, ao contrário, tinha uma grande dependência do cordão umbilical, que ainda não havia sido cortado. Vivia uma complexa relação de adoração à mãe e temia confrontá-la. Nas poucas vezes que tentara, Anabela lembrava-se bem, Ifigênia parecera-lhe tal qual um cãozinho de estimação quando é ralhado pelo dono. Ela encolheu-se, entristeceu, baixou tanto a cabeça que quase a grudou no peito e, por fim, adoeceu. Somente melhorou quando conseguiu reunir forças para humilhar-se e voltar à posição de idolatria e submissão. Ela ainda não conseguira coragem para sustentar uma posição pessoal perante a mãe. Prova maior era o casamento com Edgar.

Anabela recusara-se a comparecer àquela farsa. Aliás, a submissão de Ifigênia acatando o casamento a magoara muito, e ela afastara-se. E, Deus sabia o quanto ela se esforçara. Somente nos últimos meses, tinham retomado o contato por correspondência.

Poucos dias juntas tinham sido suficientes para Anabela compreender os sonhos que tivera com Ifigênia ao longo daqueles anos de separação. Inúmeras noites, acordara suada, angustiada, sempre envolvida com o mesmo sonho: Ifigênia caindo de um precipício. Acordava com o som do eco do chamado dela retumbando em sua mente. A companheira destruía-se na bebida. Não tinha força para viver a farsa a que se propusera, isso estava evidente. E se alguém sabia o quanto Ifigênia era frágil, esse alguém era Anabela. Frágil e teimosa! Dada àquelas teimosias em que as pessoas se agarram em uma situação e preferem morrer sofrendo a libertar-se dela, a largar o fardo inglório.

Alguns confundem isso com persistência, mas são coisas muito diversas. A persistência é a constância em uma ação que resultará em êxito. É diferente da teimosia de manter uma situação que só traz sofrimento e sem perspectiva de mudança. O teimoso sofre e fracassa; o persistente tem paz e calma no aprendizado, por isso triunfa.

Ifigênia teimava em ser a "filha perfeita", em corresponder aos ideais de sua mãe, porém, a "perfeição idealizada" confrontava a "perfeita realidade". Ifigênia, como qualquer ser humano, está perfeito do modo como é neste momento da vida. Ela não poderia ser de outra forma, é a lei de evolução. O que somos no presente representa nossa mais perfeita versão. Anabela compreendia e era feliz com esse entendimento; Ifigênia, não. Ela escondia-se e fugia para viver suas verdades.

Fazia trinta dias que Ifigênia estava sóbria. Anabela contava e comemorava cada um deles. Precisava ter esperança. No início da viagem, ao vê-la embriagar-se diariamente, entendeu os sonhos e os chamados, mas era honesta o bastante para admitir que tivera vontade de desembarcar no porto onde o navio fizesse a próxima escala e abandoná-la. Suportou, ouviu, aconselhou, curou algumas bebedeiras, e a tolerância acabou. O drama na mente de Ifigênia desfez-se como pó diante da mente lúcida e equilibrada de Anabela. Tiveram um confronto pesado, uma verdadeira tempestade emocional, e os sentimentos não revelados ganharam voz. Fora uma noite muito, muito difícil, porém, Ifigênia não se embebedara desde então. Compreendeu o abandono iminente e admitiu a causa: não queria mais viver de farsas.

Cada vez que sentia vontade de beber, vendo e sentindo o cheiro do álcool que as pessoas consumiam de variadas formas, recordava-se da intimidação de Anabela, dizendo-lhe com o rosto e a voz marcados por raiva e sofrimento:

— Escolha: ou você abraça a garrafa e as mentiras ou você me abraça e vamos viver nossa verdade em paz, em algum lugar longe de tudo e todos. Deixaremos o Brasil, se você achar mais fácil.

Ifigênia não perguntou se Anabela teria coragem de abandoná-la, pois sabia que a resposta era "sim e sem olhar para trás". Aquela viagem era a reconciliação. Ifigênia buscara a reaproximação, pois fora ela quem não suportara a distância. Anabela a recebera de braços abertos, mas sabia que não haveria uma segunda chance.

— Anabela, nós podemos viver lá. Eu posso prosseguir com o casamento. É uma farsa mesmo. Eu viajarei com mais frequência para encontrá-la e prometo que não beberei mais. Juntas, sabendo que você me apoia, não precisarei mais da bebida — respondera Ifigênia tentando tocar na companheira, que se esquivava.

Anabela dissera-lhe clara e objetivamente, como era seu feitio:

— Ifigênia, pouco me importa que seu casamento seja *pro forma*. Eu não quero viver farsas. É simples! Nunca publiquei nossa relação em jornais nem pretendo. Não me interessa a opinião da sociedade. Eu não faria isso se você fosse meu "príncipe encantado", então, não tenho por que dizer ao mundo que você é a mulher da minha vida. Não tenho necessidade de dar satisfação. Eu sou eu e ponto final. Vivo sob minha pele. Se, de fato, você me ama e quer assumir nossa relação, saiba que tem que fazer isso somente diante de mim, e eu quero viver com você sob sua pele. Não quero sua mãe enfiada aí embaixo. Pense! Não voltarei a falar disso. Você escolhe: essa viagem pode ser nossa despedida definitiva ou o início da nossa vida em comum. Eu aguardo a resposta.

Ifigênia conhecia a companheira. Sabia que ela faria exatamente o que dissera e não adiantaria nenhum dos joguinhos sociais nos quais era tão eficiente.

Voltando ao presente, Anabela pegou o livro. Decidiu não pensar no futuro nem remoer o passado. Viver o dia era seu propósito e exercício constantes. Faltava uma semana para o fim da estadia na Índia, depois a longa viagem até a Europa e, então, a decisão de Ifigênia.

Sem planos, sem sonhos. Vivendo cada momento, aceitando a si mesma e suas circunstâncias e aos outros com as que lhes cabem — lição inesquecível que a madrinha lhe dera quando lhe revelou seu amor por Ifigênia.

"Grande Margarida!", pensou Anabela, recordando a presença forte e carinhosa da madrinha, atualmente seu único vínculo familiar. Entre elas não havia segredos. Fora nos momentos angustiosos do noivado de Ifigênia e Edgar, poucos meses depois da morte da mãe, que os laços com Margarida se estreitaram. Correra para ela — ainda que temerosa do que ouviria —, e, ante sua confissão, a resposta fora um sorriso e uma pergunta simples, direta, sem censura:

— Por que você acha que eu não sabia disso?

— Sabia, madrinha? — Anabela inquirira incrédula. — Como? A mãe falou com a senhora?

— Não, meu bem. Ninguém me disse. Apenas vi em seus olhos. Eu a conheço desde que nasceu e acompanhei sua vida. Como não saberia? Somente se eu quisesse negar, mas não vejo razões para isso. Ouça: seja feliz e não se importe com o que dizem os outros. Quem tem tempo para cuidar da vida alheia é alguém muito infeliz, que não cuida da própria e por isso a torna muito desinteressante. Ifigênia é uma moça muito inteligente, mas tem um comportamento dúbio: sozinha é uma coisa, contudo, ao lado da mãe e em sociedade é outra. Isso é ruim. Quando as vi juntas, entendi que havia um sentimento forte entre vocês. E não me olhe assim espantada! Não sou tão velha para estar gagá, e vocês não são o primeiro nem serão o último casal de mulheres que conheço. O mundo feminino é muito discreto, aliás, quase tudo referente à sexualidade da mulher é tabu, e o amor por outra é muito mais. Mas aprenda uma coisa comigo: esses tabus não existem quando as mulheres trabalham juntas. Elas falam livremente. E você sabe que já trabalhei em muitos lugares. Os segredos e os tabus se dissolvem à beira dos fogões — brincou Margarida referindo-se ao seu trabalho como cozinheira. — Já ouvi muitas histórias! Vi muitas lágrimas indevidamente lançadas à conta das cebolas.

— Eu me sinto perdida, madrinha — Anabela confessara. — Nós, ou melhor, eu tinha tantos planos, tantos sonhos... Achei que seria mais fácil. Não imaginava que ela se casaria, que pudesse me trair.

Margarida a abraçara e sussurrara contra seus cabelos:

— Sem planos, sem sonhos. Viva cada momento, aceitando a si mesma e suas circunstâncias e aos outros com as que lhes cabem. Construa, não sonhe. Siga o fluxo da vida, e ela a surpreenderá! Mantenha-se alerta e ativa, sem ilusões, sem amarguras. Receba e aceite as oportunidades que a vida lhe trouxer. Esteja aberta. Já vi tantas pessoas viverem amarguradas porque só olham o que já foi, o que perderam ou que pensam lhes fazer falta. Mantenha sua mente no hoje, no que você tem, no que lhe é possível fazer com o que tem e viverá de forma mais leve e doce. Sem dramas! Amores impossíveis e dores inenarráveis ficam bem em livros e para quem gosta do estilo, certo? O amanhã é um campo imenso de possibilidades. Não se feche para ele.

— Belas palavras, madrinha! Mas, sinceramente, não sei se conseguirei esquecer... Ouvindo-a falar parece tão bom, tão simples...

Margarida rira. Anabela sorriu com a lembrança. Parecia que ainda ouvia o som do riso da madrinha e de suas palavras:

— Meu bem, você é ainda tão menina! Não lhe dei um conselho. Eu lhe disse qual é meu exercício de vida. São coisas diárias, das pequenas às grandes. Todos os dias, eu repito essa minha profissão de fé, mas não pense que não fraquejo. Eu fraquejo. Às vezes, me pego remoendo, ansiosa, delirando, porque vai além do sonho. Me pego até reclamando, mas todos eles são estados dolorosos, incômodos. Então, volto ao bom senso e retomo o caminho. Sem culpas.

Ainda abraçada à madrinha, Anabela sentira a dor esvair-se de sua alma. Devagar, como quando se abre a gaiola de um pássaro, a dor tinha espiado, se aproximado da porta receosa, querendo que ela a mantivesse, que fechasse a porta, mas a voz da madrinha falara à sua consciência, à sua razão e aos seus sentimentos. Manteve a porta aberta e disse à dor: "Vai!".

Como se tivesse pressentido o que ia no íntimo da afilhada, Margarida apertara o abraço, beijando-lhe os cabelos como se comemorasse sua decisão. A presença da madrinha na vida de Anabela fora muito importante nos últimos anos. Admitia que Margarida a ajudara a cruzar a ponte, a tornar-se ainda mais feliz e resolvida do que a mãe a educara para ser. Encontrara sua força interior com a ajuda dela, e isso a fizera superar a desilusão com Ifigênia, a viver bem mesmo separada dela e a ser capaz de dar-lhe a mão quando ela retornou à sua vida. Desejava ajudar Ifigênia a cruzar a ponte, a encontrar-se com sua força interior e a tomar decisões livres e conscientes, mas tinha lucidez bastante para saber que isso dependia dela.

Novamente, propondo-se a deixar as lembranças e os pensamentos de lado, Anabela retomou a leitura do livro.

CAPÍTULO 27
A PAIXÃO

Muito distante dali e esquecido da esposa, Edgar descobria uma nova vida nos braços de Romy e tornara-se assíduo frequentador da casa de Madame Adelaide. A delicada e decidida "sobrinha" de Madame Adelaide conquistava um grande espaço na agenda do assoberbado juiz.

Ele dividia-se entre a sede de vingança e a sede da paixão, ambas vorazes. No entanto, como faltava na vingança apenas o "tiro de misericórdia" para concluir seu plano, não tinha pressa. Então, deliciava-se na casa de Madame Adelaide, absolutamente rendido aos encantos de Romy.

Edgar não pensava nem se preocupava com Ifigênia. Aliás, não sentia sua ausência. Em várias ocasiões, quando alguma senhora da sociedade local perguntava por Ifigênia e comentava que ela estava fora havia quase três meses, ele surpreendia-se com a rapidez que aqueles dias transcorreram. Parecia que fazia tão pouco tempo que conhecia Romy e, ao mesmo tempo, pegara-se algumas vezes com dificuldade de lembrar-se das feições da esposa. Precisara recorrer a algumas olhadelas nas fotografias da sala.

Envolvia-se com o trabalho, com as questões da desocupação das terras para dar lugar ao "progresso da região", capitaneado pelos interesses das empresas de mineração e suas estradas de ferro, sem ocupar-se das consequências que "seu trabalho" traria às pessoas. Apenas pensava em si próprio e nos benefícios que teria. Aguardava com certa ansiedade a construção da nova sede da fazenda. Naquele final de tarde, em seu gabinete, Edgar analisava os projetos, mas havia alguma coisa indefinida que o desgostava. Não sabia, contudo, o que era exatamente e, portanto, como modificá-la. Já estava com um desconforto físico e mental de tanto analisar as plantas e olhou através da janela. Começava a entardecer, e surgiam no céu aquelas nuvens coloridas que o povo chamava de rabo de galo. Subitamente, retornou à mesa, enrolou os projetos, guardou-os e, levando-os sob o braço, saiu do gabinete ao encontro de Tenório.

Avistando-o, o empregado apressou-se a encontrá-lo e, tomando a pasta com o projeto nas mãos, arriscou o palpite:

— Iremos à casa dos construtores?

Edgar deu alguns passos em silêncio, alheio ao que se passava. Quando parou, Tenório apressou-se em se apresentar para carregar as plantas e puxar conversa. Tentativa inútil. Ao chegar ao carro, Tenório indagou:

— Doutor Edgar, para onde o senhor pretende ir? À casa dos construtores?

Edgar parou, reconheceu que estava agindo por impulso, mas cedeu a ele e informou ao empregado:

— Não. Leve-me à casa de Madame Adelaide.

Tenório ergueu as sobrancelhas, coçou o queixo e baixou a cabeça para esconder um sorriso debochado, enquanto abria a porta do carro. "Tá enrabichado! Deixando o trabalho a essa hora e levando essas coisas todas junto?! Muito enrabichado! A mulher pegou ele de jeito!", pensou o empregado, mas falou simplesmente:

— Sim, senhor.

Edgar acomodou-se e ajeitou sobre o colo os projetos e a maleta que sempre carregava.

Madame Adelaide sorriu satisfeita ao ver o carro do primeiro visitante da noite. Apressou-se a recebê-lo, muito coquete:

— Doutor Edgar! Que alegria revê-lo! Seja bem-vindo! Por favor, entre. A casa é sua! Como tem passado?

Ao ver a quantidade de papéis e a pasta que ele trazia, estranhou e chamou o mordomo ordenando-lhe:

— Ajude o doutor. Ele está sobrecarregado com tantas coisas.

Imediatamente, o discreto mordomo apresentou-se e estendeu as mãos. Edgar, por sua vez, fez-lhe um gesto com a mão para que parasse.

— Não é preciso. Madame, quero ver Romy. Onde ela está?

Madame Adelaide piscou os olhos e sorriu com cumplicidade ao informar:

— Claro, doutor. É ainda muito cedo. Ela está em seus aposentos... pessoais. Mandarei avisá-la. Pode aguardá-la no local de costume.

Edgar fez uma mesura quase imperceptível e subiu as escadas em direção aos apartamentos do primeiro andar.

Alguns minutos depois, Romy entrou suavemente no quarto sem bater. Fechou a porta e ficou parada observando Edgar, que tirara o paletó, a gravata e os sapatos e, absorto, analisava muitos papéis que espalhara sobre a cama. Ela estranhou. Edgar era um homem que falava pouquíssimo sobre si mesmo e menos ainda de seu trabalho. Conversava muito sobre plantações, terras, negócios do café e gostava de ouvi-la falar dos livros que lia, de música, dos jardins, da decoração da casa, atividades em que auxiliava Madame Adelaide. Curiosa, Romy aproximou-se e constatou que eram plantas. Como ele não notara sua presença, beijou-lhe o pescoço próximo ao ouvido e sussurrou:

— Que surpresa boa!

Edgar sorriu e estendeu o braço acariciando-a sem tirar os olhos das plantas. Ela ergueu as sobrancelhas intrigada com o comportamento dele. Sentou-se na beira da cama e pousou a mão nas costas de Edgar, aguardando silenciosamente que ele falasse. Passaram-se, contudo, vários minutos, e Edgar continuava absorto. Romy, então, lançou um olhar atento aos papéis e perguntou:

— Hum! São as plantas da nova sede de sua fazenda?

— Sim. É da minha nova casa. Mas tem algo que não me agrada e não consigo resolver.

— É na fachada? — indagou Romy, analisando o desenho com olhar crítico.

— Também. É o que mais me incomoda, mas não consigo decidir. E os arquitetos são da capital. Demorará muito discutir novamente com eles e aguardar outro projeto. Os construtores já estão na fazenda, e quero começar logo. Desejo sair da cidade e viver na fazenda. Ao menos passar o máximo de tempo possível lá — respondeu Edgar.

Ainda mais surpreendida, mas entendendo que ele queria conversar sobre seus dilemas com a nova casa, Romy levantou-se e disse:

— Vou aos meus aposentos e já retorno. Quer que eu peça algo para beber ou comer?

— Certo. Você sabe o que eu gosto — respondeu Edgar.

Ela deu uma risadinha um tanto forçada e saiu. Ao retornar, trazia uma bandeja de prata com taças de cristal, uma garrafa de vinho, vários queijos, algumas frutas, alguns lápis e um bloco de desenho. Colocou a bandeja sobre a cama, em um espaço livre na cabeceira. O som do vinho enchendo as taças fez Edgar olhar a bandeja.

— Lápis e papel para quê? — indagou Edgar.

— Para eu ajudá-lo, *mon chéri* — respondeu Romy estendendo-lhe uma taça.

Edgar olhou Romy pela primeira vez naquele dia e encantou-se com a pele alva de seu rosto sem maquiagem. Somente usava um batom vermelho sobre os lábios cheios e os cabelos soltos. Desceu o olhar e viu que ela usava um roupão de seda vermelho e estava descalça. Respirou fundo o perfume de rosas e jasmins, cheiro de banho.

— Você está linda! Não quero mais que use maquiagem — declarou Edgar, sorrindo e traçando os contornos do rosto dela com a ponta do dedo. — Sua pele é maravilhosa!

Romy ignorou as palavras de Edgar, baixou os olhos coquete, insinuante, e aproximou-se dele. Edgar sentou-se na cama e puxou-a para perto, acariciando-a com familiaridade. Romy notou que ele estava tenso e que seu pensamento não estava integralmente nela. Então, sem pressa, resolveu massagear-lhe as costas e o pescoço, deitando-o e afastando as plantas.

— Não faça isso! Não amasse os projetos! — ordenou Edgar secamente.

— Meu querido, relaxe! Eu apenas os afastei um pouquinho. Sabia que, às vezes, conseguimos resolver os problemas quando os afastamos um pouco dos olhos?

— Hum! — resmungou Edgar incrédulo, mas cedeu à ação de Romy. Estava de bruços sobre a cama e com o tronco nu.

Romy sentou-se sobre as nádegas de Edgar e começou a massageá-lo, enquanto o fazia falar sobre o projeto. Tempos depois, ela levantou-se e saiu da cama. Edgar virou-se e observou-a servir-lhe mais vinho e pegar o bloco e o lápis.

Romy estendeu-lhe a taça e pediu:

— Mostre-me novamente a fachada, por favor.

Intrigado, Edgar escolheu a planta da fachada e abriu-a ao lado sobre a cama. Romy parou em frente, tomou o lápis e o bloco e pôs-se a desenhar rapidamente, à mão livre. Edgar sorriu condescendente e esperou, deleitando-se em analisar o corpo dela e o rosto de expressão concentradíssima no desenho.

Enquanto Romy desenhava, Edgar comeu e bebeu praticamente tudo o que havia na bandeja. Enfim, sob o efeito do vinho, relaxado, recostou-se e esperou em silêncio.

— Pronto! Veja! — anunciou Romy mostrando-lhe o desenho.

Edgar esperava um desenho infantil, um rabisco. Jamais imaginaria que ela reproduziria quase perfeitamente a fachada do projeto, com alterações precisas nos pontos que o original o desagradara. Ele arregalou os olhos e aproximou-se da moça com os olhos fixos no desenho.

— Excelente, Romy! Deixe-me ver melhor! — Edgar pegou o bloco das mãos dela e levou-o para examiná-lo sobre a mesa à luz do abajur. — Está muito bom! Você captou o que eu queria. Traga-me a planta. Vamos comparar.

Ela obedeceu e sentou-se, enquanto Edgar analisava seu trabalho. Sentiu uma felicidade nova e ficou satisfeita ao ver que ele respeitava e considerava seriamente suas propostas expostas no desenho. Divertira-se com o choque que seu desenho causara. Sabia que tinha habilidade e aprendera técnicas de desenho com um amante arquiteto e pintor de quadros, um velho e solitário francês, que mais pagava por sua companhia do que por seus serviços sexuais. A ele devia também o falso sotaque e o conhecimento de algumas expressões e frases em francês.

— Você conseguiria desenhar as outras alterações que quero fazer? — perguntou Edgar. — Seria muito útil para mim.

— Mostre-me. Posso tentar — respondeu Romy com um sorriso inocente.

Na manhã seguinte, com o sol alto, Edgar deixou a casa de Madame Adelaide.

Na bandeja sobre o aparador de mármore ele deixara um envelope com um gordo maço de dinheiro, que fizera brilhar os olhos da dona da casa. Romy recebera bem mais. Assim, no pensar de Edgar, todos estavam felizes, e aquela era uma relação extremamente satisfatória para ele. O dinheiro tirava de seus ombros quaisquer outros deveres com elas. Nem mesmo a cordialidade era necessária se não estivesse disposto. Além de deixar sempre os relacionamentos na estaca zero, recusava-se a pensar nas próprias razões para ter ido procurar Romy no dia anterior. Quando muito, analisava os desenhos dela e dizia a si mesmo que tivera uma enorme intuição, algo em que ele dizia não acreditar.

CAPÍTULO 28
DECISÕES

    Por aqueles dias, aconteceu a desocupação de terras por onde passaria a ferrovia das mineradoras. À força, centenas de famílias foram desalojadas. Com a ordem de Edgar, os "responsáveis" pela obra surgiram poderosos ao lado de seus "empregados" — que bem se poderia chamar ainda de seus capitães do mato e jagunços —, expulsando violentamente os moradores das áreas. Eles tinham construído casebres de barro e palha, formando pequenas aldeias ou vilarejos habitados por descendentes de indígenas e escravos, ainda alguns ex-escravos. Uma população miserável com um passado de espoliação e violência, que vivia de uma prática agrícola e pastoril de subsistência. Eram pacíficos, dignos e inofensivos, herdeiros de uma parca autoestima, sem instrução, doentes cuidados por Iara. Muitos espoliadores acusavam-nos de preguiçosos, porque os espoliados diziam que trabalhar era escravidão e preferiam a liberdade de fazer o que bem entendessem, ainda que ao preço da miséria.
    A história explicava aquela equivocada cultura com relação ao trabalho. A íntima associação dele com a perda da liberdade tornava-o nefasto, e muitos a transmitiam a seus descendentes, criando e perpetuando a miséria em nome da liberdade, dois conceitos distorcidos nas vivências que alicerçavam um grupo social.
    De outro lado, o grupo que detinha recursos econômicos extrapolava a autoridade, abusando da força de trabalho, desrespeitando a liberdade alheia e trocando tudo por poder econômico e autoridade.
    Aos domingos, bem-vestidos e alimentados, ocupavam as primeiras fileiras na igreja. Ouviam os sermões da missa, comungavam e diziam-se

cristãos, porém, não faziam nenhuma reflexão sobre as vivências e os ensinamentos de Jesus.

Todas as parábolas eram lições distantes e fantásticas, que eles ouviam e admiravam como feitos de um homem santo, que vivera havia muitos anos e que não conheceram e não compreendiam. Mas um dia todos morrem, e se existir mesmo um céu? Então, era prudente para o futuro — além de materialmente interessante para o presente — manter boas relações com os representantes da Igreja. Jesus ficaria para depois, se de fato existisse...

No domingo anterior à invasão, o padre Gabriel, analisando em seu sermão as tentações que Jesus suportara no deserto, leu sobre a peregrinação no deserto, onde Ele fora tentado pelo demônio com pão, poder e riqueza e o mundo do fantástico, do sobrenatural e dos milagres. O padre enfatizava a vitória de Cristo sobre o demônio, mas lia rapidamente e parecia que algumas palavras lhe queimavam a língua. Era melhor não explanar nem fazer as pessoas pensarem sobre como essas tentações se repetem em nossas vidas. São armadilhas criadas por nossa personalidade nesse estágio da evolução espiritual: ansiamos pelas coisas da matéria. O pão, o alimento do corpo, é o símbolo da predominância das questões materiais sobre as espirituais, e a luta contra a fome é o símbolo da superação do espírito sobre as necessidades materiais e também a consciência de que a vida é mais e maior do que a experiência material que a fome pode matar. "Nem só de pão vive o homem"[6].

A comunidade daquela pequena cidade desesperava-se e vivia em luta sangrenta pela posse de coisas materiais, afinal, vivia somente para o pão do corpo. Muitos ali jejuavam na quaresma e faziam penitências regularmente, impunham-se privações físicas de toda sorte, crendo que assim obteriam elevação espiritual. Distorciam conceitos como liberdade e trabalho trocados por miséria e baixa autoestima.

E tropeçavam feio na segunda tentação: o poder e a riqueza no reino material. Eram incapazes de responder: "Você adorará o Senhor seu Deus e somente a Ele servirá"[7]. Adoravam a Mamom, o deus mitológico das riquezas, aquele que cavava a terra em busca de minerais preciosos. Todos reproduziam a exata conduta de cavar a terra em busca de ouro e metais para transformá-los em dinheiro, poder e autoridade terrenos. Servir somente a Deus implica servir somente à própria consciência, pois então

---

6 Mt. 4:4

7 Lc. 4:8

se age de acordo com as leis naturais. Não haveria intermediários entre aqueles habitantes e Deus, muito menos haveria distorção de leis naturais como trabalho, liberdade e conservação. O dever de viver seria entendido e respeitado.

Mas a língua do padre Gabriel queimava ao deparar-se com essas passagens — que ele lia rapidamente desejoso de livrar-se do texto e falar sem compromisso —, então, enaltecia a condenação da terceira tentação: as ideias de um mundo fora das leis naturais, no qual o milagre e o inexplicável fascinavam multidões. E aquele punhado de fiéis, endinheirados e armados, naquele lugar distante no mapa, não eram exceção. E ele, como o detentor das chaves para decifrar o mistério e exercê-lo, tinha lá seu quinhão de pão e poder à custa de não resistir à terceira tentação. Dessa forma, na manhã de domingo, eles ouviram o sermão, rezaram e comungaram felizes e em paz com seus planos traçados para as primeiras horas da segunda-feira. Domingo era dia santo, destinado ao descanso. Tinha de ser respeitado.

A segunda-feira amanheceu com balas zunindo e muita violência. A fraternidade agora era para os iguais.

Direitos e interesses chocavam-se. Em outro palco, escreveriam teorias para embasar decisões. A barbárie se converteria em discussões intermináveis. Consciências em xeque. A mão não apertava o gatilho, mas fere e mata com a caneta.

Edgar assinara a ordem e a entregara aos servidores para que fosse cumprida.

No vilarejo, gritos, choro e revolta daqueles que tinham pouco e ficavam sem nada. Alguns corriam a pegar os filhos que brincavam despreocupados e sujos de terra para fugir dos homens armados e de suas máquinas; outros se enfureciam e defendiam o pouco que possuíam com pedras, paus, facas rudimentares, brigando como podiam. A vida une os iguais. Em essência, faziam as mesmas escolhas: a matéria, o sustento. Afligiam-se com o dia de amanhã, desvalorizando a vida física, em um jogo de matar e morrer.

No centro do vilarejo da fazenda havia um grande abrigo feito de palha e pau a pique, sem paredes, que oferecia sombra e frescor. Ali, Iara manuseava um pilão, moendo o milho e transformando-o em farinha, base para alimentar as crianças e os idosos que ficavam aos seus cuidados, enquanto os demais trabalhavam nas lavouras. Concentrada em seus afazeres, em serena alegria com o barulho das crianças brincando, que se misturava ao canto dos pássaros, assustou-se com a chegada de uma adolescente mestiça esbaforida que vivia na aldeia. A jovem agarrou-se a um dos troncos que sustentava o abrigo e, exausta, escorregou ao chão, pedindo em sua língua nativa:

— Ajuda, Iara!

Assustada, Iara pegou uma caneca com água.

— Jurecê, beba! — ordenou Iara, erguendo-a e sustentando-a com o braço, enquanto lhe oferecia a caneca. — Beba! Respire!

A adolescente obedeceu e sorveu sofregamente a água, acalmou a respiração e encarou Iara ao dizer de uma vez:

— Acabaram com nossa aldeia! Alguns fugiram pra mata, outros ficaram. Mataram muitos.

— Os homens da estrada de ferro? — perguntou Iara.

— É! — afirmou Jurecê, aninhando-se no braço de Iara e apoiando a cabeça no ombro da outra.

Iara largou a caneca e abraçou a jovem, enquanto as crianças paravam de brincar e corriam em alvoroço até o abrigo, chamando a atenção de alguns idosos, que, diante da cena, balançavam a cabeça lembrando o passado. Não precisavam perguntar o que tinha acontecido. Talvez mudasse a forma da coisa, mas o fundo era sabido: os homens lutavam por dinheiro. Tristes, alguns, já sem força física ou moral para agir, sentaram-se; outros caminharam devagar até o abrigo para inteirarem-se dos fatos.

Jurecê recobrou-se e, muito emocionada, narrou o amanhecer horrível que tinham vivido.

— Desde que mataram o doutor Firmino Dantas, eu temia isso. Ele não concordava com essas coisas, não desse jeito. Essa é a causa de terem matado, e agora essa tristeza toda que Jurecê conta — lamentou Iara.

— Ajuda, Iara! Tem gente morta e gente machucada. Os que puderam fugiram para a mata. Tem crianças perdidas. Não sei o que fazer nem pra onde ir. Ajuda! — implorou Jurecê, encarando Iara com os olhos marejados, expressando uma dor imensa.

— Calma, menina! Calma — pediu Iara, afagando-lhe os cabelos emaranhados e sujos. — Nós te ajudaremos. Somos um povo agora. Não há mais tribo, cor ou raça. A vida nos une na dor. A posse, a propriedade, é ilusão. A Terra é mãe bondosa. Seremos acolhidos noutro lugar.

— Eles não pensam assim, Iara! Para eles, a Terra é deles, porque tem uma coisa escrita que diz isso — choramingou Jurecê com laivos de revolta. — Aquele papel vale mais que a vida das pessoas. Eu não entendo isso.

Quitéria, uma ex-escrava idosa, aproximou-se delas e, tocando a cabeça de Jurecê, fez uma prece no idioma africano aprendido com sua mãe. Aquela prece acompanhara os seus no silêncio do cativeiro. Jurecê não entendeu as palavras, mas sentiu a energia amorosa e compreensiva que Quitéria lhe transmitia, e seu coração aquietou-se. Ela respirou menos angustiada. O sorriso desdentado da anciã foi belo, cheio de ternura e compreensão.

— Nós conhecemos essa dor. Já vi tantos horrores por causa da ganância. Minha gente era comprada e vendida, e nosso sangue corria mais do que nascem flores do campo na primavera. Por qualquer coisa, os negros eram lanhados e mortos. Nosso sangue molha esta terra junto com o do seu povo. Não adianta ter raiva da cor ou da raça de alguém, pois não é essa a causa. Tem muitos negros, índios e mestiços que fazem o mesmo e tem branco que ajuda, como era o caso do doutor Dantas e do seu Bernardo. O problema não é o papel escrito; o problema é no que o homem acredita, seja ele o que e como for, porque nós agimos pelo que acreditamos. Os que acreditam que o poder e a verdade da vida estão escritos num papel estão enganados. Vou ajudar. Eu cuido dos nossos, Iara. Vá com Jurecê e traga para cá todos que precisarem.

Iara olhou assustada para Quitéria e indagou:

— Mas, Quitéria, aqui são as terras do doutor Edgar. Foi ele que permitiu isso...

Quitéria ergueu a mão magra e enrugada, sinalizando que Iara parasse, e repetiu imperativa e doce:

— Eu cuido dos nossos, Iara. Vá com ela e traga para cá os feridos. Quando vocês retornarem, estará tudo pronto. Vá! Eu sei o que estou fazendo. Não se preocupe com o patrão. Ele é o senhor destas terras, mas não da vida. Vá!

Iara olhou Jurecê, encolhida, assustada, exausta, faminta, suja, com muitos arranhões pelos braços e pelas pernas, encarou Quitéria e decidiu:

— Eu irei sozinha. Jurecê ficará com você. Vou pegar meu saco de unguentos e ervas.

Quitéria aproximou-se de Jurecê, ergueu seu rosto com carinho e fitou-a, sem palavras. O olhar transmitia paz e calma e era puro acolhimento e aceitação. Instintivamente, Jurecê procurou a mão de Quitéria e apertou-a. A fraternidade ultrapassava e quebrava as barreiras da raça e da cultura. Não eram uma mulher negra e uma indígena; eram humanas.

Quitéria sorriu amorosa ao sentir o contato de Jurecê e disse a Iara.

— Vá! Você tem razão. Sozinha, estará mais segura. Ela não tem condições de retornar. Vá! Cuidarei das coisas aqui.

Jurecê concordou com um gesto, sem forças para falar.

Iara apressou-se até sua casa, apanhou o saco de algodão rústico em que guardava seus remédios caseiros, encheu o cantil com água fresca e pôs-se a caminho da aldeia devastada. Andava rápido, pois sabia que precisavam dela, mas sem exceder seus limites. Não adiantaria chegar lá exausta.

Aproximou-se cautelosa. Escondida entre os arbustos, viu homens armados patrulhando o local, alguns amigos caídos, machucados, sendo friamente executados com um tiro na cabeça por um dos homens de Edgar. Viu Tenório caminhando com uma arma contra o peito, comandando os homens de Edgar, que atuavam junto com outros grupos idênticos pertencentes a senhores de terras e à empresa que construía a obra. Não poderia enfrentá-los com um saco de unguentos e um cantil, então, seguiu pelo caminho do riacho, que apagaria suas pegadas e a levaria em segurança ao interior da mata. Na aldeia não havia mais o que fazer.

Andou bastante até encontrar um pequeno grupo de crianças assustadas, mudas de medo e escondidas à beira do riacho. Ajudara muitas delas a nascer. Aproximou-se com calma e sussurrou:

— Fiquem onde estão. Só sai quem estiver ferido.

Iara observou uma movimentação, e pouco depois empurravam para fora do esconderijo um menino, talvez com três anos de idade. Estava nu, com o corpo manchado de sangue. A palidez era visível na pele morena. Ao ver o ferimento à bala no braço da criança, Iara sentiu o peito apertado.

Tomou-o nos braços e banhou-o no riacho, limpando-lhe o ferimento. Aplicou-lhe um unguento e apanhou umas tiras para cobrir o ferimento. Deu-lhe água e ajudou-o a retornar ao esconderijo. Espiando entre os arbustos, contou cinco crianças. Notou que um menino maior cuidava dos outros. Encarando-o, disse:

— Muito bem! Você é o chefe! Cuide de todos. Mantenham-se aqui. Vou seguir riacho acima, para dentro da mata, à procura dos outros e voltarei para buscá-los.

À noite, Iara retornou com os que encontrara, chamou as crianças e levou todos ao vilarejo.

A lua iluminava suficientemente o caminho para quem conhecesse bem o terreno. O vilarejo, aparentemente, estava tranquilo, embora todos estivessem apreensivos e preparados, aguardando os feridos. Nas choupanas, camas foram improvisadas, e haviam aumentado o mingau de milho.

CAPÍTULO 29
CONSEQUÊNCIAS

Sozinha no apartamento do hotel, Ifigênia contemplava as malas alinhadas com as de Anabela. Observou que as bagagens combinavam; parecia até que fora proposital. Mas ela sabia que não. Era apenas mais um detalhe que lhe mostrava o quanto eram afins. Deixariam a Índia em poucas horas e sabia que, ao desembarcar na Europa, teria que dar uma resposta a Anabela.

Havia conflito nela entre o eu superficial e os desejos da alma. Por momentos, ainda ouvia a voz dos pais, especialmente de sua mãe, falando como era a vida e como uma mulher deveria sentir, viver e comportar-se em sociedade. Isso lhe abalava a estabilidade emocional e a felicidade que sentia. Havia dois meses, não bebia uma gota de álcool e não sentia falta. Estava relaxada, serena, em paz consigo mesma. Não tinha nenhuma vingança a executar. Aqueles sentimentos e pensamentos destruidores estavam distantes. Deu-se conta de que não lhe pertenciam, que não tinha nada contra ou a favor dos avós, tios e primos de Edgar. Quem tinha relações mal resolvidas com eles era o seu pai. Eles eram adversários, e, a bem da verdade, admitia para si mesma que sempre achara aquela questão exagerada, afinal, envolvia dinheiro e negócios não bem esclarecidos, pairando suspeitas nas relações entre eles. Tinham alimentado aquela animosidade ao longo dos anos com rusgas e perseguições de parte a parte.

Naqueles meses, distante de tudo e todos, conseguira ver que os pais haviam manipulado a situação, forçado a questão da vingança e enaltecido o papel dela como vingadora da família, fazendo-a sentir que aquela era a oportunidade de o pai se orgulhar dela e de Ifigênia recuperar plenamente o relacionamento com a mãe. Ao casar-se com Edgar, aceitando o plano da suposta vingança, ofereciam-lhe a redenção após a decepção da revelação do caso de amor com Anabela. E ela aceitara sem questionamentos, porque era algo que desejava: ser o orgulho dos pais, a filha exemplar com que eles sonhavam, mas que não era ela. Percebeu que os três negavam a realidade e negavam-se a conhecer uns aos outros. Obviamente, não se aceitavam como eram, mas conviviam com uma ilusão de como cada um deveria ser. Daí o fingimento e o relacionamento extremamente superficial da família. Passara a ver o real desejo deles: que ela fosse uma mulher casada com um homem bem colocado na sociedade. Eles, no entanto, sabiam que tinha de ser um homem fora do círculo social, alguém que não soubesse da relação entre ela e a prima. Edgar encaixara-se à perfeição no quebra-cabeça. Era a pessoa ideal, no lugar certo.

Edgar era mulato, mas não era o único a destacar-se na sociedade à época. Era jovem e rico, com uma carreira promissora a dar-lhe *status* e poder, razões suficientes para criarem a "descendência moura" para justificar-lhe a cor da pele. Por isso, após o casamento e a mudança do casal para o interior, o anseio de vingança dos pais arrefecera. Ouviam quase com desinteresse os relatos de Ifigênia.

A distância propiciara clareza ao seu julgamento dos fatos. Permitira analisar a relação com os pais sob outra perspectiva, mais adulta e independente. Estava decepcionada, sim, porém, era mais a desilusão que doía, porque reconhecia que não sentira saudade deles. Era duro, mas era a sua verdade. Eles também não haviam entrado em contato com ela, porque sabiam que Ifigênia estava com Anabela. Essa percepção do tamanho do preconceito da família de certa forma era libertadora de culpa. Não haveria mágoa ou dor. Essa era a percepção profunda que, aliada ao amor pela prima, a fazia feliz e livre naqueles últimos meses. O eu superficial era o que tinha preconceito de si mesma e reproduzia a voz da mãe em sua mente. Era o que balançava seu equilíbrio. Eram sentimentos e ideias que não lhe pertenciam, forasteiros em sua mente, ditando-lhe regras e condutas sem que ela os reconhecesse. Era o que a aprisionava e desestabilizava, porque não tinham sustentação e a faziam sentir-se vazia, perdida, confusa.

Consultou o relógio na parede. Havia tempo para uma última conversa com Radesh, o guru que vivia em uma cabana nos jardins do hotel. Decidida, ergueu-se da cama, calçou os sapatos e rabiscou um bilhete para Anabela dizendo onde estaria. Depois, saiu à procura dele.

Radesh preparava a refeição quando ela chegou à cabana e sorriu ao recebê-la. O brilho compassivo e terno em seu olhar revelava que não estava surpreso com a visita da jovem brasileira. No início, tiveram alguma dificuldade na comunicação, mas sentimentos e conflitos são humanos e não possuem nacionalidade. Em essência existem, repetem-se em todos os lugares e apenas são mais ou menos acentuados pelas culturas.

Ele apontou um lugar a Ifigênia, que se acomodou e aguardou que ele terminasse de preparar o prato, que Radesh colocou entre os dois, convidando-a a partilhar a comida no costume de comer com as mãos. Ela serviu-se. Sabia o quanto o velho era bom cozinheiro. Em verdade, era um antigo chefe de cozinha do hotel e, como cativara os proprietários com sua simplicidade e sabedoria, não trabalhava mais rotineiramente. Apenas fazia algum prato em ocasiões especiais, mas seguia residindo ali.

Radesh olhou-a deliciando-se com a comida e sorriu satisfeito. Perguntou:

— Você gostou?

— Sim, está deliciosa. Aprendi a comer com as mãos. Tem outro sabor. Acredito que não seria tão saboroso comer essa comida com pratos e talheres.

— Com certeza, não seria — concordou Radesh sorrindo. — Cada coisa na vida tem uma forma natural de ser. Alimentar-se com nossas mãos é um ato natural e instintivo, assim foi com nossos ancestrais, assim é com nossos bebês. Eles sugam o seio materno, mas a mãozinha vai junto. Comer assim é mais saboroso, porque é livre e natural. Isso acrescenta sabor que nenhuma especiaria dá.

— É esse o segredo? Pensei que fosse aquela quantidade enorme de temperos. — Brincou Ifigênia.

— Não. Nenhum deles tem o sabor da liberdade — respondeu Radesh servindo-se de outro bocado. — Você e a senhorita Anabela partirão hoje. Por que veio aqui?

Ifigênia lambeu os dedos, suspirou, deixou cair os ombros e encarou o velho indiano.

— Eu tenho dúvidas. Preciso tomar uma decisão e, bem, foi muito bom conversar com o senhor. Ajudou-me muito. Vim até aqui num impulso, essa é a verdade.

— Fale-me de suas dúvidas — pediu Radesh.

Ifigênia olhou para o teto, depois voltou a encarar os olhos negros de Radesh e confessou:

— São tantas. Nem sei por onde começar.

— É mesmo? Então, me diga a que está no seu pensamento agora — pediu Radesh.

— De fato devo fazer o que meu coração manda? Agora é a hora? Terei força para enfrentar o que os outros irão pensar e a forma como irão reagir? Ainda é tempo ou já me corrompi demais? Como prosseguir?

— Há uma história muito antiga sobre a árvore dos desejos, você a conhece? — perguntou Radesh encarando Ifigênia com olhar sagaz e alegre.

Ela limitou-se a negar com um gesto de cabeça, e ele prosseguiu:

— É sobre um viajante que, sem saber, ingressou no Paraíso e, cansado e indeciso sobre como prosseguir a jornada, sentou-se sob uma árvore. Lá, começou a pensar nas coisas que desejava. Pensou que tinha fome, e a comida magicamente surgiu à sua frente; pensou que tinha sede, e eis que a água jorrou ao seu lado. Enfim, tudo em que ele pensava acontecia. Como o viajante não tinha consciência de que estava sentado sob a árvore dos desejos, não exerceu nenhuma vigilância e nenhum controle sobre seus pensamentos e desejos. Ele pensou que era vítima de alguma brincadeira dos deuses e, com medo, pensou que iria morrer porque lhe faziam todas as vontades. E, de fato, morreu.

Radesh calou-se, serviu-se de outro bocado de comida e mastigou em silêncio, com os olhos fechados, saboreando. Ifigênia parou e baixou a cabeça. Não sabia o que dizer, mas o silêncio a incomodava. Então, disse apenas:

— Uma história triste. Não entendi o que tem a ver com minhas dúvidas.

— A experiência do viajante é a história de todos nós. Todos nós estamos no Paraíso e vivemos sob a árvore dos desejos, mas não sabemos usá-la. Triste. Eu concordo com você. Veja... o que deve determinar nossas vidas é nosso pensamento. A razão, a inteligência, os pensamentos residem na nossa cabeça, certo?

Ifigênia olhou-o atentamente e respondeu:

— Sim.

— São a árvore sob a qual nos abrigamos e geramos a vida ao nosso redor. A grande maioria dos homens não percebe que está no Paraíso, embora todos os saberes antigos, as religiões lhe falem da vida em um belo jardim, onde todas as suas necessidades são supridas. O viajante, contudo, não percebe o paraíso que o cerca; ele está sempre pensando e desejando o que não tem. Ele não governa a si mesmo; deixa-se governar por seus anseios imediatos, suas necessidades, e, diante da coisa mais poderosa da

153

vida, seu próprio poder, o medo o faz pensar na morte. E ele morre sem ter vivido. É assim que você deseja morrer?

— Mestre Radesh, eu nunca pensei em morrer — protestou Ifigênia apressada.

— Mas vai. Todos nós morreremos. A questão é como morreremos: igual ao viajante no paraíso, sem ter experimentado o poder da vida, sem ter conhecido e controlado seu pensamento, sem ter gerado a experiência que desejava? Ou morreremos felizes por termos vivido e saído desta vida mais fortes e poderosos do que quando chegamos? Fazer a vida valer cada momento ou jogá-la fora por medo — seus dilemas se resumem a isso. O agora é sempre a hora em que toda e qualquer coisa é possível. Nada acontece antes ou depois da hora possível, agora. Ifigênia não existe "ser tarde". Existe "antes não era possível". Você não estava pronta. Agora é o momento, sempre é o melhor momento, a hora certa. É assim para começar algo, é assim para terminar. Cada um tem sua hora, o momento em que está pronto para aceitar as transformações. Vocês não dizem que ninguém morre antes da hora? Pois é! É a hora da aceitação. Não é uma hora marcada no tempo, contada no relógio, um dia marcado. A vida não marca tempo; marca condições. O tempo é infinito. Por isso, agora é o momento para qualquer coisa sempre.

Ifigênia ficou pensativa. Entendera a resposta de Radesh. Ele não era uma cartomante do tipo que sua mãe consultava. Ele não lhe dizia o que fazer; ajudava-a a pensar. Do seu modo, clareava-lhe a mente. A felicidade estava em suas mãos, em suas escolhas. Forças? Teria forças? Isso a perturbava.

— Mais uma coisa, senhorita. Guarde viva a lembrança do sabor da liberdade, coma com suas mãos.

Ifigênia sorriu, e seu rosto iluminou-se. Num impulso, pegou uma das mãos de Radesh e beijou-a com sincero reconhecimento e grande gratidão. Sabia que o velho cozinheiro entenderia seu gesto, pois conhecia o suficiente da cultura ocidental para entendê-la.

— Eu comerei com as mãos, mestre Radesh, e lembrarei para sempre das nossas conversas. O senhor mudou minha vida. Obrigada!

Radesh sorriu e respondeu:

— Eu não. O amor lhe mostrou o paraíso.

— Mas o senhor sabe... eu amo Anabela — confessou Ifigênia. — Isso...

Radesh interrompeu-a colocando o dedo sobre seus lábios, silenciando-a. E disse:

154

— Pare! Lembre-se: você está sob a árvore dos desejos. Basta! Peça amor e terá amor à sua volta.

Ifigênia sorriu e beijou o dedo de Radesh.

— Agora vá! É hora da sua viagem. Costumam chegar mais cedo para levar os viajantes ao porto. Vá e seja feliz!

Anabela notou, ao pôr os olhos em Ifigênia, que ela estava diferente. A aparência era a mesma, mas a expressão do olhar estava diferente. Havia vida neles. Os olhos de Ifigênia estavam brilhantes e seu rosto estava iluminado. E, quanto ao corpo, ela movimentava-se com mais graça pelo apartamento do hotel, verificando, pela última vez, que não havia esquecido nenhum objeto.

Anabela sabia que ela estava sóbria. Ainda guardava no íntimo o receio de uma recaída no vício. Custava-lhe crer que tivesse conseguido intervir a tempo e ajudá-la a escapar daquele caminho enganador.

— Foi boa a conversa com o guru, hein? — comentou Anabela sorrindo para a companheira.

— Muito! Ele me fez muito bem. Gostaria que ele fosse um livro que eu pudesse levar comigo e consultar quando quisesse, mas livros não comem com as mãos — lamentou Ifigênia conformada. — Então, ele fica, e nós vamos, certo?

Anabela sorriu e balançou os ombros ao dizer:

— Há livros excelentes. Na falta do velho guru, leia. Você se surpreenderá com o tanto de ideias úteis que encontramos e o quanto um bom livro é capaz de nos ajudar, de organizar nossa mente e nossos sentimentos.

— Eu sei, Anabela, afinal, a vida toda a vi cercada de livros. Você tem ideia de quantos já leu?

Anabela não conteve a risada ante a pergunta e respondeu:

— Jamais me ocorreu contá-los! Não faço a menor ideia.

Ouviram uma batida na porta. Anabela foi abrir, e Ifigênia ouviu a voz do funcionário do hotel avisando que a esperavam na recepção. Apanhou a bolsa e o casaco leve que deixara sobre a cama e juntou-se a Anabela, que também pegara seus pertences sobre a mesa redonda. Olharam-se, e Ifigênia sorriu ao dizer:

— Vamos! Nossa vida se inicia agora. Juntas!

— Para! Como assim? Estamos saindo do hotel, e você está me dizendo exatamente o quê? — perguntou Anabela incrédula.

— Estou lhe dando a resposta que me pediu alguns meses atrás. Não preciso chegar à Europa nem esperar que você me cobre uma resposta. Não voltarei para a vida que tinha antes. Não voltarei para Edgar, para minha família. Não voltarei. Quero viver com você, ser feliz. Nós nos amamos, e, com certeza, isso é mais digno e melhor do que um casamento de faz de conta, motivado por vinganças e interesses financeiros. Se a sociedade me aplaudia como a mulher casada, a esposa do juiz, a filha do doutor Linhares, e eu fiz o que fiz, há algo errado com essa sociedade se ela me apedrejar por desejar me transformar e viver minha verdade por amor. Ela está doente. Eu mesma estava. Meus preconceitos me cegavam, e eu não via o quanto me faziam mal. Radesh me falou hoje que vivemos sob a árvore dos desejos. Que atraímos para nossa vida tudo aquilo em que pensamos e que sentimos. Foi o que ele me disse à maneira dele. É isso. Eu quero viver amor, liberdade, respeito ao seu lado. Quero aprender com você tudo o que já leu e a faz tão mais forte do que eu.

Anabela abraçou a companheira e cobriu-a com beijos, mas foi um instante breve, pois o carregador as esperava à porta do elevador e tossiu chamando-lhes a atenção.

Sentindo-se como se houvesse engolido o sol, Anabela olhou para Ifigênia e respondeu:

— Então, vamos! A vida nos espera! Teremos muito tempo para decidir as coisas práticas durante a viagem.

Radesh, discretamente escondido entre os arbustos do jardim, espiava a partida das duas. Não teve dúvidas pelo semblante feliz e pela luz no olhar das duas mulheres que o tempo dos conflitos era passado. O mundo das causas fora mexido, e o reflexo era percebido no mundo das consequências.

CAPÍTULO 30

MERGULHADO NA ILUSÃO

Quitéria e alguns poucos voluntários tinham preparado muita água quente, sabão, panos limpos e os unguentos de Iara em maior quantidade. Naquele momento, Quitéria limpava os ferimentos de um menino, um corte feio na coxa que precisava de pontos. Ela mostrou a Iara com um gesto imitando o que precisaria fazer.

Iara aproximou-se e trouxe consigo o lampião a querosene para iluminar o ferimento.

— Eu cuido disso, Quitéria — falou Iara.

Quitéria sorriu e retrucou:

— Minhas mãos são firmes, Iara.

— Eu sei, mas o menino confiará mais em mim. É só por isso. Vamos, me ajude. Segure o lampião.

E, falando na língua nativa com o menino, explicou-lhe o que iria fazer, que ele teria dor e teria de ser corajoso e forte. O menino concordou e, corajosamente, suportou a dor como um guerreiro. Iara derramou água ardente sobre o ferimento suturado e cobriu-o com um pano limpo. Depois, ofereceu outra garrafa ao menino, dizendo-lhe para beber alguns goles e que iria arder. Era cachaça com uma erva calmante, mas logo ele não sentiria mais dor e, depois de comer, dormiria.

Novamente, o menino obedeceu tomando grandes goles da bebida. Tossiu um pouco ao sentir o líquido amargo queimando-lhe a garganta, mas, entendendo que precisava beber mais, entornou outro longo gole.

Iara aplaudiu-o e orientou-o:

— Agora, sente-se. Quitéria foi buscar o mingau para você. Depois, pode se deitar. Fiquei muito orgulhosa de você. É um jovem de coragem e valor e será um grande homem do nosso povo.

Iara afastou-se e foi se sentar num tosco mochinho à beira do fogão à lenha. Estavam todos atendidos, abrigados e alimentando-se. Fitou a garrafa de aguardente e ervas que dera ao menino e tomou um grande gole. Nem sentiu a garganta arder, tal era seu cansaço. Somente registrou um agradável calor percorrendo seu corpo e os músculos relaxando.

— Eu também preciso disso, minha filha — disse Quitéria puxando outro mochinho para a beira do fogão. Sentou-se e estendeu a mão para receber a bebida das mãos de Iara.

— Beba! Foi um dia difícil. As ervas e a aguardente a ajudarão a descansar — incentivou Iara. — Obrigada por sua ajuda! Você pensou em tudo.

Quitéria olhou para as quatro pessoas que estavam alojadas na casa de Iara. Eram as que tinham os piores ferimentos e talvez precisassem de cuidados durante a noite. Em sua mente, ela reviu cenas da época da senzala quando era jovem, das inúmeras vezes que, junto das outras escravas, cuidara dos feridos e doentes. Depois, mais tarde, já libertos, mas ainda escravizados pela miséria e pelos preconceitos, muitos cometiam pequenos e grandes delitos para viver, e ela não tivera dúvidas em acudi-los, extraindo-lhes balas, limpando e suturando ferimentos. Escondendo-os.

— Tem coisa que a gente não esquece nunca, viu? Cuidar das desgraceiras que os homens fazem uns com os outros é uma delas. Agora, é bom você pensar logo para onde vai levar essa gente. Por dois ou três dias, será fácil escondê-los aqui, mas não vai dar por mais tempo. O movimento da comida, a agitação dos cachorros e as casas mais fechadas chamarão a atenção do capataz. E você sabe que não vai ser difícil eles somarem dois mais dois e descobrirem o que se fez aqui. E daí para chegar aos ouvidos daquele diabo é só um passo de formiguinha.

Iara balançou a cabeça, desconsolada. Pegou a garrafa e bebeu outro gole.

— Vou dormir, Quitéria. Amanhã, pensarei nisso. Hoje, fizemos o que era possível e o que precisava ser feito. O velho Bento dizia que a vida só pede que a gente faça o que pode e o que é preciso. E que...

— Se tem de resolver um problema por dia, que seja um de cada vez. Eu me lembro. Parece que vejo o Bento aqui, junto de nós, dizendo que é igual cortar lenha. Tem que ir rachando um tronco por vez, cortando em pedaço e mais pedaço até desmanchar a árvore toda. Inteira, a lenha não presta para o fogão, não resolve o problema, mas, com paciência e trabalho, tudo se resolve. — Completou Quitéria recitando de memória as lições aprendidas com Bento. — Era um santo homem! Ajudou muita gente. Ainda bem que ensinou tudo para você. Sei lidar com ferimento, *limpá, costurá, cuidá* para não infeccionar, mas não sei lidar com muitas doenças. Você sabe as duas coisas.

Iara balançou a cabeça e sentiu os olhos marejados à lembrança do amigo. Sentia falta dele, mas agradecia-lhe por tudo o que aprendera. Muitas vezes, podia jurar que a alma de Bento estava ao seu lado e parecia ouvi-lo sugerir que usasse uma erva em vez de outra em alguns casos.

— Hora de dormir, Quitéria. Hora de dormir — repetiu olhando os amigos feridos deitados nas camas de palha improvisadas no chão.

— É! Vamos nos acomodar. Arrumei lugar para nós do outro lado — informou Quitéria apontando um canto do rancho onde Iara morava. — Vou ficar para ajudar durante a noite, se precisar.

Iara sorriu, acariciou a cabeça da velha na passada e sussurrou:

— Noite, Quitéria!

Acomodada no calor de seu leito de palha, Iara sentia todos os músculos do seu corpo doerem. A mente, apesar do cansaço, estava alerta. Ouvia os ruídos dos feridos e sabia que eles alternavam cochilos com momentos despertos. Fora muito traumática a destruição da aldeia. Famílias estavam separadas. Muitos tinham morrido e nem sequer tinham podido ser sepultados. Para muito além dos ferimentos do corpo, todos tinham as almas estraçalhadas; a dor moral era intensa. Medo e raiva disputavam, ferozmente, espaço dentro deles. Não havia como uma mente adormecer serenamente cercada por aqueles monstros.

Ela mesma não sabia, ao certo, definir o que estava sentindo. Era um misto de emoções e pensamentos, todos muito confusos e se sucediam rapidamente. Iara lutava para impor-lhes silêncio e conciliar o sono, pois precisaria das forças físicas no dia seguinte.

Ao seu lado, o espírito de Bento, compadecido, balançou a cabeça e, com muita ternura, tocou-lhe a fronte implorando ao Senhor da Vida calma, ordem e paz para aquele turbilhão mental que identificava nas energias da antiga pupila. Como ela não cedia facilmente à sua rogativa, ele inspirou-lhe ao pensamento:

"Dorme, dorme, dorme o sono merecido. Dorme. Amanhã, você acordará renovada. Dorme. Dorme..."

Em poucos minutos, Iara adormeceu profundamente, e logo sua alma, ainda presa às preocupações do dia, se emancipava da matéria, no fenômeno natural do sono, e voltava a velar os feridos. Examinou um por um e, ao olhar para onde dormia Quitéria, a surpreendeu também emancipada do corpo conversando com Bento. Uma intensa alegria invadiu seu íntimo, regenerando e harmonizando as forças desgastadas pela dura experiência do dia. Desejou abraçá-lo e, sem saber como, viu-se acolhida pelo carinho do velho amigo e mestre. Naquele instante, era natural vê-lo. Não pensou que ele estivesse "morto". Simplesmente aceitou e alegrou-se com sua presença. Satisfeita, aconchegou-se em seu carinho como uma criança que encontra proteção. Depois, olhou-o e perguntou:

— Você *tá* vendo, Bento? Que coisa triste! Tanta gente ferida... tanta briga...

— Eu vejo, Iara. Já vi muito e ainda verei mais. É a natureza do homem se manifestando e transformando. Tenha calma!

— É difícil ter calma, Bento. Hoje, me lembrei muito do que você me ensinou. Estou tentando ajudá-los, mas... — Iara silenciou, escondendo o rosto no braço do amigo, que a envolvia revelando que havia pensamentos que não tinha coragem de expressar.

— O que teme, Iara? — perguntou Bento.

Quitéria balançou a cabeça como se soubesse qual era o medo da amiga. Olhou-os, depois correu o olhar pelo pequeno rancho, fixou os feridos e viu que alguns tinham os olhos abertos e choravam silenciosamente. Por fim, comentou com voz cansada, mas serena:

— A vida tem muitos momentos difíceis, né mesmo, Bento? Eu, muitas vezes, me perguntei se valia a pena *cuidá* de alguns feridos. Perguntava para mim mesma, sabe, se valia a pena curá-los e devolvê-los para a vida desgraçada que tinham. Uns não tinham nada, a não ser uma filharada de dar dó; outros, eu sabia que eram de bando de jagunço ou viviam de roubar, e nada disso eu acho bom. Talvez a Iara esteja se perguntando a mesma coisa.

— É, sim. Eu estava pensando que agora eu cuido de um corte, de um ferimento de arma, de um osso quebrado, e que eles ficarão bons. A natureza é forte. Mas e depois? Vou abrir a porta, e eles vão sair... para onde, para quê, para quem? A aldeia não existe mais. — E as lágrimas contidas ao longo do dia correram grossas e copiosas pelas faces de Iara.

Bento deixou-a chorar. Quitéria baixou a cabeça em silêncio, recordando-se de quantas vezes vivera aquela emoção. Quando Iara se acalmou, Bento ergueu seu rosto e, fitando-a, disse com calma:

— Eles voltarão para a vida. Ajudando-os, você ajudou a vida. Deus, essa força inteligente que governa a tudo e todos, chame-o como quiser, sustenta a todos nós. Somos uma família neste mundo. É... eu sei que brigamos muito! Que a maioria não pensa assim, mas isso não muda a verdade. Um dia, todas essas ideias que nos separam ruirão. Então, pense que eles voltarão para a vida e que Deus cuidará de todos. E não se surpreenda se você vir que alguns desejarão muito voltar para seguir brigando com as mesmas pessoas. Faça sua parte, ajude a vida e deixe que cada um deles resolva suas questões. Não se torture por isso. Não atribua aos outros a sua reação. Esse é um erro comum e grave, Iara. Neste mundo, cada um é um e age de acordo com a própria cabeça — ou o que julga ser a própria cabeça, às vezes.

Iara acalmou-se com as palavras de Bento. Estranhou a forma como ele se expressava, mas sentia o amor e o carinho que emanavam dele, que eram tão conhecidos.

— Era assim que você fazia. Quer dizer, você cuidava de todos e não se preocupava com o que fariam depois? — perguntou Iara.

— Sim, Iara. Eu aprendi isso. Essa preocupação é uma ilusão de controle que guardamos. Nós pensamos que podemos entender, atender, controlar a existência dos outros e lhes transferir nossos desejos também. E controlá-las de tal maneira que queremos que vivam conforme nossa vontade. Isso é o medo berrando dentro de nós e a nossa mente criando uma enorme ilusão para que vivamos confortáveis dentro dela. Isso não é bom. Não controlamos nada da vida material. Nada. Hoje, você tem um corpo e diz que ele é seu, que manda e desmanda nele. Ilusão. De um momento para o outro, ele morre e volta para a Terra. Não nos pertence. Assim como não nos pertencem o ar, a água, a terra, os pássaros, as estrelas, os rios, os animais. Os homens, no entanto, não conseguem ficar calmos com a ideia de que nada lhes pertence e que não podem controlar nada do exterior. Então, eles inventam que as coisas lhes pertencem e escrevem com tinta num papel. Colocam cercas, se apropriam do que há ali dentro e juram que controlam "suas coisas", "defendem suas divisas" e mais um monte de bobagem. Bem, daí não chove, e as coisas dos homens morrem secas, ou então vem uma praga qualquer que ataca as plantações deles, ou uma peste, uma doença, um raio, uma ventania e até outro homem que resolve querer a mesma coisa. E lá se vão o controle e a posse. Não é o homem quem controla a vida. Essa ilusão causa muito sofrimento. A vida controla-se por suas leis. Felizes são os homens que se libertam dessa ideia falsa de controlar as coisas e simplesmente vivem o fluxo da vida e entendem que são parte deste mundo igual aos rios, às estrelas, aos animais. Olha! Ninguém se preocupa com as corujas e as raposas, cujos sons ouvimos agora, e elas vivem. Não nos preocupamos em alimentar os pássaros, e eles vivem. A vida cuida de si mesma. O homem ganha muito quando se integra à vida e segue as forças que a dirigem, sem querer dominá-la e controlar as coisas externas, apenas aprendendo a conhecê-las e escolhendo as próprias reações diante delas. Este mundo material, Iara, é uma grande ilusão. Achamos que ele é muito complexo, mas não é. Tudo o que você vê e toca é feito de um punhado de elementos básicos que mudam de forma em combinações entre si, e os homens também são assim. Dentro de nós há um punhado de forças que gera nosso exterior e, essas forças são as mesmas em toda parte.

Bento calou-se, acariciou os cabelos negros e lisos de Iara, infundindo-lhe a mesma serenidade que dominava sua mente. Ela, por sua vez, pensava no que lhe dizia o amigo e nas experiências do dia.

— Bento, você *tá* me dizendo que os brancos que acabaram com a aldeia são iguais ao meu povo? Não entendo como pode ser isso. O povo da aldeia é simples, vive em paz, plantando, caçando. Nem à cidade eles vão, nem sequer vêm aqui. Um ou outro vinham à minha procura, você sabe. Eles não fazem mal a ninguém. Mas os homens brancos querem sempre mais, mais e mais coisas e pensam que são os donos da Terra. Concordo com você que é ilusão, que ninguém é dono de nada, que não se controla a vida. Estou de acordo com você em tudo isso, mas não entendo como meu povo e o povo branco possam ser iguais.

— Como lhe disse, Iara, as coisas não deixam de ser o que são só porque não as entendemos.

Quitéria, que ouvia a conversa dos dois calada, comentou:

— É verdade, Bento. Nós somos do mesmo povo, somos negros. Fui escrava, nasci de mãe escrava aqui nesta fazenda e me revoltava muito, Iara, porque Deus tinha dois pesos e duas medidas. Porque os brancos eram livres, e os negros, escravos. Daí um dia, em que tava muito revoltada, eu tive um sonho. Assim, igual a isso que está acontecendo agora.

Eu sabia que meu corpo dormia na cama de palha, mas saí do rancho de mão com uma negra que me apareceu vestida como uma rainha africana. E, não sei como, fui com ela para um lugar distante, em outro tempo. Eu sentia como se ela fosse da família. Essa mulher se parecia com a Florinda, e eu sabia que conhecia e confiava nela.

"Eu me vi numa cidade bem diferente, que nem sei explicar, e ela me dizia que era nossa nação na mãe África. Nós entramos numa construção que era a maior, e havia um trono lá. Me vi sentada naquele trono. Eu era a rainha. Então, vieram homens brancos negociar comigo. Era tudo muito calmo e bem-educado, e vi aquilo acontecer muitas vezes. A cena se repetia. Mudavam os homens brancos, mas era sempre a mesma coisa. Então, perguntei à minha acompanhante o que era aquilo. Como era possível eu ser a rainha daquele lugar, e ela me respondeu: "Ninguém é rei ou rainha de um lugar. Todo governante governa pessoas, por quem tem o dever de zelar pelo bem-estar e progresso. Você tornou-se a rainha da nossa nação, depois que fui morta junto com minha filha Ayo. Eu era sua irmã, me chamava Zury. Você se chamava Diara. Eles me mataram com a conivência dos nossos conselheiros, porque não aceitavam minha filha. Esses homens era comerciantes brancos, de diversos lugares do mundo, que vinham negociar conosco. Eu tinha um romance com um deles, Hendrick. Ele era o pai da minha filha. Isso gerava disputas, porque ela era uma sucessora mestiça, filha de um branco estrangeiro. Graças àquele comércio, nós éramos um reino muito rico. Você me sucedeu e prosseguiu negociando com ele e os outros.

Zury calou-se, me olhou calmamente. As palavras dela caíram como pedras sobre a minha cabeça.

Lembro que a dor no meu coração me fez me ajoelhar diante daquele trono e chorar muito, muito. Um arrependimento que doía tanto, tanto que nunca senti igual. Eu sabia que era porque o comércio que enriquecia meu reino era o comércio de escravos. Eu tinha e vendia escravos. Alimentava aquele comércio de gente, de vida. Eu também dispunha da liberdade dos outros e trocava gente por riquezas. Depois disso, nunca mais me revoltei com a vida, Iara. Nem me esqueci do "sonho" e do que senti. Dentro de mim, havia ou há a mesma capacidade de comprar e vender gente, dispor delas como se fossem coisa, o que tanto me revoltava nos brancos com quem eu vivia. Éramos iguais. É isso, não é, Bento? — concluiu Quitéria dirigindo-se ao espírito do amigo que as visitava em sonho.

— Isso mesmo, Quitéria — confirmou Bento. — Nosso interior precisa mudar, Iara. Só assim mudaremos o exterior. A origem das tramas das nossas vidas não são os fatos; são os sentimentos, os valores, o pensamento, as virtudes, a inteligência. Conforme mudamos esse punhado de elementos internos, mudamos o mundo exterior à nossa volta.

— Tornou-se escrava quem escravizou. Quer dizer que meu povo pode ter sido invasor noutros tempos? — perguntou Iara.

— Pode ter sido igual aos brancos, mas também o fato talvez não seja necessariamente a invasão de terras. Veja qual é o sentimento deles hoje.

— Se sentem despojados, roubados, aniquilados, é o que ouvi. Revoltados com a violência e a crueldade — respondeu Iara.

— De quantas maneiras se pode usurpar por meios violentos e cruéis? Muitas, não é verdade? Pois bem. Todas elas podem estar presentes neles — respondeu Bento.

— Nossa! Isso não tem fim — disse Iara num suspiro.

Bento e Quitéria responderam, veementemente, ao mesmo tempo:

— Tem, sim! — Então, olharam-se, rindo, e Bento fez um sinal para que Quitéria prosseguisse:

— Basta mudar uma dessas causas para que o fato não se repita. Se a gente aprende, a dor termina. Quando eu entendi e não me revoltei mais, logo depois me tornei livre. Mas eu me tornei livre por dentro quando era escrava, Iara. A liberdade depois não mudou muita coisa, nem por dentro nem por fora.

Iara contemplou a face serena e lúcida, o olhar brilhante de Quitéria e ficou pensativa.

O grito de um dos enfermos fez Iara despertar imediatamente no corpo físico e sair rápida do leito improvisado para socorrê-lo. Momentaneamente, esqueceu-se do encontro e da conversa com Bento.

CAPÍTULO 31

O NOVO PALACETE

Alheio ao que se passara na aldeia, ao que se passava na vila da sua fazenda e, inclusive, com sua esposa, Edgar prosseguia com os planos de construção da nova sede. Seria um palacete para causar inveja à elite até mesmo da capital. Não haveria economia. Os melhores arquitetos e construtores haviam sido contratados. Eram estrangeiros, imigrantes europeus radicados na capital. Havia muito material importado para o acabamento da obra. Elegância. Essa era a ordem.

Aquela construção levara para a fazenda um novo contingente de trabalhadores da construção. Galpões foram erguidos para servir de alojamento e refeitório. Muitas caras novas assustavam os pacatos trabalhadores rurais, mas tratavam de recebê-los bem, só evitando que fossem ao vilarejo, pois os enfermos da aldeia ainda estavam se recuperando.

Fazendo crochê na varanda e sentada nos antigos bancos com desgastadas almofadas, Maria Carolina olhava por sobre os óculos a intensa movimentação e recordava-se do passado, do bebê que alegrara alguns de seus dias e os muitos dissabores daqueles anos que culminavam com aquela obra que, em última análise, era o desprezo final pela tradição da família. O casarão da fazenda, que abrigara tantas gerações da família, estava destinado à destruição. A má conservação já mostrava seus sinais. Edgar não investia um tostão nele. Por sorte, Maria Carolina contava com a amizade de alguns trabalhadores, que faziam consertos no telhado e nas aberturas. Não fosse isso, as goteiras já teriam desativado algumas salas.

— Espero morrer antes que essa obra esteja concluída! Há décadas, minha sogra não põe os pés aqui, mas acredito que adoeceria se soubesse como é tratada a casa da família. Ela tinha tanto orgulho dela — resmungava Maria Carolina consigo mesma.

Velhas árvores iam abaixo limpando o terreno para o palacete de Edgar. Ele seguia seus planos sem olhar ou medir as consequências. Tal como acontecia com as árvores, se alguém opunha barreira à sua vontade, de um jeito ou outro caía.

No grupo de líderes que se reunia na chácara de Madame Adelaide o prestígio de Edgar crescia. Especialmente os investidores da estrada de ferro tinham grande apreço por suas rápidas e favoráveis decisões, hipotecando-lhe sólido apoio e instigando-o a pensar em voos mais altos, como lançar-se à candidatura de deputado.

Edgar ouviu a proposta inicialmente com a costumeira indiferença. A política não era um cenário no qual pensava em se inserir, no entanto, após algumas conversas em que a ideia fora reiterada, ele começou a refletir sobre as vantagens que poderia obter. A bem da verdade, o Direito não era sua paixão. Gostava do trabalho, contudo, gostava mais do *status* e principalmente da posição de autoridade que lhe permitiu aniquilar a família paterna.

Em mais uma noitada com a presença dos investidores ingleses, Romy observava atenta, mas disfarçadamente, a pressão que faziam sobre Edgar. Estavam todos acomodados na ampla sala da chácara. A moça estava de pé atrás da poltrona onde Edgar estava sentado e tinha as mãos pousadas sobre os ombros dele, por isso notou a reação de imediata tensão nele quando os estrangeiros tocaram novamente no assunto, reiterando o quanto seria importante terem alguém com a inteligência e habilidade de Edgar dentro da câmara dos deputados.

Romy não gostava dos ingleses. Causava-lhe mal-estar ouvi-los falar das pessoas que seriam atingidas por seus projetos, como se fossem um estorvo, uma roupa velha sem valor. Tinha muita dificuldade de ouvir aquelas conversas e manter uma expressão de "não tenho nada com isso, não entendo esse assunto", de sorrir e ser simpática, quando, na verdade, fervia de indignação.

Porém, como Madame Adelaide lhe ensinara: trabalho é trabalho. Aquela frase não dizia nada e resumia tudo; é um paradoxo que só quem é obrigado a sufocar as próprias ideias e os sentimentos em prol do pão de cada dia compreende. No caso dela, ainda mais, pois o trabalho na prostituição de luxo exigia uma grande dose de despersonalização. Romy era seu "nome de guerra", dado por seu amante francês. Seu nome de nascimento era Rosa Maria. Primeiro, ele a chamara de Rosemary e depois simplesmente de Romy. A história que transformara Rosa Maria em Romy jazia esquecida e, quando alguma lembrança ousava romper a linha do isolamento, era logo embotada com boas doses de álcool.

Aquela noite, Romy tinha bebido. Madame Adelaide olhou-a de soslaio e reparou satisfeita nas mãos da moça pousadas nos ombros de Edgar. Não estava bebendo mais. Suspirou aliviada. Não gostava que suas garotas trabalhassem alcoolizadas. Mulheres fora de controle eram algo que ela não admitia em sua chácara. Além disso, ela via com bons olhos o interesse de Edgar por Romy. A preço de ouro, ela passara a ser exclusivamente dele; não atendia mais outros clientes intimamente. Madame Adelaide fizera-o entender que o desejo dele era viável, porém, causava-lhe grande prejuízo financeiro, assim como a Romy, e que isso precisava ser reparado. Desde então, Edgar a sustentava na chácara, e grandes somas de dinheiro iam parar nas mãos de Madame Adelaide.

Experiente, ela sabia que aquele lucro teria fim. Aguardava o momento em que Edgar levasse Romy da chácara para uma casa particular. Não seria a primeira nem a última vez que veria esse tipo de manobra.

— Pense, doutor Edgar. Nós teremos o maior prazer em ajudá-lo a eleger-se. Nesses tempos tão complicados, precisamos das pessoas certas nos locais certos para que nossos investimentos possam gerar o progresso de que seu país precisa — insistiu o investidor estrangeiro fumando um charuto.

— Senhor Malcolm, eu estou pensando. Creio que nosso acordo até o presente esteja satisfatório. As obras não sofrem mais resistência e "aquele caso" está coberto por uma grossa camada de pó. — Lembrou Edgar encarando o homem com a expressão fechada e sombria. — Eu lhe darei a resposta oportunamente.

— Oh, oh, oh, doutor Edgar, não se demore pensando muito. Na vida e nos negócios, ganha mais quem decide rápido. Pense! Não há nada a perder — pressionou Malcolm.

— Será que não? — questionou Edgar com tom de animosidade e leve provocação.

O inglês fechou a cara, encarou Edgar e, tragando o charuto, soltou uma risada falsa e forçada que não escondia a frieza cortante na voz:

— Talvez tenha, é fato... Mas o senhor é mais inteligente que seus antecessores e fará a escolha certa.

Romy sentiu Edgar contrair ainda mais a musculatura. Pensando que ele estava com raiva, decidiu intervir. Abaixou-se e cochichou:

— Querido, vamos jogar e nos divertir. A reunião desta noite já acabou, não é verdade?

Romy fez um sinal para Lena, a colega que acompanhava o insistente empresário inglês, e ela prontamente desceu a mão pelo peito de Malcolm, invadindo despudoradamente as roupas dele e desconcentrando-o com carícias.

Edgar pigarreou e, disfarçando o tom divertido ao ver o rosto vermelho do inglês, anunciou rapidamente:

— Com licença, senhor Malcolm. Vamos aproveitar a noite. Divirta-se!

E pegou a mão de Romy puxando-a em direção à sala de jogos. Parou, contudo, no corredor, mudando a direção para o salão de baile.

— Vamos dançar! — informou Edgar.

Romy sorriu e obedientemente o acompanhou.

Na pista, enquanto dançavam, Edgar sussurrou no ouvido da parceira:

— Obrigado pela interferência. Foi muito oportuna.

Romy afastou-se um pouco dele e, segurando-o pela gravata, fitou-o:

— Você ficou muito tenso, e eu estava entediada. O homem come, bebe e respira dinheiro e negócios. Insuportável! É sempre o mesmo assunto. Muito insistente. Vamos esquecer esse inglês pedante e insistente. Conte-me como está a construção da sua casa.

Imediatamente, um brilho de prazer iluminou os olhos de Edgar, que relaxou e se pôs a falar do seu encantamento com as obras. Enquanto rodopiavam na pista de dança entre poucos casais, Romy também relaxou e deixou-se envolver pelos planos de Edgar. Fizera várias intervenções e sugestões na construção, mas somente conhecia a planta. Sem perceber, deixou escapar um pensamento:

— Deve estar ficando linda. Adoraria ver.

Edgar parou no mesmo instante. Inicialmente confusa com a atitude dele, Romy demorou alguns segundos para tomar consciência de que falara alto e, nervosamente, prontificou-se a corrigir:

— Esqueça! Por favor, esqueça! Eu...

Ele colocou o dedo sobre os lábios de Romy impondo-lhe silêncio e disse:

— Amanhã, iremos lá.

Um largo sorriso iluminou o rosto de Romy ao perguntar descrente:

— Jura?

— Sim, amanhã de manhã iremos à fazenda.

— Eu adoraria, mas não quero causar constrangimento. Sua mulher...

Edgar riu com gosto e, retomando a dança, respondeu:

— Minha mulher viajou e nem sei quando voltará. Faz mais de quatro meses que está fora da cidade. E, bem, ela não tem nada do que se queixar. Nosso casamento não é, digamos, o melhor dos casamentos.

— Se fosse, você não estaria aqui — respondeu Romy com uma ponta de amargura que Edgar não notou.

Na manhã seguinte, Maria Carolina afastou os olhos do crochê ao ouvir o ruído do carro de Edgar. Instantes depois, o veículo passou em frente ao velho casarão, e ela viu que ele estava acompanhado de uma moça. Curiosa, largou sobre o cesto de linhas o trabalho que tecia, ergueu-se e caminhou pelo jardim até esconder-se entre arbustos floridos de onde observou Edgar passear de mãos dadas com a moça em direção ao palacete em construção. Surpreendeu-se ao ver que as paredes já estavam erguidas. "Não é a mulher dele", pensou unindo as sobrancelhas, enquanto observava o visível e alegre entrosamento do casal. Perdeu-os de vista ao ingressarem na obra e retornou ao seu crochê.

Mais de uma hora depois, o carro passou novamente em frente ao casarão e retornou à cidade. Maria Carolina observou que a moça falava vivamente e que Edgar sorria, apreciando, visivelmente, o que ouvia. E ela ficou pensando: "Tal pai, tal filho. Será que viverei o bastante para ver uma nova geração de bastardos ocupando estas terras? Por onde andará Ifigênia?".

E aqueles pensamentos acompanharam Maria Carolina atiçando-lhe a curiosidade. A tal ponto entreteve-se com eles que, sem se dar conta, amanheceu no dia seguinte com vontade de ir à cidade, coisa que há mais de ano não fazia. Decidiu ir à casa das filhas e visitar a sogra. Com surpreendente agilidade e disposição, rapidamente estava bem arrumada, e o velho Onofre, fiel empregado, conduziu-a ao seu destino. Surpreso, ele perguntou com a intimidade dos muitos anos servindo à patroa:

— Dona Carolina, que bicho a mordeu essa noite para a senhora sair de casa assim tão cedo e de repente? Não recebemos nenhuma notícia ruim.

No banco traseiro, Maria Carolina olhava a paisagem conhecida. Praticamente nada havia mudado. As cenas que desfilavam ante seus olhos lhe pareciam as mesmas que vira havia décadas quando chegara ali, feliz, recém-casada, sem fazer nenhuma ideia do que a esperava. Sua vida era tão entediante e como aquela paisagem. Perdida em pensamentos, despertou das divagações com a voz de Onofre.

— Deu vontade. Saudades das filhas — respondeu automaticamente, mas para si mesma reconheceu a razão: precisava saber quem era a mulher que acompanhava Edgar.

CAPÍTULO 32
O RETORNO DE IFIGÊNIA

    Anabela admirava os contornos do litoral do Rio de Janeiro. A viagem chegava ao fim. Em seu balanço mental, o saldo era positivo. Ifigênia mantinha-se sóbria, conseguira encontrar-se consigo mesma e voltara a ser a pessoa alegre, curiosa e inteligente que ela conhecia. Com a influência dos pais silenciada, a companheira estava feliz, aceitando-se e optando por viver suas verdades de forma saudável e honesta.

    Olhando para o próprio íntimo, Anabela reconhecia-se feliz, realizada, em paz e disposta a viver como sempre desejou. Poderia dizer que vivia um momento perfeito, porém, sentia uma inquietação que a despertara e tirara da cama naquela madrugada.

    A belíssima paisagem iluminada pelo amanhecer a encantava, mas não acalmava aquele sentimento. Buscando libertar-se daquela incômoda sensação, alongou-se, unindo as mãos e erguendo os braços bem acima da cabeça. Sentiu as vértebras espaçarem-se e experimentou uma sensação de leveza ao descer os braços lentamente ao lado do corpo. Parecia uma gata alongando-se preguiçosamente. Respirou fundo, reteve o ar e expirou devagar várias vezes, exercitando lições aprendidas com Rashid. Por fim, fixou a paisagem à sua frente, limpando a mente e as emoções das inquietações. Era, afinal, capaz de decidir o que fazer com suas emoções e seus pensamentos; não era escrava deles. Tinha consciência de que ela era o ser que pensava e sentia. Após alguns minutos de exercício mental, estava bem.

    O capitão do navio, que, ao longo da viagem, secretamente admirava Anabela do alto da escada que dava ao local ao ar livre onde os passageiros tomavam sol durante o dia, ficara silencioso observando a bela mulher cujos modos e a aparência o atraíam. Notando que ela estava relaxada com as mãos apoiadas na mureta, sem, obviamente, ter nenhuma noção do que se passava no íntimo de Anabela, ele aproximou-se, parou ao lado dela e disse:

— Bom dia! A senhorita acordou muito cedo!

Anabela voltou-se para o capitão, sorriu e respondeu:

— Bom dia! Pois é! Perdi o sono e resolvi aproveitar a vista do amanhecer.

— Decisão inteligente! É uma das coisas que eu adoro na minha vida de marinheiro: ver o amanhecer no mar. É extraordinário, principalmente depois de uma noite escura, de lua minguante, como a que tivemos.

— É um espetáculo lindo, capitão! A imagem da esperança escrita na natureza.

O capitão deu as costas à visão do litoral e admirou o rosto de Anabela, sem maquiagem, a pele limpa, rosada, os cabelos soltos, e desceu o olhar observando as formas bem marcadas pela brisa marinha que empurrava o tecido do vestido. Nenhum adereço. "Bonita! Nenhum homem se arrependeria de acordar à noite e tê-la ao lado para admirar", pensou o capitão. Com a típica capacidade humana de falar algo diverso do que está pensando, ele comentou sorridente e casual:

— A senhorita é uma poetisa! Bela frase, perfeita definição. Eu só consigo falar da clássica admiração da luz rompendo a escuridão. Gostou da viagem?

— Muito! Felizmente, não tivemos nenhum temporal. Não gosto de temporais no mar — comentou Anabela, observando as atitudes do capitão. Havia percebido o olhar dele várias vezes ao longo da viagem e procurara educadamente afastar-se. Mas, naquele momento, sentia necessidade de respirar ar puro, acabara de conquistar seu bem-estar e não pretendia abrir mão de ver o amanhecer por causa dele. Tinha maturidade suficiente para lidar com a admiração masculina e com a consequente frustração deles.

Podia ser desgastante, mas não a incomodava mais. Afinal, ela não tinha carimbada na testa sua orientação sexual, tampouco o comportamento dela e de Ifigênia, em público, sugeriam o relacionamento afetivos-sexual que as unia. Aparentemente, eram primas, amigas, viajando juntas. Anabela sabia muito bem qual era o preço de afrontar os preconceitos e não sentia nenhuma necessidade de pagá-lo desnecessariamente e a todo instante. Um dia, talvez, a humanidade compreendesse o que era respeito ao outro e se tornasse possível às pessoas viverem e demonstrarem suas formas de amar, sem que isso fosse alvo de julgamentos preconcebidos e frequentemente desumanos.

— Uma tempestade no mar é algo intenso. Emoções muito fortes! É perigosa como a paixão. As pessoas não gostam, em geral — comentou o capitão fitando-a.

Anabela preferiu não responder. Voltou o rosto para admirar a paisagem e escapar do olhar do capitão. Manteve-se em silêncio, desestimulando, assim, a conversa.

— A senhorita mora no Rio de Janeiro? — insistiu o capitão mudando o assunto.

— Não, senhor.

— Mas pretende descansar alguns dias na capital? Devemos aportar no início da tarde. São nossas últimas horas de viagem.

— Eu sei. Nossas malas já estão prontas. Minha prima e eu seguiremos imediatamente de trem para nosso destino, capitão.

— Que lástima! Pensei em convidá-las para apreciar a cidade do Rio de Janeiro juntos uma tarde — confessou o capitão.

— Muito obrigada, capitão, mas não será possível. Seguiremos viagem imediatamente.

Sem esconder a decepção, o capitão insistiu:

— Gostaria muito de conviver mais com a senhorita. Será que aceitaria minha amizade e talvez algo mais...

— Capitão Roberto, amigos são sempre bem-vindos à minha vida. Quanto a algo mais, se isso sugere um namoro, informo-lhe que sou comprometida. Não tenha esperanças nem me queira mal. Apenas aceite que há impedimentos naturais aos desejos de todos nós — falou Anabela, com absoluta sinceridade e serenidade.

Ela sabia que dizia a verdade, mas sabia também que ele entenderia conforme seus referenciais, afinal, é velho e sabido que cada um de nós vê, ouve e entende o que deseja.

O capitão suspirou, colocou as mãos no bolso e comentou:

— Parabéns ao felizardo que é seu noivo. Se fosse eu, exigiria que usasse, dia e noite, meu anel.

Anabela lançou um olhar de franca irritação com o comentário. A indignação era tão evidente em sua expressão que o capitão se despediu e se afastou a passos rápidos.

— Desaforo! Mulheres não são gado marcado! — murmurou Anabela falando ao vento sua revolta.

Horas depois, elas desembarcavam no porto e realmente seguiam para a estação ferroviária. Ifigênia estava ansiosa para estabelecer-se na nova vida. Anabela percebia que ela queria enfrentar logo a situação e que, no fundo, tinha medo do que estava por vir. O sonho da viagem, a liberdade de serem estrangeiras e desconhecidas, terminava. No exterior, fora fácil libertar-se das pressões familiares e sociais — elas não existiam concretamente. Agora, contudo, alguém poderia reconhecê-la em qualquer esquina. Era a filha do doutor Lima, a esposa do juiz Edgar, conhecida socialmente, de quem as pessoas esperavam o cumprimento de um determinado papel.

Dias depois, Edgar despachava em seu gabinete, quando o secretário bateu à porta interrompendo seu trabalho.

Edgar consultou o relógio de bolso, constatando que não era hora de nenhum dos compromissos daquela tarde. Contrariado, recostado na cadeira e com expressão de desagradável tolerância, deu permissão ao secretário para entrar.

— Doutor, desculpe-me interrompê-lo. São correspondências do doutor José Barros Linhares e de sua esposa. Achei que deveria entregá-las imediatamente. — E estendeu os envelopes a Edgar.

— Obrigado — respondeu Edgar secamente pegando os documentos.

O secretário fez um gesto baixando a cabeça e retornou à sua sala fechando a porta delicadamente.

Edgar analisou com curiosidade os envelopes. Quase cinco meses sem notícias de Ifigênia, e a cidade fervia em boatos. Já notara que, quando passava, muitos cochichavam e o olhavam entre consternados e interessados em sua vida privada, mas, ante sua conduta inalterada, calavam-se. A situação começava a incomodá-lo, em especial pelas especulações de que teria uma amante misteriosa. Constrangidos, os frequentadores da chácara de Madame Adelaide chamavam-no em separado, em algumas situações de encontros sociais, como missas ou eventos da cidade, para uma conversa ao pé do ouvido, garantiam que não partira deles a quebra do segredo e sugeriam que seria de bom alvitre o retorno de sua esposa.

Edgar começava a sentir-se incomodado com o afastamento de Ifigênia, afinal, embora o casamento fosse um "acordo de interesses", havia responsabilidades recíprocas, e ela estava faltando com seu dever e expondo-o a uma situação ridícula. Além disso, fazia parte do "acordo" a geração de herdeiros. Era tempo de resolverem a questão, e Edgar estava pensando muito nessa necessidade, afinal, de nada valeria todo seu esforço em levar a família paterna à miséria, se ele morresse sem descendentes. Isso levaria sua fortuna de volta aos seus desafetos, coisa que ele, em hipótese alguma, permitiria.

Decidiu abrir a carta do sogro primeiro e leu:

Prezado doutor Edgar,
Espero que esta missiva o encontre bem e saudável.
Sem maiores delongas, que não fazem parte do meu estilo e entre nós são desnecessárias, venho por meio desta solicitar sua imediata presença na capital para tratarmos de assunto de família.
Receba meus protestos de elevada consideração e estima.

O tom de urgência trouxe preocupação a Edgar. O que teria acontecido? Para o sogro chamá-lo à capital com urgência, não parecia ser algo bom.

Fechou os livros nos quais pesquisava antes da interrupção e devolveu-os à estante. Não gostava que a faxineira mexesse em seus livros, pois acreditava que ela não sabia manuseá-los. Não tolerava livros estragados. Eram caros, preciosos, necessários. Cuidava deles como joias.

Abriu a porta de comunicação com a sala do secretário e ordenou-lhe:

— Chame Tenório! Cancele todos os meus compromissos nos próximos dez dias. Irei à capital tratar de assuntos familiares.

"Pronto! Antes de cruzar os limites da cidade, toda a população saberá que houve algo de urgente na capital envolvendo questões familiares. Isso vai dar o que falar aos fofoqueiros por bom tempo", pensou Edgar voltando ao gabinete e recolhendo seus pertences.

Minutos depois, Tenório apresentava-se, e eles deixaram o prédio do fórum. Edgar apanhou rapidamente algumas roupas e alguns objetos de uso pessoal, deu ordens à governanta e embarcou no carro. Sentou-se ao lado do motorista e jogou a valise no banco traseiro. Dentro dela, ainda lacrada, estava a carta de Ifigênia.

CAPÍTULO 33

PRECONCEITO E SOLIDÃO

Os solitários culpam os outros, acusam-nos de abandono, cobram. Não pensam em avaliar-se diante daquilo que nominam como ingratidão. Colocam-se como vítimas, injustiçados. A conduta fácil e sedutora da crítica azeda é porta larga por onde passa grande parte das pessoas envolvidas nessa situação. Contemplar-se diante da conduta menos nobre ou digna de outrem e procurar em si mesmo semelhanças ou causas — se essa conduta infeliz nos atinge — é tarefa para os fortes de espírito, os humildes. O orgulho não permite essa conduta. Ao orgulhoso a posição de vítima lisonjeia, é prazerosa, adorna sua vaidade. Não é por outra razão que muitos desfilam suas "chagas e misérias pessoais" sem o menor pudor ou reserva. Ver-se como causa, e não como consequência, das situações à nossa volta é primordial para a conquista de equilíbrio, e o mundo das causas não é exterior. Tudo o que vemos é consequência.

A família de Ifigênia e ela própria eram bons exemplos do que comentamos. Solitários e orgulhosos, não se percebiam assim. O retorno e a busca de Ifigênia por pensar e viver com as próprias forças e verdades, por libertar-se, por individualizar-se da ligação tribal que vigia no núcleo familiar, foram intensos, explosivos, reveladores.

Extremamente conservador, José Barros Linhares era o chefe do clã e, sob suas botas moralistas e puritanas, conduzia a todos. Rédeas invisíveis tangiam os que o cercavam. Ah, quão duras podem ser essas rédeas! Quanto destroem!

Anabela temia o retorno e a impetuosidade da companheira. Ifigênia era uma alma apaixonada, que se entregava a seus planos com muito ímpeto.

A paixão ainda não era a força da perseverança lúcida. Ainda não tinha a ponderação e a sensatez dadas pela razão fria. Nos pratos da balança íntima só havia um peso, e, enquanto agia somente com o emocional, era ingênua e frágil. Ainda que usasse o intelecto brilhantemente quando a interessava para manipular pessoas ou situações, a razão nela servia ao emocional. Não eram harmônicos. Ela, o ser espiritual que pensa e sente, não conduzia suas forças e capacidades. Estava montada em um potro forte e bravo, daí muitas quedas e muitos ferimentos no caminho até entender quem manda em quem. Conhecer-se e impor domínio com convívio equilibrado.

Não à toa, mas atraído pela afinidade, Edgar unia-se àquele grupo. Nas leis da vida, os semelhantes se atraem. O casamento com Ifigênia era mais do que um "acordo de interesses vingativos"; era a união de duas pessoas que se tornaram amarguradas pelos preconceitos sofridos e que, na impossibilidade pessoal de reação, se aliaram ao inimigo. Nem ele nem Ifigênia, quando se encontraram, poderiam dar-se ao prazer de sentir, de amar. Ambos se negavam, porque, por razões diversas, mas em essência iguais, haviam sufocado a dor da perda de si mesmos. Haviam sentido a rejeição dos outros a como eles eram e, para manterem a sanidade, agarraram-se às coisas ditas "concretas e importantes" que viam no mundo, reproduziam-nas em suas condutas, mas não eram seus reais sentimentos. E era tão intenso o sofrimento sufocado que haviam se tornado muito bons naquela arte. A vida, contudo, cutucara-lhes as feridas nos últimos meses.

Anabela caminhava de um lado a outro da sua sala predileta, mas, naquele dia, nada conseguia manter sua atenção. Tal fato a incomodava e desestabilizava, porque não era seu estado comum. O segredo de sua calma e de seu bem-estar emocional era exatamente ter desenvolvido a capacidade de disciplinar suas emoções e educado seus pensamentos para manter-se no presente, para estar plena na hora em que vivia. Não era algo fácil; era uma proposta constante. Uma decisão de como viver, fruto da convicção de que ela, espírito imortal, era senhora de sua mente e de suas escolhas. Havia, porém, algo nebuloso que a envolvia e lhe trazia inquietação.

Margarida preparara a recepção de retorno das afilhadas. Decidira tornar-se madrinha de Ifigênia quando recebeu dois meses antes a carta de Anabela contando-lhe sobre as experiências da viagem e a possível reconciliação e retomada do relacionamento com Ifigênia como proposta duradoura. Ela vira o sofrimento de Anabela e ouvira-lhe a confissão dos sentimentos e das dificuldades que a vida lhe apresentava. Fora capaz de compreendê-la. Empatia era uma das suas maiores características.

Vivera tempo bastante para saber que o mundo era feito de muitos pequenos mundos e que cada um pode construir seu pequeno mundo dentro deste outro maior e estabelecer seus limites de influência. Então, decidira recepcioná-las com todo o amor que sentia. Não importava que somente ela estaria lá. Haveria festa. Encomendou flores, preparou a casa, providenciou tudo o que sabia que elas gostavam. Encontraram a casa perfeitamente em ordem, o jardim cuidado, o aroma da comida feita por alguém que amava. O sol iluminava e aquecia tudo. Havia amor, alegria, aceitação e acolhimento. E, a pedido delas, Margarida acabara ficando alguns dias matando as saudades.

Margarida julgara importante ficar, pois sabia que Ifigênia teria um osso duro para roer, como diz o povo. A família a obrigaria a uma decisão de tudo ou nada. A uma escolha que importaria em perda e não em acréscimo. Preconceito é reducionista, é perdedor, diminui, não sabe acolher, somar e cooperar. Margarida tinha certeza de que a família imporia a Ifigênia: Anabela ou nós. E isso era triste, muito triste. Ifigênia precisaria ter a convicção de que outra família a acolheria e daria sustentação emocional à dor que a obrigavam a viver. Preconceituosos não sabem viver sem dor. Eles não entendem que a proposta da vida é aceitar o amor, que cura.

Cansou de assistir passivamente à inusitada quietação de Anabela, levantou-se e foi à cozinha preparar um chá de camomila. Arrumou a bandeja colocando um pote de sequilhos de polvilho doce que a afilhada gostava. "Uma comidinha boa ajuda a acalmar e abrir o coração junto com a boca", pensou Margarida retornando à sala.

— Belinha, vamos tomar um chá. Isso lhe fará bem — falou Margarida em tom de carinhoso comando.

Anabela olhou a madrinha com a bandeja na mão e um sorriso paciente no rosto e suspirou. Não percebeu, mas a mudança imposta por Margarida a desarmara. Aliás, nem tivera consciência de sentir-se alerta e armada, contudo, estava.

Ajeitou a saia preguada e sentou-se na poltrona em frente à mesa de centro sobre a qual Margarida depositara a bandeja. Sentiu o cheiro da camomila e sorriu.

— Madrinha, você sabe tudo. Acho que me fareja igual a Bolinha faz consigo — comentou Anabela.

— Hum, tenho um bom faro! Mas eu simplesmente a observei e achei que era hora de tomarmos um chá e conversar. Cansei de vê-la andar pela casa distraída, na verdade, preocupada — respondeu Margarida, estendendo a xícara à afilhada e servindo uma para si.

Anabela tomou alguns goles do chá. O calor e o sabor adocicado espalharam uma sensação de bem-estar, e a confiança que tinha na madrinha fez o resto.

— Preocupa-me o que imagino estar acontecendo com Ifigênia. Queria ter ido com ela, mas foi teimosa. Convenceu-me de que precisava fazer isso sozinha para libertar-se de vez das influências da família. Nós sabemos que não é tão simples assim nem que acontecerá em uma única conversa.

Margarida balançou a cabeça concordando e acrescentou:

— Mas nós estaremos aqui, Belinha. Nós iremos apoiá-la. Ainda tenho dificuldade de entender uma mãe que prefira uma filha alcoólatra e infeliz a uma filha saudável e de bem com a vida.

— Madrinha, a senhora não vive pelo olhar dos outros. Para minha tia, o importante é que todos saibam que Ifigênia é uma mulher bem-casada com um homem. Querer a total aprovação dos outros é uma necessidade doentia. Minha tia é doente, eu consigo ver isso. A vaidade e a futilidade são sintomas.

— A alma humana é tão rica de complicações, às vezes...

— Eu estou inquieta, madrinha, e não me sinto bem assim. Mas é algo mais forte que a minha vontade. Ifigênia viajou faz dois dias, e eu estava bem. Embora ciente das dificuldades, estava confiante de que ela retornaria como havia prometido.

Surpresa com a revelação de que Anabela temia um novo abandono, Margarida arregalou os olhos. Ficara tão bem impressionada com a mudança de Ifigênia, tão feliz em vê-la bem, que não lhe ocorreu que Anabela pudesse desconfiar da decisão da companheira. Mas, como dizia o dito popular, "cachorro molhado tem medo de água fria". Entendeu que era natural a dúvida da afilhada.

— Belinha, eu confio no amor que Ifigênia tem por você. Ela voltará. Sofreu muito nesses anos. Ela me contou como se sentia impostora, vazia e até prostituída, vendida para um marido que também precisava se impor a uma sociedade, num projeto de vingança imbecil. Ela amadureceu. Voltará, sim.

— Eu sei de tudo isso, mas, desde hoje de manhã, não consigo enxergar um futuro para nós duas, e isso me traz uma sensação horrível. Parece que eu desconfio de Ifigênia, contudo, não é isso. Confio no amor dela, não acredito que me abandonará, mas, sei lá... É difícil dizer, definir. Tenho uma sensação ruim. Pode ser algo da minha cabeça, ser o medo de que tudo se repita de novo... Pode ser, mas acho que não é. Estou muito confusa com isso. Minha cabeça vaga por esse futuro e, eu não... não sinto ela comigo.

Lágrimas rolaram pelas faces de Anabela ao confessar seu sentimento.

Margarida olhou-a e decidiu não pensar na ideia que lhe atravessara a mente naquele momento. Afastou-a e tratou de incutir confiança em Anabela, lembrando-a dos planos que as três haviam feito, da ideia de criarem algumas crianças como filhas.

CAPÍTULO 34

CONFUSÕES

Ifigênia bateu o portão de acesso aos jardins da casa dos pais. Tal era o aperto que sentia na garganta que o ar lhe faltava. Angústia extrema. Os olhos ardiam. Ela caminhou a esmo pela calçada do elegante bairro, sem se importar se chamava ou não a atenção, porque ali não era usual alguém com a posição social dela caminhar na calçada, misturando-se aos empregados domésticos e às babás. Ela não reparou no espanto de alguns que, não sabendo como agir, resolviam atravessar a rua, assim "não a tinham visto".

Somente ao chegar à esquina, Ifigênia deu-se conta da intensa opressão no peito e da falta de ar, então, não conseguiu mais andar. Parou e encostou-se no caule robusto de uma árvore. Ela, que nunca dera muita atenção à beleza da rua arborizada, agradecia naquele momento à sustentação da árvore. Arfante, agarrou-se ao tronco tentando recompor-se.

— Perdão. A senhorita está bem? — perguntou um jovem com sotaque estrangeiro parando ao lado dela.

Ifigênia olhou para ele como se estivesse encoberto por um nevoeiro e notou as roupas simples, a bicicleta e o fardo de jornais. Percebendo que ela respirava mal, o jovem encostou a bicicleta no muro da casa e foi socorrê-la. Imediatamente, ofereceu-lhe o cantil com água que carregava atravessado no peito.

— Beba devagar. É água — disse ele encostando o cantil nos lábios de Ifigênia.

Ela obedeceu, porque não conseguia raciocinar e a presença do jovem lhe pareceu a de um anjo enviado dos céus.

— O que a senhorita está sentindo?

181

Ifigênia fez um esforço para falar e respondeu:

— Estou tonta, me dói o peito... Está difícil respirar.

— A senhorita permite que eu chame um carro de praça para levá-la até sua casa?

A palavra "casa" imediatamente intensificou o mal-estar de Ifigênia, que fez um gesto vigoroso de negativa. Ela sussurrou:

— Não! Casa não! Mas, por favor, chame o carro.

— Sim, senhorita. Fique com meu cantil e beba devagar. Na outra rua, eu encontro um carro de praça. Irei rápido.

Sem aguardar resposta, o jovem pegou a bicicleta e pedalou velozmente pela rua. Minutos depois, retornava seguido por um carro.

Ifigênia respirava melhor, e a tontura havia cedido. A dor no peito e o aperto na garganta continuavam, e ela sentia-se exausta. Não entendeu as palavras que o jovem jornaleiro falava, mas viu a porta do carro aberta e avançou até lá, jogando-se no banco traseiro.

Ao ver o jovem ainda segurando a porta e apontando para o cantil que tinha nas mãos, ela entendeu. Estendeu-lhe o cantil e disse:

— Espere.

Abriu a bolsa e retirou uma nota de dinheiro, que passou ao rapaz.

— Por sua ajuda!

— Senhorita, não fiz isso por dinheiro. A senhorita não está bem...

— Aceite! Não sou boa em agradecimentos — disse Ifigênia.

O rapaz pegou a nota surpreso com o valor e retrucou:

— Mas é generosa, senhorita. Muito obrigado! Esse dinheiro é muito necessário hoje...

— Ótimo! — disse Ifigênia cortando a narrativa do jornaleiro e dispensando-o. — Bom dia!

E, voltando-se para o motorista que a observava intrigado com seu estado visivelmente alterado, ordenou que a levasse ao endereço da residência de Anabela.

— É longe, senhorita. Tem certeza de que está bem? — indagou o motorista.

— Tenho. Não se preocupe comigo. Leve-me a esse endereço — e enfatizou o local.

— Sim, senhorita — respondeu o motorista colocando o carro em movimento.

Recostada no banco, de olhos fechados, sentindo o ar bater em seu rosto, lentamente, conforme tinha consciência de que se distanciava da casa dos pais, Ifigênia foi se recuperando.

A tarde ia a meio, quando o carro parou em frente à casa de Anabela.

— Chegamos, senhorita — falou o motorista em tom alto. Julgava que a passageira houvesse adormecido, pois Ifigênia fizera toda a viagem com os olhos fechados e em silêncio.

Ifigênia olhou na direção da casa e sentiu um imenso alívio ao ver os muros altos cobertos por trepadeiras floridas. Acertou o serviço do motorista dando-lhe uma generosa gorjeta e saiu do carro apressada, vasculhando a bolsa à procura da chave. O jardineiro, contudo, correu a abrir-lhe o portão.

Margarida largou as mudas de flores que plantava no canteiro e, limpando as mãos no grosso avental que usava para aquele trabalho, aproximou-se de Ifigênia. Mas, ao vê-la pálida e abatida, o sorriso de acolhida perdeu um pouco do brilho, nublando-se com a preocupação.

— Querida! Que bom que chegou! Belinha não me disse que você retornaria hoje — comentou Margarida.

Sem dar resposta, Ifigênia simplesmente se agarrou a Margarida, apertando-a e segurando-a como se fosse uma tábua de salvação. Margarida notou que a jovem começou a estremecer e ouviu um soluço.

— Ah, meu Deus! — exclamou Margarida acolhendo-a e amparando-a, entendendo que, obviamente, algo de ruim acontecera para Ifigênia retornar naquele estado.

— Vamos entrar. Vou lhe fazer um chá de capim-cidreira, e vamos conversar. Está tudo bem, estamos aqui — confortou Margarida, conduzindo-a para o interior da casa.

Ao atravessar a porta principal, Margarida chamou Anabela. Sabia que a sobrinha trabalhava no escritório ao lado da biblioteca e que a ouviria facilmente.

Anabela assustou-se com o tom de urgência na voz da madrinha, mas fazia uma avaliação complexa e, para não perder a linha de raciocínio, rabiscou-as a lápis em um lado do documento antes de ir ao encontro de Margarida. Estava abrindo a porta, quando ouviu o segundo chamado e soluços. Logo reconheceu que eram de Ifigênia e correu até a sala.

— O que houve? — perguntou ao encontrar Ifigênia chorando copiosamente, deitada em posição fetal no sofá, com a cabeça no colo de

Margarida, que lhe acariciava os cabelos, emitindo um sussurro típico de quando se acalma um bebê.

Margarida olhou-a erguendo os ombros como se dissesse "não sei", enquanto continuava tentando acalmá-la.

Anabela aproximou-se e, ajoelhando-se no tapete em frente à madrinha, tocou o ombro de Ifigênia. Falou serena e firme:

— Calma! Respire! Vamos, ajude-se!

Ifigênia esforçou-se para atender ao pedido, e aos poucos a crise foi cedendo.

— Muito bem! — elogiou Anabela, tirando-a do colo da madrinha e fazendo-a sentar-se ereta. — Por favor, madrinha, traga uma toalha molhada para ela limpar o rosto.

— Claro! Vou trazer um chá também — respondeu Margarida levantando-se.

Anabela puxou uma das cadeiras, sentou-se diante de Ifigênia e segurou-lhe as mãos. O rosto vermelho, os olhos inchados, o batom borrado e os cabelos desalinhados revelavam que uma tempestade emocional desabara, e, pela devastação, concluiu que fora intensa. Sabia que precisava falar e ajudar Ifigênia a organizar o pensamento e pôr tudo em palavras, mas tinha consciência do quão dolorido seria aquele processo. Era óbvio que estava diante dos efeitos da reação dos tios. "Pais e filhos! Idealizações e frustrações de parte a parte", pensou. E, ao ver Ifigênia naquele estado, lembrou-se de Dostoiévski e de suas ideias sobre o conceito religioso de família.

A sociedade é cheia de crenças cegas a respeito do amor familiar, muitos preconceitos, fusões irrefletidas de pessoas com crenças, como a figura do pai e a concepção de Deus, a figura da mãe e a sacralização da maternidade, a dívida pressuposta de gratidão dos filhos. Quanto isso pode trazer de dores, porque são preconceitos. "Nem todo pai ama seu filho nem toda mãe ama, sendo assim, que dívida de gratidão é essa? Que elo pode haver entre essas pessoas?", perguntou-se Anabela, analisando a companheira e lembrando-se da carga desumana de exigência que os tios faziam, especialmente a ela, porque era a "filha mulher". Pareciam querer que Ifigênia encarnasse as virtudes que a sociedade reconhecia como devidas às mulheres — e tinha de ser todas.

A eles não bastava que a filha fosse saudável, feliz e uma pessoa honesta. Aliás, embora se lembrasse de ouvi-los dizer isso enquanto eram crianças, a conversa mudara muito durante a juventude e mais ainda nos últimos anos. Vira a prática desmentir o discurso. Os tios preferiram casá-la e aceitar, por interesse, um genro que Anabela sabia muito bem que não teria sido tolerado em circunstâncias ditas "normais". Então, se Ifigênia houvesse se apaixonado por Edgar, a escolha dela também não seria aceita pelos tios e não teria apoio, como também não tinha apoio o relacionamento com Anabela. Logo, o desejo de que a filha fosse feliz não era incondicional. Eles não se preocuparam com Ifigênia se tornar viciada em álcool, adoecer de tristeza, portanto, também não era verdade que para eles estaria tudo bem desde que ela fosse saudável. Honestidade não merecia comentário. Desejavam que ela fosse outra e não tinham poupado esforços para isso.

E ali estava Ifigênia, literalmente destruída, cheia de culpa e angústia, porque estava frustrando os pais e, ao mesmo tempo, reconhecendo que não podia ser ou viver conforme eles desejavam. Estava sendo obrigada a escolher entre viver ou ser uma sombra, ter voz ou ser apenas o eco. Pensar era fácil, mas falar, confortar, fazer raciocinar sem raiva, sem ódio era mais complexo: era preciso quebrar o sagrado.

Teria que trabalhar com calma e paciência para que Ifigênia compreendesse noções de Espiritismo e pudesse ver os pais apenas como seres humanos perfectíveis, não perfeitos, não santos, mas irmãos de jornada, que, no presente, desempenhavam um papel na vida material e dele se desincumbiam com os valores que possuíam de fato, não os desejados para esse papel. Teria um longo caminho a percorrer com Ifigênia nessa separação do que é natural e do que é cultural das nossas vidas. Um dia, ela entenderia que os pais também precisavam crescer, amadurecer e libertar-se de uma infinidade de ilusões culturais, afinal, também pode ser muito pesado o "papel sagrado" que a sociedade construiu.

Margarida retornou com uma toalha umedecida sobre o braço e a bandeja com chá. Anabela sorriu agradecida ao ver três xícaras. Após depositar a bandeja na mesa auxiliar, Margarida estendeu a toalha para Anabela, que, delicadamente, limpou o rosto de Ifigênia e depois lhe passou a xícara com o chá.

— Beba! Fará bem a todas nós.

Entre goles e resquícios da crise emocional, Ifigênia começou a narrar a experiência vivida.

185

CAPÍTULO 35
CRONOS ENGOLE SEUS FILHOS

Embora preocupado, Edgar dormiu durante a viagem. "De nada adianta esquentar a cabeça, pois o que quer que seja a causa de tanta urgência, só poderei resolvê-la quando chegar lá. Por enquanto, estou fazendo o que me foi pedido, e nada mais é possível", pensou ele cobrindo o rosto com o chapéu.

Edgar aspirou o perfume dos cabelos de Romy e sorriu com deleite da lembrança dela brincando com seu chapéu na noite anterior. "Ficou linda!"

Com esses pensamentos, adormeceu e somente acordou quando as luzes e os sons da cidade invadiram o carro. Afastou o chapéu e sentiu o corpo dolorido pela má posição. A nuca o incomodava.

— Quase chegando à capital, doutor Edgar — informou Tenório.

Edgar respondeu com um murmúrio, sacou o relógio do bolso, consultou as horas e comentou:

— Como é tarde!

— Sim, senhor. Anoiteceu já faz um bocadinho. Foi bom o senhor ter acordado, pois não sei o caminho para a casa do doutor José Barros Linhares. Preciso que o senhor me oriente — disse Tenório.

Edgar olhou os arredores para se situar, e o motorista esclareceu:

— Entramos há pouco na cidade.

— É, estou vendo. Vamos para a casa do meu antigo tutor. Faz meses que não o vejo — decidiu Edgar impulsivamente. — De lá, ligarei para Ifigênia a fim de saber o que está acontecendo.

E passou a orientar Tenório pelas ruas da capital.

A entrada do imponente casarão onde residia Lima Gomes estava iluminada. O mármore e os metais da fechadura brilhavam, e algumas luzes esparsas iluminavam o jardim que ganhava um aspecto misterioso à noite. Edgar passou alheio a esses detalhes; estava cansado e confessava que desejoso de rever o antigo tutor. Era um dos poucos laços afetivos da sua vida e, embora não fosse um vínculo profundo, era estável. Haviam mantido correspondência nesses poucos anos de afastamento desde o casamento.

Com ar de sono, o mordomo abriu a porta e surpreendeu-se. Ajeitou o monóculo que usava, como se duvidasse da visão, então sorriu e saudou:

— Doutor Edgar! Quanto tempo! Por favor, entre.

Enquanto auxiliava Edgar guardando o casaco e o chapéu, o mordomo perguntou:

— Desculpe-me a pergunta, doutor, mas aconteceu alguma coisa? Uma visita de surpresa dificilmente tem razões de pouca importância.

— Não sei, Olegário. Meu sogro chamou-me com urgência à capital, mas não me disse as razões. E o doutor Lima Gomes? Ele já se recolheu? — questionou Edgar sacando o relógio do bolso do colete e conferindo a hora.

— Não, doutor Edgar. O senhor sabe que ele lê até muito tarde. Está na biblioteca. Por favor, me acompanhe.

— Não é preciso, Olegário. Sinto-me em casa, afinal, vivi vários anos aqui. Eu irei encontrar meu velho tutor. Por favor, prepare-me uma refeição simples, pois não paramos na estrada. E cuide do carro e do meu motorista.

— Sim, senhor. Levarei sua refeição à biblioteca com a ceia do doutor Lima Gomes — respondeu Olegário.

— Eficiente como sempre, Olegário. Obrigado — disse Edgar e avançou pelas salas em direção à biblioteca.

Bateu na porta e não aguardou ordem. Entrou e saudou o velho tutor:

— Boa noite, doutor! Como tem passado?

Lima Gomes ergueu os olhos do grosso volume que lia e sorriu ao ver o pupilo. Largou a lente sobre o livro aberto na escrivaninha, ergueu-se e contornou o móvel com os braços abertos para acolher Edgar.

Por anos, os poucos abraços e as carícias que recebera vieram daquele homem com quem desenvolvera grande afinidade.

— Edgar, Edgar, meu querido! Que boa surpresa! Quanto tempo! — falou Lima Gomes, emocionado. Após o forte e longo abraço, o velho afastou-se, disfarçadamente enxugou uma lágrima e sorriu:

— Estou ficando velho mesmo! É a vida! O tempo dissolve até as pedras. O que não fará com o coração de um solitário? Mas deixemos disso, pois não gosto. Conte-me o que o traz à capital! Por que não me avisou de que viria?

Por indicação de um gesto do antigo tutor, Edgar sentou-se numa confortável poltrona de um conjunto de estofados localizado próximo a uma ampla e alta janela. Então explicou:

— Foi uma viagem inesperada. Meu sogro chamou-me, com urgência, à capital. Porém, como não me disse do que se trata, resolvi passar primeiro aqui. E, se o senhor aceitar, pernoitarei e amanhã, com calma e descansado, verei que urgência é essa.

— Hum! Estranho. Não é do feitio dele. Algum problema nos nossos negócios com os investidores ingleses?

— Acredito que não. As terras foram desocupadas e as obras já se iniciaram. Houve um confronto sem importância.

— E o caso do juiz Dantas? — inquiriu Lima Gomes.

— Será julgado em breve. Há fortes elementos para incriminar o assassino e o mandante. Feito isso, será arquivado. Não creio que seja essa a causa do chamado aqui. Ifigênia está na capital, mas não houve nenhuma refência à saúde. Realmente, não faço ideia das razões do chamado.

— Pelo que vejo, você segue com seus propósitos. Quando fala em identificação de assassino e mandante, entendo...

— Sim, meu bom amigo. Entendeu o correto — cortou Edgar e, em tom divertido, comentou: — Tive um excelente mestre, que me ensinou que não se deve falar sobre o que precisa de sigilo.

Lima Gomes riu e inclinou-se para a mesinha de apoio ao lado da sua poltrona, sobre a qual havia uma bandeja de prata e um fino serviço de cristal. Pegou a garrafa e serviu dois cálices de conhaque, estendendo um a Edgar.

— Para aguçar o apetite e relaxar da viagem — falou Lima Gomes. — Mas fale-me de você! Como está a vida de casado?

Edgar suspirou, pensou um pouco e respondeu:

— Doutor, esse assunto pode ser longo. Permita-me chamar Olegário e pedir que ele faça uma ligação telefônica para a residência de meu sogro, avisando-o de que amanhã irei visitá-lo. Assim, fico tranquilo, e teremos muito tempo para conversar.

Lima Gomes de imediato tocou o sino chamando o empregado. Entretidos em pôr os assuntos em dia, não viram as horas passar e, quando o carrilhão soou a meia-noite, olharam-se espantados.

— Doutor, é hora de descansarmos, não concorda? — perguntou Edgar.

— Sim, é. Pode ir. Tenho certeza de que Olegário providenciou a arrumação do seu quarto.

— O mesmo dos velhos tempos?

— Sim, sim. Seu quarto — reforçou Lima Gomes. — Vá. Concluirei o capítulo que estava lendo. Faltam duas ou três páginas. São minhas manias! Você as conhece bem.

Edgar sorriu e balançou a cabeça lembrando que o tutor só interrompia a leitura com um capítulo concluído.

Quando a porta se fechou, Lima Gomes ficou pensativo por alguns instantes, avaliando o homem em que se transformara o pupilo. Recordou-se do adolescente tímido, decidido e extremamente esforçado. Orgulhoso e consumido por uma raiva interna. Carente e consciente da realidade de que era um mulato em uma sociedade de elite branca rica. Várias vezes, imaginara o quão deslocado Edgar deveria se sentir naquela escola. Não tivera amigos da sua idade, e seu relacionamento era com os professores, em especial com o diretor.

Em todas as cerimônias religiosas e comemorações escolares que fora obrigado a participar, Edgar estivera, na maioria das vezes, sozinho assistindo às famílias aplaudirem e enaltecerem seus colegas. Passavam por ele abraçados como se Edgar fosse invisível, então, uma das professoras condoía-se do menino, abraçava-o e levava-o para o refeitório, onde havia festa e ele se sentava com os professores. Sem mãe, sem pai, sem irmãos ou tios. Havia sido assim até Lima Gomes assumir a condição de tutor de Edgar, designado em testamento por Bernardo, um de seus maiores clientes que investia nos negócios com os bancos e as companhias inglesas. Surpreendera-se com o pedido de Bernardo à época da elaboração do testamento e com a revelação de que ele tinha um filho na melhor escola interna da capital. Curioso, fora ver Edgar, à época com nove anos. Observara-o no pátio junto do professor Garcia.

— É aquele menino de camisa longa — indicara o professor.

Lima Gomes olhou para o pátio, onde muitos meninos brincavam, e demorou alguns minutos para encontrar "o menino de camisa longa". Fazia um dia muito quente, ensolarado, e a maioria deles usava camisas com mangas curtas ou estavam descompostos, arremangados. Procurara Edgar entre os que brincavam, mas não o viu. Percebendo a dificuldade do tutor, o professor apontou na direção de um pequeno jardim. Edgar estava sentado à sombra, com a camisa perfeitamente composta e as roupas impecáveis, ereto. Estava estudando sozinho.

Lima Gomes examinou o menino e suspirou:

— Mistério revelado. É sempre assim? — indagou ao professor.

— O senhor diz o comportamento do menino? Sim. Ele é muito calado, tem poucos amigos, é tímido, mas muito inteligente.

— É mulato.

— É filho do senhor Bernardo e da esposa. Acredito que o menino tenha pegado sol em demasia — apressou-se o professor Garcia.

— Sol em demasia?! Essa é muito boa, professor! Mas entendo sua posição. O senhor dirige uma escola de elite. Agradeço que tenha permitido minha entrada.

— Não quer que eu mande chamar Edgar?

— Não. Por enquanto, não sou nada na vida desse menino. Pedi para conhecê-lo por curiosidade, e ela está satisfatoriamente resolvida. O senhor foi muito esclarecedor, obrigado.

Retornou à escola quase cinco anos depois para assumir a função de tutor e apresentar-se ao adolescente de maneiras elegantes, mente privilegiada e olhar triste.

Lima Gomes, na época, ainda vivia o luto pela morte da esposa. Tiveram um filho, que morreu de sarampo aos seis anos, e depois não tiveram mais a felicidade de conceber filhos. A companhia do pupilo, então, preencheu uma lacuna na vida do jurista e homem de negócios internacionais. Ele tornou-se presente na vida de Edgar, que passou a não ficar mais sozinho nas comemorações escolares. Aos finais de semana, ele ia para a casa do tutor e assim aprendeu a conhecer a cidade. Nas férias, viajavam, e não era como as viagens com Bernardo, de quinze ou no máximo trinta dias. Com Lima Gomes, o jovem Edgar passava todo o período de férias. Essa juventude amenizou as marcas da infância e fez dele alguém com grande desenvoltura social.

Recordando esse passado, Lima Gomes pensou que Edgar reunia todas as qualidades que desejaria ter em um filho, mas sabia bem que ele enfrentava muitos preconceitos por conta da pele e dos cabelos, que revelavam uma origem mestiça. Poucas vezes, Bernardo falara sobre sua vida pessoal e nunca comentara algo sobre a mãe de Edgar.

O próprio pupilo poucas vezes falara sobre sua origem e as informações que tinha eram as ouvidas nas conversas de Maria Carolina, esposa do pai, com suas irmãs e os comentários das empregadas. Guardava poucas lembranças da mãe, que haviam se misturado com as informações contaminadas do ambiente. Após a morte de Mariana, a reclusão na escola lhe fora dolorosamente imposta, e ninguém o confortara pela morte da mãe. Após sua morte, era como se uma borracha tivesse sido passada em sua memória, como se ela não houvesse existido. Por tudo isso, construíra no início da puberdade uma visão extremamente negativa da mãe, como uma prostituta, uma escrava sexual negra do homem branco, rico e dono de terras. O silêncio de Bernardo e o fato de não assumir a paternidade só reforçaram o estereótipo. Não conseguia entender por que o colocara naquela escola de elite.

Quando Lima Gomes o assumiu como pupilo, várias vezes, em viagens, Edgar foi confundido com empregados dos hotéis, entregadores de jornais e outros. O tutor, então, ensinou-lhe a altivez, o orgulho, o quanto valia o dinheiro e a importância das mostras dessa riqueza em roupas e nas gorjetas polpudas que dava. Em suma, ensinou-lhe que tudo na vida tinha um preço e que o dinheiro comprava. Edgar fora um pupilo primoroso. A vida devolvera-lhe o filho perdido, e o fato de o rapaz ser mulato não tinha feito diferença para ele.

E o estranho era que Lima Gomes não fugia à regra, pois se tratava de um típico representante de uma sociedade que entendia como normal a condição inferiorizada de grande parte de seus membros apenas por questão de cor de pele. Era "natural" que eles fossem pobres, doentes, vivessem em casebres ou morassem nas residências dos patrões. Era normal, natural e esperado que criminosos fossem negros ou mestiços, quase como se, por uma predisposição divina, ocupassem esses lugares da sociedade. Afinal, era assim desde que ele se conhecia por gente, então, não ocupava seu tempo pensando em como aquilo se construíra. Era assim e ponto final. E, como Edgar tocara-lhe o coração, não dava importância à sua linhagem materna. Ele era filho de uma tradicional e abastada família de produtores rurais e políticos.

Enfim, recordando-se de que precisava concluir a leitura ou não conseguiria dormir, Lima Gomes retornou à mesa de leitura, sentou-se, pegou a lupa e, embora cansado, finalizou a leitura do capítulo.

CAPÍTULO 36
AFLIÇÃO

Ifigênia dormira mal, apesar dos chás e dos calmantes oferecidos por Margarida. O relato do seu encontro com os pais fora chocante. Elas sabiam que não seria fácil, mas aquilo superara as piores expectativas.

Depois de rolar na cama, viu com alívio as luzes do amanhecer através das venezianas da janela. Para não acordar Anabela, que dormia na cama ao lado, saiu do quarto silenciosamente. Precisava respirar ao ar livre, caminhar. A propriedade ficava próxima ao mar, fazendo fundos com a praia. Àquela hora da manhã, somente as gaivotas pescavam, e seu grasnado misturava-se ao som das ondas quebrando na areia.

Ifigênia tirou os chinelos, deixou-os na divisa do gramado com a areia e seguiu em direção à beira-mar. Queria caminhar e sentir a água em seus pés.

Duas horas depois, Margarida encontrou na cozinha o bilhete de Ifigênia informando que fora caminhar à beira-mar. Estranhou, mas, dadas as circunstâncias, era compreensível que ela se isolasse. Preparou a refeição matinal e colocou a mesa para as três.

Anabela entrou na cozinha, cumprimentou a madrinha com um beijo na face e perguntou por Ifigênia, enquanto mordia uma maçã.

— Foi caminhar na praia. Deixou um bilhete, veja — informou Margarida, mostrando o papel rabiscado sobre a mesa. — Sente-se, vamos tomar café. Deixe-a! O dia ontem não foi bom para ela. Sabemos que precisará de um tempo para desanuviar a mente. Uma boa caminhada à beira-mar lhe fará bem.

Anabela olhou para o caminho que cortava o gramado conduzindo à praia. Estava com o coração apertado e, desde que Ifigênia viajou para encontrar-se com os pais, sentia-se angustiada. E o retorno dela não amenizara a sensação.

Percebeu o esforço de Margarida em prosseguir a rotina, em não dramatizar a situação e contrariou seu instinto de ir à procura de Ifigênia. Ao longo da manhã, seguiu coadjuvando os esforços de Margarida para aparentar normalidade. Mas, próximo das onze horas, não suportou mais a angústia e cedeu ao instinto. Abandonou os documentos que fingia analisar e avisou Margarida:

— Vou procurar Ifigênia. Ela está demorando muito.

Margarida, que também lutava para esconder·a aflição, de pronto desligou o fogão, desamarrou o avental e disse:

— Vou com você.

Caminharam em silêncio. As palavras eram dispensáveis. Falar poderia ser pior, pois compartilhariam pensamentos aflitivos, o que lhes reduziriam as forças.

No final do gramado encontraram os chinelos de Ifigênia.

Anabela abaixou-se, tocou nos chinelos e comentou preocupada fitando a faixa de areia à frente.

— Estão muito quentes, madrinha. Com certeza, ficaram aqui toda a manhã. Ela não retornou da praia. Isso não é comum.

Margarida sentiu um nó apertado na garganta. Estava com medo. Lutara com esse sentimento pesado desde que viu o bilhete sobre a mesa da cozinha. Dissera a si mesma que era pelo ocorrido na tarde anterior, mas havia uma voz que não calava em sua mente: "Cuidado, cuidado! Atenção em Ifigênia".

Aquela zona da praia era pouco frequentada, então, foi fácil encontrarem os rastros de Ifigênia, mas logo desapareceram, apagados pelo mar.

— Para qual lado ela terá ido? — questionou Margarida.

— Para o lado das casas dos pescadores — respondeu Anabela. — Ela gosta de ver as crianças brincando. Vamos!

Caminharam apressadas, atentas a qualquer movimento, mas o percurso estava deserto. Havia algumas propriedades semelhantes à de Anabela, e um pequeno trecho de mata nativa as separava dos barracos, dos barcos de pesca e dos chalés e casebres da vila dos pescadores. Havia um campinho ao lado da capela de Nossa Senhora dos Navegantes, onde as crianças brincavam, e uma peixaria onde as mulheres trabalhavam limpando os frutos do mar.

Anabela apressou-se até a peixaria e indagou as mulheres se haviam visto Ifigênia pela vila.

— Não, senhora. Faz dias que ela não aparece aqui. — Foi a resposta.

Anabela baixou a cabeça, preocupada e consciente de que havia algo estranho acontecendo. Sentou-se em um banco rústico de madeira, enrolou os cabelos e, lutando com as lágrimas, fitou o céu.

Margarida viu a força sobre-humana que a afilhada estava fazendo para manter a aflição sob controle. Não era hora de chorar, por isso sentou-se, respirou fundo, olhou noutra direção e, após alguns minutos, disse:

— Vamos descansar uns minutos e retornar. Seguiremos para o outro lado, certo?

— Voltaremos a cavalo, madrinha. Fortunato nos emprestará dois cavalos, tenho certeza.

— Que ideia maravilhosa, Belinha! Vamos! A cavalo não precisaremos descansar.

Fortunato era um velho e bom amigo, que trabalhava comercializando peixe e outros frutos do mar nos restaurantes e mercados da cidade. Vivia numa casa simples, mas confortável. A família era grande, e ele tinha filhos e netos. As crianças brincavam com os cachorros em frente à casa. Os mais velhos reconheceram Anabela e, aos gritos, chamaram o avô, que logo apareceu em uma janela.

— Dona Belinha! Que bom vê-la! Mas o que faz a senhorita aqui nesse sol de rachar a cabeça?

Anabela não conseguiu sorrir da saudação espontânea do amigo e foi direto ao assunto:

— Fortunato, preciso que me empreste dois cavalos agora.

O homem ficou espantado com o pedido e o tom aflito e urgente da voz de Anabela. "Isso não é do jeito dela", pensou.

Saiu da casa e, enquanto se aproximava, respondeu:

— A senhorita sabe que pode levar quantos cavalos quiser. Vamos lá! Será que pode me dizer o que aconteceu?

Anabela tentou, mas a voz tremeu, e as lágrimas ameaçavam irromper. Margarida apressou-se a falar.

— Seu Fortunado, estamos preocupadas com Ifigênia. Ela saiu de casa muito cedo, antes das sete horas, deixou um bilhete dizendo que ia caminhar na praia e até agora não voltou. Viemos para cá, porque é para onde ela gosta de andar, mas ninguém a viu. E ontem ela não estava bem. Isso é o que mais nos aflige.

Fortunato coçou o queixo, olhou penalizado para Anabela e disse resoluto:

— Vamos à cocheira.

Eram cavalos mansos, de trabalho, acostumados a puxar as charretes com as caixas de peixe.

— Vou com vocês — informou Fortunato, colocando os arreios em três cavalos.

Horas depois, tinham vasculhado a praia de ponta a ponta sem sinal de Ifigênia.

— Acho bom começarmos a perguntar por ela nos arredores, nos mercados e onde conseguirmos — disse Fortunato encarando Anabela.

— Sim, isso só me preocupa mais — respondeu Anabela.

— Vamos ter fé e manter a calma, minha querida. A calma é força na luta — incentivou Margarida.

— Estou tentando, madrinha.

A tarde avançava, e não tinham informações de Ifigênia. Cansada e preocupada, Margarida sugeriu:

— Belinha, vamos voltar para casa. Se nos procurarem, os empregados nem saberão o que dizer. E, se tiver acontecido alguma coisa a Ifigênia, é lá que irão nos dar notícia.

— Tem razão, madrinha.

— Voltaremos pela beira da praia? Acho melhor ir pela avenida. Ainda podemos encontrar alguma informação, pois não a procuramos lá — falou Fortunato.

— Sim, pela avenida é mais perto — concordou Anabela, pensando em como organizar buscas mais eficientes e em ir à polícia.

O retorno foi rápido, mas sem resultado. Fortunato, desolado, despediu-se das duas no portão da residência de Anabela.

— Dona Belinha, sigo à disposição da senhorita. É só chamar. Espero que tudo se resolva e que encontre logo a dona Ifigênia.

— Obrigada, seu Fortunato. Não tenho palavras para agradecer seu apoio. Muito obrigada! — Margarida agradeceu e entregou a Fortunato as rédeas dos dois cavalos.

— Obrigada! — reforçou Anabela e seguiu em direção à casa, pensando em acionar a polícia e falar com seus tios, afinal, eles precisavam saber do desaparecimento da filha.

Margarida encontrou-a tentando fazer uma chamada telefônica para a delegacia de polícia.

Horas depois, um investigador chegou à casa mostrando o distintivo e se apresentando:

— Guilherme Freitas, investigador de polícia.

— Boa tarde! Por favor, entre — disse Margarida conduzindo-o até a sala.

— Belinha, esse é o policial...

— Eu ouvi — respondeu Anabela estendendo-lhe a mão e apresentando-se. — Por favor, sente-se.

— Obrigado. A senhorita informou que sua prima desapareceu hoje pela manhã, e essa é a razão da minha visita. Preciso fazer-lhes algumas perguntas e, se possível, gostaria de ver algumas fotografias da pessoa desaparecida.

— Sim, eu tenho. Muitas. Por favor, madrinha, traga nossos álbuns para o investigador — pediu Anabela.

— Conte-me, em detalhes, o que aconteceu — orientou o policial, pegando um caderno de notas e caneta.

Enquanto Anabela narrava, ele tomava notas.

Margarida trouxe os álbuns e colocou-os sobre a mesa de centro ao alcance do investigador.

— A senhorita Ifigênia reside aqui? São parentes? — inquiriu o policial.

— Sim, Ifigênia reside aqui. É minha prima — respondeu Anabela.

— Ela sempre residiu aqui, senhorita?

— Não. Faz menos de um mês que ela veio morar comigo.

— Pouco tempo. Onde ela residia antes? Fale-me da dona Ifigênia, de tudo o que sabe — pediu o policial.

Anabela e Margarida relataram a história de Ifigênia ao investigador, omitindo a relação das duas. Informaram que ela pretendia se separar do marido e que tivera, no dia anterior, uma violenta discussão com os pais na capital. Perceberam que, ao nomear o pai de Ifigênia, o investigador enrugou a testa numa expressão de contrariedade, mas rapidamente retomou o profissionalismo e seguiu anotando. Depois, pegou os álbuns e folheou-os calmamente. Escolheu uma fotografia de meio corpo, que mostrava bem o rosto de Ifigênia.

— Essa é recente? — perguntou o investigador.

— Sim. Foi tirada há cinco meses, quando viajamos para a Índia — disse Anabela.

— Perfeito. Usarei essa para as buscas. E preciso do último bilhete.

Margarida foi à cozinha. O bilhete ainda estava sobre a mesa, onde o encontrara. Retornou e entregou-o ao investigador, que se levantou e disse:

— Farei contato assim que tiver alguma novidade.

Despediu-se de Anabela e Margarida, que o acompanharam à saída.

— Precisamos de um chá e alguma coisa para comer, Belinha. Vou providenciar. Venha comigo, querida! Não quero deixá-la sozinha.

— Ainda não falei com os pais de Ifigênia, madrinha. Preciso fazer isso e de forças para fazer isso.

— Pensei que tivesse sido o primeiro lugar. Será que ela não voltou para lá para uma desforra daquelas barbaridades que ouviu ontem? Pensei nisso várias vezes — confessou Margarida.

— Descalça? Sem dinheiro? Nem sabemos como ela estava vestida. Não! Lá eu tenho certeza de que Ifigênia não está — retrucou Anabela seguindo Margarida pelo corredor.

CAPÍTULO 37

A URGÊNCIA

O carro de Edgar parou em frente à residência do sogro na capital.

— Tenório, há uma entrada lateral para veículos. Dobre na próxima esquina. É o terceiro portão. Estará aberto. Mandarei um dos empregados aguardar por você — ordenou Edgar ao descer e fechar a porta do carro.

Um discreto segurança reconheceu-o, apressou-se a abrir o portão e deu-lhe boas-vindas. Edgar murmurou um bom-dia por educação, mas nem olhou para o empregado. Andou tranquilamente em direção à entrada principal, admirando a construção que considerava belíssima e na qual se inspirara para projetar a fachada do seu novo palacete.

Parou ante o primeiro degrau que conduzia à parte mais elevada do terreno onde sobressaía a elegante construção. Avaliou os detalhes da fachada e comparou-os mentalmente com as alterações que imaginara e que Romy captara com perfeição. A futura residência seria superior à casa dos Linhares, mais bela. Identificava uma mistura de estilos arquitetônicos na casa do sogro que, de fato, não eram harmônicos. Sorriu ao lembrar-se da surpresa que fora ouvir Romy falar e explicar-lhe alguns estilos arquitetônicos. Aliás, o conhecimento e o talento dela eram uma grande ajuda da sorte, pensou.

Decidido, Edgar tirou o chapéu, coisa que não gostava de fazer. Sentia-se bem mais confortável com a cabeça coberta, embora não falasse e se recusasse até mesmo a pensar nas razões daquela sensação. A educação obrigava-o, então, segurando o chapéu, bateu à porta. A empregada recebeu-o com os olhos vermelhos e arregalados, expressão consternada no rosto. Saudou-o, porém, ele nem sequer notou o evidente estado alterado da mulher.

Edgar avançou pelo *hall* e ouviu vozes vindas de uma saleta reservada, contígua à sala de jantar, onde os sogros gostavam de tomar café. Curioso, sacou o relógio do bolso do colete, conferiu que estava pontualmente no horário marcado e estranhou. Não era hábito permanecer ali até aquela hora. Identificou a voz do irmão mais velho de Ifigênia e uma voz masculina estranha. Voltou-se para a empregada que o seguia e disse:

— Meus sogros têm visitas. Diga-lhes que estou aguardando.

— Sim, senhor — respondeu a mulher cabisbaixa ao passar por ele.

Pouco depois, ela retornou, convidando-o:

— Doutor Edgar, por favor, me acompanhe. O patrão disse que a reunião é assunto que lhe interessa.

Edgar ergueu as sobrancelhas, intrigado. Foi então que observou o rosto da mulher e estranhou que a sogra permitisse que a empregada andasse pela casa com aquela aparência.

— Eu sei o caminho. Irei sozinho — respondeu Edgar.

— Como quiser, doutor. Com sua licença...

— Pode ir — dispensou-a Edgar, achando desagradável olhar para a empregada. "Cara fúnebre, com medo. Nem as mulheres da roça são tão indigestas", pensou enquanto se dirigia à saleta.

Bateu à porta e a abriu. Viu os sogros, o cunhado e um homem estranho com distintivo policial. O clima da reunião era tenso. Imediatamente, soaram os sinais de alerta, e Edgar empertigou-se.

José Barros Linhares, sisudo, em nada lembrava o homem que frequentava a chácara de Madame Adelaide. Olhou-o e disse em tom dramático:

— Entre, Edgar. Sente-se. Infelizmente, apesar de não o ver há tanto tempo, não tenho como desejar bom-dia a ninguém hoje. Estamos vivendo um momento difícil.

Edgar acomodou-se no lugar indicado, ao lado do cunhado, e perguntou:

— O que está acontecendo?

A mãe de Ifigênia suspirou e levou o lenço de linho branco aos olhos para enxugar algumas lágrimas.

Um silêncio pesado dominou o ambiente. Edgar percebeu a ausência de Ifigênia e deduziu a razão da reunião. Sem esperar resposta, encarou o policial e questionou com real preocupação:

— Investigador Guilherme, o que aconteceu? Trabalho no interior e cheguei à capital ontem à noite, atendendo ao chamado urgente do meu sogro. Minha esposa deveria estar nesta reunião, considerando que toda a família aqui está. Então, sou obrigado a concluir que algo aconteceu com Ifigênia.

O investigador, que observava a todos com interesse, fitou Edgar e informou sem rodeios:

— Sua esposa está desaparecida desde ontem pela manhã. Não temos nenhum rastro, nenhum sinal...

— Como desaparecida? Desapareceu de onde? A que horas? Com quem estava? O que estava fazendo? Ifigênia é uma mulher inteligente e muito cuidadosa. É saudável também — retrucou Edgar abalado com a notícia.

Imperturbável, o investigador respondeu:

— Ela desapareceu no litoral, a poucas horas daqui. Estava residindo na casa de uma prima, a senhorita Anabela. Ambas viajaram para a Índia há quatro meses e, desde o retorno, há quase trinta dias, dona Ifigênia estava residindo lá. Ela saiu para andar à beira-mar cedo e, ao que tudo indica, estava sozinha. Estima-se que tenha saído antes das sete horas. Deixou um bilhete, e foram encontrados seus chinelos na propriedade onde residia. As senhoras e um morador realizaram buscas pela praia próximo das onze horas da manhã de ontem até às dezessete horas, quando resolveram noticiar o ocorrido à nossa delegacia. O senhor não sabia que sua esposa estava residindo com essa prima?

Edgar respirou fundo, olhou para os próprios sapatos por um instante e depois, discretamente, voltou sua atenção aos sogros. Os cunhados estavam calados. Era hora de cuidar muito bem do que dizia. Bastava de espontaneidade. Havia algo no ar. A imagem da carta de Ifigênia junto com o telegrama de José Barros Linhares na bandeja em seu gabinete lhe veio à mente. Arrependeu-se de não a ter lido antes de ir à casa do sogro, afinal, a carta poderia ser importante.

— Não sabia. Tinha conhecimento da viagem, obviamente, mas de que ela tivesse intenção de residir com a prima? Sinceramente, não. Confesso que não acredito nessa informação. Ifigênia é casada comigo, e sua residência é ao meu lado, na cidade onde trabalho. Temos uma boa vida, portanto, não encontro razões para essa mudança que implicaria numa separação.

— Estão casados há quanto tempo, doutor Edgar?

— Três anos e alguns meses — respondeu.

— Como explica o fato de sua esposa ter feito uma viagem de tantos meses sem a sua companhia? — questionou Guilherme.

— Simples: por razões de trabalho, não poderia me ausentar da cidade para acompanhá-la. Ifigênia foi criada na capital e adora viajar. A mudança para o interior foi muito difícil para ela. Minha esposa estava no limite, extremamente entediada e irritadiça, o que não era natural. Ela é uma mulher meiga e muito determinada. Vi que estava sofrendo e considerei que essa viagem seria um refrigério para a mente dela. O senhor já procurou nos hospitais? — perguntou Edgar lentamente, começando a puxar para si as rédeas da conversa.

— Evidentemente, doutor. Tenho muito anos de experiência para cometer um erro tão primário. E ela também não levou nenhum documento, dinheiro. Todos os seus pertences estão intactos. Desapareceu literalmente com a roupa do corpo. Quando o senhor chegou, eu dizia ao doutor Barros Linhares que acionamos a Marinha e a guarda costeira para uma hipótese de afogamento.

— Ifigênia não gostava de entrar no mar — informou dona Júlia, enxugando as lágrimas.

— Não posso descartar as buscas, senhora. Ela desapareceu à beira-mar e pode, inclusive, ter entrado na água — retrucou o investigador atento às reações da família.

As reações contidas, calculadas, frias deixavam muitas suspeitas na mente do investigador.

— O senhor, doutor Edgar, teve algum contato com sua esposa após o retorno dela ao Brasil? — indagou o investigador.

— Enviou-me um telegrama quando desembarcou, dizendo que ficaria na capital mais alguns dias — respondeu Edgar.

— Isso foi há quase um mês. O senhor disse que estão casados há três anos. Não procurou por ela? — insistiu o investigador.

— O serviço de comunicação no interior é muito diferente do da capital e dos arredores, policial. Não, eu não procurei por ela. Confiava que estava na casa dos meus sogros — falou Edgar.

Os demais estavam calados, fitando as paredes ou o piso alternadamente, e raramente trocavam olhares. Os irmãos de Ifigênia nada diziam; pareciam estátuas inexpressivas.

O policial registrou a resposta, bateu com a caneta no livreto onde fazia as anotações e resumiu a visita em poucas palavras:

— Agradeço a colaboração de vocês, embora não tivessem tido contato com ela nos últimos meses.

José Barros Linhares e a esposa ergueram-se no mesmo instante. Ele estendeu a mão ao policial dizendo:

— Eu e minha família estamos ao inteiro dispor. Apesar do sofrimento e da angústia deste momento, queremos colaborar. Por gentileza, nos mantenha informado de suas buscas.

— Por favor, policial, encontre minha filha. Serei sua eterna devedora — pediu dona Júlia, com a voz lamuriosa, enxugando as lágrimas, mas altiva e mantendo a pose.

O investigador despediu-se, e Edgar prontificou-se a acompanhá-lo à porta. Disse:

— Irei à sua delegacia. Quero acompanhar o caso de perto.

— Estarei ao seu dispor — respondeu o investigador Guilherme. — Passar bem, doutor.

CAPÍTULO 38

REVELAÇÕES

Edgar acompanhou a saída do investigador com o olhar até onde foi possível e retornou à reunião familiar. Encarou o sogro e indagou:

— Bem, creio que mereço algumas informações a respeito de Ifigênia.

— Sem dúvida, Edgar. E eu as darei em uma conversa reservada — concordou José Barros Linhares.

Imediatamente, dona Júlia levantou-se alegando:

— Estou muito abalada com tudo isso. Irei me recolher aos nossos aposentos, José.

— Vá e tome seus calmantes, minha querida. Hoje, você precisará deles — respondeu José Barros Linhares obsequiosamente.

Os irmãos olharam-se e ergueram-se, afinal, a mensagem fora clara. Depois de trocarem algumas palavras entre si, o mais velho anunciou:

— Voltaremos ao trabalho, pai. Não temos nada a fazer, senão aguardar que encontrem Ifigênia viva ou morta. Então, é melhor seguirmos a rotina.

Satisfeito, José Barros Linhares concordou com a decisão dos filhos.

Edgar não pôde deixar de confrontar suas crenças sobre a família de Ifigênia e o papel dela. Tinha a ideia de que ela era muito amada por eles, mas o que presenciava o obrigava a rever seu posicionamento. A frieza e a indiferença com o desaparecimento dela eram evidentes e não combinavam com as reações esperadas ante o desaparecimento de uma filha querida.

José Barros Linhares levantou-se, foi até o armário onde guardava as bebidas e ofereceu:

— Aceita um bom conhaque, Edgar?

— Não, obrigado. Prefiro água. Estou com a boca seca.

Edgar aguardou o sogro servir as bebidas, pegou o copo da água e conteve-se para não sorver tudo em um gole só. José Barros Linhares retornou à sua posição e, depois de alguns goles, disse:

— Não tenho conhecimento da sua vida conjugal com Ifigênia, mas, considerando o que somente nós sabemos, acredito que sei quais são as perguntas que deseja fazer. Pois bem, faça-as.

— Bem, em primeiro lugar, o que o senhor pretende fazer sobre o desaparecimento dela? — indagou Edgar num repente de consciência sobre o momento. — Talvez não seja este o melhor momento para esta conversa.

— Deixarei a polícia encarregar-se das buscas. O que mais posso fazer? Ifigênia já fez isso antes. Quando tinha quinze ou dezesseis anos, passou dois dias desaparecida. Minha esposa quase morreu de preocupação. Depois, ela retornou, como se nada houvesse causado agonia à família e explicou que "precisava pensar", "precisava entender a si mesma". Pouco antes do noivado de vocês, ela fez a mesma coisa. Melhor esperar. A qualquer hora, ela pode aparecer e dar essa velha explicação para esses repentes de isolamento.

— Não sabia disso. O senhor contou isso ao investigador, doutor Barros Linhares? Como eu não estava desde o início da conversa, posso ter perdido algo. E, durante o tempo que estive aqui, não ouvi nada a respeito.

— Não achei prudente comentar esse hábito de Ifigênia. E se desta vez for algo sério? Vamos deixá-lo cumprir seu dever. Prefiro pecar pelo zelo, Edgar.

— Claro, tem razão. Como o senhor disse, pelo que somente nós sabemos, deve ter deduzido que há circunstâncias no meu casamento com Ifigênia que não são a contento. Ela não tolera intimidades, assim, ficará bastante difícil termos herdeiros. Tentei conversar com ela, mas não é fácil. Fora isso, nosso casamento é bem-sucedido. Como bem sabe, tudo que se pretendia para a região está praticamente consumado.

— É um assunto delicado, difícil de entender e abordar. Ifigênia nunca se interessou por rapazes, embora tenha tido muitos pretendentes. O envolvimento com eles não passava de uma festa, e ela sempre teve um comportamento impecável. Uma dama, uma mulher direita.

— O senhor está me dizendo que Ifigênia não gosta de homem? Confesso-lhe que pensei que fosse algo comigo, talvez pela minha aparência — falou Edgar com extrema dificuldade, referindo-se à cor de sua pele e ao cabelo.

— Não, meu caro. Não é você o problema. Eu desejava que, com o tempo, ela entendesse qual é o papel da mulher na sociedade e cumprisse com o que se espera dela; que deixasse algumas ideias tolas e revolucionárias de lado, que não sei de onde vieram. Por Deus, como eu gostaria de saber quem foi que pôs algumas dessas ideias na cabeça dela! Juro que eu daria cabo dessa criatura para não disseminar essas tolices entre as famílias e desvirtuar jovens ingênuas. Ifigênia é ótima filha, dedicada e amorosa. Publicamente, não tenho nenhuma queixa dela, mas já nos deu algumas dores de cabeça por conta dessas "modernidades".

— Por favor, seja mais claro, doutor Barros Linhares.

— Bem, algum tempo antes do noivado de vocês, Ifigênia pretendia ir viver com a prima — respondeu o sogro falando rápido como se as palavras fugissem de sua boca.

— A prima com quem ela viajou? Até Ifigênia me falar em viajar, nunca tinha ouvido falar em Anabela — comentou Edgar curioso.

— São amigas desde a infância. Anabela é a única filha da minha irmã. Minha irmã e o marido tinham muitas posses e as ditas ideias progressistas. Andavam entre artistas, poetas, escritores, pessoas que têm alguns comportamentos e pensamentos liberais, modernos, e educaram a filha desse modo. E, agora, após a morte de minha irmã, ela vive no litoral e segue vivendo e negociando com esses artistas. Sucedeu os pais.

— E por que não conheci essa moça? Por que ela desapareceu, se é da família e se é amiga de Ifigênia desde a infância, como é natural, sendo primas? — indagou Edgar.

— É uma longa história. Nós proibimos o relacionamento delas, e não permiti mais que Anabela colocasse os pés aqui. Isso foi pouco antes do noivado. Alguns meses antes, dois ou três, não tenho lembrança exata.

Edgar calou-se e entendeu a trama da história, embora o sogro fizesse mil rodeios. O investigador havia dito que Ifigênia estava residindo com Anabela e de lá tinha desaparecido. O chamado urgente à capital, provavelmente, era para tratar do caso. Edgar levantou-se, andou pela sala e depois se aproximou do armário das bebidas.

— Vou aceitar o conhaque agora. Pode deixar que eu me sirvo — disse Edgar quando o sogro fez menção de erguer-se.

Edgar serviu-se de uma dose generosa e bebeu o conhaque em goles, enquanto fitava a janela, pensativo.

— Doutor Barros Linhares — retomou Edgar —, o motivo pelo qual me chamou à capital tem a ver com essa história de Ifigênia estar morando com a prima? O senhor sabia algo sobre o que o investigador falou? Sobre ela desejar acabar com o casamento? Algo muito difícil, o senhor bem sabe. Não temos divórcio no país.

— É questão espinhosa. Sou contra o divórcio e essas ideias que acabam com a família...

— Por favor, doutor Barros Linhares, sejamos objetivos. Ifigênia pretendia romper nosso casamento, talvez pedir uma anulação, e viver com a prima, como se fossem um casal?

— Tenho horror a ouvir isso. Prefiro Ifigênia morta a causar-me tal vergonha — declarou José Barros Linhares, rubro de fúria. — Desmoralização da família, do meu nome!

Edgar assustou-se com a expressão no rosto do pai de Ifigênia, e a declaração enfurecida despertou-lhe suspeitas. O sogro tinha uma face oculta perigosa, que a máscara de verniz social de camada muito fina não estava escondendo naquele momento.

Ele era um tirano, um homem envolvido em negócios complexos, nem sempre transparentes ou limpos. Sua fortuna vinha, em grande parte, da intermediação entre o capital de investidores internacionais e políticos e empresários locais. Movimentava um jogo pesado de interesses e tinha em sua rede de relacionamentos tipos humanos variados, incluindo foras da lei.

Conversaram por mais alguns minutos, e Edgar decidiu encerrar a visita. Já obtivera todas as informações que desejava.

No carro, Tenório cochilava com o chapéu sobre o rosto, mas, ao ouvir passos, despertou colocando o chapéu na cabeça e olhando em direção ao som. Relaxou ao ver Edgar caminhando apressado, com a expressão séria, fechada.

— Já de volta, doutor? Pensei que seria demorada a conversa — falou Tenório.

— Não, Tenório. Foi rápida. Vamos voltar para a casa do doutor Lima Gomes. Preciso pensar.

— Sim, senhor. Alguma coisa que eu possa fazer? O senhor sabe que pode contar comigo, se tiver que resolver algum problema — lembrou Tenório encarando Edgar.

A expressão fria e dura nos olhos de Tenório revelava o tipo de ajuda oferecida.

— Eu sei. Você terá trabalho, sim. Mas aqui não é lugar para falarmos sobre isso.

Tenório observou o patrão fechar a porta do carro e partiu. Fizeram o curto trajeto até a residência de Lima Gomes em silêncio. Edgar pensava na situação e ansiava por ler a carta a que não dera importância. Esperava que ela tivesse mais informações. Havia peças faltando no quebra-cabeça.

CAPÍTULO 39
A CARTA

Ao retornar à casa do antigo tutor, Edgar disse a Tenório:
— Encontre-me na biblioteca. Olegário lhe indicará o caminho.

Tenório tocou na aba do chapéu e baixou levemente a cabeça demonstrando obediência.

Edgar desceu apressado e não deu muita importância à surpresa e preocupação de Olegário com seu regresso. Simplesmente disse:

— Ficarei alguns dias, Olegário. Por favor, avise o doutor Lima Gomes. Acredito que ele mantenha seus hábitos, então, hoje é o dia de ir ao barbeiro, depois do almoço com os amigos do clube e do partido, correto?

— Sim, doutor Edgar. Exatamente a mesma rotina — informou Olegário com um pequeno sorriso.

— Provavelmente, não estarei aqui quando ele retornar e não tenho hora para regressar. Diga-lhe que minha esposa está desaparecida e que, por isso, abusarei da hospitalidade dele. Preciso permanecer na capital enquanto for necessário.

— Meu Deus! Que horror! Posso ajudar em alguma coisa, doutor?

— Providencie uma refeição para mim — respondeu Edgar encaminhando-se para as escadarias que levavam aos aposentos.

Ao avistar a maleta sobre a cama, suspirou aliviado e deu-se conta de que, inconscientemente, temia não a encontrar. Repreendeu-se, falando consigo mesmo ao abri-la:

— Imaginação exaltada, Edgar. Controle-se! É preciso conhecer os fatos. Suspeitas podem não ser reais. São um alerta apenas.

Entre outros documentos lá estava o envelope com a letra de Ifigênia. Abriu-o:

Meu caro Edgar,

Inicio pedindo-lhe desculpas por usar esta carta para falar-lhe de coisas que eu deveria ter lhe contado pessoalmente, pois, ao longo destes anos que em estivemos casados, não me faltaram oportunidades. Faltou--me, contudo, coragem.

Nosso casamento é uma grande farsa, nunca foi consumado, e isso se deve inteiramente a mim. Quando nos casamos, eu havia feito um voto íntimo de que seria sua esposa em todos os sentidos da palavra e lhe daria os herdeiros combinados no nosso contrato pré-nupcial, mas não sou a mulher que você imagina conhecer. Não sou uma pessoa interessada na vingança e destruição de sua família paterna. Eu nem os conhecia. Também não sou uma mulher interessada em festas, vida social e obras de caridade na igreja e nos clubes, muito menos sou uma pessoa firme, resolvida e que tem o controle das coisas. Não! Mil vezes não!

A Ifigênia que você conheceu era a filha dos meus pais, não necessariamente eu. Perdoe-me se é difícil compreender, mas o que quero lhe dizer é que aquela que você conheceu era a tentativa que eu fazia de ser quem minha família e a sociedade esperavam que eu fosse. Ao tentar ser a Ifigênia que eles aceitavam, eu pensava que minha vida seria mais fácil e que, com o passar do tempo, eu encontraria a felicidade de ser como as outras mulheres — como a maioria delas, pelo menos. Pensava que, me tornando o que esperavam que eu fosse, minha luta interna acabaria. É, eu sou frágil, Edgar. Sou cheia de dúvidas e conflitos. Na verdade, me importo mesmo com poucas pessoas, porque consumo meu tempo tentando compreender a mim mesma e encontrar uma maneira de viver sem ouvir minha alma, meus desejos, minha vontade.

Bem, durante viagem, me convenci de que estava errada e que tudo o que fiz foi por covardia e comodismo. Eu julgava não ter força para viver fora do "padrão geral", mas descobri que não tenho nenhuma condição de prosseguir com essa falsa Ifigênia ou vivendo com minha mãe sob a minha pele e, internamente, com a voz do meu pai ditando minha conduta exterior e sussurrando, dia e noite, na minha mente, que sou desprezível, que eu o envergonho, o decepciono e que ele preferiria me ver morta a saber que vivo obedecendo à minha vontade e natureza.

Você é um homem inteligente. A essa altura, já deve ter compreendido que estou lhe dizendo que amo uma mulher e, por isso, fui e sou incapaz de consumar nosso casamento. Acredite-me, eu tentei, mas não é tão simples mudar nosso íntimo. Não se trata de decidir a quem desejar ou com quem ter prazer. É sentir. E não creio que exista alguém com comando sobre o quê e como sentir, especialmente na vida privada. Eu me sentia violada. Ter uma relação sexual com você ou com outro homem seria algo a que eu teria de me submeter como se fosse uma agressão, como um corpo sem alma. Sei que muitas mulheres vivem assim e se "acostumam" às obrigações conjugais. Perdoe-me. Não consegui e não quero mais viver essa versão falsa de mim mesma.

Antes de conhecê-lo, ocorreram fatos relevantes para tudo o que me envolveu em sua vida. Preciso revelar-lhe que eu e Anabela nos amamos desde crianças e, no início da juventude, descobrimos que nós queríamos ser mais, muito mais do que primas, do que irmãs, do que grandes amigas. Éramos e somos tudo isso e mais. Não houve problema enquanto isso não era conhecido por minha família. Minha tia, mãe de Anabela, soube e aceitou. O amor que ela tinha por nós não mudou ao saber que éramos um casal e pretendíamos passar a vida juntas. Meus pais e irmãos, contudo, reagiram de maneira muito diferente. Prefiro não escrever tudo o que ouvi nem relatar a forma como me olharam e trataram. Foi horrível! E eu fraquejei. Julguei que não suportaria viver sendo tratada daquela forma ou distante deles. Apesar de tudo, eu os amava muito e continuo amando.

Decidi afastar-me de Anabela e tentar ser a mulher "digna, honesta e casada, mãe de família, socialmente exemplar" que meus pais desejavam como filha. Doeu muito sentir e ter consciência de que não bastava ser quem eu era para ter o amor deles. Eu os amei toda vida, mas descobri que o amor deles não era igual ao meu. Eles amavam uma filha que existia no pensamento e no desejo deles e não eu, como sou. Sabe, não consegui, em um primeiro momento, romper esse laço com minha família, por isso me submeti. E, quando você passou a me cortejar, mas sem tentar maiores intimidades, eu aceitei. Vi nisso um caminho para talvez me tornar a "filha desejada", aceita e que não causaria dores nem teria sofrimento na vida familiar.

Eles reagiram bem àquela mudança, e todo mal-estar que houve antes foi se dissipando. Todos estavam novamente felizes em me ter na família, e uma vez eu os ouvi conversando e dizendo que, enfim, eu havia criado "juízo" e que as "bobagens, que tanta dor de cabeça tinham lhes causado, eram coisa do passado e seriam esquecidas". Meu pai disse que você tinha a pele "um pouco escura", mas que devia ser homem bastante para me fazer entender o papel de uma mulher. Além disso, vinha de excelente família e era até mais rico do que ele. Doeu ouvir aquilo, mas reforçou a ideia de que casada com você eu seria a "filha desejada". Bem, daqui para frente, você conhece a história.

Edgar, não posso mais viver dessa forma. Eu estava me tornando uma alcoólatra, e o destino das pessoas que se viciam é a morte moral e depois a morte física. Não quero isso. Você não merece isso. Sempre foi gentil e educado, muito polido comigo. Agradeço-lhe. Outro talvez tivesse sido violento. Nosso casamento foi um arranjo, um negócio, uma sociedade. Você não se apaixonou por mim, do mesmo modo que não me apaixonei por você. Então, posso lhe causar decepção, vergonha, desprazer e até me tornar abjeta pelo que lhe revelei. Sei que muitas pessoas sentirão isso em relação a mim, porém, descobri o óbvio: não vivo com o sentimento delas; vivo com os meus. Os sentimentos dos outros eu posso escolher receber ou recusar, sejam eles quais forem.

Então, por favor, venha encontrar-me na capital para resolvermos a questão da anulação do casamento. Você tem todo direito de fazer isso, e eu me submeterei ao que for necessário. Não voltarei mais, nunca mais, a essa cidadezinha. Deus, um dia, me perdoará pelo que fiz àquelas pessoas. Era tudo um jogo. Meus pais não tinham desejo de vingança contra sua família. Tiveram rusgas, mas aqui na capital nem se falava mais da história, que, na verdade, nunca fiquei sabendo qual foi, tão banais e sem importância eram os motivos. O que eles queriam era me ver casada, e você foi útil, muito útil, porque também se alinhou com perfeição aos negócios de meu pai.

Esta carta já está extensa demais. Conversaremos pessoalmente. Minha família terá conhecimento da minha decisão.

Buscarei minha felicidade com a alma livre e o coração leve, embora consciente da não aceitação deles. Com essa dor posso conviver de forma sadia, mas com a dor de negar a mim mesma não é possível.

Perdoe-me por não cumprir nosso acordo. Desejo que seja feliz da forma que escolher seguir vivendo.

Ifigênia

Incrédulo com as confissões que acabara de ler, Edgar examinou detidamente o documento para certificar-se de que era autêntico. Lamentou não ter nenhum bilhete, nem mesmo uma das listas que Ifigênia fazia para comparar a letra. Tinha de contentar-se com a memória. Caminhou pelo quarto com as folhas, ora examinando-as sob a luz que entrava pela janela, ora buscando uma lupa para ver se encontrava algum traço que revelasse uma tentativa de adulterar a caligrafia. Nada.

Por fim, o conteúdo da mensagem se sobrepôs à preocupação com a forma. Edgar sentou-se na beirada da cama e releu a carta pausadamente. Recordou-se da conversa com o sogro, e a linha de conexão dos fatos foi se desenhando em sua mente. Reconstruiu o passado e compreendeu cenas e comportamentos de todos os envolvidos na história, em especial de Ifigênia. Admitiu que se contentara com um conhecimento superficial. Fora uma união de interesse em que ambos estavam de acordo e fora confortável, então, não havia nada a questionar.

De fato, nem mesmo a resistência dela em consumar o casamento o abalara, afinal, não tinha nenhuma urgência em ter herdeiros e estivera integralmente focado no seu objetivo de vingança. Recentemente, pouco antes da viagem de Ifigênia, é que tocara no assunto, e a resposta de que "resolveriam isso no retorno" o contentara. Interpretara como um sim, seguindo a característica muito humana de entender a mensagem do outro ou da vida conforme a própria vontade.

Nunca olhara, de verdade, para Ifigênia, com o propósito de conhecer a pessoa, a mulher com quem se casara. Não supunha existir nela aquele conflito, menos ainda tantos dramas recentes.

Não sentia raiva, mas algo profundo e indefinido o incomodava. As confissões mexeram com ele, com suas lembranças, reavivaram seus próprios conflitos com família e aceitação. Ifigênia usava máscaras e cansara de carregá-las. Lembrou-se das aulas de literatura, quando aprendeu sobre a cultura clássica greco-romana e o teatro. Os atores carregavam máscaras presas a um bastão, inexpressivas, iguais, ocultando o rosto do ator. Não esquecera o comentário do professor: "Eles deviam cansar muito o braço. Pesa sustentar uma máscara, ainda mais porque, quanto mais longo o tempo, mais se sente o peso".

Metáfora da própria vida. Ifigênia jogara longe a máscara, e isso o tornava consciente da dor de prosseguir sustentando a sua.

Uma batida na porta chamou sua atenção ao presente e, antes que dissesse uma palavra, viu-a abrir-se. Lima Gomes entrou com o semblante aflito e falando ansiosamente:

— Olegário me disse que Ifigênia está desaparecida. Como foi isso? O que já descobriram? Quem está investigando? Houve algum contato? Será um sequestro? Esta cidade anda tão violenta! Não se está seguro em lugar algum. Meu Deus, nem consigo pensar no que uma mulher jovem possa sofrer nas mãos de delinquentes. E você como está? Nem consigo me imaginar nessa situação. Estou pronto a ajudá-lo, Edgar. Por onde começaremos?

— Calma, doutor. Sente-se. É uma longa história — respondeu Edgar encarando-o.

A expressão de Edgar conteve a ansiedade do antigo tutor e silenciou-o. Lima Gomes olhou em volta à procura de uma poltrona e sentou-se.

— O que o senhor sabia sobre o passado de Ifigênia antes do nosso casamento? — indagou Edgar.

— Nada que desabonasse a conduta dela. Tudo o que sei eu lhe disse na época. Por quê? Está tentando me dizer que o desaparecimento é uma fuga amorosa com alguém do passado?

Edgar riu ironicamente da pergunta e estendeu a carta a Lima Gomes dizendo:

— Leia primeiro.

CAPÍTULO 40
ANGUSTIANTE ESPERA

Os dias arrastaram-se lentamente.

A espera por notícias de Ifigênia gerava ansiedade e desespero em Anabela, colocando à prova sua resistência mental e emocional. Diariamente, ela procurava o investigador Guilherme e acompanhava as buscas e investigações.

Margarida a via retornar desses encontros com menos esperança de localizar Ifigênia com vida. Agora, já falavam em crime ou suicídio, e a polícia inclinava-se à última hipótese. O investigador conseguira apurar a existência de conflitos familiares, sem qualquer evidência ou motivação para suspeita de homicídio. Esse histórico era bastante típico, e o suicídio era uma hipótese muito plausível. O fato permanecia o mesmo e inexplicado: Ifigênia estava desaparecida.

Naquele dia, Anabela retornava de mais uma visita ao investigador para inteirar-se das buscas. Ombros caídos, cabeça baixa, andar lento, analisou Margarida observando-a do alpendre. Ela não precisava perguntar se havia novidade, mas, quando deu por si, já perguntara:

— Então, alguma coisa nova?

— Não, madrinha. Nada. Ifigênia caiu num buraco, que a levou para o quinto dos infernos direto, sem deixar um fio de cabelo de rastro. Impressionante! Parece que ela evaporou. Há algumas incongruências, mas nada relevante. Nada que incrimine meu tio.

— Belinha! Você não pode dizer isso, filha. Não tem provas. E eu tenho muita dificuldade de pensar que um pai possa matar uma filha. Gente, isso é absurdo! — ralhou Margarida.

— Não é absurdo, madrinha. Acontece. Não acredito que ele tenha feito o serviço, mas que tenha mandado alguém fazer. Ele não suja as mãos nem a reputação, mas minha mãe dizia que ele tinha uma rede perigosa de relacionamentos.

— Você tem certeza de que Ifigênia está morta, não é? Acabou sua esperança, de verdade? Não resta nada, nem um fiozinho? — questionou Margarida encarando Anabela.

— A senhora se lembra do meu sonho? Da minha intuição? Algo dentro de mim sabia que nós não ficaríamos juntas, que a família iria nos separar. E o meio foi matando Ifigênia. Isso dói tanto, madrinha! Tanto! Que eu nem consigo mais chorar. Às vezes, eu vacilo, penso que ela vai retornar, que, sei lá, aconteceu alguma coisa maluca, mas que ela vai cruzar a porta da cozinha retornando do mar. Eu sei, no entanto, que isso não vai acontecer. Só queria encontrar provas, encontrar o corpo dela, porque esse vazio, esse desaparecimento, como se ela tivesse evaporado da face da Terra, é angustiante. E impõe uma luta dentro de mim: o emocional quer acreditar que ela está viva e retornará, mas o racional me diz que ela foi morta. O investigador está convencido de que ela se suicidou em razão de "conflitos familiares", da questão do casamento, abandonar o marido. Contei a ele a verdade sobre meu relacionamento com Ifigênia e que o "conflito" envolvia preconceito e vergonha. Que a família, especialmente o pai dela, não tolerava a verdade sobre a filha.

— Belinha, Belinha... — disse Margarida penalizada e preocupada com a afilhada.

— Eu sei, madrinha. A Ifigênia não gostaria que eu falasse sobre isso, e a família dela menos ainda. Meu tio ficará furioso se for questionado pela polícia sobre esse fato, mas eu precisava falar. A motivação para o crime é o preconceito, a vergonha, o ódio. Sabemos que muitas pessoas como eu são mortas simplesmente porque os "outros" não toleram que a natureza não fez, não faz e nunca fará seres humanos padronizados. Não somos feitos numa fábrica.

— Não é só isso, minha querida. Você não é ingênua. Entendo seu raciocínio, e talvez você esteja certa. Seu tio, de fato, é capaz de ter mandado matar a própria filha. Sabemos que paira sobre os negócios dele muitas dúvidas e estranhas coincidências de mortes violentas resolverem alguns conflitos de interesses. Mas, Belinha, você não tem provas; tem apenas uma suspeita pessoal. É uma construção nossa essa hipótese. Nem ao menos sabemos como ele pode ter agido. Você entende o quanto isso é frágil para a polícia? E mais, você está se arriscando muito. Pense. Se ele realmente fez isso com a própria filha, mais fácil ainda será silenciá-la se o incomodar, certo?

Anabela arregalou os olhos, empalideceu levemente, revelando o medo despertado com o questionamento de Margarida. Sentiu a boca seca, deu alguns passos e desabou numa poltrona.

— Não, madrinha, eu não tinha pensado nisso. Meu pensamento ficou focado em Ifigênia. Não pensei em mim, mas a senhora tem razão — respondeu Anabela.

— Tome cuidado, Belinha. Por favor, não provoque esse homem. Ele não presta, já dizia a sua mãe, que era uma mulher muito inteligente e o conhecia bem. Ele é perigoso, ela sempre dizia isso. Sei que é covardia o que estou fazendo, mas sigo a sabedoria popular: "Mais vale um covarde vivo do que um herói morto". As pessoas têm muito ódio no coração, Belinha, e muita ignorância também. Talvez elas nem saibam o que odeiam, tal a ignorância. São sentimentos insuflados por outros, por ideias estapafúrdias, preconceitos... Por favor, não exponha sua vida a risco por isso, não vale tanto. Sejamos honestas. No final de tudo, a história contada provavelmente não seja a verdadeira.

Margarida aproximou-se da afilhada e, acariciando-lhe os ombros, sentiu a tensão dela. Com habilidade, começou a massageá-la e mudou o assunto.

Na delegacia de polícia, o investigador Guilherme olhava os registros do que apurara do caso. Desenhara uma espécie de mapa mental com a história de Ifigênia, traçou mais um risco e escreveu "caso amoroso com a prima Anabela". A suposição de Anabela de que Ifigênia teria sido assassinada por preconceito, num crime encomendado pelo próprio pai, não era totalmente bizarra. A atitude e as reações da família Barros Linhares, no mínimo, eram "estranhas", contidas demais. Estavam interessados nos estritos limites da educação e do minimamente esperado para o caso, uma linha muito tênue entre aceitação e indiferença. Não havia, contudo, uma única prova nem sequer uma pista. Ifigênia desaparecera num horário incerto, talvez próximo da madrugada, em uma praia deserta. Dos dias anteriores ao desaparecimento, ele conseguira apenas o depoimento do motorista de táxi que a levara dos arredores da casa da família Barros Linhares até a residência de Anabela. Soubera, segundo a observação do rapaz, que ela não se sentia bem, mas não sabia dizer o que era, pois a viagem fora silenciosa. Ele não a tinha visto antes nem a viu depois. "Círculo familiar", pensava ele. "Os motivos do que quer que tenha ocorrido com essa mulher estão ligados ao círculo familiar. E o marido? Legitimamente, o último a saber da vida secreta da esposa. Acredito que nem saiba. Empenhou-se em descobrir alguma coisa. Não é tão interessado quanto Anabela, mas é mais interessado do que a família da vítima. Obrigou-se a retornar ao interior por razões profissionais bem explicadas. E há poucos dias...", concluiu.

— Ei, Guilherme! — chamou um colega. Como ele não respondeu, pois estava absorto na análise do caso Ifigênia, o colega aproximou-se e sacudiu-o de leve: — Ei, acorde! Volte pra Terra, Guilherme!

— Hum! Não o vi se aproximar, Vicente. O que foi? — perguntou Guilherme, despertando da profunda concentração.

— Telefone para você.

Guilherme levantou-se, foi até a parede onde ficava o aparelho, colocou o fone no ouvido e identificou-se. A resposta foi breve, e a conversa encerrou-se. Guilherme retornou à mesa apressado, vestiu o paletó e informou Vicente:

— Apareceu outro corpo de mulher. Vou fazer o reconhecimento.

— Alguma chance de ser o da ricaça? — indagou Vicente com displicência.

— Só sei que é o corpo de uma mulher jovem — respondeu Guilherme ajeitando a gravata.

— Hum, não diz grande coisa. Aparecem corpos de mulheres jovens assassinadas toda hora. Esse caso me intriga. Parece o crime perfeito, mas dizem que isso não existe — comentou Vicente alcançando a maleta para Guilherme.

— É o que me ensinaram também — respondeu Guilherme já saindo da delegacia.

Na sala de perícias, o legista trabalhava com calma e com frio interesse profissional redigindo um documento. Tinha o jaleco manchado de sangue, produtos químicos e resíduos biológicos.

— Boa tarde, doutor Abraão — cumprimentou Guilherme.

— Boa tarde, investigador. O que veio ver? — indagou o legista fechando o livro no qual fazia registros.

— A mulher que encontraram de manhã.

— Ah, sim. Venha comigo — convidou doutor Abraão, levantando-se e dirigindo-se à última mesa da sala sobre a qual estava um corpo de mulher bastante deteriorado. Em silêncio, ofereceu um par de luvas ao investigador.

Guilherme calçou-as, aproximou-se e examinou com atenção o corpo à sua frente.

— As feições estão bem deformadas — comentou o legista.

— É, estou vendo. Estava no mar? — indagou Guilherme.

— Provavelmente, mas tem marcas de mordidas de piranhas. Foi encontrada na junção do rio com a praia.

Guilherme concentrou-se no exame das características de uma eventual identificação e, quando se deu por satisfeito, indagou:

— Já foi feito o laudo, doutor Abraão?

— Ainda aguardo o resultado de alguns exames para averiguar presença de tóxicos.

— Certo. Está bem deteriorada. Estima há quanto tempo esteja morta?

— Entre vinte e trinta dias, investigador.

Guilherme tomou alguns apontamentos e, indicando que estava satisfeito com o exame, retirou as luvas, jogando-as num cesto de lixo próximo. O legista cobriu o corpo e depois acompanhou o investigador até a porta.

— Encontraram alguma coisa com ela? — perguntou Guilherme.

— Nada.

— Roupas?

— Totalmente rasgadas. Parece ser um vestido com estampa de flores miúdas e roupas íntimas — respondeu doutor Abraão.

— Muito obrigado, doutor Abraão. Comunicarei à família para vir fazer o reconhecimento.

— É o que de mais próximo temos da descrição da pessoa desaparecida. É possível identificar cabelos, olhos, dentes. Tem um sinal no seio direito, você deve ter visto — comentou o legista.

O investigador concordou e despediu-se. O corpo tinha tantas marcas e hematomas, estava tão machucado e deteriorado, que era difícil arriscar a causa da morte com um simples exame. Precisava primeiro certificar-se da identificação do corpo.

No retorno à delegacia, telefonou para a residência da família Linhares. O próprio José Barros Linhares atendeu-o educado, contido, com poucas palavras, e designou o filho mais velho para acompanhar o investigador na visita agendada para o reconhecimento do corpo encontrado pela manhã.

CAPÍTULO 41
REFLEXÕES

Edgar retornara ao interior. Despachava em casa sempre que possível. A história do desaparecimento de Ifigênia chegara antes dele, então, era raro o dia em que não recebia algumas visitas interessadas nas últimas notícias do caso e em confortá-lo. Irritavam-no.

Preferia a solidão e o silêncio e não confiava naquelas demonstrações de preocupação, mas tinha de tolerá-las, afinal, era responsabilidade dele Ifigênia ter se tornado uma "celebridade" local. E a tragédia só fazia aumentar o apreço popular.

Ouvindo as pessoas referirem-se a ela e reconhecendo naquelas falas as próprias opiniões, questionava-se: como era possível um engano tão grande? Como ninguém vira a tortura íntima de Ifigênia? Como ela suportou viver escondendo-se sob a máscara de mulher feliz?

A confissão da paixão pela prima o espantara. Jamais cogitara aquela explicação para as atitudes dela. Era tão centrado em si, no seu orgulho, e tão guiado por suas profundas carências que reputara à sua origem mestiça a rejeição de Ifigênia, assunto sobre o qual não falava, mas que, literalmente, latejava em sua alma. Considerava natural e do seu gosto raspar o cabelo, usar sempre ternos e camisas de manga longa. Não questionava o desejo de vestir o que deixaria exposto o mínimo essencial de seu corpo e assumira como sendo seu "gosto pessoal", a forma correta. Não analisava por que escondia a própria pele.

A dor da infância reprimida e do preconceito sofrido ficavam em um canto escuro de si mesmo. Talvez, por isso, inconscientemente, houvesse uma empatia com os segredos de Ifigênia. Eles doíam, eram objeto de preconceito e obrigavam-na a escondê-los.

Edgar não era bom em discernir sentimentos, mas, no íntimo, tinha compaixão pela esposa. Afinal, ao longo dos últimos três anos, ela fora uma amiga da forma como conseguia viver essa relação.

Aquela tarde muito quente aumentava a dificuldade de concentrar-se que Edgar enfrentava no retorno ao trabalho. O desaparecimento de Ifigênia torturava-o intelectualmente. Desconfiava da situação, e a carta dela martelava em seu pensamento. Parecia ouvir a voz de Ifigênia dizendo: "Meu pai ditando minha conduta exterior e sussurrando, dia e noite, na minha mente que sou desprezível, que o envergonho, o decepciono, que ele preferiria me ver morta a saber que vivo obedecendo à minha vontade e natureza".

Sabia que o sogro era capaz de "eliminar" aqueles que se interpusessem a seus objetivos. O distanciamento da família de Ifigênia após a mudança para o interior despertara-lhe algumas indagações, mas ela respondia que a mãe não gostava do interior e tinha horror a viajar, que o pai era muito ocupado e os irmãos estavam construindo suas carreiras etc.

Que a sogra não gostasse de viajar até poderia ser verdade, mas José Barros Linhares frequentemente estava na chácara de Madame Adelaide e nunca fizera uma visita à filha nem perguntava por ela. Inicialmente, considerou que o ambiente não era adequado. Depois, o interesse por Romy e pelos negócios tratados lá fizeram-no esquecer-se de que José Barros Linhares era seu sogro. Agora, percebia que ele era mais um carregando a pesada máscara e vivendo uma vida dupla.

Uma batida na porta tirou-o de suas reflexões. Ergueu a cabeça e viu Tenório.

Edgar recostou-se na cadeira e aguardou o recém-chegado acomodar-se na cadeira à frente da sua mesa.

— Doutor Edgar, o homem do doutor José Barros Linhares, o Gaspar, não está mais na região. Soube que saiu da cidade poucos dias antes da nossa ida à capital. Por aqui, o responsável agora é o Machado.

— Interessante coincidência, Tenório. E ninguém disse para onde ele foi?

— Nada, mas todos sabem que ele deve ter ido a mando do doutor Barros Linhares.

— Óbvio. Ele só não pedirá permissão ao chefe para morrer, eu acho — observou Edgar irônico.

— Coincidência ele sair daqui à mesma época do desaparecimento de dona Ifigênia — comentou Tenório, desconfiado.

— Uma estranha coincidência, eu diria. Tenório, e como estão os assuntos da estrada de ferro e das aldeias?

— Ainda tem arenga. À noite, os índios e os negros desmancham a obra e roubam o material. Gaspar estava cuidando pessoalmente disso. Agora, ficou o Machado comandando a vigia. Quase todas as noites, matam um e jogam em pedaços no rio para não alardear — respondeu Tenório.

Edgar tamborilou os dedos sobre as pernas, pensativo, e comentou:

— Gaspar é bom nisso. Em não deixar rastro.

Tenório entendeu o pensamento de Edgar e que se tratava do tipo de assunto que não deveria responder. Simplesmente fixou o olhar e balançou a cabeça concordando.

Edgar ouviu uma batida na porta principal da casa, os passos da governanta e logo identificou a voz do funcionário do fórum, mas não o ouvia com clareza. A governanta bateu nervosamente na porta do pequeno gabinete. Tenório abriu a porta e indagou:

— O que a senhora deseja?

— Entregar um telegrama ao doutor Edgar. É urgente, da capital — respondeu a governanta ansiosa.

— Está bem! Eu entrego. Pode deixar — respondeu Tenório agarrando o documento que a governanta trazia numa pequena bandeja de prata.

Tenório fechou a porta e rapidamente estendeu o documento a Edgar, que abriu e leu rapidamente as escassas linhas:

Nossas piores suspeitas se confirmaram. Nós o esperamos para os atos fúnebres de Ifigênia marcados para sábado. Sepultamento às 16 horas. José Barros Linhares.

Edgar ergueu as sobrancelhas e bateu com o papel no tampo da mesa algumas vezes. Recordou alguns episódios marcantes daqueles anos com Ifigênia e sentiu uma dor no peito ao ter confirmada a morte da esposa. Algo absolutamente inesperado em sua vida escapara ao seu controle e domínio. Teria que seguir sozinho com seus planos. Pensaria nisso no retorno, depois que fechasse esse triste episódio.

— Tenório, arrume o carro! Vamos imediatamente para a capital.

— Agora, doutor? Quase noite? — questionou Tenório surpreso.

— Sim. Encontraram o corpo de Ifigênia. Os funerais serão no sábado. Viajaremos agora, pois assim chegaremos à capital no amanhecer de sexta-feira, e terei todo o dia para me informar do que aconteceu e me preparar para os funerais. Quando sair, aproveite e mande arrumar uma mala. Quero o terno preto. Não precisa de muita coisa. Retornaremos no domingo.

Anabela recebeu a notícia da identificação do corpo de Ifigênia pelo investigador Guilherme e sua intensa reação emocional surpreendeu o experiente policial. Estavam na sala, e ela começou a tremer incontrolavelmente. Ao longo daqueles dias, o policial desenvolvera uma sincera admiração pela luta e honestidade de Anabela e, numa deferência, num gesto de consideração humana, decidira ir à casa dela e lhe dar a notícia pessoalmente. Ao vê-la naquele estado, correu a ficar ao seu lado no sofá, evitando que caísse. Parecia uma convulsão, e ele gritou forte:

— Dona Margarida, por favor, venha cá!

Ao ouvi-lo, Margarida correu para a sala. Nem sequer largou o pano de prato e, ao ver a afilhada naquele estado, entendeu a causa. Guilherme apenas confirmou ao dizer-lhe:

— Encontramos o corpo de Ifigênia.

— Ai, meu Deus! — exclamou Margarida com lágrimas saltando aos olhos. — No fundo, ainda tínhamos esperança.

Margarida olhou para Anabela tremendo, o olhar parado, sem expressão. Preocupada, aproximou-se e abraçou a afilhada, puxou-lhe a cabeça contra o peito e ordenou:

— Chore, Belinha! Grite. Ponha essa dor para fora, meu amor. Estou aqui com você.

O investigador, aliviado por não ter que lidar com a situação, estranhou a ação de Margarida. Jamais pensaria em incentivar uma explosão de choro. Pensara em chá e remédios para acalmá-la. Observou curioso Margarida incentivando a afilhada a dar voz à dor.

Alguns instantes se passaram, e ouviu alguns sons desconexos, guturais, vindos das profundezas do ser.

— Isso, Belinha! Chore, traga isso para fora — repetia Margarida, senhora da situação.

Devagar, aquele som gutural transformou-se num urro doloroso e depois explodiu num choro que a sacudia toda. Observando a cena curioso e assustado, Guilherme notou que Anabela não tremia mais e que havia uma expressão de grande dor em seu rosto.

223

— Chore, Belinha! Eu estou com você — repetia Margarida, acolhendo num abraço a crise emocional da afilhada.

Aos poucos, Anabela foi serenando, mas ainda soluçava. Claramente, a catarse emocional a esgotara. Margarida mantinha o abraço firme e escondia o próprio rosto nos cabelos de Anabela.

Respirando profundamente, Anabela afastou-se um pouco da madrinha e procurou algo para secar as lágrimas. Estava com a frente da blusa empapada, e o vestido de Margarida também fora banhado com seu pranto.

Guilherme prontamente estendeu o pano de prato que Margarida largara sobre o encosto de uma poltrona.

— Use isso mesmo, Belinha. Depois lavamos — falou Margarida e, encarando a afilhada, apertou-lhe os ombros para transmitir-lhe força. — Vou buscar um copo de água gelada para você.

Guilherme ergueu as sobrancelhas involuntariamente e quase balbuciou: "Água com açúcar", mas Margarida já estava a caminho da cozinha e rapidamente voltava com um grande copo de água gelada. O vidro estava úmido por fora, demonstrando que realmente estava bem gelada.

— Beba devagar, Belinha. Vai ajudá-la — recomendou Margarida, levando o copo aos lábios de Anabela e permitindo pequenos goles.

Conforme ela mostrava que readquirira o controle, entregou-lhe o copo e deixou-a beber à vontade, indo sentar-se na poltrona em frente e fazendo sinal ao investigador para que retomasse o próprio assento.

— Obrigada, madrinha — agradeceu Anabela, repousando o copo ainda com um pouco de água sobre a mesa de centro.

Margarida balançou a cabeça e sorriu para Anabela.

— Investigador, eu gostaria de ver Ifigênia. É possível?

— A senhorita quer ver o corpo? Tem certeza? — indagou o investigador assustado.

— Sim, preciso vê-la. Tenho certeza de que meus tios não permitirão abrir o caixão no funeral. Aliás, nem sei se me permitirão ir ao funeral — respondeu Anabela com voz fanhosa.

— De fato, não se recomenda, senhorita. Digo, não se recomenda abrir, expor. Não é algo fácil de ser visto — comentou o investigador. — Mas, sim, se a senhorita deseja, poderei acompanhá-la.

— Então, vamos. Madrinha, a senhora vem comigo? — pediu Anabela voltando-se para Margarida.

— Claro, Belinha.

— Vamos nos apressar — pediu o investigador e justificou: — Podem liberar o corpo para os serviços funerários assim que concluídos os trabalhos, já que foi identificado pela família.

— Estamos prontas — respondeu Margarida.

Anabela ergueu-se e tomou a frente em direção à saída.

O investigador Guilherme a observava quase fascinado com a força que via nela. Cansada, sofrida, inegavelmente, mas firme, senhora de si. Pela primeira reação, não conseguiria prever essa retomada tão equilibrada.

— A tempestade limpa a natureza e promove o retorno do equilíbrio, investigador — falou Margarida com perspicácia.

— O quê? — perguntou o investigador.

— Você estava observando Belinha desde que pisou aqui. Para um policial, o senhor tem emoções muito transparentes, e isso não é uma crítica; é um elogio. Sua humanidade e sua honestidade estão preservadas. Eu vi que se espantou com a força da crise, como se espanta com a força do equilíbrio agora. A tempestade é necessária quando as forças da natureza estão em desequilíbrio. O mesmo princípio vale para o nosso emocional. A crise intensa de choro e dor era necessária para que o equilíbrio diante da dor sobreviesse.

— Entendo! — respondeu o investigador pensativo. A analogia era muito boa, senão perfeita.

Ele olhou Anabela com o rosto marcado pelas emoções, olhos vermelhos, inchados. A roupa ainda molhada pelas próprias lágrimas e um brilho de determinação nos olhos. Em silêncio, adiantou-se e saiu apontando o carro. Então, falou:

— Por favor, insisto em levá-las. Eu as trarei após a visita.

Anabela acompanhou o olhar dele, concordando com um aceno afirmativo.

O percurso foi feito em silêncio. No prédio de perícias, o investigador tomou a frente e conduziu-as ao local onde estava o corpo de Ifigênia. Margarida baixou a cabeça e, por alguns instantes, fechou os olhos em prece. Anabela suspirou e empalideceu ante a visão das mutilações, mas certificou-se de que era Ifigênia. Lágrimas copiosas escorreram por suas faces, expressão silenciosa da dor, sem desespero. Era a aceitação.

Margarida abriu os olhos e fitou a afilhada, evitando olhar o cadáver desfigurado. Fez um gesto ao investigador indicando que podia cobri-lo, e seu pedido foi prontamente atendido.

— Senhorita, é suficiente — disse o investigador a Anabela.

— Sim, Belinha. Basta! Sabemos que este corpo é como uma roupa que foi rasgada violentamente e já não serve mais ao espírito de Ifigênia. Ela vive fora dele. Vamos para casa fazer nossas preces por ela e colocar na sala as flores de que ela gostava. O que acha? — falou Margarida enlaçando o braço de Anabela e afastando-a gentilmente da mesa.

— Sim, madrinha. Vamos fazer isso. Eu precisava ver, ter certeza de que Ifigênia estava morta, de que era ela. Nunca imaginei esse final para nossa história — lamentou Anabela.

— Assim é a vida, Belinha. Ninguém sabe o que o futuro nos reserva.

No regresso ao lar, Margarida e Belinha colheram as flores preferidas de Ifigênia, fizeram seu prato favorito e passaram o restante do dia em prece e compartilhando boas lembranças.

Ao final da tarde, ouviam uma música suave, em silêncio, quando o jardineiro bateu à porta e entregou um telegrama endereçado a Anabela. Margarida olhou o nome do remetente: José Barros Linhares. Um arrepio percorreu sua coluna, e ela sentiu um indescritível mal-estar com o telegrama.

— Jesus! — exclamou Margarida. — Que vibração horrível! Esse homem é mau, é sombrio.

— Do que está falando, madrinha? — perguntou Anabela elevando a voz para ser ouvida na entrada da casa.

Margarida não respondeu de imediato. Retornou à sala onde estava Anabela e mostrou-lhe o telegrama.

— É do seu tio — informou seca.

Anabela pegou o telegrama, abriu calmamente e leu:

Não compareça ao funeral de Ifigênia.

Em silêncio, devolveu o documento a Margarida, que, ao ler a curta mensagem, exclamou indignada:

— Perdeu tempo, cafajeste!

Na manhã seguinte, na capital, reuniu-se a elite da sociedade, todos enlutados, silenciosos. Oficialmente, foi declarado suicídio como causa da morte, entretanto, não se comentava publicamente o tema. Para todos os efeitos, falava-se de um lamentável afogamento por acidente. Um pomposo funeral e um marido enlutado encerraram a história de vida de Ifigênia.

CAPÍTULO 42

REFAZENDO PLANOS

O carrilhão anunciava três horas. O ar frio da noite entrava no quarto por uma abertura da janela. Insone, Edgar observava as estrelas.

A morte de Ifigênia mexera com ele muito mais do que admitia. As confissões, a corajosa virada que ela pretendia dar na própria vida, a admissão de suas verdades e o desejo de ser feliz, renegando todas as imposições sociais, todos os preconceitos, desacomodavam as "narrativas" que Edgar criara para si mesmo — salvo seu ódio à família paterna, aos pais, que se fortaleceu. Viu na conduta da família de Ifigênia a reprodução do que a sua o fizera viver: a "morte psicológica" do menino retirado da fazenda e lançado numa escola para aprender que precisava esconder sua natureza e sua pele para tornar-se "alguém" que seria aceito pelo mundo e pelo próprio pai, que, somente depois da morte, o assumiu como filho. Se os fatos não haviam sido "exatamente assim", fora dessa maneira que sentiu e construiu sua história pessoal.

Ciente das confissões de Ifigênia e das circunstâncias de sua morte, Edgar concluiu que fora necessário ela morrer para ser aceita como a filha bem-amada da família Barros Linhares. Sua memória seria cultuada e passaria à posteridade como a mulher exemplar idealizada pelo pai.

Aqueles pensamentos atormentavam-no. Sentia-se sombrio, pesado, triste, sem vitalidade. Reagir era imprescindível.

Ficara na capital após as cerimônias fúnebres para descansar. Elas haviam sido mais desgastantes do que imaginara, especialmente, porque fora atacado todo o tempo por essas comparações íntimas. Agora, conhecia José Barros Linhares e seus negócios muito mais profundamente do que há três anos e, apesar de não ter provas — apenas dispunha de indícios e motivos para suspeitas —, considerava intimamente que Ifigênia fora assassinada. Conhecia as digitais de José Barros Linhares e seus asseclas e, aos seus olhos, estavam muito evidentes naquele caso "tão bem explicado". Toda a situação fora confortavelmente "resolvida". A imagem da família Barros Linhares saía imaculada, sem um arranhão nas aparências. Fora uma tragédia!

O mundo interior conturbado o exauria, e isso fora visto e entendido pelos presentes como profundo abatimento e luto pela esposa. Por isso, Edgar não fora importunado no seu silêncio. Tudo perfeito, sem rastros.

Porém, a noite insone na casa do antigo tutor estava além de suas forças. Não conseguia mais pensar naqueles assuntos, não queria refletir sobre eles. Isso o incomodava. Precisava esquecê-los, como esquecera a própria infância e suas origens.

— O futuro. Preciso pensar no futuro. O que farei... — disse a si mesmo, mudando o rumo de seus pensamentos.

Ainda havia questões que o prendiam ao sogro, e resolveu que daria fim naqueles vínculos assim que retornasse. A família Barros Linhares seria, em breve, pertencente ao seu passado. Sem Ifigênia e querendo distância da família dela, a política estava descartada. Não era seu interesse. Edgar se concentraria na fazenda e na sua carreira. O café era sua paixão e sua fortuna. Mesmo com problemas no mercado econômico, sabia que eles seriam passageiros e que o grão voltaria a ser o motor financeiro da região.

Ao pensar na fazenda, lembrou-se da construção do palacete. Em meio a esses pensamentos surgiu a imagem de Romy. A paixão que sentia por ela afastou tudo de sua mente e devolveu-lhe a força. Sim, havia caminhos para um bom futuro longe da família Barros Linhares. Eles haviam ajudado a executar sua vingança e doravante poderia prosseguir apenas se comprazendo em ver seus desafetos definharem. Poderia usufruir mais da vida, concluiu.

Sentiu-se bem e, como estava insone, decidiu trabalhar. Foi até a mesa de trabalho e abriu a gaveta, com a absoluta certeza de que Lima Gomes mantinha o material de escrita, embora o quarto permanecesse vazio desde o seu casamento. Sorriu. Sentou-se e pôs-se a redigir o rascunho da sentença que encerraria o processo da morte do juiz Dantas.

Conhecia o processo muito bem. Lera-o e examinara-o várias vezes. Escreveria as linhas gerais da sua decisão e, na segunda-feira, concluiria o texto com os acréscimos e as citações necessárias.

Concentrou-se no trabalho e, quando escreveu a condenação de Adamastor Freitas a uma pesada pena de prisão, suspirou aliviado. Obrigação cumprida. "Ele ficará feliz", pensou ironicamente.

Levantou-se, massageou as costas e consultou o relógio. Sete horas da manhã. Hora de um bom café. Depois de uma rápida higiene matinal, Edgar desceu as escadas. Usando um roupão de seda sobre o pijama e chinelos, Lima Gomes olhou-o espantado e perguntou:

— Você não dormiu?

— Na verdade, não — respondeu Edgar.

— Vê-se, Edgar! Está com as mesmas roupas de ontem, porém, mais amassadas. O dia foi mais difícil do que o esperado, por certo. Compreensível! Vamos tomar café e conversar, se quiser.

— Sobre o passado não pretendo dizer nenhuma palavra, doutor — avisou Edgar com um sorriso que não escondia a dureza e a vontade firme.

— Muito bem! Que seja! Acredito que tenha sido eu quem o ensinou a não remoer o passado. Falemos sobre o futuro, então — convidou Lima Gomes com um sorriso.

Edgar sorriu e, prontamente, pôs-se a falar. O antigo tutor era a única pessoa com quem ele falava sem preocupar-se em medir as palavras. Foi fácil ao experiente Lima Gomes reconhecer todo o entusiasmo que Edgar sentia por Romy. Ouviu o antigo pupilo com atenção e, depois de algum tempo, questionou:

— Você não considera que está se expondo demais nesse relacionamento?

— Por que pergunta, doutor? — rebateu Edgar.

— Conheço bem lugares como esse de Madame Adelaide. Aliás, não é o único. Ela é uma mulher riquíssima, graças à prostituição para as elites e os "poderosos", no sentido de homens ligados aos poderes da República. Ela tem casas no Rio de Janeiro, em São Paulo e em Minas Gerais, ou seja, o eixo político e financeiro do país. Não se iluda. Lá, todos veem todos, embora não falem. Opiniões são formadas. Edgar, você ter uma "mulher exclusiva" à vista de todos não me parece inteligente. Perdoe-me a franqueza ou a rudeza.

— José Barros Linhares tem um relacionamento semelhante com Adelaide — argumentou Edgar. — Qual é o problema que o senhor vê?

— Semelhante, é fato. Adelaide não é exclusiva de nenhum dos seus clientes. É ela que escolhe e, geralmente, quando tem um envolvimento assim, é porque está ganhando muito dinheiro no negócio. Ela está faturando alto, Edgar, com os investidores de José Barros Linhares e as mineradoras e estradas de ferro. Basta ver a estrutura do seu "negócio". Não é um local de ingênuos, você já viu isso. É local de negócios altíssimos, que envolvem "poderosos". Eu temo que a situação do seu casamento o tenha fragilizado em alguns aspectos, entende? A diversão, se posso chamar assim, o está cegando para a realidade mais pantanosa do lugar. Por isso, falo em exposição. Você está demonstrando publicamente uma fragilidade no seu apreço por essa jovem, que é uma prostituta, nem mais nem menos. Veja, não estou dizendo isso como um juízo de valor, não sou hipócrita. Já frequentei e ainda frequento, eventualmente, lugares do tipo e conheço a fama e a história de Adelaide. É um trabalho! É essa a minha visão. Peculiar, sim, mas vejo e penso nessas mulheres como profissionais. E sei que é raro conhecê-las de verdade. Pense que você está vivendo essa relação sob o olhar de toda essa gente. Diga-me: além de você, quem mais tem uma situação semelhante?

Após alguns instantes, Edgar respondeu sério:

— Entendi. Obrigado, doutor. De fato, sou o único, eu creio. Pensava que José Barros Linhares tinha essa mesma relação com Adelaide. Só o vejo com ela...

— Não! Isso é fachada para os ingleses. Confere um *status* privilegiado, coisa de macho, como diria meu pai, desfilar com a dona do "negócio" no braço. Temo ter negligenciado sua formação nessa vida de submundo, Edgar.

Lembrando-se do passado como pupilo, Edgar riu do comentário do antigo tutor e disse:

— É, fui apresentado a esses lugares apenas como sendo dedicados à diversão e ao prazer. Surpreendeu-me o que vi e vivi recentemente. Vou pensar no que fazer com Romy. Agrada-me a ideia de mantê-la.

— Isso! Pense. Você pode dar-se esse luxo, eu diria mais, você merece. E, por algum tempo, deverá guardar luto. Coloque-a a uma distância segura, afastada da sua cidade — incentivou Lima Gomes.

— Sim, é uma boa ideia. Pensarei a respeito. Observarei seu conselho quanto à demonstração de fragilidade. Mudarei minha conduta — respondeu Edgar pensativo.

E, mudando radicalmente os rumos da conversa, Edgar anunciou:

— No retorno, darei fim ao caso do juiz Dantas.

Lima Gomes ergueu a sobrancelha, e sua expressão tornou-se séria. Aquilo não era amenidade da vida amorosa do pupilo. Aquele defunto guardava segredos, e era preciso sepultá-los definitivamente.

— E posso saber qual será? — questionou Lima Gomes.

Edgar levantou-se, andou um pouco pela sala, aproximou-se da janela, averiguando o jardim. Depois, retornou e aproximou sua poltrona da de Lima Gomes e pôs-se a falar baixo, sem citar nomes sobre suas teses para a decisão do caso.

— Hum! Uma boa saída, sem dúvida. Um culpado, sentenciado e condenado, é sempre melhor que uma solução, digamos, processual, técnica, arrastada e, por fim, arquivada. Fará bem à sua carreira em todos os sentidos. Mas eu não diria que você estará livre de José Barros Linhares. Fará dele um devedor, assim como seu avô. Pensava que o caso seria o tiro de misericórdia para ele — falou Lima Gomes ao final da exposição de Edgar.

— Não é mais necessário. Estão acabados! Definharão. A situação deles exposta na sociedade é mais dolorida do que a prisão, onde acabariam esquecidos. A casa deles se transformará em presídio — respondeu Edgar, sorrindo.

CAPÍTULO 43
DECISÃO SEM JUSTIÇA

Dias depois, durante a madrugada, um homem movia-se silenciosamente entre os casebres da vila dos trabalhadores da Fazenda São Conrado e suspirou ao ver a casa de Iara. Cuidadoso, esgueirou-se até uma janela lateral que dava para as plantações e que, àquela hora, somente os olhos das corujas vigiavam.

— Iara! Iara! Abra a porta, por favor! — sussurrou ele.

Iara tinha o sono muito leve e despertou assustada.

— Iara, por favor! — repetiu a voz.

Iara identificou o chamado da janela. Levantou-se, olhou a criança que cuidava naquela noite, que dormia serena, e sorriu satisfeita. A erva fizera o efeito esperado. Colocou um velho xale sobre os ombros e foi até a janela.

— Quem está aí? — perguntou.

— Sou eu, Adamastor. Preciso de ajuda, Iara. Por favor!

Ela foi até a porta e tirou a tranca de madeira. Abriu-a, e, rapidamente, Adamastor entrou e recolocou a tranca. Exausto e aliviado, ele não resistiu ao cansaço e escorregou para sentar-se no chão, escorando-se na porta.

— Que é isso, homem? Até parece que *cê* veio correndo da cidade...

— E vim mesmo — respondeu ele.

Iara observou-o sob a luz fraca do fogo do fogão, que aquecia e iluminava a casa, e notou que estava empoeirado, suado e tinha os lábios secos. Estava exausto e ofegante. Não estava mentindo.

Foi até o grande pote de barro no qual armazenava água fresca, mergulhou uma caneca, encheu-a e estendeu-a ao inesperado visitante, que sorveu o líquido sedento.

— *Cê* não *tá* ferido nem doente. O que foi que *cê* aprontou agora, Adamastor? — questionou Iara.

— Não fiz nada, Iara. Sou inocente, eu juro! Não fiz nada — respondeu Adamastor entre um gole e outro, estendendo, por fim, a caneca vazia e pedindo: — Mais, por favor.

— Inocente do quê? — insistiu Iara.

— Da morte do juiz Dantas — respondeu ele encarando-a.

Iara baixou a cabeça e suspirou. Seus gestos demonstravam cansaço, como se a situação fosse repetida.

— Conte do início — ordenou Iara. — Não entendi por que *cê tá* metido nisso

— Eu conto. *Cê* sabe que eu não lhe minto, nunca, mas tô com fome. Não comi nada o dia todo; só andei por esses matos. Como qualquer coisa que me der, Iara — pediu Adamastor.

— *Vamo* pra mesa. Tem uma sopa — respondeu ela dirigindo-se ao fogão rústico, onde, em um dos cantos, distante da chama central de fogo, descansava uma panela de barro com uma sopa de legumes.

Iara serviu, generosamente, um prato e levou-o até a mesa, colocando-o diante do visitante faminto.

— Pode comer à vontade. Se quiser, tem mais no fogão. É só se servir. Enquanto *cê* come, vou olhar o menino. — E fez um gesto apontando a criança que dormia numa caminha ao lado da cama de Iara.

Adamastor concordou com um movimento de cabeça. Conhecia e respeitava o trabalho que Iara fazia cuidando dos doentes da vila. Ele mesmo já fora cuidado por ela.

— O que ele tem, Iara?

— Não sei. A doença não se mostrou ainda, como dizia o finado Bento. Temos que esperar a natureza. Ele teve febre por dois dias. Parece que cedeu.

Iara foi até o menino, examinou-o e verificou que continuava sem febre. Tocou-lhe suavemente os cabelos e sorriu. Com a mão pousada sobre sua cabeça, fez uma prece ao anjo da guarda da criança e aos espíritos curandeiros, como Bento a ensinara, agradecendo a ajuda e pedindo pela saúde do pequeno.

Ajeitou o xale sobre os ombros e voltou à mesa. Adamastor terminava a refeição. Sentou-se e aguardou. Ele começou a falar:

— A Mina me avisou que o juiz, doutor Edgar, decidiu o caso da morte do juiz Dantas...

— Daquele caso que *cê* tinha umas coisas da casa do homem com *ocê*? Que disseram que *cê* roubou? — perguntou Iara.

— Esse mesmo. Mas não roubei lá. Não sou doido. Não sirvo para santo e sei que, bem, o que eu faço não é o melhor... Mas *cê* sabe que é difícil a nossa vida...

— Chega de choradeira, Adamastor. Já conheço sua história de trás para frente e de frente para trás. *Cê* disse que foi um cabra que largou as coisas lá na sua casa em troca de dinheiro, que ele ia voltar para buscar, mas que nunca mais *ocê* viu. E a polícia achou tudo contigo, e o homem morreu.

— Pois é, esse causo mesmo. Eles me prenderam e depois me soltaram. Eu nem estava na cidade no dia que a coisa toda aconteceu, Iara, mas o desgraçado do juiz morreu pouco depois, porque bateram forte na cabeça dele. Deve ter desmaiado, e quem fez isso pensou que tinha matado. Mas ele morreu no outro dia e só dizia que um homem negro e grande tinha entrado na casa dele. A Mina me avisou que o juiz vai me condenar pela morte do doutor Dantas. Eu juro, Iara, que não tenho nada com isso. Não fiz isso. *Cê* sabe que não mato ninguém. Meu negócio é comprar e *vendê* pedra do garimpo...

— Do garimpo dos outros, não é, Adamastor? — ralhou Iara. — Você compra roubo dos garimpos, todo mundo sabe.

— *Tá* bem! Mas não machuco ninguém. Não sei fazer isso nem consigo.

Iara passou a mão no rosto, pensativa. Acreditava em Adamastor e sabia que ele era incapaz de matar, embora não fosse um exemplar de honestidade.

— E *cê* veio justo para cá, homem de Deus? Está louco varrido? Não se deu conta de que a São Conrado é do doutor Edgar?

— Claro que sei, Iara. E sei também que ele não vem para a vila. Vive na cidade. O palacete não está pronto.

— É, mas ele tem muitos olhos e ouvidos nestas terras. Elas têm dono, e todos sabem quem é, Adamastor. Os homens do doutor Edgar são uns cães de guarda. Estão sempre vigiando tudo e todos — lembrou Iara.

Ela levantou-se, foi até o fogão atiçar o fogo, serviu-se de um chá que mantinha constantemente sobre o fogão e bebericou pensativa, fitando a janela coberta com uma cortina de chita floreada. Em sua mente, rapidamente desfilaram lembranças de Bento, das pessoas da vila e da tribo que acolhia. Recordou-se dos sonhos com os espíritos e do quanto a ajudavam a cuidar dos que precisavam e acolhê-los. Devagar, retornou à mesa, sentou-se e encarou Adamastor falando com firmeza:

— Não é seguro *cê ficá* aqui. Não é bom para nenhum de nós. Eu não vou te esconder aqui, Adamastor. Se te pegarem aqui, vão me levar junto, e o que será dessa gente? Tenho um trabalho aqui. É um compromisso, que não vou pôr em risco. *Cê* pode descansar mais um pouco, mas, antes de clarear o dia, siga seu caminho.

— Mas, Iara...

— Sem "mas, Iara". — Cortou firme. — Quando *cê* se mete em confusão, nunca, mas nunca mesmo, vem me perguntar antes o que eu acho. Então, daqui a pouco *cê* vai seguir caminho. Acredito que *ocê* não matou o juiz Dantas nem esteve na casa dele. Nenhum de nós é besta também. É sabido que essa história tem um culpado e que não será um homem branco de família, com dinheiro. Vai ser *ocê*, negro, pobre, que apronta umas e outras, mas não mata um rato. *Cê* já foi preso e sabe quando vai provar que é inocente? Nunca! O melhor que *cê* tem a fazer é fugir daqui e não voltar mais.

Adamastor baixou a cabeça e reconheceu que ela tinha razão. Fora um ato de loucura ir até a fazenda São Conrado, mas desesperara-se tanto quando recebeu o aviso que só pensou em procurar Iara. Ela sempre o ajudava. Ouvi-la falar com tamanha frieza e racionalidade sobre o que ele temia teve o efeito de acalmá-lo e iluminar seu pensamento.

— *Tá* certa, Iara. Eu vou embora. Vou para o mato, me juntar ao pessoal que *tá* brigando com a construção da estrada de ferro até as minas.

— É melhor eu não saber, Adamastor, daí não preciso mentir. Não sou boa nisso. Vou arrumar uma sacola com pão e água pra *ocê* seguir seu caminho.

Pouco depois, ele cruzou a tira da sacola de algodão rústico sobre o peito e, cuidadosamente, abriu a porta, olhando para os lados antes de caminhar rapidamente em direção às lavouras e desaparecer por entre os cafezais até ganhar as matas.

Ao amanhecer, Iara empunhou a vassoura e pôs-se a varrer o pátio em torno de seu casebre, apagando, assim, todos os rastros da noite.

CAPÍTULO 44

FAMÍLIA

Beatriz tampou a caixa de joias e recolocou-a no cofre. Um sorriso irônico e triste revelava seus questionamentos íntimos: "Para que guardar em um cofre uma caixa praticamente vazia?".

Restavam-lhe poucas joias. Penhorara-as para, com frequência, fazer frente às despesas de subsistência. Literalmente, estava comendo o seu passado. Mentalmente, ruminava-o com fúria. Odiava Mariana e culpava-a por toda a infelicidade que sobreviera à sua família e que só aumentava desde o retorno de Edgar.

Com esses pensamentos, sem ter consciência, unia-se espiritualmente àquela que era objeto de sua ruminação mental raivosa.

Escorado ao batente da porta, o espírito de Mariana ria com satisfação ao ver Beatriz, alquebrada pela idade e pela condição econômica e social que lhe vergava o orgulho e a altivez, desfazer-se de suas joias.

— Isso, cobra velha peçonhenta! Venda um pouco mais da sua fortuna! Tem pouquinho, hein?! Maldita! Ainda vou te ver passar fome! — Mariana dardejava pensamentos de ódio contra Beatriz em intensa resposta.

Formava-se em torno delas um casulo de vibrações densas. As duas se amarravam por fios de puro ódio e infelicidade, culpando-se reciprocamente pelo passado, que arrastavam consigo como os escravos condenados arrastavam, outrora, bolas de ferro presas aos tornozelos por grossas correntes. Tornavam-se escravas do ódio, no inferno que haviam criado e alimentado naqueles anos.

Na vida espiritual, Bernardo prosseguia dominado pelo vício e, ainda acreditando ser uma vítima, não reconhecia o apego material e o interesse pessoal que ditaram suas escolhas e ações. Fora uma guerra de paixões: a propriedade, a riqueza, a tradição familiar ou seus sentimentos. Ele fizera uma escolha, mas insistia no pensamento de que não tivera opção e sacrificara sua felicidade pelo "bem da família". Mais verdadeiro seria "pelos bens da família". Ele regozijava-se com a vingança de Edgar e unia-se ao filho no desejo de "acabar" com a família. Sentia pelos pais um rancor profundo e regozijava-se em vê-los naquele declínio lento e penoso.

Estranhou a ausência de Ifigênia, pois acostumara-se a usufruir dos efeitos do álcool com ela. Instigara-a a beber mais e mais, e, como sintonizavam nos pensamentos sobre amores escondidos e rancores familiares, fora fácil influenciá-la.

A família Albuquerque Sampaio vivia num caldeirão fervente. Estavam unidos pelo ódio, e a discórdia era constante.

Os fenômenos espirituais a que davam origem era um triste espetáculo, reflexo do caos da vida interior de seus membros: um emaranhado de vozes, ideias, crenças e sentimentos sobre os quais não exerciam nenhum controle ou conhecimento. Resumo: em encarnados e desencarnados, o grande patrimônio criador, a imaginação, andava à solta. Guiados pelos maus sentimentos, criavam cenas de destruição recíproca, mal sabendo que realmente se destruíam, pois o pensamento cria. Aquelas forças circulavam em seus corpos espirituais, desestruturando centros de força, e, com o passar dos dias, eles as absorviam, dando origem a doenças e mal-estares sem causa conhecida. Todas as agressões e todos os maus desejos que "imaginavam" se realizavam, primeiro e mais intensamente no criador, afetando depois os destinatários. E, como estavam unidos, destruíam-se.

Pedro e Beatriz, idosos, doentes do corpo e da alma, falidos, socialmente desprestigiados, relegados ao ostracismo numa pequena cidade, amargavam um final de existência sofrido. A insatisfação, frustração e raiva dominavam-nos. Remoendo o passado e recusando-se a analisá-lo para extrair dele lições, condenavam-se a repetir as faltas até que o aprendizado quebrasse o ciclo e houvesse um passo adiante na evolução.

Aquelas energias e aqueles sentimentos destrutivos davam à casa deles uma atmosfera densa, sombria, como um ambiente enfumaçado, com odor desagradável. O campo energético era tão ruim que plantas e animais padeciam, alguns fugiam, e outros definhavam e morriam.

O espírito de Bernardo estava irado, pois a ausência de Ifigênia jogava-o numa situação de abstinência forçada. E agora que sabia que ela não retornaria, maior era o seu desespero. Nesse estado, aproximou-se, encontrou Mariana e riu da imprecação dela contra Beatriz.

— Vendendo mais um pouco? Ora, vejam só! Para quem zelou tanto pela tradição da família e choramingou que não suportaria desfazer-se dos bens herdados, até que aprendeu rápido, não é, meu amor? — indagou Bernardo olhando a cena com um misto de raiva e satisfação.

— Quero vê-la passar fome! Mendigar! Ela arruinou nossa vida e nossa felicidade, com esse orgulho de ser a dona fulana de tal. Mentiu e me enganou. Dizia que me amava. Mentira! É egoísta! — disse Mariana com amargura, recordando-se da infância e da juventude ao lado de Beatriz.

— Em breve, teremos essa satisfação, meu amor. Aguarde! O marido dela e os outros filhos são uns inúteis, sempre foram. Só na política, nunca trabalharam. Com nossa ajuda, Edgar fará justiça à destruição da nossa família — reforçou Bernardo, recordando-se da ação que exerciam sobre os outros membros da família.

Influenciando-os e contaminando-os com suas energias e seus pensamentos, reproduziam neles os efeitos dos sentimentos da ira: insônia, desgosto, ruminação mental, achaques do fígado, problemas digestivos, causando-lhes mal-estares que os impediam de trabalhar e contribuíam poderosamente para o declínio financeiro e social da família.

Em uma situação de comprometimento espiritual como o da família Albuquerque Sampaio, o dinheiro pode ser uma arma, destruindo tanto pelas facilidades da fortuna quanto pelas dificuldades da miséria.

Atingida por uma súbita tontura, Beatriz cambaleou e apoiou a mão no batente da porta. As companhias invisíveis gargalharam, e ela sentiu uma forte dor na cabeça seguida de náusea. Com dificuldade, chegou até os pés da cama e sentou-se. Assimilara todas as vibrações emitidas principalmente pelo espírito de Bernardo.

Beatriz desconhecia o vasto mundo das relações entre o mundo material e o espiritual, o que facilitava a ação dos desencarnados. As intensas sensações físicas levaram-na a pensar que estava doente, e isso despertou o medo e a ansiedade, intensificando o mal-estar. Com esforço, ela deitou-se. A tontura piorara muito, os pensamentos aceleraram e sucediam-se desencontrados, ora referindo-se às sensações do corpo, ora sendo expressão do medo, da preocupação, ora fazendo-a lembrar-se de que precisava levantar-se, pois tinha de penhorar a joia ou os credores bateriam à sua porta. Não suportaria mais um escândalo; morreria de vergonha. Essa atitude descontrolada a fragilizava ainda mais, descarregando sobre o corpo idoso e fraco uma violenta carga emocional, tornando-o ainda mais suscetível à ação espiritual.

Bernardo e Mariana acercaram-se do leito, um de cada lado, e dardejarem-na com pensamentos e sentimentos destruidores. Dominada pela angústia e ansiedade, com a mente em desgoverno, experimentando sensações que iam de mal a pior, Beatriz, desesperada e julgando que tinha algo muito grave, começou a gritar chamando a empregada:

— Odete! Odete! Me acode!

A empregada, que arrumava o quarto ao lado, assustou-se ao ouvir o chamado da patroa e correu à outra porta. Ao ver Beatriz estendida na cama, pálida, suando, com as mãos sobre o estômago, aproximou-se e perguntou aflita:

— Dona Beatriz, o que está sentindo? A senhora está mais branca do que o lençol.

— Eu não me sinto bem, Odete. Traga-me um chá para o estômago. Acho que é isso. Mas não demore, pois não quero ficar sozinha. Foi horrível passar mal e ter que me apoiar para chegar até a cama. Traga o chá e fique aqui — ordenou Beatriz.

Odete estranhou. Apesar de tudo, a patroa continuava altiva e independente, mas, agora, parecia uma velha dependente e frágil. Os olhos dela mostravam medo e confusão.

— *Tá* certo! A senhora não quer que eu mande avisar o doutor Pedro ou um dos seus filhos? Pedir para trazer o médico? — sugeriu Odete, colocando a mão na testa de Beatriz, fria e suada.

O contato fez arrepiar os pelos do braço de Odete, e ela sentiu o estômago embrulhar e experimentou uma confusão de sentimentos. Rapidamente, tirou a mão e afastou-se da patroa, respirando fundo. O mal-estar diminuiu.

"Virgem Maria! *tá* feia a coisa! Mas, Deus me livre de falar algo. Ela me bota para correr daqui", pensou Odete e, voltando o olhar compadecido à dona Beatriz, informou:

— Vou para a cozinha fazer um chá de marcela.

— Isso, use a colhida na última sexta-feira santa — alertou dona Beatriz.

— Sim, senhora — respondeu Odete saindo do quarto apressada.

Na cozinha, enquanto aguardava a água ferver, retirou de uma gaveta do armário um exemplar de *O Evangelho Segundo o Espiritismo* e procurou a prece aos Anjos Guardiões e Espíritos Protetores. Concentrada na prece, com uma fé sincera, Odete sentiu uma onda de suave calor envolvê-la. O bem-estar e a calma foram recuperados. Em pensamento, pediu auxílio espiritual para dona Beatriz.

O som da chaleira fervendo trouxe-a de volta ao presente, e Odete preparou o chá. Ao ver a xícara na bandeja, teve a intuição de magnetizá-la e impôs as mãos em prece, com vontade firme de auxiliar a patroa. Pelo que lia e aprendera com dona Henrietta e o marido, doutor Onofre, confiava que, dando ao chá propriedades calmantes, ajudaria Beatriz daquela forma.

Ouviu os chamados de Beatriz e respondeu em voz alta:

— Já estou indo!

Ao chegar ao quarto, constatou que Beatriz continuava no mesmo estado. Odete, contudo, sentia-se fortalecida e confiante. Não via, ouvia ou escrevia mensagens dos espíritos, como outras pessoas da reunião espírita que frequentava na casa de dona Henrietta, mas sentia a presença deles e tinha forte intuição. Por isso, estendeu a xícara à patroa e ficou ao seu lado, em prece, com o olhar fixo entre os olhos dela.

Mariana reagiu contrariada. Ia investir contra Odete, quando Bernardo lhe segurou a mão e disse:

— Vamos embora. Ela chama "aqueles iluminados". Não quero ouvir sermão. Voltamos depois quando a "cobra velha" estiver sozinha.

Mariana parou e olhou para Bernardo. Depois, fixou Beatriz e Odete, que envolvia a patroa em boas vibrações e conseguia isolar a influência dos desencarnados por meio da prece.

— Ninguém dá nada por essa Odete, mas você tem razão. Ela tem amizade com os iluminados. Não é a primeira vez que ela interfere. Tem pena da patroa velhinha e doente. É uma boba, que não conhece o coração de pedra dessa cobra velha. Vamos embora!

— Sim, meu amor. Deixa-as! Vamos ver nosso menino.

Bernardo e Mariana saíram de mãos dadas, afastando-se da casa e indo em direção ao fórum, onde Edgar despachava no gabinete.

Alguns minutos depois, Beatriz terminou de sorver o chá e julgou que fosse ele o responsável pelo morno calor que lhe envolvia o corpo e relaxava os nervos. O mal-estar cedera. Odete, notando as reações, animou-se a tocar a testa da patroa. Sentiu a pele seca e morna e sorriu levemente. Não registrou o mal-estar anterior. Aproveitou o toque e falou baixinho, mas com firmeza:

— Durma, dona Beatriz. Vai lhe fazer bem. Acordará renovada.

Dócil, Beatriz devolveu-lhe a xícara e recostou-se nos travesseiros com os olhos fechados. Em minutos, dormiu serenamente.

CAPÍTULO 45
ROMY

Um mês se passara desde o sepultamento de Ifigênia. Em casa, à noite, Edgar frequentemente se recordava das palavras escritas na carta de confissão. Pensava no que teria sido a vida da esposa se não fosse o preconceito da família. Aliás, o preconceito dirigira-lhes a vida. Entendera as facilidades do noivado. Ele fora útil ao sogro, por isso, e só por isso, fora aceito.

Seu cotidiano mudara muito. Seguindo a orientação de Lima Gomes, passou a visitar a chácara de Madame Adelaide durante o dia, em horários sem movimento. Não comparecia às festas, pois, para todos os efeitos, estava enlutado. Era visto trabalhando ou em casa.

As obras do palacete estavam adiantadas. Era uma satisfação admirar seu projeto materializando-se. Encantado, caminhava pelas várias dependências e pensava em quem habitaria aquela casa. Precisava de herdeiros. Causava-lhe extremo mal-estar e era inconcebível a ideia de que seu patrimônio poderia retornar aos irmãos ou aos sobrinhos. De jeito nenhum! A raiva era gigantesca, e ele julgava ser totalmente sua, pois Edgar desconhecia a influência espiritual que seus pais exerciam sobre ele e como isso potencializava suas emoções.

Precisava construir uma família e queria herdeiros. Isso tinha sido parte do contrato com Ifigênia, mas teria de pensar em outra mulher. Tinha tempo; não atropelaria as convenções sociais.

Seguiria seu plano de libertar-se do sogro e de seus negócios. Ganhara muito dinheiro com ele nos últimos anos, gostava da autoridade e do prestígio social de seu cargo como juiz, mas sua paixão eram os negócios do café. O negócio com minérios e os investidores ingleses trariam desenvolvimento à produção cafeeira. Estava garantido que haveria uma estação de trem na zona que margeava as divisas da São Conrado. Isso seria uma ligação direta com a capital, com o porto de Santos, para escoar a produção em direção à Europa, o que facilitaria a colocação do seu produto no mercado.

Cada dia mais birrenta e revoltada, Maria Carolina observava, com inveja, a construção do palacete. Entre pragas e indagações, ela olhava a obra e resmungava com o crochê:

— O que ele quer com isso? Quem vai morar aí? Nem amigos ele tem. Essas terras são amaldiçoadas pela solidão e pela tristeza. Quem vive aqui só tem dinheiro e infelicidade. Os trabalhadores juram que ela é mal-assombrada e que Mariana nunca foi embora daqui. Da minha vida nunca saiu. Morreu, mas não deixou de atrapalhar. Enfeitiçou meu marido, que chegou ao ponto de me fazer mãe desse mulato, que é cria dela. Um bastardo, um usurpador do que deveria ser das minhas filhas! E me inferniza. Maldição! E ainda não descobri quem é a sirigaita que apareceu com ele. Muito misteriosa! Desconhecida por todos... Vai ver é outro fantasma rondando a fazenda.

A ida à cidade, meses atrás, fora inútil. O motorista trouxera alguns produtos da cidade e as fofocas que circulavam. Recordando-se disso, prosseguiu resmungando baixinho, entre uma laçada e outra:

— Agora não adianta. Edgar é idolatrado por esse povo, porque julgou e condenou o assassino do doutor Firmino Dantas. Que Deus o tenha, pois era bom e justo. Disse que foi o Adamastor. E ele ficou viúvo nessa coisa trágica que aconteceu com a mulher dele. Morrer afogada e o corpo ficar tantos dias desaparecido... Coitada! Mas não sei se ele está muito sentido. Não parece, quando o vejo passar de carro. Mas tudo isso passará, e eu descobrirei a história.

Alheia à curiosidade de que era alvo, Romy continuava a vida tranquilamente. Como Edgar pagava pela exclusividade, ela não atendia outros clientes da chácara. Participava das festas e trabalhava na administração do negócio com Madame Adelaide.

Durante uma manhã em que faziam o levantamento dos estoques de comida e bebida, Adelaide questionou à queima-roupa:

— Qual é o futuro da sua relação com Edgar?

— Futuro?! E desde quando alguma das relações que temos no nosso trabalho tem futuro? Não creio que exista um futuro para esse caso — respondeu Romy, sem tirar os olhos das somas que fazia.

— Ele nunca falou sobre isso? — insistiu Adelaide.

— Comigo? Não. Edgar somente pensa e fala de si mesmo, Adelaide. É algo assim: os desejos dele, as necessidades dele, as posses dele, a influência dele, os projetos dele. Eu ouço. É tão centrado em si mesmo que, apesar de ser muito inteligente, não enxerga os outros, as habilidades nem os perigos. Precisava ver o dia em que descobriu que eu sabia desenhar e entendia um pouco de arquitetura. Ele vê em mim a satisfação das necessidades dele, entendeu? E tanto é assim que a "exclusividade" faz parte disso. Ele não conceberia tocar algo livre, que não lhe pertencesse. Deixo-o nessa ilusão.

— Salta aos olhos que, para ele, a vida gira em torno do umbigo dele — concordou Adelaide. — Mas, exatamente por isso, creio que ele lhe fará uma proposta em algum momento. E o que você dirá?

Romy ergueu o olhar, fitou a amiga e viu sinceridade em seu olhar. Abandonou o cálculo e apoiou o rosto entre as mãos, mantendo os cotovelos firmes na mesa de trabalho. Pensou um pouco e respondeu:

— Se houver independência na gerência da minha casa, patrimônio no meu nome, segurança e liberdade financeira, ou seja, eu faço o preço, é uma ideia a considerar. Não me leve a mal, Adelaide. Sou feliz aqui, mas não tenho seu talento. Você é rica e influente. Muitas meninas não pensam no dia seguinte... Eu já tive uma experiência com Henry e foi boa, mas ele não era um homem rico. Viver com ele foi uma opção melhor do que ser vendida a qualquer um e explorada pelo meu pai. Eu era pouco mais do que uma criança. O que sabe uma menina de treze anos, meu Deus? Sofrimento, miséria, violência era tudo o que eu conhecia. Henry me deu um lar, carinho, e respeitava meu corpo. Foram bons anos, mas continuei na miséria e dependente. Tanto que, quando ele se foi, comecei a trabalhar com você. Conhecê-la foi a herança que Henry me deixou — falou Romy com um sorriso irônico, frio e algo triste.

Lembranças do passado emergiriam, mas Romy sacudiu a cabeça e, com férrea disciplina e vontade, as reprimiu. "Não sou vaca para ruminar. Passado é passado", pensou impondo-se às lembranças e disse decidida:

— E, quer saber, foi uma ótima herança. Não me falta nada nem sofro violência. Chega de passado! Vamos trabalhar!

Adelaide riu da atitude de Romy, conhecida e frequente entre suas meninas. Muitas delas também haviam sido prostituídas pela família ainda na infância. Condescendente, respondeu:

243

— Era um bom amigo o francês. Um artista desmiolado e boa vida. Não sabia lidar com dinheiro, Romy. Ele trabalhou para mim, como bem sabe. Você está certíssima! É hoje que se vive. Já conferiu o estoque de bebidas, vinhos, champanhe?

— Sim. Está na hora de falar com seus amigos do porto. Os estoques estão baixando. Meu Deus, como esses homens bebem! — comentou Romy estendendo a folha com as anotações.

— É boa parte do nosso lucro. Que bebam mais! Mais absinto, mais drogas, mais charutos! No porto, tudo se consegue a bom preço. Não gosto do jogo e, enquanto puder evitar, evitarei. Já vi muita violência. Prefiro que deixem o dinheiro pacificamente. As meninas estão cansadas desse grupo das ferrovias e do minério. Fazem com que eles bebam bastante, daí sobem aos quartos e dormem. Golpe antigo! — avaliou Adelaide com expressão divertida e olhos brilhantes. — Você tem razão. Anote na agenda para eu conversar com nosso fornecedor.

À noite, Romy voltou a considerar a ideia de ter uma casa. Observava entediada, mas sorridente e simpática, o movimento da chácara. Transitando entre os salões, conversando, providenciando entretenimento, bebida e comida, assessorando Adelaide na supervisão, desejava estar longe dali, em uma boa casa, com uma vida discreta. Não se iludia, contudo. Não deixaria de ser prostituta; apenas mudaria o local de trabalho e as regras.

CAPÍTULO 46

NOVOS TEMPOS

A "caça" a Adamastor consumia a energia do delegado e dos policiais. O gabinete de Edgar tornara-se uma extensão da delegacia, tal a intimidade com que transitavam por ali.

Adamastor era um problema incômodo. Aliara-se aos indígenas e mestiços sobreviventes à desapropriação da aldeia. Promovia ataques frequentes e sistemáticos à obra da ferrovia e aos garimpos. Não conseguiam descobrir onde, como ou quantos formavam o bando.

Ouvindo mais uma façanha do procurado contada pelo delegado Almeida, Edgar irritou-se:

— Era o que nos faltava! Transformar Adamastor em uma lenda. Não. Outro Lampião[8], mas não será na minha cidade. Aqui não! Destruíram um grande trecho da estrada de ferro?

— Sim, doutor Edgar. Danificaram pequenos trechos, mas ao longo de toda a extensão que fica na nossa cidade. Foi bem pensado. Em uma noite, fizeram um enorme estrago e escaparam completamente da ação dos seguranças. O senhor sabe que eles vigiam o material, não a obra pronta. Era impensável...

— Impensável para o senhor, delegado Almeida. Prenda esse homem o quanto antes. Identifique e prenda os homens que se aliaram a ele. Acabe com essa confusão.

---

8 Virgulino Ferreira da Silva (1897–1938), conhecido como Lampião, foi um cangaceiro nordestino.

Uma batida na porta interrompeu a conversa. Tenório entrou e foi direto para junto de Edgar, cochichando-lhe ao ouvido:

— Os ingleses estão aqui. Querem vê-lo.

Edgar ouviu em silêncio. Encarou o delegado e os policiais e disse:

— Senhores, reunião encerrada. Cumpram as ordens expedidas. Quero esses criminosos na cadeia. Passem bem!

O delegado e seus policiais entreolharam-se, entendendo que estavam sendo dispensados. Argumentar com Edgar era perda de tempo e energia. Cientes disso, pegaram os documentos que os autorizavam a cumprir as ordens e despediram-se.

Quando a porta se fechou, Edgar levantou-se e andou alguns passos pela sala, pensativo. Suspirou. Voltou o olhar para Tenório e indagou:

— Nossos homens apuraram alguma coisa sobre o paradeiro desse desgraçado? Maldito! Devia estar atrás das grades e me dar paz. Julguei que, resolvido o caso do juiz Dantas, as coisas seriam mais tranquilas, mas, pelo visto, me enganei.

— Estamos cercando-o, doutor Edgar. Não escapará. É ardiloso, e muita gente o acoberta. E desconfio que uma parte do roubo dos garimpos está sendo distribuída. Apareceu muito ouro na cidade de uma hora para outra. É ardiloso, mas não está cuidando desse rastro.

— Está bem! Mande os ingleses entrar e pode ficar. Com certeza, querem explicações sobre essa depredação da obra da ferrovia — falou Edgar retornando à sua cadeira atrás da imponente mesa de carvalho. — Tenório, mande que nos sirvam café.

A reunião com os investidores ingleses foi tensa. Eles exigiam, não pediam. Queriam uma solução.

— Doutor Edgar, é preciso que o senhor entenda quanto nos custa cada dia de trabalho. Estamos investindo muito dinheiro nessa ferrovia. Em uma noite, esse bando de foras da lei nos causou um prejuízo inimaginável. Veja bem, perdemos material, trabalho e tempo. Praticamente colocaram nossa obra na estaca zero. Teremos de refazê-la, o que significa gastos duplicados. Isso precisa parar, o senhor nos entende? Esperamos que imponha ordem nesta terra sem lei. Afinal, é do seu interesse também.

— Sim, sim. Podem contar com meu empenho para fazer cumprir a lei no nosso território. A força policial local é pequena. Seria bem-vindo um investimento nesse setor — retrucou Edgar, encarando-os com firmeza.

— O senhor é um homem direto, doutor Edgar. Gostamos disso — falou um dos representantes dos investidores. — Diga seu preço. Entendemos que esse é um evento fora do anteriormente acordado e cumprido.

Edgar recostou-se na cadeira e analisou-os friamente. O brilho de satisfação e ganância iluminava seus olhos.

— Muito bem! Vamos discutir os negócios. Tenório, explique aos cavalheiros as ações que temos tomado e nos diga qual é o número de homens que você necessita para dar maior segurança à construção e auxiliar o delegado Almeida a identificar e prender esse bando.

Tenório, que acompanhava a reunião encostado à parede atrás de Edgar, deu alguns passos preguiçosos, aproximou-se da mesa e analisou os presentes. Depois de alguns instantes de silêncio e em poucas palavras, exigiu vinte homens escolhidos e comandados por ele e um valor bastante alto para executar o "trabalho de segurança".

O grupo de investidores entreolhou-se, e alguns deles ensaiaram uma reação negativa, tentando regatear. Edgar cruzou os braços, e Tenório respondeu:

— É o preço. É pegar ou largar.

— Não posso caçá-lo, somente determinar que façam isso. O delegado enfrenta problemas. Adamastor é mais inteligente do que se imaginava. É um homem perigoso, um assassino condenado — lembrou Edgar fitando o senhor Schmidt, representante do banco inglês.

— Entendo. Terá metade do seu pagamento amanhã e a outra parte na entrega do serviço. É pegar ou largar, senhores. Compram-se homens no mundo inteiro, em qualquer cargo ou posição. São peças substituíveis — respondeu o estrangeiro encarando ora Edgar, ora Tenório com expressão dura e fria, sem esconder o tom de desprezo na voz.

— Negócio fechado — respondeu Edgar, sem demonstrar temor pela ameaça explícita.

— Muito bem! Esperamos que vocês sejam eficientes e detenham esse bando de foras da lei o mais breve possível.

Tenório apenas concordou com um leve movimento afirmativo de cabeça.

Schmidt levantou-se, indicando que a reunião havia terminado, no que foi seguido pelos dois homens que o acompanhavam. Displicentemente, despediu-se dizendo:

— Passar bem, doutor Edgar.

Quando a porta se fechou após a saída dos ingleses, Edgar tinha os punhos fechados e a expressão irada.

— Insolentes! Odeio esses estrangeiros! Julgam-se os melhores, os donos do mundo! — resmungou entredentes.

Tenório observou a irritação de Edgar e pensou: "Por que ele se sente tão humilhado? Eram negócios, e o inglês disse a verdade". Eles tinham jogado alto e sabiam disso.

— Doutor, o que importa é que teremos metade do dinheiro amanhã. Chamarei os homens para iniciar o serviço. Já estavam de sobreaviso. Começaremos hoje à noite.

— Quanto antes melhor, Tenório. Quero-os longe da nossa cidade o mais breve possível. Não se esqueça de fazer parecer que foi uma ação da polícia.

— Fique descansado, doutor. Será feito.

Tenório pegou o chapéu e saiu sem se despedir.

CAPÍTULO 47
ALVOROÇO

Iara acordou com batidas rápidas e nervosas na janela. Levantou-se e, jogando automaticamente o velho xale sobre os ombros, foi até a porta. Não precisava de luz para se mover. Abriu a porta e, sob a claridade do luar, reconheceu Adamastor. Aflita, puxou-o para dentro assim que fechou a porta e ralhou em voz baixa:

— *Cê* é teimoso demais! Já não lhe disse para não aparecer aqui? Quer ser preso mesmo e ainda pôr em risco a mim e ao povo da vila? Que houve? Fale logo.

— Fique calma, Iara. Vim lhe demonstrar que sou grato. Não vou me demorar. Vamos sumir daqui por uns tempos — respondeu Adamastor no mesmo tom.

— É bom mesmo. É muito perigoso o que estão fazendo. Como está o pessoal da aldeia? — perguntou Iara preocupada, lembrando-se dos amigos que não via havia algum tempo.

— Estão bem. Não se preocupe. Sabemos que o homem do doutor Edgar está à nossa caça e tem reforço grande. Ele não presta; é mais bandido do que eu e muitos outros. Fizemos muitos amigos na cidade, que nos protegem e nos dizem tudo o que *tá* acontecendo. Iara, nós vamos para longe da cidade. Estamos bem armados. Eles não vão fazer de novo o que fizeram quando tomaram as terras da aldeia. Mas, olhe, não vou demorar. Só quero que fique com isso e use para cuidar dos que precisam, como fez comigo — falou Adamastor entregando-lhe um pequeno volume enrolado em folhas de jornal velho. E completou: — Adeus, Iara! Se cuide!

E, sem dar tempo a ela para responder, abriu a porta e saiu rapidamente, desaparecendo em meio à plantação.

Iara fechou a porta, acendeu a lamparina e abriu o pacote. Imaginara que fosse dinheiro, mas não a quantia que viu nem o saquinho de couro com algumas pedras preciosas e pequenas pepitas de ouro. Sentiu o coração bater, as mãos suadas e trêmulas.

— Para quê isso, Adamastor? Tenho tudo de que preciso. Isso pode me complicar a vida — protestou Iara, falando alto consigo mesma.

Decidida, Iara pegou uma lata, colocou o embrulho dentro e guardou-a no fundo do armário.

Nos dias seguintes, a cidade e a zona rural foram vasculhadas pelos homens contratados por Tenório e pela polícia. Adamastor e o grupo eram perseguidos, e os grandes interessados na construção ofereciam recompensa a quem indicasse os nomes e o paradeiro do grupo.

Apesar de os moradores estarem assustados com as abordagens violentas, nada foi obtido. A população mais carente da cidade, que conhecia e convivia com Adamastor, fora beneficiada por ele e não o trairia. Conheciam bem os coronéis da região, temiam "sua autoridade e seu poder", mas não se iludiam com promessas.

Edgar estava irritadíssimo com a situação. Nem mesmo os encontros com Romy tiravam, por muito tempo, a atenção dele à caçada de Adamastor.

Em uma tarde quente, em que Edgar descansava no quarto de Romy, quieto, testa enrugada, expressão fechada, visíveis sinais de tensão retornando ao corpo, a moça observou-o calada. Resolveu levantar-se e serviu duas taças de vinho branco gelado.

Aproximou-se dele e ofereceu:

— Beba! É um excelente vinho. Vai ajudá-lo a relaxar. Faz quase uma hora que está calado, distante, e vejo que a tensão está tomando conta.

Edgar olhou-o como se estivesse saindo de um transe.

— O quê? — perguntou.

Romy aproximou a taça dos lábios de Edgar e ordenou:

— Beba!

Obediente, ele ingeriu a bebida e depois sorriu fitando-a:

— Hum! Muito bom. Quero mais.

Os olhos de Romy brilharam de satisfação e, prontamente, repetiu o gesto com a outra taça.

— Nossa! Acho que vou tomar a garrafa toda — disse ele sentindo o relaxamento dos músculos decorrente do álcool.

Romy foi até a mesa, retirou a garrafa do balde de gelo e a ofereceu a Edgar.

— Sente-se aqui comigo. Vamos beber juntos — ele convidou, batendo no lado vago da cama.

Ela acomodou-se, tomou um gole direto da garrafa que ele lhe oferecia e a devolveu perguntando-lhe:

— O que o preocupa tanto? É a história desse homem que saqueou a ferrovia?

— O que você sabe disso? — Devolveu Edgar, que, pelo efeito da bebida, não estava tão criterioso como de costume.

— Só o que o povo fala, Edgar. E falam muito do líder desse bando. Adamastor, não é?

— Um criminoso! Sim, ele está me dando trabalho. Os investidores da ferrovia e da mineração não me dão sossego. Estão furiosos com o prejuízo, ficam vermelhos. Dá para ver sair fumaça das ventas. — Edgar riu com a lembrança.

Romy admirou as feições de Edgar iluminadas pelo riso. Era a primeira vez que o via rir. Recordando-se dos homens a quem ele se referia, ela também riu e segredou:

— Já estou cheia deles! São muito arrogantes e sem graça.

E pôs-se a imitar os modos de Schmidt, no que foi secundada pelo próprio Edgar, que confessou:

— Não vejo a hora de essa gente ir embora daqui! São insuportáveis! Se não estivesse me incomodando tanto e não fosse o interesse que tenho na ferrovia, admiraria a audácia desse marginal. É um negro inteligente! Talvez eu nem me importasse se não o capturassem pelo assassinato do juiz Dantas, mas ele passou dos limites.

Ao ouvir aquelas palavras, Romy sentiu uma dor no peito e experimentou uma sensação de medo, como se uma nuvem de gelo tivesse descido sobre ela. "Como assim? Não se importa com um assassinato, mas comanda uma busca implacável contra um miserável que atacou interesses econômicos?". Por segundos, não ouviu o tagarelar de Edgar sob o efeito do vinho, mas logo ele pousou a mão sobre a coxa de Romy, fazendo-a despertar do devaneio. Ela, então, disfarçou com maestria o mal-estar íntimo.

Três semanas se passaram até que fosse noticiada a prisão de Adamastor e a morte de integrantes do bando no confronto com os homens de Tenório.

Iara recebeu a informação com dor no coração. Haviam matado mais gente do seu povo. Os outros continuavam fugitivos e haviam se tornado foras da lei, marginais aos olhos da cidade. Lágrimas correram por seu rosto, mas ninguém a ouviu dizer uma só palavra. O tempo e o silêncio cobririam o triste episódio. A ferrovia seguiu sua construção em ritmo acelerado, e o assunto tornou-se o progresso que viria com ela. A antiga aldeia e as pessoas foram esquecidas. Delas não se tinha notícia nem interesse em saber do seu destino.

Os investidores e José Barros Linhares estavam satisfeitos. Edgar impusera a lei e o respeito. Imperava a justiça humana, e o tempo varreu aqueles dias, jogando-os para o passado.

CAPÍTULO 48

TEMPOS DEPOIS...

Maria Carolina definhava. Um câncer agressivo no estômago tomava-lhe a vida. A fraqueza física, somada a grandes doses de anestésicos à base de ópio, a mantinha num estado de prostração quase letárgico. Alguns dias, ela devaneava muito, diziam as empregadas, e as filhas, Mercedes e Josefina, concordavam. Havia momentos em que, tomada de fúria, Maria Carolina manifestava uma força desproporcional ao seu estado físico, então, gritava e esbravejava contra o falecido marido e Mariana, que elas conheciam pelas histórias que os trabalhadores contavam sobre o fantasma que assombrava a Fazenda São Conrado.

Essas crises ganhavam intensidade e debilitavam a enferma, que depois caía em crises de choro e tristeza profunda.

Nora, uma das empregadas que cuidava de Maria Carolina, velando-a ao lado de seu leito, arrepiou-se ao ouvir a enferma falando durante o sono.

— Ah não! Minha Nossa Senhora, me acode! — murmurou Nora assustada. — Ela parece uma alma penada. Meu Deus! Transborda ódio do coração dela.

Maria Carolina agitou-se falando entredentes o nome de Bernardo. O som de sua voz vinha impregnado de amargura e ressentimento. Preocupada em não conseguir conter a enferma, Nora pegou o sino de prata e foi até o corredor. Badalou-o, enquanto chamava:

— Diva! Diva! Preciso de ajuda.

Em pouco tempo, ela ouviu o som dos passos pesados da colega.

— De novo? — perguntou Diva ao chegar à porta e ver o estado da paciente.

Nora balançou a cabeça afirmativamente e completou:

— Cada vez menos tempo entre uma crise e outra. Foi há quatro dias a última? Acho que não. Já estou confusa. Entre. Chamei-a para ficar aqui, para segurá-la. Com essa fúria toda, precisarei de ajuda.

Diva aproximou-se da cama pelo lado oposto em que Nora estava sentada. Observou a doente debatendo-se em um sonho perturbador, xingando e acusando o falecido marido por coisas que as empregadas não faziam ideia se eram fruto da loucura ou tinham algum fundo de verdade.

— Tinham que trazer a Iara para ajudar dona Maria Carolina — falou Diva encarando Nora. — É forte essa fúria, esse ressentimento dela com o falecido marido. Às vezes, me sinto mal nessas crises, e não porque seja difícil. Já cuidei de muito doente e vi gente sofrer muito para morrer. Tem algo diferente com ela. A Iara fala com os espíritos. Acho que ela ajudaria muito.

— Então, por que não chamam Iara? — indagou Nora. — Se bem não faz, mal também não fará. Acho que tínhamos que tentar.

— Não sei. Nunca falei com as filhas dela sobre isso. Acho que não gostam...

Entretidas pela conversa, elas não perceberam a aproximação de Josefina, que, com expressão triste e cansada, observava o estado da mãe moribunda. Intimamente, analisava a situação com o coração apertado: "Meu Deus, como é possível tamanho sofrimento? A mãe teve uma vida infeliz. Qualquer cachorro da São Conrado era mais feliz e bem tratado que ela. Viveu com um bêbado que a espancava sem dó nem piedade, que coroou a obra deixando todo o patrimônio da família para um filho bastardo. Ela é uma mulher com problemas. Demorei, mas enxerguei e entendi que ela tem uma inteligência limitada e comportamentos incompatíveis com a idade. Mas, Jesus, por favor, isso não é motivo para que sofra tanto. Afinal, ela foi boa mãe, aguentou o casamento infernal, nunca fez escândalo, sempre foi boa pessoa e religiosa. Por favor, tenha piedade. Alivie esse padecimento".

O espírito de Flô, que há muito trabalhava na esperança de socorrer Mariana e Bernardo, acompanhava o drama de Maria Carolina. Aproximou-se de Josefina e, aproveitando o ânimo mental que a prece revelava, sugeriu-lhe em pensamento:

— Mande chamar Iara. Aceite a ideia. É necessário!

Sensível, Josefina reagiu imediatamente e perguntou em tom calmo à empregada:

— Diva, você está falando da Iara, a curandeira da vila?

Surpresas, Diva e Nora olharam-se e voltaram a atenção à enferma, que, presa a um sono agitadíssimo, se debatia e gritava. Compadecida e sentindo arrepios correrem por seus braços, Diva encarou a filha da patroa e respondeu:

— Ela mesma, dona Josefina. A Iara pode ajudar. Isso que nós estamos vivendo não é normal. Acredito que todos nós tenhamos uma alma que continua vivendo depois da morte e que, às vezes, quando há situações mal resolvidas, algumas vêm cobrar, acertar as contas, ou então querem pedir perdão por alguma coisa para ter luz e sossego na outra vida.

— E você acredita que haja alguma alma perturbando minha mãe? É isso? É essa a história que eu cresci ouvindo o pessoal falar? Sobre a alma da Mariana aparecer aqui na fazenda. Será mesmo possível? — perguntou Josefina entrando no quarto e sentando-se nos pés da cama.

— Dona Josefina, não sei lhe dizer se é ela quem perturba a dona Maria Carolina, mas há alguma coisa ruim acontecendo além da doença, disso eu tenho certeza. E ela fala muito da Mariana e do seu falecido pai. Briga com eles como se estivessem frente a frente, mas está dormindo. A senhora já deve ter visto isso — disse Diva, ajeitando um travesseiro de ervas que exalou com mais intensidade o aroma de camomila e alfazema.

— O cheiro é bom. Às vezes, ela se acalma quando fazemos isso — explicou Nora para Josefina.

— Sim, entendo.

Flô, ao lado de Josefina, insistiu na sugestão mental:

— Vamos, mande chamar a Iara. É necessário!

Presa de forte agitação, Maria Carolina suava e gritava, assustando as três mulheres.

— Vá, Diva! Mande vir a curandeira! — ordenou Josefina.

Ante o olhar de espanto das empregadas, confirmou:

— Vá, Diva! Mande algum dos homens trazer a curandeira. A vila fica distante. Se for de charrete, será mais rápido. Não temos nada a perder, só a ganhar. Se for pecado, que Deus me perdoe. Ele sabe que minha intenção é aliviar esse sofrimento.

— Muito bem, minha filha! Fique em paz! Na vida, as intenções são o que dão valor aos atos. E, nesse caso, a intenção e o ato são bons. Fique em paz. Deus não é mau nem deseja punir nenhum de seus filhos. Dará tudo certo — disse Flô ao pensamento de Josefina, enquanto lhe acariciava os cabelos com carinho.

255

CAPÍTULO 49

É PRECISO VER ALÉM DA MATÉRIA

Iara estava sentada sobre um tapete de palha, à sombra de uma árvore frondosa, preparando feixes de ervas para secar. Trabalhava rodeada de folhas e flores diversas colhidas nas primeiras horas da manhã.

Concentrada na tarefa, ela não percebeu a aproximação de Borges, um dos capatazes da fazenda.

Assustou-se quando uma sombra desceu sobre seu trabalho e virou-se abruptamente.

— Calma, Iara! Sou do bem, sou da paz. Não se aflija — pediu Borges.

— Nossa! O senhor me assustou, capataz — falou Iara com a mão no peito. Segundos depois, refeita, indagou: — Em que posso ajudá-lo?

— A dona Josefina pediu para levá-la para ver a doente. Vim buscá-la.

— Ah! Entendo. Deve estar muito ruim a pobre mulher — falou Iara olhando preocupada para suas ervas.

— Não sei lhe dizer, mas deve estar, porque dona Josefina pediu pressa. Estava com cara de assustada — respondeu Borges.

Pensativa, Iara olhou novamente para as ervas.

— Preciso de um tempinho. Não estava esperando por esse chamado. Preciso guardar as ervas e fechar a casa — informou Iara.

— É justo! Eu aguardo, mas não se demore — respondeu Borges calmamente.

Iara baixou a cabeça, manifestando entendimento da ordem, e começou a recolher as ervas que secavam no varal e a depositá-las no fundo de uma caixa dentro de casa.

Guardou a tesoura e o capim usado para amarrar os molhes de ervas e flores e apresentou-se ao capataz, que a aguardava. Disse:

— Podemos ir.

— Então vamos — respondeu Borges apontando para a charrete.

Curioso, o povo da vila espiava por detrás das cortinas de chita ou algodão. Alguns acenavam timidamente para Iara, muitos não escondiam a surpresa, e os mais velhos, a preocupação.

— Desde os tempos que o Bento cuidou da Mariana, não se vê os donos da fazenda pedirem ajuda aqui. Deve *tá* acontecendo algo muito sério — disse uma idosa para os netos que a rodeavam. — Que Deus a proteja!

Iara foi em silêncio, calma, sem se preocupar com o que a aguardava. Conhecia dona Maria Carolina de vista, pois ela pouco saía da sede da fazenda, e Iara, por sua vez, vivia entre a vila, as plantações e as matas das redondezas.

Borges parou a charrete no pátio dos fundos e apontou a porta da cozinha para Iara, dizendo:

— Pode ir. As mulheres vão te levar até a dona Josefina.

Iara desceu e, ao se aproximar da porta, viu o espírito de Bento acompanhado por outra mulher negra, de semblante sereno e luminoso.

"Sempre bom saber que *cê tá* me ajudando, Bento", disse Iara mentalmente ao espírito do amigo.

"Bem-vinda, minha filha. Situação complicada. Essa é a Flô", respondeu Bento, apresentando a amiga que o acompanhava.

Iara fez um gesto leve e muito discreto de cabeça. Não costumava chamar atenção quando lhe ocorria algum contato com o mundo espiritual, ainda mais em ambiente estranho. E seguiu caminhando até a porta onde Nora a esperava visivelmente nervosa.

— Graças a Deus, Iara, que *cê* veio nos ajudar. A coisa aqui *tá* feia!

— Bom dia pra *ocê* também, Nora! — falou Iara brincando, mas, ao ver que Nora estava à beira das lágrimas, mudou imediatamente o tom e disse: — Calma, mulher! Tudo nesta vida tem um jeito e tem um fim. Não se desespere! Isso não ajuda. Agora, me diga o que *tá* acontecendo.

— Eu mais a Diva, a gente *tá* muito assustada, Iara. A patroa não *tá* normal, e não é só a doença ruim do estômago. Tem mais coisa. Sinto que eles estão em volta. Coisa mais horrível! Às vezes, sinto cheiro de bebida, de cachaça, e, logo em seguida, a patroa começa a gritar com o falecido marido. É batata!

— Hum! — resmungou Iara. — Alguma coisa mais?

257

— O fantasma da Mariana, né? Esse já é de casa. Não entendo por que esses dois não somem daqui agora que *tão* os dois no outro mundo. Dizem que se amavam tanto, então, tinham mais que ser feliz lá e não vir azucrinar aqui.

Iara tocou no ombro de Nora e, olhando no fundo dos olhos dela, recomendou:

— Nora, guarde sua opinião pra *ocê* mesma. A gente mal sabe da própria vida. Não dá para dar palpite, ainda mais na vida dos espíritos. A gente não sabe nada. Melhor ficar quieta, *tá* bem?

Nora baixou os olhos, envergonhada. Respirou fundo e, ao ouvir um grito de Maria Carolina, apressou-se:

— Ouviu, Iara? É ela. Venha comigo.

Iara identificou agonia e um intenso sofrimento na voz da doente, mas não comentou e limitou-se a seguir Nora.

O quarto causou-lhe uma impressão desagradável à primeira vista. Penumbra, janelas fechadas e duas velas de cera, que queimavam diante de uma imagem de Nossa Senhora das Dores num nicho acima da cama. A visão do coração da santa cravado de espadas e iluminado pela chama bruxuleante da vela e o cheiro inconfundível que exalava chamaram a atenção de Iara, que afastou do pensamento as ideias que aquilo despertava e desceu o olhar até encontrar a enferma que parecia adormecida. Sentada na cadeira ao lado, Diva tinha as mãos sobre os joelhos e uma expressão desolada.

Iara aproximou-se, tocou-lhe suavemente o ombro e disse:

— Bom dia, Diva!

— Bom dia, Iara! Graças a Deus, *ocê* veio. Não sabemos mais o que fazer com a patroa. Acho que *ocê* pode ajudar ela. Tenho fé e muita esperança. Já chega a doença pra maltratar. Ela precisa de paz e sossego.

— Pois é, Diva, a paz é igual à casa da gente: cada um faz a sua, constrói na alma e vive dentro — respondeu Iara e, lançando um rápido e desgostoso olhar à imagem, continuou: — Diva, se *ocê* não se incomodar, podia esperar na porta junto com a Nora? Preciso de espaço. Podemos abrir as vidraças da janela? Ar fresco é bom para os doentes.

Diva levantou-se prontamente, foi até a janela e abriu uma fresta entre as vidraças. Então, olhou para Iara e informou:

— As filhas da patroa não gostam. Não querem que os outros ouçam os gritos da dona Maria Carolina.

Iara ouviu e não respondeu, recusando-se a pensar a respeito. Não era o momento. Sentou-se na beira da cama e pegou a mão direita da enferma. Com a palma para cima, colocou a outra mão sobre a testa dela. Murmurou uma reza aprendida com Bento e fechou os olhos, concentrando-se em estabelecer uma conexão espiritual com Maria Carolina para sentir, perceber o que se passava em seu íntimo.

Iara sentiu o coração apertado, fúria, rancor, mágoa, tristeza, humilhação e revolta. Foi tão intenso que afastou a mão da cabeça de Maria Carolina e sacudiu-a ao lado do próprio corpo. Respirou fundo algumas vezes e recolocou a mão.

Diva e Nora assistiam ao trabalho de Iara. Conheciam o modo como ela atendia os doentes, por isso entreolharam-se assustadas ao notarem que lágrimas silenciosas corriam livremente pelas faces da curandeira. Ela sustentava a relação magnética estabelecida com Maria Carolina, que dormia calmamente. A expressão da enferma costumava ser tensa, testa vincada, maxilares rígidos, mas, sob a ação de Iara, relaxava lentamente e caía num sono tranquilo.

Conforme mergulhava nas sensações da enferma, Iara viu cenas de brigas, discussões e agressões entre Maria Carolina e Bernardo, com a intervenção de outra mulher jovem, bonita, mas com um olhar que transmitia tanto ódio que era difícil de ser sustentado. Eram cenas que ocorriam na casa e no pátio, marcadas por sofrimento, revolta e violência. Não havia perseguidor e vítima; eram acusações e vibrações espirituais baixíssimas e destrutivas que trocavam entre si. Novamente, Iara afastou a mão da testa de Maria Carolina, sacudiu-a ao lado do corpo e murmurou rezas que Diva e Nora não entendiam. Abaixou-se, tocou o pulso da doente e depois se levantou. Respirou fundo, começou a soprar sobre a cabeça de Maria Carolina e seguiu todo o corpo até os pés. Repetiu algumas vezes e voltou a se sentar, tomando novamente o pulso da enferma. Balançou a cabeça satisfeita, largou gentilmente a mão da doente, colocou sua mão novamente sobre a testa dela e murmurou a reza.

Viu que Bento e Flô a ajudavam. Sentiu o cheiro das ervas que Bento a ensinara a usar para acalmar as pessoas e suas dores emocionais, que ele chamava de dores do espírito. Nora farejou o ar, sentindo o aroma das ervas da mata, diferente da camomila e da alfazema do pequeno travesseiro que usava para acalmar Maria Carolina. Olhou atentamente em volta e fez sinal para Diva enrugando o nariz, como um cão farejando o ar. Diva imitou a amiga, sentindo um leve aroma, uma brisa fresca apenas. Sinalizou com a mão que percebera vagamente o cheiro.

Iara afastou-se de Maria Carolina, sacudiu as duas mãos ao lado do corpo da enferma, voltou a fazer alguns movimentos rápidos sobre o corpo dela e disse para as mulheres que acompanhavam o atendimento:

— Preciso de roupas de algodão dela.

Diva rapidamente foi até o armário e pegou três camisolas.

— Lá fora, na luz do sol. Tem mais força de vida — falou Iara recusando-se a pegar as camisolas. — E também preciso de água e sabão para lavar as mãos.

— Eu levo ao pátio, vou pegar na cozinha. Lá tem uma bacia pequena. Venha comigo — respondeu Nora, virando-se e andando em direção à cozinha.

Josefina não se aproximara; tinha medo. Espiara por detrás da cortina da sala de jantar, enquanto Iara lavava as mãos e os braços vigorosamente com água e sabão. No pátio, observou-a erguer os braços acima da cabeça em direção ao sol, rezar, pegar as roupas da enferma, passar as mãos várias vezes sobre elas e depois permanecer segurando as peças por um bom tempo. Quando as entregou a Diva, lavou novamente as mãos, despertando a curiosidade de Josefina sobre por que as lavava tantas vezes. A mestiça indígena chamara-lhe atenção pela higiene. Admirara o cabelo negro brilhante preso numa grossa e longa trança.

Iara sentiu que estava sendo observada e olhou para a janela onde Josefina pensava esconder-se.

— Diva e Nora, o quarto da doente precisa da luz do sol e de ar fresco. Ela vai dormir bastante, mas, quando acordar, a tirem do quarto, levem para rua, para o jardim. Dona Maria Carolina precisa de sol. A doença dela não tem cura, e o fim não *tá* longe. Acho que *cês* sabem disso... Ela tem um sentimento muito ruim dentro de si, e isso lhe faz muito mal. *Óia*, se não é a causa dessa doença no estômago. Já vi muita gente assim como ela, doente do estômago, e sempre digo que tem que mudar a vida. Mas, no caso dela, acho que não adianta o conselho. E digam para as filhas de dona Maria Carolina que elas precisam rezar muito para a alma do pai e *perdoá* o passado, senão a doente não vai ter paz no fim da vida. Essas camisolas vocês podem usar nos próximos três dias.

— Deus lhe pague — agradeceu Diva pegando as camisolas. — Agora, vamos lá para a cozinha. Vamos almoçar. Logo cedo, fiz um pão de milho novo, matei uma galinha gorda e botei no forno bem temperada. A dona Josefina come na sala e não se importa que a gente coma a mesma comida que servimos para ela. É uma mulher boa.

Ao retornarem à casa, havia silêncio. Aliviada, Josefina encontrou Diva e Iara compartilhando a refeição na cozinha. Diva começou a se levantar, mas Josefina disse:

— Fique à vontade, Diva. Vim agradecer a Iara. Muito obrigada. A mãe está calma. Parece estar sem dor. Sua reza ajudou-a. Se eu puder retribuir, é só me dizer...

— Fique em paz! É como pode me pagar. Está tudo certo. Mas a dona Maria Carolina e a alma do finado marido precisam de muita prece. Eles necessitam perdoar e esquecer o que aconteceu e curar as feridas na alma. Desculpe lhe dizer, mas eles foram muito infelizes, e isso tem um preço grande nesse momento em que a alma se prepara para outra vida. O corpo pode estar cheio de feridas e doenças, mas a alma precisa estar em paz para não sofrer do jeito que ela *tá* sofrendo. Se *precisá* que eu volte, mande me *buscá*. O que pode curar dona Maria Carolina é perdoar, se livrar do ressentimento e da raiva que tem dentro do coração. Isso maltrata o corpo e a alma. Eu aliviei a dor, mas ela precisa aproveitar esse momento para *pensá* e *perdoá* o que quer que a tenha feito sentir tudo isso. Converse com ela. O resto eu já ensinei para a Diva — respondeu Iara.

Josefina ficou desconcertada com a resposta. Ouvindo Iara, recordou-se do passado, do pai alcoolizado, violento, das brigas constantes entre o casal, sempre causadas em função da proteção e da relação de Bernardo com Edgar. E, depois da morte dele, com a questão do testamento e da descoberta de que o rapaz fora nomeado herdeiro legítimo da fortuna. Destilaram muito rancor por anos até Edgar retornar à cidade e, enfim, tomar posse do patrimônio. Assuntos que haviam sido tratados com muita reserva entre a família. A retribuição pedida por Iara — ficar em paz — era bastante difícil para elas, reconheceu intimamente.

Diva observava Josefina pensativa, enquanto Iara se servia de café.

— Está bem, Iara! Muito obrigada por sua ajuda. Minha mãe é muito religiosa, rezarei bastante com ela. Vou descansar um pouco. Diva, se houver necessidade, estarei no meu antigo quarto — comentou, por fim, Josefina.

Diva concordou e, depois que Josefina saiu, olhou para Iara. Indagou:

— *Cê* acha que ela entendeu?

— Entendeu, mas não aceitou — respondeu Iara. — Não falei para *rezá* para nenhuma santa; falei ela que precisa *pensá* e *perdoá*. Mas, *tá* bom, se é isso que ela consegue fazer. Deixa a vida seguir. Tem hora para tudo, Diva.

CAPÍTULO 50
MUDANÇAS

Como esperado, Romy tornou-se dona de sua propriedade, um sítio, menor e simples, mas que ela transformou em um lar confortável.

A casa fora reformada. Mantivera a fachada colonial, mas, internamente, fizera mudanças, ampliara salas, criando uma suíte com dois quartos para ela e Edgar. Fazia questão de ter seu quarto, pois era uma das formas de estabelecer as fronteiras do relacionamento. Ela vendia seu tempo, negociava seu corpo, contudo, não vendia sua vida, embora Edgar tivesse livre acesso a ela e, nos últimos dias, fosse presença constante nos finais de tarde. As aparências ainda exigiam o luto, e ele sabia que, se passasse a noite fora, os comentários seriam imediatos.

O palacete não estava concluído, e Edgar não gostava de ouvir os gritos de Maria Carolina, por isso, pouco ficava na fazenda. A doença e a iminência da morte irritavam-no. Não conseguia trabalhar e ver as contas da fazenda na velha casa. Improvisara a mudança do escritório da fazenda para uma edícula construída distante da casa, assim, evitava também o contato com as irmãs. Nunca foram próximos, e não havia por que mudar a situação. Obedecia às cláusulas do testamento, dando assistência material a elas. Não sofriam privação de dinheiro. A doente tinha todo o atendimento necessário. Era o que ele tinha a oferecer.

Quando propusera aquele acordo a Romy, oferecera-lhe uma casa na cidade vizinha e, obviamente, seu sustento garantido por um alto valor mensal. Ela, por sua vez, apresentara suas condições de maneira muita objetiva:

— Não quero uma casa na cidade. Quero um sítio e sei de um que está à venda. É perfeito. E, outra coisa: somente sairei da chácara se o sítio estiver em meu nome. Gosto de você, Edgar. Você é muito bom para mim, mas já vi muitas garotas saírem daqui ou de outras casas de Madame Adelaide em arranjos iguais a esse que está me propondo e, depois de algum tempo, retornarem à "vida", porque saíram disso do mesmo modo que entraram: sem nada. Eu não pretendo voltar. Então, se você quiser, o sítio será meu, e eu terei liberdade de explorá-lo comercialmente, independente do valor que está me oferecendo. Nessas condições, eu aceito.

Edgar sorriu e perguntou:

— Quanto custa o sítio? E quando você fala em explorá-lo comercialmente, é algo como isto aqui que tem em mente?

Romy abriu um amplo sorriso, encarou-o e disse o valor já acrescido do que precisaria para reformá-lo, mobiliá-lo e equipá-lo com conforto. Esclareceu:

— Não. Nosso acordo é de exclusividade. Pretendo que as terras sejam produtivas.

Edgar ouviu a quantia e o plano impassível.

— Quanto tempo para executar tudo isso? Você precisará de mão de obra, construtores...

— Feito o negócio, para colocar a casa em condições de funcionamento, acredito que precisarei de dois meses, talvez menos — respondeu Romy confiante. — Não se preocupe com mão de obra. Usarei os trabalhadores da chácara.

— Você tem certeza de que isso é possível? Veja bem, eu estou construindo faz meses, e ainda demorará...

Romy aproximou-se, colou o dedo indicador nos lábios dele e repetiu firme, mas delicadamente:

— Não se preocupe. Eu farei isso. Simplesmente, me garanta que pagará as despesas, que confia em mim, e estamos acertados. Você não se arrependerá.

— Se você tem tanta segurança, está bem. Pode comprar o sítio amanhã.

Sem esconder a satisfação e a alegria, Romy enlaçou-lhe o pescoço e cobriu-o de beijos.

Na manhã seguinte, o negócio estava concretizado, e Romy começou a projetar as mudanças na propriedade. Com o apoio dos profissionais que trabalhavam para Madame Adelaide, em pouco mais de um mês a casa estava reformada, com cozinha, salas e suíte remodeladas. Em uma viagem de três dias à capital, Romy tinha solucionado a questão do mobiliário e dos equipamentos.

Edgar achou a casa muito simples e até sem graça quando a visitou após a compra, no entanto, mudou radicalmente de ideia ao vê-la após as reformas.

— Nossa! Que mudança! — exclamou Edgar ao ver as varandas que cercavam a casa com os pilares de pedra, o novo piso cerâmico alegre, colorido, o madeiramento restaurado, e as portas e janelas com molduras de linhas retas no novo reboco. O verde, o branco e os elementos naturais da fachada integravam a construção a um jardim que estava em obras, com canteiros e caminhos já visíveis.

— Você está fazendo um ótimo trabalho, Romy! — elogiou Edgar.

— Obrigada! Como já lhe disse, aprendi tudo com um arquiteto francês e com Madame Adelaide. Os construtores que trabalham para ela são bons. E o mais importante de tudo: com dinheiro, é fácil fazer maravilhas. E você é muito generoso comigo. Venha! Quero lhe mostrar nossa suíte — convidou Romy.

Edgar sorriu e permitiu que ela o conduzisse pela mão para o interior da casa. Duas semanas após aquela visita, Romy mudou-se para a propriedade.

Adelaide cedera-lhe dois homens e uma mulher para trabalhar no sítio. Assim, garantiria a Edgar a mesma qualidade e o mesmo sigilo dos serviços da chácara. Conhecia os negócios nos quais ele se envolvia e sabia que, cedo ou tarde, acabaria usando a casa para tratar de assuntos sigilosos.

Romy dava-lhe prazer, cuidados, conforto, discrição e um ambiente de paz, e isso o tornava assíduo. Apreciava as mudanças em Romy, que continuara a usar maquiagem, batom vermelho, unhas pintadas, vestidos como ditava a moda da capital, sapatos de salto, a apresentar-se de maneira sexy, porém discreta.

Edgar afeiçoara-se à varanda lateral da casa, onde havia redes e conjuntos de mesa e bancos de madeira, com muitas plantas em torno. Gostava de deitar-se na rede. Romy ofereceu-lhe uma bebida com frutas do pomar e sentou-se num dos bancos próximo.

— Você gostou mesmo daqui — comentou Romy, demonstrando surpresa.

— É muito agradável. Lembra a São Conrado da minha infância, antes de eu ir para a escola. As varandas eram parecidas com esta, e havia árvores e o pomar onde eu brincava — falou Edgar com ar nostálgico.

264

— Mesmo?! Nas vezes em que vi a casa da fazenda, ela me pareceu tão pesada, triste, com aquele monte de imagens de santos. Então, nem sempre foi assim — concluiu Romy.

— Não. Era muito diferente nos tempos da minha infância. — Edgar tinha o olhar distante. Pela primeira vez, em muitos anos, falava sobre sua infância. Sorriu ao dizer: — Eu adorava subir nas árvores. Quanto mais alta, mais eu gostava. Andar a cavalo, cuidar dos terneiros... Os cachorros iam comigo a toda parte. Os santos surgiram depois. Eu me lembro de ter visto os primeiros nas férias da escola, quando eu tinha dez anos. Depois, ela foi colocando cada vez mais; enlouqueceu aos poucos. Agora está daquele jeito.

— Triste a vida dela. Conheço muitas mulheres cujo sonho é o casamento. Fico me perguntando: para quê? Não é garantia de coisa alguma. Veja sua m... — e Romy interrompeu-se, recordando-se de que Edgar jamais se referia a Maria Carolina como mãe. — Quer dizer... ela foi casada, provavelmente com o homem mais rico da região, e de que valeu?

— Teve filhos, comida, um bom nome, respeitabilidade — respondeu Edgar.

— Filhos e comida são fáceis de conseguir. O que é um bom nome e respeitabilidade? As pessoas que trabalhavam na chácara e as que trabalham aqui me respeitam e obedecem. Isso é comprado, é mercadoria, Edgar. Nem mais nem menos — rebateu Romy.

— Nessa esfera pequena em que você vive, até poderia ter razão, mas, na sociedade, isso são valores importantes — insistiu Edgar.

Romy riu com gosto e debochadamente respondeu:

— Na sociedade que não me vê, mas que eu vejo? Conheço bem a hipocrisia do bom nome e da respeitabilidade, Edgar. Talvez, valha para algumas mulheres, mas gostaria de saber se são felizes com isso ou se enlouquecem. Acredite, homens respeitáveis e de bom nome se parecem bastante com túmulos pintados de branco. Tão limpinhos, arrumados para o Dia de Finados, só para os outros verem e se iludirem. Dizem que visitam campos santos, campos da paz, mas estão no meio de ossos e carne podre. Boa reputação pode ser sujeira bem guardada. Que se dane essa hipocrisia toda!

Edgar ouviu as colocações cruas de Romy e, pela primeira vez, permitiu-se questionar o que Maria Carolina sentia. Por um momento, lembrou-se do rosto bonito de Mariana, de seu sorriso largo, de dormir ao lado dela e de ela lhe dizer que a fazenda era dele e que não a abandonasse.

Não teve como fechar a porta à lembrança de Bernardo e que não eram boas. Lembrava-se de um homem alcoolizado, que entrava no quarto de sua mãe, a machucava, agredia Maria Carolina e que o levara para a escola e o afastara de tudo o que Edgar conhecia. Do homem que o buscava nas férias para a fazenda, onde precisava suportar as indiretas de Maria Carolina sobre sua mãe e sua cor, que, somente depois de morto, admitira ser seu pai e que impusera à esposa a maternidade de um filho bastardo. Tudo aquilo acontecera em nome do quê? Olhou para Romy. Ela tinha na sua vida a mesma função que sua mãe tivera na vida do pai.

— Interessante! Boa reputação pode ser sujeira bem guardada — repetiu Edgar, pensando que ele era a sujeira que saíra do armário naquela história. Lembrou-se da história de Ifigênia e completou: — É fato! As mulheres pagam o preço da respeitabilidade e do bom nome, ao menos as que fazem parte da minha vida. Como diria o padre Gabriel, é a cruz de cada um, e as mulheres têm a responsabilidade do pecado original.

Romy revirou os olhos e respondeu:

— Que solução fácil! Poupe-me disso!

CAPÍTULO 51

INFLUÊNCIAS

À noite, sozinho em sua casa, Edgar não conseguia esquecer a conversa que tivera com Romy. A raiva bloqueia a razão, e ele dedicava a vida a satisfazer seu desejo de vingança. Naquela tarde, porém, permitira-se pensar e não fora assaltado pelo desejo furioso de acabar com a família paterna.

Esse era seu sonho desde a infância, nas noites solitárias da escola interna, nos verões sob os ataques verbais de Maria Carolina e o alcoolismo de Bernardo. O testamento tornara possível sua vingança. Ela agora estava concretizada, inclusive, ao sentenciar Adamastor. Desistira de incriminar o avô e os tios como mandantes, que tinham interesse na morte de Firmino Dantas, não gostavam da visão igualitária e até protetora dele com os menos favorecidos. Justiça social era tema impensável naquela sociedade, e havia provas da conspiração da família Sampaio Brandão de Albuquerque para eliminar o falecido juiz. Mas os homens de José Barros Linhares tinham sido mais rápidos para defender o capital dos investidores e arredar o percalço.

Conhecer a história de Ifigênia após sua morte e, principalmente, ter lido a carta foram algo transformador para Edgar, que resolvera libertar-se de todos e daquele passado sombrio. Estava satisfeito com o que fizera e não olhava para outro sentimento que crescia e ocupava espaços rachados em seu íntimo: o amor por Romy. E que, mesmo inconsciente, esse amor operava mudanças lentas, pequenas, ia unindo pedaços e redirecionando interesses.

— O que você acha disso? — perguntou Mariana a Bernardo, que, invisíveis a Edgar, o acompanhavam em suas reflexões.

— Ele está apaixonado, está feliz, e isso amolece um homem — respondeu Bernardo.

— Ele desistiu de liquidar aqueles miseráveis que só nos trouxeram infelicidade. Não sei se gosto disso — comentou Mariana.

— Mariana, será que ainda precisamos do nosso filho para nos vingarmos? Não gosto de usar o menino como uma arma. Só pude estar com ele quando era um bebê, e, enfim, foi tudo tão diferente do que eu desejava. Nós não conseguimos influenciar Romy. Vamos deixá-lo ser feliz com ela, como nós dois não pudemos ser — pediu Bernardo.

Mariana aproximou-se de Edgar e, contrariada, acariciou-lhe a cabeça raspada. A tristeza dela era profunda. Rapidamente, recordou-se de alguns momentos da infância do filho e abraçou-o, encostando a cabeça em seu ombro.

— Ensinaram meu filho a me odiar, Bernardo. Não consigo perdoar isso. Eu o amo tanto, tanto... Eles me roubaram tudo! Roubaram até minha alma ao fazerem meu filho me odiar e ter horror ao corpo que lhe dei. E lembra como nós amávamos nosso menino?

Bernardo aproximou-se dela, pegou-lhe a mão e olhou com carinho para o filho. Edgar ignorava a visita espiritual, mas, influenciado por eles, permitia-se recordar da mãe e da infância, de quando dormia abraçado a ela, e sentiu-se envolvido por uma emoção intensa que lhe apertou a garganta. Fitando Mariana, Bernardo insistiu no pedido:

— Eu sei, mulher, mas penso como ele: a grande responsabilidade da nossa desgraça é culpa de meus pais e de Maria Carolina. Eles estão arruinados, velhos ou doentes. Morrer à míngua pode fazê-los padecer mais do que lhes dar um golpe de misericórdia. Vão sofrer lentamente, anos e anos, como eu sofri. E, quanto a Maria Carolina, não precisamos de Edgar para acertar as contas com ela. Você alimentou muito da raiva de Edgar e com razão, mas agora penso que podemos deixá-lo fora disso. Ele não fará nada para reverter o que está feito. Materialmente, não há mais o que fazer, pois já tiramos tudo deles. A fazenda São Conrado é de Edgar, como você sempre desejou. Um dia, ele saberá a verdade. Tenho me conformado com essa ideia há tanto tempo e sei que você pode fazer o mesmo.

Na mesma sala, porém fora do alcance espiritual do trio, Bento e Flô assistiam à cena. Emocionada, ela emitia pensamentos de doce aceitação para Mariana, enquanto Bento atuava firmemente sobre Bernardo, fortalecendo-o na decisão de afastarem-se de Edgar. A presença deles suavizava as vibrações de Bernardo e Mariana, evitando que o ódio e o rancor, que destilavam contra os que julgavam serem culpados por sua infelicidade, repercutissem em Edgar e em sua disposição de encerrar a perseguição à família paterna.

— Mas, se for preciso, se alguma coisa mudar... — começou Mariana com sinais de que cederia ao pedido de Bernardo.

Ele sorriu, puxou-a suavemente para si, afastando-a de Edgar, e respondeu sorrindo:

— Se for preciso, o usaremos novamente. Mas só se for preciso.

Mariana aconchegou-se a Bernardo e respondeu:

— Então, está bem. Vamos fazer como você quer. Vamos voltar para a casa da cobra velha, então?

Ele concordou. Bento e Florinda observaram-nos afastar-se da casa de Edgar.

— Graças a Deus! — disse Bento.

— Como se comprometem! Que tristeza! Tão cegos! Tão vingativos! Mas, sim, graças a Deus, uma vitória. Edgar libertou-se da influência deles — comentou Flô.

— O amor transforma tudo — disse Bento, observando Edgar entregue a seus pensamentos, que se voltaram à tarde com Romy.

Sem o hábito de conhecer e controlar seus pensamentos, Edgar simplesmente se entregou ao momento, sem cogitar como ou por que abrira portas fechadas e sob as quais guardava emoções tão fortes. Por isso, não percebera a influência de Mariana durante praticamente toda a sua vida nem soube que ela renunciava a usá-lo naquela busca desenfreada por vingança. Fora suficiente a mudança de atitude dele para dar início à libertação.

Diferente era a situação de Maria Carolina, que remoía um ódio profundo por Bernardo e Mariana, atraindo-os e unindo-se a eles. Seus espíritos buscavam-se para viver da forma como haviam viciado seus sentimentos: em uma infeliz busca por culpados e vítimas, em que não reconheciam as próprias responsabilidades nem se reconheciam como seres livres.

Agiam negando a própria liberdade, porque estavam escravizados ao apego às coisas materiais e aos conceitos e padrões do que a sociedade entendia como dever. Esse último era o caso de Maria Carolina, que não questionara o casamento arranjado por seus pais e nada fizera para se desvencilhar dele. Ela considerava o preço da inovação, de afrontar, ousar ser diferente mais alto do que o de uma vida infeliz.

Como não houve mudança de atitude, não se poderia esperar outro resultado senão novas crises. A trégua obtida com a intervenção de Iara fora mal empregada. Com a melhora, todos tinham dado graças a Deus e "restabelecido a rotina", o que equivale a dizer que retornaram aos mesmos padrões de conduta em que viviam. Nenhuma mudança nem sequer reflexão foram feitas. Esqueceram-se das recomendações da curandeira.

Com o retorno e a intensidade das crises, o capataz Borges tornou-se frequentador do vilarejo, fato que desagradava a todos, pois ele era visto ali como uma ameaça.

Em uma tarde quente, Quitéria ajudava Iara a produzir farinhas a partir de milho e mandioca e trocavam ideias sobre a situação de Maria Carolina. Afastadas alguns metros delas, outras mulheres trabalhavam.

— Isso vai longe, Iara. Ainda vai ter muito sofrimento. Eles não cedem, estão duros, rígidos, e desse jeito nada se resolve. Precisam mudar — disse Quitéria.

— Eu falo isso, mas parece que entra num ouvido e sai no outro, sabe? Não fica nada naquelas cabeças — reclamou Iara.

— Coisa bem comum, minha filha. Ninguém quer mudar nada na vida. Mesmo sofrendo, parece que se acostumam. Não sei se é porque a gente tem pouco e por isso sofre bastante por coisas que eles nem imaginam que eu aprendi a mudar. Qualquer coisa pequena que se pode fazer para não sofrer se faz. Senão, a gente sabe, coisas grandes para sofrer aparecem, se juntam com as pequenas, e fica muito maior. Mas eles não pensam assim — comentou Quitéria debulhando milho.

Iara limpou o suor do rosto. Naquela manhã quente, socar o pilão não era uma tarefa fácil. Tomou alguns goles de água e deixou a caneca sobre um banco tosco de madeira. Respirou fundo e usufruiu o prazer de uma leve brisa. Sorriu e respondeu:

— Não mesmo, Quitéria. Dona Maria Carolina padece muito. Como se diz, *tá* comendo o pão que o diabo amassou. *Tá* ruim! Mas, cada vez que toco nela, sinto que guarda um ódio escaldante no coração. Desse jeito, não haverá alívio. Demoro até sentir que ela melhora com meu trabalho e, às vezes, chego a achar que não vou conseguir. Então, me lembro do Bento me ensinando que eu não tinha que por minha atenção na reação da outra pessoa, mas na minha vontade e no que eu queria fazer. Que esse era o melhor jeito de agir quando a outra pessoa é difícil e não reage fácil. Até agora tem funcionado, e é assim que tenho acalmado dona Maria Carolina.

Rezo e falo com os espíritos do bem para ajudar o falecido marido dela e a moça que ele amava.

— Nem me fale dessa história. Eu vi de longe, mas o Bento falava muito. Mariana era uma moça linda, faceira, mas a família do doutor Pedro estragou a menina. A mãe dela também teve culpa na história, pois deixou a filha ser criada pela patroa como se fosse branca e rica. Era só um brinquedo para dona Beatriz passar as horas. Uma bonequinha. E era mesmo muito linda e esperta. Bem, deu no que deu: porcaria! Uma desgraceira só. Quando o falecido dono daqui voltou para casa, moço, depois de estudar na cidade, enlouqueceu de paixão por ela. Eu não vi, pois sempre vivi aqui na vila, mas o pessoal comentava. Ela vinha se tratar com o Bento, porém, não falava muito com a gente da vila. Parecia que nem nos via. E viviam todos lá na casa da fazenda. Imagine isso, Iara — falou Quitéria.

Após uma pausa em que olhava o horizonte, continuou:

— Imagine a raiva dessa mulher de ter dentro de casa a amante do marido e, dizem, com filho e tudo! Uma negra, uma mulher muito mais bonita do que ela e por quem o senhor Bernardo era apaixonado. Com a dona Maria Carolina foi casamento arranjado. Ela deve ter muita raiva mesmo. Não teve vida fácil na São Conrado, muito pelo contrário. Taí o resultado. Nenhum deles foi feliz.

Iara ouvia a tudo calada enquanto trabalhava. Aquela história era quase uma lenda entre os trabalhadores. Um amor impedido, tragédia, morte, um espírito de mulher apaixonada vagando em torno da propriedade, ao redor do filho e do homem amado. Já ouvira várias vezes, mas Quitéria incluía um personagem que a lenda pouco mencionava: Maria Carolina.

— Pobre mulher! Branca, rica, filha de gente importante, mas foi negociada como faziam com os escravos. Comprada e vendida. Foi escrava do marido. De que adianta todo mundo chamá-la de senhora? — questionou Iara.

— É verdade, Iara! *Cê* tem razão. E ela deve ruminar tudo isso dentro de si e contra os espíritos dos mortos. A briga continua ainda mais forte, porque tudo foi parar nas mãos do filho da outra — respondeu Quitéria. Como o assunto começava a entristecê-la, resolveu reagir, puxou um canto conhecido na região, e as mulheres a acompanharam respondendo.

Iara riu e deixou-se levar pela música. "Quitéria tem razão: não podemos nos entregar à tristeza por algo que não está em nossas mãos resolver", pensou. Cantando, seguiram o preparo da farinha.

Próximo do entardecer, cansadas e satisfeitas, elas costuravam os sacos de farinha, quando Quitéria se ergueu e, olhando ao longe, disse:

— Lá vem encrenca para você, Iara.

— O quê? — perguntou Iara distraída com o trabalho.

— O capataz *tá* chegando — informou Quitéria com ar de enfado.

— Deus! Que sofrimento! Até quando isso, Quitéria? — lamentou Iara.

— *Cê* sabe a resposta tão bem quanto eu: vão sofrer até entender que a chave pra se *livrá* dos grilhões *tá* na mão deles. Eles têm que esquecer, seguir a vida, deixar ir embora esses ressentimentos. Aprendi que, na vida, sempre se pode escolher entre parar ou seguir. Eles escolheram parar no tempo. Estão presos, e lhe digo mais: estão presos a coisas que não aconteceram.

Iara concluiu o trabalho e levantou-se, massageando a lombar dolorida. Olhou para a estrada e viu a aproximação do capataz. Pensou sobre a opinião de Quitéria e perguntou:

— Como assim "a coisas que não aconteceram"? Não é verdade essa história? Taí o doutor Edgar! Ele é o dono de tudo, e não dá para dizer que é parecido com a "mãe" dele.

— Isso aconteceu, mas eles estão presos ao casamento que não aconteceu, ao dito amor que não viveram. Os três estão. Acredite em mim. Não vejo espírito nem nada dessas coisas, mas acredito. Não consigo lhe explicar, mas sei das coisas. O tempo passa, e elas se confirmam. Acontecem como eu dizia que eram ou seriam. Às vezes, sonho com as coisas. Já sonhei umas tantas vezes com o falecido seu Bernardo e acordei com essa sensação de ter ouvido um monte de queixas e lamentações de coisas que nunca existiram. E cá, para nós, não há santo nessa história. O capataz *tá* chegando. É melhor *cê* ir se lavar. Tenho pena deles, mas hoje tô com pena de *ocê*, Iara. *Cê* não vai dormir tão cedo. E será que vai *adiantá* tanto trabalho?

— Não sei, Quitéria. Não sei mesmo. Não pense que já não me perguntei isso. E não é porque o capataz vem me buscar — e eu não sou louca de não ir com ele. A verdade é que eu não conseguiria dormir sabendo que poderia, ao menos, ter tentado acalmar a doente e lhe dar umas horas de alívio e não o ter feito. Sei, porém, que eles precisam mais do que eu posso fazer. Vou me lavar e pegar minha sacola. Quando o capataz chegar, *cê* pode dizer para ele me esperar aqui? — pediu Iara.

— Claro que sim! — respondeu Quitéria com a expressão séria.

Iara afastou-se apressada em direção à sua casa.

CAPÍTULO 52

O ENCONTRO

Iara entrou pela porta dos fundos e foi diretamente ao quarto de Maria Carolina. Habituara-se. Com fraca iluminação, muitos cômodos totalmente às escuras, gritos e gemidos da enferma, a casa causaria má impressão e até medo em outras pessoas, mas não nela.

Cansada e serena, Iara chegou à porta do quarto e surpreendeu-se ao ver um homem de meia-idade, calvo, obeso, examinando Maria Carolina sob os olhares de Nora e dona Mercedes.

Ao vê-la à porta, Mercedes sorriu e disse:

— Entre, Iara.

Obediente, ela colocou-se ao lado de Nora e Mercedes, que se inclinou e falou baixo:

— Este é o doutor Onofre. Falei do seu trabalho com a mamãe, e ele me pediu para conhecê-la.

Iara arregalou os olhos, surpresa. Curiosa, observou o homem. Deduziu que era médico, mas não o que atendia Maria Carolina. Espantou-se também ao ver que, quando concluiu o exame, ele sentou-se na beira da cama, pegou a mão da enferma e tocou-lhe o pulso com o polegar — exatamente como ela fazia. Depois de alguns instantes, levou as mãos aos ombros da paciente, fitou-a nos olhos e disse algumas palavras em voz baixa, que só a doente ouviu. Enquanto ele falava, suas mãos deslizavam dos ombros até a ponta dos dedos de Maria Carolina. Ele repetiu diversas vezes o movimento. Minutos depois, levou as mãos ao alto da cabeça da enferma e desceu-as juntas até a altura do estômago várias vezes, de forma lenta e ritmada, enquanto falava no mesmo tom de voz.

A cada instante mais surpresa com o que via, Iara entendeu que o doutor Onofre pretendia adormecer a doente. Em pensamento, pôs-se a acompanhá-lo, desejando paz e calma ao sono da paciente, como sempre fazia.

Maria Carolina acalmou-se e adormeceu. Intimamente, Iara agradeceu aos céus, pois, de fato, sentia-se exausta. Surpreendeu-se, porém, ao ver que ele continuava o procedimento. Apenas realizava os movimentos de pé, a uma distância maior da enferma. Observou-o com atenção. Ele parecia alheio à presença delas, concentrado no atendimento de sua paciente. Aproximadamente um quarto de hora depois, ele parou os movimentos, acercou-se do leito e, sem cerimônia, levantou as pálpebras da doente. Examinou-lhe o globo ocular, tocou-lhe a testa e, por fim, tomou a pulsação.

Sentou-se novamente na cama e, fitando a doente entre os olhos, perguntou:

— Dona Maria Carolina, a senhora está dormindo? A senhora me ouve?

— Sim — Maria Carolina respondeu com alguma dificuldade e em tom baixo.

— Muito bem. Como a senhora se sente?

— Aliviada. Sem dor.

— Excelente! O que a senhora pode me dizer sobre seu estado de saúde e seu tratamento?

— Não há muito a fazer. Em três meses e dez dias, estarei morta. O fim se aproxima. Tenho um tumor volumoso, escuro e grande, que ocupa quase todo o meu estômago, e tumores menores em dois lugares do fígado. Estou sendo bem cuidada.

— Mas a senhora sofre. Grita, geme, tem dor. Como poderá ser aliviada?

— Eu sofro da alma. Tenho ódio desses fantasmas que me cercam. Livrem-me deles, e terei uma morte serena. Iara faz-me dormir, liberta-me da dor do corpo, mas eles me perturbam.

— Pode dizer quem são eles? — perguntou doutor Onofre, tomando notas em seu bloco.

— Bernardo, Mariana, e, às vezes, a mãe dela.

— Muito bem. Conversarei com eles. Mas quero lhe dizer que você é livre e pode optar por afastar-se deles e não se envolver nessa relação raivosa. Deixe-os! Afaste-se! Siga seu caminho.

— Mas para onde? O que posso fazer? Ele é meu marido.

— Aonde você gostaria de ir? — perguntou doutor Onofre, ignorando o comentário.

— Voltar à cidade e ir à casa dos meus pais. Nunca mais, depois de casada, retornei para lá.

— Então, vá para lá, dona Maria Carolina. A senhora pode. Deseje fortemente estar lá e veja-se em frente à porta principal — ordenou doutor Onofre à sonâmbula.

A expressão do rosto de Maria Carolina refletiu prazer, alegria, contentamento, e, sorrindo, ela perguntou incrédula:

— Como cheguei até aqui?! O jardim está lindo! Há luzes nas salas...

— Entre! Explore a casa. Visite sua família, suas irmãs. Você despertará amanhã ao raiar do dia. Durma, sonhe! — determinou o doutor Onofre.

Maria Carolina ajeitou-se no leito, virou o rosto, e ouvia-se sua respiração suave e tranquila.

Doutor Onofre ergueu-se e, com a mão, sinalizou às mulheres para que saíssem do quarto.

Mercedes conduziu-os até a sala e pediu a Nora:

— Por favor, nos traga café.

Iara deu alguns passos para acompanhar Nora, mas a mão de Mercedes a impediu de prosseguir. Ela disse:

— Por favor, fique. O café é para todos nós — e, olhando para Nora, completou: — Inclusive para você.

Puxando Iara pela mão, trouxe-a para perto e apontou uma cadeira convidando-a:

— Sente-se. Precisamos conversar. Doutor Onofre pediu para conhecê-la, por isso, a chamamos.

Iara sentou-se, e sua expressão revelava um misto de desconforto e curiosidade. Sentia-se estranha sentada na sala de visitas.

— Obrigada, dona Mercedes, mas não estou acostumada com isso. É estranho para mim...

— Você se sentirá melhor na cozinha? — perguntou o doutor Onofre.

— Não me oponho a irmos para lá.

— Não, não é preciso. Imagine! — protestou Iara com um sorriso tímido. Lutando para libertar-se do seu desconforto, perguntou direta, ao seu estilo:

— Em que posso ser útil ao senhor, doutor?

— Soube que tem ajudado no tratamento da dona Maria Carolina, que lhe faz muito bem, consegue acalmá-la. Gostaria que me dissesse, francamente, o que sente quando a senhora faz suas benzeduras — pediu doutor Onofre.

Iara analisou-o detidamente, enquanto ele aguardava sereno, impassível e aberto à avaliação dela. O interesse e a simpatia eram espontâneos, o que a fez relaxar e esquecer o estranhamento que lhe causava o fato de estar sentada na sala de visitas.

— Tenho muito dó da dona Maria Carolina. Ela tem sofrido muito com a doença e com essas crises. Como o senhor disse, eu a tenho tratado com o que sei, do mesmo modo que trato os outros na minha casa. Aprendi com a minha mãe, que era do povo da aldeia, e com o Bento, o antigo curandeiro da fazenda. Eles me ensinaram a sentir a alma das pessoas, as forças, a fraqueza, a doença ou saúde. Às vezes, consigo saber o que sentem ou pensam e movimento essas forças para voltar ao equilíbrio. Igual o senhor fez há pouco — respondeu Iara fitando-o nos olhos e falando com muita calma.

— É verdade! Foi o que fiz — concordou doutor Onofre. — Eu sou médico e pratico magnetismo. Estudei isso na cidade entre meus colegas. É uma prática bastante usada, Iara, apesar de nem todos compreendê-la devidamente. É um conhecimento milenar e que muitos povos, instintivamente, empregam em suas práticas de cura. Em essência, você e eu lidamos com a mesma coisa.

— Se o senhor diz — respondeu Iara ouvindo-o com interesse. — Mas eu nunca tinha visto alguém fazer o outro falar dormindo. Eu sei fazer dormir.

Nora entrou com a bandeja de café e ofereceu uma xícara a cada um. Depois, sentou-se ao lado da patroa com a bandeja sobre os joelhos.

Doutor Onofre saboreou o café e, fitando-a, perguntou:

— Quer aprender? Posso ensiná-la. Chama-se sonambulismo. Você já domina o primeiro passo: colocar uma pessoa em sono magnético. É muito útil para tratar alguns doentes, apesar de que nem com todas as pessoas conseguimos esse resultado com facilidade. Isso foi possível com nossa doente, porque você já a havia feito dormir muitas vezes. Também por isso pedi que viesse, Iara, pois sua presença tornaria o processo mais fácil. Você me ajudou, e eu agradeço-lhe por isso. Nesse estado, falamos diretamente com a alma do enfermo. Por isso, a pessoa pode, às vezes, ver suas doenças e ajudar na cura ou na melhora. Não se impressionem com a previsão de morte que dona Maria Carolina nos deu. Poderá realizar-se ou não. Aguardemos em paz. E o que você sente nela? Acha que essas crises são por causa da doença?

— Não são, doutor. Ela *tá* doente, tem essa doença ruim no estômago, mas o sofrimento maior é por causa dos espíritos que a perturbam.

Não sei se o senhor vai acreditar em mim ou não, mas, já que me perguntou, vou lhe dizer: o falecido marido dela e outra moça, que morreu nova e que, contam, era... — Iara fez uma pausa procurando as palavras.

Mercedes sorriu e socorreu-a dizendo:

— Não se preocupe, Iara. Não tenho mais problemas com esse passado. Eu mesma contarei ao doutor. A moça de quem Iara fala chamava-se Mariana. A mãe falou o nome dela. Contam que meu pai era muito apaixonado por essa moça. Não me lembro dela, pois morreu quando eu era muito pequena. Presenciei, no entanto, a relação horrorosa de meus pais, e o nome dela frequentemente surgia nas brigas. Somente depois da morte do papai, soubemos da história toda. O casamento de meus pais foi um arranjo de família, mas mamãe não sabia da existência de Mariana nem que ela vivia aqui. Bem, o senhor pode imaginar como isso torna difícil um casamento. Resumindo, Mariana morreu, e meu pai afundou de vez no vício e tornou-se extremamente agressivo. Ele só não perdeu a capacidade de fazer dinheiro. Passou a viver para trabalhar e beber.

Doutor Onofre ouviu com atenção e recordou-se de Edgar, a quem conhecia de vista. A cidade era pequena, e ele era uma das autoridades locais. Todos também sabiam que ele era um dos homens mais ricos da região, carregava o nome da família e era o proprietário daquelas terras. Olhando as irmãs e a mãe, deduziu facilmente o restante da história.

— Mágoas! Raiva! Ressentimentos! Tudo isso faz muito mal e explica, em parte, o estado de dona Maria Carolina. Esses sentimentos têm o mesmo efeito de quando se come algo estragado; intoxicam o aparelho digestivo e o adoecem. Se há na família um histórico que predisponha a uma doença como a dela, então, se pode dizer que esses sentimentos ruminados são um gatilho e disparam a formação dessas células doentes. Outras vezes, existem causas ainda mais remotas, como a senhora bem sabe, dona Mercedes. Temos conversado bastante sobre isso em nossas reuniões nas quartas-feiras.

— Sim, sim. Eu entendo — respondeu Mercedes recordando-se das lições aprendidas nas reuniões espíritas na casa do médico e do que já lera desde que começara a se interessar pelo assunto do qual a sogra e o marido eram entusiastas.

— Agora que estou a par da história da família — falou doutor Onofre voltando-se para Iara —, por favor, continue o que ia me dizer.

— Como lhe dizia, não sei se o doutor vai acreditar ou não, mas eu vejo espíritos. No caso, eu vejo o falecido dono da fazenda e a Mariana em volta de dona Maria Carolina. Eles brigam. Os três brigam. Têm muita raiva e infelicidade, como o senhor falou. Isso faz mal. Pedi muito para dona Josefina que rezasse pela alma do pai e que procurassem esquecer, perdoar, e que também conversassem sobre isso com dona Maria Carolina. Ela só terá paz se os afastarem daqui. E quem quer paz tem de dar paz primeiro. Mas, infelizmente, acho que a coisa não foi feita direito — Iara concluiu e tomou o café rapidamente.

— Concordo com você. Aliás, você é muito sábia — declarou o médico.

— Que bom! O doutor poderá ajudar mais do que eu. Dona Mercedes, não me leve a mal, mas está tarde, e a vila é um pouco longe. Se não há mais nada em que eu possa ajudar, acho que está na hora de eu ir para casa — disse Iara.

— Claro, Iara. Obrigada por ter vindo. O capataz irá levá-la, como de costume — respondeu Mercedes.

Iara levantou-se, entregou a xícara a Nora, ajeitou a saia e despediu-se andando em direção à saída dos fundos.

— Gostei dela — disse o doutor Onofre a Mercedes. — Não tem conhecimento teórico, mas tem boa sensibilidade e segurança. É um talento bruto. Uma médium e magnetizadora natural.

O médico olhou para o relógio de parede e comentou com a anfitriã:

— Dona Mercedes, está tarde. Devo partir. Siga as recomendações dos medicamentos que deixei. Eles aliviarão as dores físicas de sua mãe. Quanto às dores que carrega no espírito, há uma situação mal resolvida causadora de sofrimento. Podemos chamá-los em uma reunião mediúnica para conversar. Quem sabe um estranho com boas intenções não consiga pacificá-los, não é verdade?

Mercedes encarou o médico e respondeu:

— Que o bom Deus lhe permita esse poder, doutor Onofre! Paz é o que esta família precisa. Será na próxima quarta-feira?

— Dona Maria Carolina está num estado de grande sofrimento, e essa situação espiritual tem lhe roubado as forças físicas para resistir à doença, que é grave. Falarei com o grupo sobre a necessidade de urgência Se houver possibilidade, faremos a reunião antes. Provavelmente no domingo à noite.

— Agradeço muito, doutor Onofre. Avise-me o dia e o horário. Eu, Henrique e dona Inês estaremos presentes.

Doutor Onofre sorriu, levantou-se e, olhando para a tarde que caía rapidamente, apressou-se nas despedidas.

CAPÍTULO 53

A REUNIÃO

Com suas roupas de domingo, Odete caminhava apressada pelas ruas centrais da cidade. Cumprimentava os amigos, e, cada vez menos, respondia a conhecidos que perguntavam por seus patrões. "Hipocrisia e interesse", pensava ela ao avaliar a situação. "Não é à toa que Jesus e os espíritos superiores falaram tanto sobre hipócritas. É o que mais tem!"

Alegre, chegou à frente da casa de dona Henrietta e de doutor Onofre, fechou a sombrinha com que se protegia do sol e bateu à porta. Henrietta recebeu-a sorridente e fê-la passar à sala onde os outros membros do grupo espírita doméstico, que haviam criado quando chegaram à cidade, estavam reunidos. Eram quinze pessoas unidas por um interesse comum: a busca do conhecimento sobre a vida espiritual. Um grupo heterogêneo, composto por pessoas de diferentes idades, condições sociais e culturais. Odete fora uma das primeiras e com satisfação via o grupo crescer. As tardes de domingo e as noites de quarta-feira eram ansiosamente aguardadas. Aos domingos, estudavam sob a orientação do doutor Onofre, e as noites de quarta-feira eram dedicadas às experiências práticas. Ela sabia, no entanto, que aquela tarde seria diferente.

Assim que chegaram à sala onde faziam as reuniões, ouviram outra batida na porta. Dona Henrietta riu e comentou:

— Hoje, todos decidiram chegar no mesmo horário. Odete, acomode-se, por favor. Acho que são Mercedes e o marido.

— Sim, minha querida. Faltam somente eles — confirmou doutor Onofre dirigindo-se à esposa. Depois, ele olhou amistosamente para Odete e chamou-a. — Venha, Odete, sente-se aqui, perto de mim. A cadeira está vaga.

Ela sorriu e cumprimentou os demais antes de se sentar ao lado do médico, que se inclinou e lhe perguntou:

— Como está a situação na casa dos Sampaio Albuquerque?

— Muito difícil, doutor. O senhor me falou que vamos atender a nora da dona Beatriz e mexer nessa história que o povo fala. Será que não é possível fazer alguma coisa pela dona Beatriz? Tenho quase certeza de que naquele mato tem coelho. Essa semana ela esteve bem ruim... — Odete interrompeu a fala, pois a chegada dos últimos participantes trouxe alegre agitação ao ambiente.

Depois que todos se acomodaram e ficaram serenos, doutor Onofre inclinou-se novamente para Odete e falou em voz baixa:

— Concordo com você. Tem coelho, sim. É a mesma situação que envolve dona Beatriz, por isso, se conseguirmos pacificá-los, haverá uma repercussão natural e benéfica para ela. Se não acontecer, querida Odete, teremos de nos conformar com as leis da vida. Dona Beatriz é extremamente católica e está com perfeita saúde para expressar sua vontade. Se ela não nos pedir ajuda, caberá a nós respeitar sua opção. Não podemos usar a mediunidade e a relação com os desencarnados para nos intrometermos na vida alheia. Diversa é a situação desta noite. Veja: dona Maria Carolina está muito mal, fragilizada, e as filhas pediram e autorizaram-nos a intervir e usar as ferramentas que temos para auxiliá-la. Lembrando de que nosso papel aqui não é julgar, mas, sim, contribuir para a reflexão, a evolução e para a paz de todos.

— É verdade, doutor Onofre. O senhor fala isso sempre. Eu esqueci. Desculpe-me, por favor. É que gostaria tanto de ajudá-la. Tenho dó de vê-la daquele jeito. Altiva como era, agora virou um trapo — respondeu Odete.

— Eu entendo, mas as boas intenções não justificam desrespeito. Invadir a vida dela em uma reunião mediúnica, sem sua concordância, não é certo, por melhor que seja a intenção. A dor tem uma função e talvez bem mais nobre do que imaginamos. Ela serve para despertar a consciência. Se a aliviássemos, mesmo sem seu consentimento, o resultado seria ela prosseguir inconsciente, sem despertar para a mensagem que a vida lhe traz. Oremos por ela, para que tenha força e coragem para vencer e aprenda o necessário neste momento — comentou doutor Onofre.

Onofre retornou à posição na cadeira e, notando que os demais os observavam em silêncio, disse:

— Bem, creio que ouviram o que falávamos. Não era nenhum segredo. Serve para todos. É uma situação que se apresenta com frequência, então, lembrem-se de ser vigilantes e prudentes. Muitas vezes, no afã de ajudar, ultrapassamos limites, e nossa ação acaba não sendo produtiva. Respeito é base para a justiça. Zelar por ele é um dever.

Os presentes ouviram o comentário calados e tranquilos. Mais uma lição relembrada.

Doutor Onofre convidou-os a uma breve prece para iniciar a reunião e logo depois pediu que dona Inês desse prosseguimento à leitura da obra que estudavam, seguida por uma produtiva troca de ideias do grupo. Encerrado esse momento de harmonização e elevação dos pensamentos, ele retomou a palavra e expôs sucintamente os motivos do pedido para a realização daquela reunião, convidando a todos a se concentrarem e o acompanharem na evocação. Orou fervorosamente a Deus e aos bons espíritos, pedindo assistência e a presença dos espíritos de Bernardo Sampaio de Albuquerque e Mariana.

Após alguns minutos de silêncio e concentração, um dos integrantes do grupo comentou:

— Sinto um forte cheiro de bebida alcoólica.

— Eu me sinto nauseada, com o estômago embrulhado. E eu estava muito bem — falou dona Inês.

— Raiva! Frustração. Sinto alguém no ambiente com esses sentimentos. E são fortes, muito fortes. Ele reage. Parece estar contrariado e pouco disposto a colaborar — comentou José Pedro, um jovem comerciante que chegara havia pouco à cidade e um dos médiuns mais ativos do grupo.

Doutor Onofre aproximou-se e impôs as mãos próximo à altura da nuca de José Pedro. Pediu-lhe:

— Concentre-se nesses sentimentos. Vou ajudá-los. Nossa proposta é pacífica, de entendimento, compreensão e, acima de tudo, de libertação. Somos espíritos imortais e andamos entre a vida material e a espiritual muitas vezes. Embora as coisas e as situações nos pareçam permanentes, eternas, indissolúveis, duras, enfim, como quisermos representá-las, fato é que são justamente o contrário. São transitórias, passageiras, e a rocha mais dura um dia virará areia e pó. Tudo na matéria segue a mesma lei, e na nossa vida moral, no nosso íntimo, é igual: o ódio mais feroz, a mágoa e o ressentimento também precisam virar pó...

José Pedro, com os punhos cerrados, bateu com força na mesa, interrompendo doutor Onofre. Sob a influência do espírito de Bernardo, começou a falar:

— Palavras! Palavras! Fáceis de serem ditas, mas quero ver vivê-las. O que sabe sobre sentir um ódio feroz, ressentimentos...? Nada! Eu ouvi a conversa de vocês. O que querem comigo? Por que me chamaram aqui? Não tenho interesse na conversa de vocês.

— Boa noite! Estou falando com Bernardo Albuquerque? — indagou doutor Onofre sereno.

— Sim, você me chamou. O que quer comigo? Aliás, como fez isso? — indagou o espírito através do médium.

— Sim, eu o chamei. Desejo conversar com o senhor. Como fiz isso é uma ótima pergunta, uma excelente curiosidade. Por que não se dedica a procurar a resposta? Você tem noção de que é um espírito, de que seu corpo morreu, certo? — perguntou doutor Onofre.

— Sim, há muito tempo, eu acho. Mas não sei ao certo quanto tempo faz. Foi difícil entender isso no início, mas depois encontrei outros que tinham ido antes de mim. Entendi como funciona.

— Você entendeu que a vida continua — afirmou doutor Onofre.

— É — respondeu o espírito.

— A continuidade da vida é bem mais do que prosseguir perambulando por aqui e interferindo nas questões materiais e da vida de outras pessoas. A imortalidade não é para esse fim. O objetivo é possibilitar o desenvolvimento de todos os nossos potenciais através de sucessivas experiências na matéria e fora dela. Há muito a aprender, inclusive descobrir como foi que eu o trouxe aqui, como está falando comigo e como são essas relações entre matéria e o espírito. Sua última vida não foi a única que você viveu, tampouco será a derradeira. Por que se agarrar a ela? Prolongar o que acabou: sua experiência aqui e com as pessoas com quem viveu?

— Pois é... mas isso que você fala não é para mim. Ainda tenho muito a fazer aqui. Não concluí meu trabalho, não saciei minha vontade...

Josefina fez um sinal a doutor Onofre pedindo para falar com o espírito, e ele concordou, movendo afirmativamente a cabeça.

— O que lhe falta fazer ainda? Que desejo é esse que ainda não saciou? — perguntou Josefina com tranquila segurança. — Quando o senhor morreu, eu não sabia o que estava sentindo. Havia tanta confusão em meu coração. Entendi que ficava sem pai, sem alguém que, durante toda a minha vida, eu sabia onde estava e acreditava que seria sempre assim. Ficou um vazio, e me lembrei das inúmeras vezes em que o procurei. Eu nem sabia o porquê. Sabia apenas que era algo mais forte que eu. Algumas vezes, o senhor me olhava, me dava atenção, e eu quase explodia de alegria, mas, na maioria das vezes, não me dava atenção. Passava a mão na minha cabeça com o olhar distante, perdido, ou então nem isso. Era como se não me visse. Cresci, entendi e desisti de me aproximar do senhor, porque cansei de sofrer. Aí veio sua morte, e eu não soube o que fazer com o que sentia, com a tristeza da menininha que buscava a atenção do pai, com o alívio que sentiu a adolescente ao saber que não o veria mais... Que não o veria mais bêbado nem agredindo as pessoas. Não precisaria mais fugir do senhor com medo de ser maltratada. Sabe, eu sofri muito. Foi somente adulta, com meu marido, com o que sinto, com o que aprendi com ele sobre a vida e a espiritualidade, que consegui compreendê-lo e me libertar desse emaranhado de ódio que vocês teceram...

— Josefina! — exclamou baixinho o espírito de Bernardo sentindo-se embaraçado. As palavras dela ecoavam em seu íntimo, evocando lembranças. — Eu...

— Não. Agora é o senhor quem vai que me escutar. Pelo menos desta vez, vai me escutar e saber que eu existo. A vida nos deu essa oportunidade, pai. Não me interrompa. Eu cresci, sei qual é o seu desejo e o que julga ter a fazer. O senhor é um covarde, um fraco! Tão fraco que o álcool o domina. Uma substância inerte, sem vida nem vontade o domina. É assim que eu o vejo hoje, e isso desperta minha compaixão. O senhor é um infeliz, cego e ignorante, que perdeu e perde seu tempo na vida. Entenda que não tem mais nada a fazer aqui. Suas amadas terras pertencem ao seu herdeiro, outra pessoa infeliz que eu lastimo de coração. É muito parecido com o senhor, mas nunca o ouvi pronunciar seu nome ou o nome da mãe dele. Outra criança infeliz, que, assim como Mercedes, não se encontrou. Todo o seu patrimônio é dele. Meus avós estão enlouquecendo devido ao isolamento. Sob a mão dura de Edgar, estão minguando. Vejo isso com tristeza. Sofrimento por ódio, por apego. O senhor já morreu! O que espera que aconteça? Acontecerá o que é lei. Eles morrerão e, tal qual você, continuarão vivendo e marcados por ódio e ressentimentos. Adivinha ao lado de quem será? É, será ao seu lado. Voltarão todos para a São Conrado! E sabe o quê mais? Será assim pelo tempo que quiserem. Vocês estão se condenando ao sofrimento e decidirão como e por quanto tempo. A teimosia dita essa regra. O senhor é fraco, dominado por essas coisas que são somente outras versões do álcool que bebia. As terras são inertes. Ilusão pensar que lhe pertencem. Nada nos pertence, a não ser nós mesmos. E, para dizer que pertence a si mesmo, precisa ser forte, senhor de si. Poder dizer a um litro de cachaça, a um hectare de terra, que é o senhor quem manda neles e não o contrário. Ser senhor da própria vontade, coisa que não sabe o que é, mas deveria tentar aprender. Sempre é tempo! Ser senhor da própria vontade para cuidar da própria vida.

"O senhor agora é um espírito liberto do corpo, tem o universo para explorar e conhecer, pode ter contato com milhões de seres, que teriam muito a lhe ensinar com bons espíritos, mas faz o quê? Prefere ficar igual a uma mosca morta: presa nas teias de aranha, amarrado ao que o matou. Prefere ficar preso no ódio, que é um vício e o domina. Veja o que foi sua vida! Pensei várias vezes nela, fiz parte e tive de me resolver como pessoa. Só consegui isso resolvendo quem era o senhor na minha vida e que tipo de poder eu continuaria a lhe dar. E é isso: o senhor é dominado por seus vícios. Egoísmo é um dos maiores vícios humanos, por isso, o senhor nunca me viu nem ouviu. Eu o perdoei e perdoei tudo o que vivi. Foi assim que me libertei e é por isso que o senhor não me atinge, como faz com a mãe ou com a Mercedes, que tem medo."

— Se perdoou, por que está me dizendo tudo isso, me ofendendo, me humilhando? — perguntou o espírito.

— Não sou eu quem o está ofendendo; é a verdade dos seus atos. Não estou humilhando-o; apenas estou lhe mostrando, claramente, um ângulo da situação, pelos olhos de uma filha que você não via. Sou uma testemunha da sua história. Não o odeio, também não o amo. Ouso lhe dizer que entendi o que vivi e que o perdão é a minha libertação, a minha renúncia a fazer parte dessa história. Ela não me interessa pessoalmente.

— Então, por que me chamaram? Foi você quem pediu?

— Foi. Eu queria lhe dizer isso e saber que estava me ouvindo. E lhe dizer mais: que eu gostaria muito que o senhor descobrisse, assim como descobri, que existe vida e felicidade fora da São Conrado e seus habitantes. O mundo e a vida são muito maiores do que aquilo lá. Experimente. Tente encontrar a força da sua vontade, ela existe. Erga-se como ser humano.

O silêncio imperou. Ao lado de Josefina, os espíritos de Bento e Florinda acompanhavam a reunião. A mentora espiritual dela simplesmente a observava, satisfeita. Apesar das palavras cruas, Josefina exalava sinceridade e calma, sem emoções destrutivas, sem ressentimentos. Apresentara a análise fria e resolvida dos fatos. Bernardo, ao contrário, estava abatido. Josefina impusera-lhe uma reflexão. Ninguém ousara lhe falar daquela forma antes. De seu mentor estava distante havia muitos anos. Ele observava-o sem interferir. O despertar de Bernardo na espiritualidade fora sofrido. As marcas da vida física desprezada, da saúde prematuramente destruída pelos vícios e pela fraqueza e covardia moral nas palavras de Josefina, o apego à matéria cobraram-lhe o preço na exata medida, impondo o vínculo ao corpo morto, à degeneração. Lição para aprender a confrontar o interior no exterior. Via fora o que tinha dentro de si, sua essência como indivíduo.

Notando o ânimo do velho amigo, Bento pediu permissão ao dirigente espiritual da reunião e aproximou-se de Bernardo fazendo-se percebido.

— Bernardo! Chega disso! Chega desse sofrimento maluco. Eu vi sua vida e sua morte, assim como a da Mariana. Sei que acreditou que era infeliz por culpa dos outros e que ao lado de Mariana seria feliz. Você está ao lado dela há muito tempo, e eu não vejo um homem feliz. Ao contrário! Vejo a mesma coisa. Você continua olhando para o passado, cedendo às próprias paixões, sem refletir, se destruindo. Ou seja, exatamente igual. Chega! Basta! Permita-se a liberdade. Faça como fez Josefina: renuncie a essa história.

— Bento! — exclamou o espírito, fazendo a voz do médium ecoar na sala com notas de surpresa e alegria. — Bento, como é bom vê-lo! Eu vejo, eu vejo. Você tem razão, ela também.

Na mente de Bernardo surgiu uma lembrança de Josefina ainda menina caminhando atrás dele e fazendo-lhe perguntas bobas e insistentes, às quais ele respondia mal-humorado. A lembrança fixou-se num segundo em que se voltou para ela e a fitou. Os olhos castanhos tinham uma admiração infantil, um anseio por ele. Brilhavam com um afeto genuíno, mas ele afastou-se, montado em um cavalo. Ao passar a galope por ela novamente, seus olhos se encontraram, e ele viu tristeza, dor e luta para não chorar. Essa lembrança o fez eclodir num choro convulsivo, que sacudia o médium. Pela primeira vez, sentiu quantas coisas boas pisoteara, desprezara, para manter-se preso a seus ressentimentos, ao seu apego, ao olhar voltado ao passado.

Bento tocou-lhe o ombro e falou com calma:

— Chore, Bernardo! Lave sua alma! Arrependimento é tomar consciência, é bom, é o primeiro passo para mudança. Venha comigo! Vamos para um local onde você poderá pensar, se conhecer, entender um pouco mais sobre a vida. O que me diz? Aceita?

— Eu vou! — falou Bernardo por meio do médium.

— Vai para onde? — inquiriu doutor Onofre retomando o diálogo.

— Não sei. Bento me fala de um lugar — respondeu Bernardo.

— Quem é Bento? — perguntou doutor Onofre.

— Um amigo. Trabalhava na São Conrado e era nosso curandeiro. Um negro muito bom. Ele quer me levar para um lugar, onde ele diz que vou me conhecer, entender a vida...

— Você quer ir?

— Sim, eu confio no Bento — falou o espírito de Bernardo e, com perceptível dificuldade e emoção, prosseguiu: — Perdão, Josefina! Perdão, minha filha... Eu... eu sou mesmo um fraco... Perdão, filha!

Josefina controlou a emoção pelo inesperado pedido e respondeu:

— Vá com o Bento, pai! Vá com Deus! Que o senhor encontre a paz e as próprias forças. Já perdoei esse passado. Vá em paz!

José Pedro demorou alguns minutos para se recuperar do transe. Respirou fundo várias vezes, enxugou o rosto com um lenço alvo que trazia no bolso do paletó e sorriu para os colegas de trabalho. Depois, deu algumas batidinhas na mão de Onofre que repousava em seu ombro e disse:

— Estou bem, tudo bem.

Onofre retornou ao seu lugar, concentrou-se alguns minutos e, em voz alta, pediu a Deus e aos mentores espirituais a presença do espírito de Mariana.

Concentrado, o grupo registrou algumas sensações vagas: resistência, medo, um vulto em fuga.

Florinda resignou-se à rebeldia de Mariana; sabia que não seria fácil aproximar-se dela. Aproximou-se de Onofre, agradeceu, mentalmente, o interesse e o esforço e disse-lhe que ela não estava presente. Ele registrou a intuição e não insistiu no chamado. Estava grato por ter sido possível o atendimento de Bernardo.

A reunião foi encerrada, e, depois de alguma conversa a respeito, o grupo começou a se despedir. Na porta, Onofre disse a Josefina:

— Vamos aguardar e esperar os resultados, minha querida. Peça a Iara que continue o atendimento de Maria Carolina. Será preciso, mesmo com o atendimento feito hoje.

CAPÍTULO 54

MUDANÇAS NA SÃO CONRADO

Enfim, o palacete estava concluído e mobiliado. Edgar supervisionava minuciosamente a entrega da obra. Os construtores observavam-no entediados. O arquiteto sussurrou irônico ao amigo:

— Jean, dê uma lupa ao homem.

Jean balançou o corpo e tossiu para disfarçar o riso. Edgar passava os dedos nos arremates e nas molduras de gesso que decoravam as portas e paredes.

— Deus nos livre! *Chercher trois pattes à un canard*[9]. Será pior, Maurice. Tenha paciência. Ele tem o dinheiro, lembre-se disso.

— Mundo irritante! Dinheiro não é tudo. Ele olha, olha, nem sabe o que vê. No máximo, é capaz de identificar uma aspereza ou coisa que o valha — retrucou Jean. — Será que sabe distinguir uma poltrona Luís XIII de uma Luís XIV?

— Ou os estofados Chesterfield — sugeriu Maurice rindo baixinho com ar pedante.

— Com certeza, não — respondeu Jean com enfado e falou em francês: — Fazer o quê? Ele tem dinheiro, então, pode faltar todo o resto: berço, classe, cultura...

— Não exagere. Ele tem formação — recordou Maurice, cochichando em português.

---

9 "Procurando três patas em um pato", expressão popular francesa equivalente a "procurar pelo em ovo", usada em português.

— Mais uma coisa que o dinheiro compra — retrucou Jean. — Ouvimos muitas histórias sobre nosso cliente *métis brésilien*[10].

— Sim. Mas ele tem a chave do cofre, então, esqueça. Se o incomodava tanto trabalhar para um *riche métis brésilien*[11], deveria ter me dito antes.

— Com a crise que estava na cidade?! Acha que sou louco?! O "doutor" é um dos poucos cafeicultores gastando dinheiro com tanta liberalidade nesses tempos de quebradeira econômica.

Edgar fingia não perceber a atitude dos arquitetos. Enxergara o preconceito no olhar deles desde o primeiro dia, mas os tolerava e desprezava porque podia comprá-los. Aprendera a agir dessa forma. Lembrou-se da conversa com Romy sobre reputação e concordou com ela: respeitabilidade era algo que se comprava. Lá estavam os arquitetos estrangeiros visivelmente disfarçando a contrariedade e julgando que, por ser mulato e bastardo, Edgar não entendia de arte nem as expressões francesas que empregavam para referir-se a ele e que revelavam o preconceito à sua origem.

Deixou as salas e foi até seu gabinete. "Perfeito! São pedantes, mas competentes", pensou. Uma expressão irônica estampou-se em seu rosto ao ver os estofados.

Os arquitetos apressaram-se a segui-lo e pararam à entrada do gabinete. Edgar contornou a pesada e linda escrivaninha de madeira com tampo revestido de couro e sentou-se na poltrona, apreciando o conforto. Então, encarou os arquitetos e disse-lhes provocativo:

— Aproximem-se, por favor! E não temam usufruir meus Chesterfield. Eles têm qualidade! Fiquei muito satisfeito com o trabalho dos senhores e feliz que não tenham usado móveis de estilo Luís XIII, por exemplo. Não gosto. O estilo rococó Luís XIV ficou muito bom, principalmente com essa inclusão das referências ao café no torneado da madeira. A mistura de estilos francês e inglês é bem adequada aos nossos tempos. O império inglês é a realidade. De fato, senhores, um dos prazeres da vida é que é *l'argent n'a pas d'odeur, tout à fait?*[12]. Assim, ele nos permite comprar tudo e quem queremos, não é mesmo?

Jean engoliu seco e não conseguiu encarar Edgar. Maurice enrubesceu, piscou várias vezes e depois respondeu:

---

10 Mestiço brasileiro.

11 Mestiço brasileiro rico.

12 "O dinheiro não tem cheiro, estão de acordo?"

— Tem toda razão, senhor! Meu sócio e eu ficamos satisfeitos com sua aprovação.

— Não vou retê-los por mais tempo. Devem estar ansiosos para retornar à cidade. Foi uma obra demorada. Vamos encerrar nossas contas.

A inauguração do palacete com um banquete oferecido aos amigos da sociedade e parceiros de negócios marcou o fim do luto de Edgar. Obviamente, ele tornara-se um viúvo interessante para o mercado de casamentos local, e muitas mães de jovens começaram a observá-lo e obsequiá-lo com vistas a futuras aproximações. A partir daquela festa, duas coisas ocorreram: primeira, receber convites de famílias com jovens em idade de casamento tornou-se algo frequente para Edgar. Segunda, a cidade e a região comentavam o espetacular palacete do doutor Edgar, que foi projetado para ser uma declaração pública de poder e riqueza. Ostentação. Portanto, atingia o objetivo.

A situação o divertia. Edgar fingia não notar o movimento de quase oferecerem as filhas em uma bandeja de prata. Como tinha interesse em casar-se para ter herdeiros, aceitou de bom grado a procissão de moças. Eram Maria, Clarice, Joana, Gertrudes, Serafina, Helena, Abigail, e tantas outras que chegava a confundi-las. Ingênuas, educadas para serem boas esposas, com interesses limitados, infantis.

Nenhuma lhe despertava qualquer sentimento. Entediavam-no. E, ao fim de poucos meses, estava irritado com a condição de "viúvo cobiçado".

Tenório mantinha-o informado da situação da família paterna. Os avós minguavam conforme o esperado, ainda mais condenados ao ostracismo com os últimos acontecimentos. Naquele fim de tarde, trazia-lhe informações sobre Maria Carolina. Encontrou Edgar trabalhando em seu gabinete e, após as saudações informais, falou:

— Doutor Edgar, vim avisar que dona Maria Carolina está nas últimas. As filhas estão aí. O médico já veio, a curandeira também e há pouco mandaram chamar o padre... Então, vim só para avisar que ela pode morrer a qualquer hora. Diz a Nora que ela está em paz, embora um fiapo humano. A gritaria e a fúria, no entanto, cessaram. A curandeira da vila continua indo toda semana visitar a doente, mas diz a Nora que foi um médico da cidade, amigo da dona Josefina, que acalmou a situação com uma sessão espírita. Diz a Nora que a dona Josefina é envolvida com isso, mas a doença ruim ninguém conseguiu curar e dona Maria Carolina vai dessa para a melhor logo — informou Tenório a Edgar em seu gabinete.

289

Ele ergueu as sobrancelhas com ar divertido diante da informação.

— Ora, ora, quem diria?! A mãe tão carola e a filha envolvida com essas coisas. São umas cabeças fracas — desdenhou Edgar. — Avise-me quando a doente morrer. Quero demolir aquela casa no dia seguinte.

— Sim, senhor doutor. Pode deixar. Tomara que não seja no dia da inauguração da ferrovia.

— Não há de ser! Muito azar. Afinal, para todos os efeitos, enterrarei "minha mãe". Não ficará bem comparecer à festa — comentou Edgar friamente, mas percebia-se que a ideia de não comparecer à inauguração o desagradava.

Tenório mudou o assunto, afinal, com a expectativa da inauguração, muitas autoridades viriam à cidade. Era preciso pensar em muitos detalhes, pois a São Conrado receberia hóspedes ilustres.

As primeiras estrelas iluminavam a noite, quando Tenório deixou o palacete. Edgar serviu-se de um conhaque e ficou admirando a vista da janela e ouvindo os sons da natureza. Sentia-se inquieto, embora sua face estivesse imperturbável e rija como de costume. A mente vagava, e lembranças de Ifigênia perseguiam-no. Dizia a si mesmo que era porque precisava de uma anfitriã ou pelo menos de uma boa governanta que organizasse refeições e pudesse ajudá-lo a recepcionar os convidados. Todos eram parceiros comerciais importantes. Trazê-los à fazenda era parte do seu plano de expansão e exportação de seu produto. Pretendia ampliar e modernizar a produção.

A questão de um novo casamento perturbava-o. Era necessário, ele desejava, mas não encontrava nenhuma moça que lhe permitisse pensar em uma convivência minimamente satisfatória.

A umas faltavam a cultura, a elegância e o refinamento de Ifigênia; a outras faltavam a alegria, a brejeirice, a sensualidade, a inteligência e a astúcia de Romy. Mas, pensava ele, que o problema estava em comparar todas a Ifigênia, que tivera educação primorosa, muito acima dos padrões da cidade interiorana, já que não cogitava abandonar o relacionamento com Romy. Isso realmente estava fora de qualquer cogitação nos planos de Edgar.

Uma empregada bateu à porta avisando-o de que o jantar estava servido.

— Obrigado. Já irei.

Ao sentar-se na cabeceira da mesa de doze lugares na sala de jantar, Edgar teve uma sensação incômoda. "Deve ser o hábito se estabelecendo", pensou, recordando-se da admiração que costumava sentir naquela sala, decorada com extremo bom gosto pelos arquitetos.

Edgar não tinha um paladar exigente. Gostava da comida simples e caseira da cozinheira da fazenda. Inconscientemente, aqueles sabores conectavam-no a um período bom de sua vida, do qual tinha poucas lembranças, e mesmo as escassas recordações ele sepultara dentro de si. Apreciou o jantar, mas lembrou-se dos hóspedes. Detestava ter problemas corriqueiros como esse, mas de difícil solução. Devia ter pensado em contratar um mordomo, uma governanta, cozinheiras na capital, mas o que eles fariam ali no dia a dia?

Após a refeição, pediu que lhe servissem a sobremesa e o café em sua sala preferida, que tinha portas duplas para um balcão e vista para a plantação. Era uma saleta de estar, com mesa de jogos, armário com variedade de licores, dois belos quadros, que retratavam alguns recantos de beleza natural da São Conrado, e alguns objetos antigos usados na fazenda.

Edgar aprovara com gosto a instalação de uma vitrola e a compra de uma coleção dos melhores discos de vinil produzidos na Europa e nos Estados Unidos da América. Ela ocupava um lugar de destaque naquela sala. Escolheu um disco de jazz, colocou-o para tocar e deitou-se num sofá. Sem perceber, adormeceu. Sonhou que andava pelas plantações, quando ouviu a voz de Ifigênia chamando-o. Logo estava nos jardins do palacete e a viu sentada em um banco, sob um caramanchão coberto por uma trepadeira de flores azuladas.

— Ifigênia! Você aqui?

Ela usava um de seus vestidos favoritos e os brincos de pérola que ele lhe dera.

— Venha, Edgar. Sente-se aqui. Meu tempo é curto — pediu Ifigênia.

— Pronto! — respondeu Edgar sentando-se ao lado dela. Ele disse: — Você está muito bonita.

— Obrigada! Eu estou bem, Edgar. Foi difícil, muito difícil. Cortaram-me as asas quando estava aprendendo a voar. Doeu muito! Revolta. Frustração. Mas estou aprendendo muito, e isso tem me tornado mais forte. Eu me libertei desses sentimentos, dos fatos e das pessoas. Entendi o que é misericórdia e renunciei a qualquer desejo de vingança ou de ódio. Pode parecer estranho, mas não há força real nisso. Hoje, vejo que há muita fraqueza fantasiada de força interior. Quem mais sofre é quem se vinga, é quem odeia, pois é quem perde a paz, a liberdade e o governo de si mesmo. Sem perceber, cede tudo isso à paixão da vingança. Sofre porque alguém fez algo de ruim para que se deseje vingança. Se a pessoa tinha ou não intenção é outra questão. O que importa é perceber isso como algo ruim, destrutivo.

"Nós sofremos enquanto desejamos a vingança, a planejamos e a executamos. E, mesmo depois de concluída, talvez não consigamos saciar o desejo que nos aprisiona ao ódio ou saciar o ódio que nos aprisiona ao desejo, como quiser. Eu sofri bastante, Edgar. Fiquei presa, acorrentada por muito mais tempo do que você imagina. Ainda luto contra minhas crenças e meus preconceitos e é por isso que vim vê-lo. Sinto seu pensamento comparando outras moças a mim. Não faça isso, Edgar. Mude o caminho. Você já fez esse trajeto uma vez, e sabemos que não deu certo. Mude! Voe! Seja livre! O que você pretende fazer é reeditar a mesma história na São Conrado. Seja você. Não seja o seu pai. Seja livre, Edgar! Siga o seu coração!"

A empregada entrou na sala, colocou a bandeja com os queijos, o doce de leite e a xícara de café sobre uma mesa lateral. Procurou não fazer ruído, mas um talher caiu e o barulho despertou Edgar, que, confuso ao ver a figura feminina, falou piscando:

— Ifigênia?

— Não, doutor. Sou eu, Fátima. Desculpe ter acordado o senhor. Só vim trazer a sobremesa e o café, como pediu.

— É claro! Cochilei e sonhei com minha falecida esposa. Foi isso, Fátima. Pode deixar assim. Não precisa trazer outro talher. Os que estão aí bastam.

— Sim, senhor! Então, se não precisa de mais nada, vou me recolher. Boa noite, doutor.

— Boa noite!

Fátima saiu, e Edgar sentou-se, pegou a xícara, aspirou o cheiro do café e bebeu um gole — isso o ajudava a clarear o pensamento. Recordou-se, então, do sonho que tivera com Ifigênia e que lhe deixara uma sensação boa. Lembrou-se dela com uma ave na mão, mostrando-lhe asas cortadas, e depois com outra, que ela libertava para voar. Lembrou-se dela dizendo: "Voe! Seja livre! O que você pretende fazer é reeditar a mesma história na São Conrado. Seja você. Não seja o seu pai. Seja livre, Edgar! Siga o seu coração!".

CAPÍTULO 55

O ÓBVIO

Faça o óbvio. A vida é lógica, é regrada. Quem vive aos trancos e barrancos é o ser inconsciente, fora do próprio eixo íntimo, sem autocontrole, autopercepção e autoconhecimento. É igual a uma folha voando ao sabor do vento, chocando-se aqui e acolá contra obstáculos. As diretrizes de nossas ações não devem vir de fora, do ambiente, mas de dentro, fruto da nossa consciência, determinando atitudes livres. Impossível dominar as circunstâncias, o externo. Quem foca nele erra o caminho e perde tempo e muita energia.

Na tarde do dia seguinte, Edgar estava deitado na rede da varanda da casa de Romy, que o embalava mansamente encostada no pilar de pedra.

— Você não quer me dizer o que o preocupa? — indagou Romy.

— Meu Deus! Sou tão transparente assim para você? Como sabe que algo me preocupa? — indagou Edgar surpreso com a questão objetiva.

— Sou boa leitora de expressão, meu caro — informou Romy. — Você está com vincos entre os olhos, testa enrugada e maxilares rígidos. Os músculos das suas costas estão tensos. Nada hoje o fez relaxar. E agora está alheio, não está aqui. Seu pensamento está longe de mim. Pode confiar em mim, Edgar. Sou sua amiga. Temos um acordo. Eu não o trairei; jamais revelaria qualquer coisa. Falar ajuda muito a organizar nosso raciocínio. Às vezes, enquanto escutamos a nós mesmos falando a outra pessoa, a solução que buscamos aparece.

— Você é uma criatura intrigante, Romy. De onde tira essas ideias?

— Por que acha isso? Será que pensa que, porque não tive uma vida de luxo e esmerada educação, aliás, foi bem o contrário, só por isso não

293

aprendi a pensar e a conhecer? Diz o povo que a escola da vida é a que mais ensina. Eu me formei na arte de conhecer homens. Entenda-se: humanos do sexo masculino — falou Romy, rindo. — Acredite, aprendi a conhecer esse espécime. Sei quando encontro um que está se consumindo mentalmente. Vamos, fale logo. Confie na minha arte de escutar e esquecer.

— Há uma série de fatores que me afligem, e detesto quando isso acontece. Gosto de ter as coisas planejadas e executá-las meticulosamente — respondeu Edgar.

— Controle. O que está escapando ao seu controle, Edgar? É algo que me surpreende, porque você costuma ditar as regras do jogo, mesmo quando se submete. Vi isso nas negociações com os ingleses.

— Exatamente. Não tenho controle dos acontecimentos, e isso me irrita, me tira a concentração, acaba com minha tranquilidade e meu prazer. Como você mesma disse, não estou aqui e agora, e ficar com você é o que mais gosto de fazer, além de cuidar dos meus negócios. Mais uma razão para me incomodar, pois isso me rouba o tempo.

— Posso saber do que se trata? O que está fora do seu controle? — insistiu Romy, escondendo a surpresa com a breve revelação da sua importância na vida dele.

— A inauguração da ferrovia...

— Meu querido, é uma festa! Imagino o alvoroço de Adelaide! Com certeza, terá muitos clientes. Por que uma festa o aflige? É a libertação dos aborrecidos ingleses! Enfim, a estrada entrará em ação e impulsionará o progresso da região. Não é isso? É uma conquista! É bom celebrar! Qual é o problema?

— Os problemas, Romy. Os problemas. Se fosse um só, eu estaria bem.

— Fale-me do maior.

— Não tenho quem prepare a sede da São Conrado para receber os visitantes. Terei hóspedes, parceiros comerciais, autoridades e me descuidei da questão de recepcioná-los. Meus empregados são ótimos, mas não têm condições de atender essa tarefa. Nenhuma condição. O tempo passa, e não encontro solução. Acho que ainda é resquício do casamento com Ifigênia. Ela cuidava de todas essas coisas sociais e domésticas. Antes, eu vivia na casa de Lima Gomes, e Olegário e a governanta eram perfeitos. Simplesmente, sei o que é preciso fazer, mas não sei como. Isso é terrível! Não consigo me imaginar atendendo os negócios com os hóspedes e as questões da cozinha, por exemplo. Irritante!

294

— Hum! Quantas pessoas são? — indagou Romy.

— Oito, talvez nove — respondeu Edgar, nervoso.

— Casais?

— Não, não. Comerciantes e dois ou três deputados do Rio de Janeiro, da Câmara Federal — informou ele. — Digo dois ou três porque aguardo confirmação. E tenho muito interesse que venham e seja proveitoso. Temos que debater essa crise do café. É nosso principal produto de exportação, a economia depende disso e o progresso não se faz sem dinheiro circulando, Romy. Pretendo oferecer um jantar aos produtores da região para discutirmos conjuntamente essas questões. É algo importante! E você sabe que um bom ambiente faz tod... — Edgar calou-se, e seus olhos iluminaram-se. Encarou Romy e repetiu pausadamente sorrindo: — É isso! Como não pensei nisso antes?! Você sabe! Você sabe tudo de que preciso ter para que meus planos sejam um sucesso! Romy, você é a resposta.

— Resposta para quê? Para ajudá-lo na organização da recepção dos seus convidados? Sim, Edgar, podemos pensar. Suponho que queira tratar de negócios, sem diversão para os convidados, sem as meninas, por exemplo.

— Não! Na minha casa, não. Posso até levá-los à chácara, algo privado. Sem exposição, entende?

— Perfeitamente! Posso disfarçar minha aparência, a fim de que não me reconheçam — afirmou Romy.

— Perfeito! Você faria isso por mim? Por nós? Serei-lhe muito grato. Diga-me o que quer — perguntou Edgar.

— Hã? Pensarei e lhe direi depois. Agora fui pega desprevenida, e a ideia até me diverte — falou Romy sorridente, com os olhos brilhantes. — Gosto muito da minha vida atual, mas um pouco de agitação estava me fazendo falta. Pronto! Esse problema está resolvido. E o outro, qual é?

— Esse é um inferno. É a... a... Maria Carolina está à beira da morte, com os dias contados. Temo que, até para morrer, a infeliz escolha o dia errado. Você sabe que ela não é minha mãe, mas quis o senhor Bernardo Sampaio Brandão de Albuquerque que eu tivesse uma mãe branca, uma mulher casada. Então, é mais ou menos, como a fábula do rei nu[13].

— Não entendi. Acho que conheço a fábula — interrompeu Romy.

— Lima Gomes me contou e me fazia lembrar que as pessoas agem como na fábula — relatou Edgar. Ele sentou-se na rede e puxou Romy para perto. — Vou lhe contar o que me lembro, está bem? É a história de um rei

---

13 Alusão à fabula *A roupa nova do Rei*, de Hans Christian Andersen, publicada em 1837.

e seu alfaiate. O alfaiate era muito esperto. Na verdade, era um bandido, que se fazia passar por alfaiate e sabia que o rei gostava de andar muito bem-vestido e não economizava.

"Houve um grande evento no reino, e o rei queria estar absolutamente impecável. O alfaiate, então, disse ao rei que faria um tecido primoroso, perfeito, de altíssima qualidade, tão superior a todos os outros existentes que somente pessoas dotadas de grande capacidade e inteligência, os verdadeiramente superiores, seriam capazes de vê-lo. Os outros, os parvos, ignorantes, mal-intencionados, seriam totalmente incapazes de enxergar tal maravilha. O rei ficou imediatamente encantado e encomendou o traje com o maravilhoso tecido, que jurou realmente jamais ter visto igual, e o suposto alfaiate recebeu muitos tesouros pelo tecido vendido.

"No dia, o rei vestiu-se com o dito traje e partiu confiante e altivo para o evento. Todos o olhavam espantados, e ele, acreditando que isso se devia à beleza do traje que ostentava, falava da maravilha do tecido e de suas qualidades."

— Ei! Isso não existe — riu Romy deduzindo a história.

— Existe sim. Deixe-me terminar, senhorita apressada. Ninguém questionou o maravilhoso traje do rei. Só uma menina, igual a você com sua franqueza, gritou ao ver o rei passar: "O rei está nu!". O que você acha que aconteceu?

— Ora, Edgar, o óbvio: tiraram a criança dali. Entendi. Seu pai o vestiu com esse tecido e o fez rei ao mesmo tempo.

— Brilhante, Romy! Exatamente isso! Bernardo de Albuquerque fez isso. Ele cobriu-me com uma história insustentável, mas que para todos é verdadeira, porque foi um Sampaio Brandão de Albuquerque quem contou e registrou em cartório. Incontestável! Igual à roupa do rei. Ninguém se atreveria a dizer que Maria Carolina não é minha mãe. Nem eu mesmo posso fazer isso. Então, assim como estive presente no casamento de "minhas irmãs", terei, obrigatoriamente, que estar presente no funeral de "mamãe". Imagino que ela odeie esse papel tanto quanto eu, afinal, ela é o tecido dessa roupa. Mas você entendeu minha outra preocupação?

— Sim, entendi. Na verdade, entendi até mais, porém, vamos procurar soluções para o óbvio — respondeu Romy e calou-se por alguns minutos. Teve dificuldade de esquecer a fábula e as relações com a personalidade e a vida de Edgar, mas conseguiu concentrar-se na busca de uma solução. Depois, perguntou direta e objetiva, como era seu costume:

— Bem, a questão é: não queremos controlar a morte, certo?

— Apressar o fim dela. Confesso que cheguei a pensar nisso, mas decidi que não quero fazer isso. Nem sei lhe dizer claramente as razões. Sei que seria o mais fácil, mas não quero fazer isso — respondeu Edgar.

— Gosto disso — comentou Romy, acariciando-o. — Matar não é bom. E se tivermos duas ou três opções de conduta? Uma estratégia pensando nela moribunda, viva ao longo desse período; outra estratégia pensando na possibilidade de ela morrer nas vésperas ou no dia da inauguração; e, por fim, uma em que ela morra no curso das negociações. Quantos dias seus convidados ficarão na fazenda?

— Espero que venham a bordo da locomotiva, em um dos vagões que reservei. Se assim acontecer, chegarão no dia e devem ficar mais uns quatro dias. É indelicado fixar um período para a visita ir embora — respondeu Edgar atento e menos tenso, trabalhando mentalmente. — É um bom plano. Eu poderia ter diferentes discursos prontos.

— Sim. Como as casas são distantes e separadas e a doente é uma reclusa que tem contato com poucas pessoas, as situações de eventos fúnebres podem ser bem limitadas. Algo como comparecer apenas à missa de corpo presente e ao sepultamento para receber os pêsames da sociedade — falou Romy irônica. — Você é o rei. Se disser que está vestido de luto, eles acreditarão. Não é assim? É um reino de farsas e interesses, certo?

— Sim, todos eles farão o que eu disser — confirmou Edgar e, entendendo a sugestão, debochou: — Quisera ter a coragem de ir nu em todos esses eventos só para rir depois.

Levantou-se da rede com expressão decidida, um sorriso irônico, e convidou Romy:

— Vamos trabalhar, minha flor. Venha! Precisamos planejar. Você é a luz na minha vida!

CAPÍTULO 56

A GRANDE VIAGEM

Enfim, o grande dia chegou! A cidade estava em festa com a inauguração da "nova era", do "progresso", da ferrovia que impulsionaria os negócios das mineradoras e dos cafeicultores. Como era hábito naquela sociedade, ricos e pobres participavam dos eventos devidamente separados. No palanque, as autoridades e os mais influentes; nas proximidades, os comerciantes, os profissionais liberais; mais distante, seguindo a linha do trem, a população mais pobre composta por maioria negra e mestiça. Era tão natural que não havia questionamento. Após séculos de escravidão e dura estratificação social, pensar que assim era e tinha que ser representava a maioria. Uns poucos olhavam a cena, enxergavam, entendiam o que ela representava e perguntavam-se: "Até quando?".

Olhavam Edgar e indagavam-se por que ele, com tanto poder e autoridade, nada fazia para mudar aquela realidade. Ao contrário, era um caso emblemático de alguém que negava sua cor, sua origem, e todos participavam daquele circo. Entre esses poucos, doutor Onofre e Henrietta, que, de braços dados, caminhavam em direção ao local da festa.

— Você tem certeza, Onofre, que essa situação tem chance de mudar?

— Eu confio, Henrietta. Um dia, o ser humano se dará conta de que é um espírito imortal e, como tal, não tem cor. Adota a que melhor lhe aprouver ou que necessitar no curso da evolução. Nesse tempo, os preconceitos estarão em extinção, e a mente humana, mais treinada a um pensar racional e científico, menos emocional e crédula, entenderá o porquê das diversidades sobre a Terra. A supremacia real não é a cor da pele ou a carteira cheia; é o ser humano evoluído. Mas, eu sei, minha querida, que ainda demorará essa autodescoberta.

— Ah, sim. Imagine que toda noite se deitam, dormem, deixam de sentir, sobrevivem à vida instintiva, sem inteligência, percepções e sensações, e acordam de manhã retomando tudo isso. Não se questionam, contudo, o que neles sente, pensa, é inteligente, dá sensações e movimento ao corpo. Para onde vai tudo isso? O que é essa vida dos sonhos, sem corpo, mas com movimento e, às vezes, com informações de eventos futuros? — comentou Henrietta, observando as pessoas dividirem-se na praça para posicionarem-se entre seus pares. E concluiu:

— Se ainda não são capazes de perguntar para si mesmos essas coisas, imagino quanto tempo será preciso para que se questionem sobre essas crenças de superioridade e inferioridade racial.

— É uma discussão que ultrapassa o preto e o branco, literalmente. Veja o que pensam alguns dos imigrantes com os quais tivemos contato. Sabemos dos movimentos de supremacia branca na Europa, e tudo indica que por lá o caminho será espinhoso. Já há muita perseguição a diversas minorias sociais — lembrou Onofre. — O preto e o branco aqui é uma relação econômica, em essência. E vejo que o maior preconceito é o econômico. Olhe o palanque, Henrietta. Consegue ver um branco pobre ali?

— Não, é claro que não. Só se for algum empregado e estiver servindo ao patrão — respondeu Henrietta de pronto. — No entanto, entre os negros e mestiços há brancos. São igualados pela pobreza, é isso que diz?

— Sim, em parte sim. Vejo que a questão econômica pesa muito mais do que a própria cor, mas, nesse sistema, a cor da pele remete sempre às camadas mais baixas e marginalizadas da sociedade. E obviamente existem resquícios absurdos com relação ao fenótipo dos negros, como "as canelas definirem caráter". Isso é irritante!

— Conheço pouco da história africana, Onofre. Não sei se entre as diferentes nações havia discriminação e preconceito, mas, como no momento estou mulher branca, vejo que há preconceito e discriminação entre os brancos. Não é somente a cor da pele. Você falava da questão da Europa, e é bem isso que se vê: brancos discriminando brancos, homens discriminando mulheres.

— Sim, querida. Aí dão outro nome aos preconceitos: nacionalidade, a ideia de raça e coisas tais. Como se a espécie humana não fosse uma só. Ainda farei o exercício de reduzir essas alegações todas à essência que, assim, rapidamente, já entrevejo que será a crença de que cada um é melhor que o outro. E deve ficar pouco antes da essência um bocado de interesses pessoais que determinam afinidade e sintonia, formando esses grupos e movimentos que nos espantam.

— Orgulho como a essência do preconceito? Eis aí um exercício que faremos juntos, Onofre. Já estou vendo nossa mesa da sala cheia de papelotes e uma estrutura de pirâmide invertida para decantação dessas ideias até a essência.

— Interessante mesmo! Faremos isso, Henrietta!

— E temos doutor Edgar e sua história. Um bom exemplo disso tudo que comentamos. Depois da nossa reunião, Onofre, tenho pensado muito sobre ele, embora só o conheça de vista. Ele recebeu uma herança macabra, verdadeiramente maldita. Herdou uma posição de extremo desconforto e solidão nesta sociedade. Herança de solidão. Tenho compaixão de Edgar, mas não sei algum dia poderei fazer algo além de rezar por ele.

— Impossível não pensar. É triste e profundamente solitária a vida dele. Sem vínculos. Ou melhor, só se vinculam a ele por interesse financeiro ou influência. Aliás, não só dele, mas de toda a família. Eu lhe confesso que ouvir as colocações de Josefina àquela noite exigiram muito de mim. Há dor nas profundezas daquelas almas.

— É, eu enxuguei algumas lágrimas ouvindo-a, embora ela não tenha se colocado como vítima. Senti honestidade no que ela disse — falou Henrietta.

— Sim, tanto que o espírito cedeu ante a superioridade moral dela, conquistada pelo perdão, por ter se elevado a toda essa história. Mas vamos apressar o passo, querida! Precisamos achar nosso lugar nesta sociedade maluca! A liberdade causa desconforto. Já descobri isso e, embora seja muito necessário causar esse mal-estar, não estou disposto hoje. Talvez será mais fácil lidar com a liberdade, quando as pessoas perceberem que morrem e renascem todos os dias — disse Onofre recordando-se, entre tantas outras situações, a conversa com Iara na sala de visitas da casa da fazenda.

No palanque, Edgar posicionou-se alinhado com coronel Dantas, o prefeito e José Linhares. Aguardavam a chegada da viagem inaugural dos donos da ferrovia representados por Schmidt e seus colaboradores ingleses. Junto vinham os deputados Lúcio Prates e Virgílio Gouvêa, convidados de Edgar e José Lins. Mais atrás, outros investidores das mineradoras, cafeicultores e comerciantes ligados à exportação do grão e dos minérios.

— Doutor Linhares, como tem passado? E dona Júlia, como está? — cumprimentou Edgar ao ver o ex-sogro.

— Bom dia, doutor Edgar. Estamos bem. Júlia segue com seus achaques. Cada dia toma mais calmantes — comentou doutor Linhares, com ares de enfado. — E você, como está?

— Tudo bem! Feliz por finalmente ver esta inauguração, a coroação de nosso projeto. Trato feito e cumprido por ambas as partes. Assuntos encerrados, certo?

— Exatamente, doutor Edgar. Também estou feliz em ver concluído esse projeto. Ganhamos muito dinheiro, meu caro, e ganharemos ainda mais com o funcionamento ampliado das mineradoras e do café. Vejo dinheiro nesta região, muito dinheiro. Isso é excelente! Estamos quites. Prontos para outra, em breve — provocou doutor Linhares.

— Quem sabe? Nunca se fecham possibilidades, não é mesmo? Mas, de momento, tenho outros planos que me obrigam a ficar aqui — respondeu Edgar.

— Ora, ora. Com a ferrovia, a viagem até a cidade do Rio de Janeiro tornou-se menos demorada. Vai até Santos e dali à capital federal é um tempo bem menor. Não atrapalhará em nada seus projetos, eu lhe garanto. Só tem a ganhar — insistiu doutor Linhares.

Sabendo o quanto o sogro era insistente e quantos interesses estavam envolvidos naquela conversa, Edgar respondeu:

— Hoje é dia de festa. Comemoremos o trabalho concluído! Foi árduo, e é justa a nossa satisfação. Haverá tempo depois para discutirmos as outras possibilidades.

Doutor José Linhares acendeu um charuto, ofereceu outro a Edgar e, depois de alguns instantes, comentou:

— Você tem razão. Foram tempos difíceis. É justo que comemoremos hoje. Irá à noite?

— Lá? — perguntou Edgar referindo-se à chácara de Madame Adelaide.

— Sim. A comemoração não será completa sem isso — falou doutor Linhares com um sorriso malicioso. — Então, irá? Você tinha predileção por uma...

— Não sei, doutor Linhares — cortou Edgar. — Estou hospedando algumas pessoas na São Conrado e, infelizmente, tenho uma situação de doença grave na família.

— Hum! Entendo, Edgar. Você aproveitará para fazer negócios. Está certo. Tempo é dinheiro. Eu irei. Os ingleses são apaixonados por nossas mulheres. É bem mais fácil negociar com eles depois de uma noitada.

— Doutor Linhares, doutor Edgar, vejam: o padre Gabriel os aguarda na plataforma — apontou coronel Dantas, o prefeito.

Neste momento, ouviram os primeiros apitos da locomotiva seguidos de alegres gritos de vivas e de uma revoada de pássaros assustados com aquele movimento desconhecido que invadia seu habitat.

— Ah, claro! As bênçãos do progresso! É importante que o povo veja a aprovação de Deus — cochichou em tom debochado José Linhares para Edgar.

— Rituais, meu caro — respondeu Edgar olhando com indiferença o padre Gabriel, cujos manto e batina esvoaçavam à beira da plataforma. Atrapalhado, ele tentava segurá-los com uma mão, enquanto na outra mantinha firme o aspersório de água benta. — O bom padre garantirá com bênção e água benta que o demônio fique longe da locomotiva e do progresso. Se o vento colaborar com ele, é claro.

— Ficarei longe! Vá que caiam gotas sobre nós! — respondeu Linhares debochadamente.

Então, falando em tom normal, convidou:

— Vamos até a plataforma? O padre fará a bênção, e depois estouraremos o champanhe. E é sua a honra, meu caro. Enfim, muito minério e café circulando.

— Ouro de todas as cores — respondeu Edgar. — Vamos! E que o padre seja breve!

— Será! Não se preocupe. Já foi solicitada brevidade. Não se trata de uma missa. A hora é das nossas lideranças políticas e dos investidores. Breves palavras — informou José Linhares.

Enquanto a locomotiva se aproximava, as autoridades desceram do palanque para recepcionar os primeiros passageiros. A cena era festiva. Não se falavam das mortes e das prisões controversas. Poucas consciências uniam os fatos. Bandeiras coloridas, a banda tocando, muita gente ansiosa aguardando para ver a locomotiva imponente, de ferro, preta, deslizando ritmadamente sobre os trilhos.

Schmidt vinha à frente acompanhado pelos deputados, que acenavam alegremente para a população. O povo, porém, estava muito admirado com o tamanho e a imponência da máquina e soltava exclamações de espanto, sem prestar atenção neles. Muitos não faziam a menor ideia de como era um trem e de como funcionava. O desconhecido, o tamanho, a força e a presença de autoridades ao redor dela falavam de poder e fascínio.

Muitos moradores da vila da São Conrado também foram às margens da estrada para ver o trem. Iara e Quitéria ficaram descansando sob a árvore no centro do pátio.

— *Cê* não quer ir mesmo, Iara? Não me importo de ficar só. Vá conhecer o trem — sugeriu Quitéria.

— Não vou, não, Quitéria. Não gosto dessas montoeiras de gente e não me esqueci de tudo o que aconteceu. O trem vai passar todo dia, não é mesmo? Então, vai ter muito tempo para eu ver essa coisa.

— *Cê* tem toda razão, Iara. Toda razão. As pessoas esquecem muito fácil o que não deviam. Hoje foi o trem, amanhã será outra coisa, mas a verdade é que o dinheiro dos ricos vale mais do que a vida dos pobres e dos pretos daqui. Mas eles vão lá olhar e bater palma. Se *contento* com muito pouco, minha filha.

— Não sou contra a novidade, o progresso, Quitéria. Acredito que, um dia, tudo isso que a gente conhece vai desaparecer e mudar de tal jeito que não vamos saber viver aqui. E os que trouxerem isso para cá não vão saber para que servem as ervas que pisoteiam, quanto bem elas fazem, nem vão conhecer a força de cantar para ter força para prosseguir fazendo um trabalho cansativo. Não vão saber nossas rezas e benzeduras. Só acho que deveria ter outro jeito de fazer as coisas... que não fosse do jeito como tem sido faz tanto tempo, não é verdade?

— É. Lavado de sangue, Iara. Sangue dos índios, sangue dos negros, sangue dos mestiços...

— Sangue de quem não tem dinheiro e de uns poucos que têm, que são brancos, na maioria, mas que são justos, como era o doutor Firmino Dantas. Ele protegeu o povo da aldeia e por isso foi morto. Botaram a culpa no Adamastor, em um negro pobre e não muito bem falado, mas que todo mundo sabe que não mata uma mosca. Ia sair mais caro aumentar a estrada para passar fora das terras dos índios, então, passaram por cima de tudo e de todos. Foi assim com os escravos também. Vi tanta coisa, Iara. Tanta coisa! Mas no fundo, bem no fundo, era tudo a mesma coisa: ganância que mata.

— No fim das contas, é sempre isso. Quitéria, vamos tomar um suco de goiaba? Eu fiz de manhã, vou buscar.

— Ah, coisa boa! Eu quero sim! Bem doce, Iara, que de amargo já tem muita coisa nesta vida — respondeu Quitéria.

Quando Iara retornava com as canecas de suco, viu ao longe o movimento da charrete do capataz Borges e sentiu um arrepio. Apressou o passo, voltando ao seu lugar, e ofereceu uma caneca para a amiga. Apontou e comentou:

— Olha lá, Quitéria! Será que o capataz?

Quitéria colocou uma mão à altura das sobrancelhas e olhou na direção indicada. A expressão contraiu-se, e ela respondeu:

— Parece que é. E isso só pode significar uma coisa...

— Sei — resmungou Iara.

Sentou-se no banco rústico e bebeu pausadamente o suco. De repente, levantou-se e disse:

— Vou buscar mais e trazer o bolo de fubá. Acho melhor comer bem, se for o que estamos pensando. Não se sabe quando...

— E não lhe dão comida lá? — questionou Quitéria.

— A Diva e a Nora são muito boas, me tratam bem. A dona Josefina parece ser boa pessoa. Não lido muito com ela. Outro dia, serviu café na sala para nós junto com um doutor, mas não gostei muito. E, se for o que a gente *tá* pensando, será uma correria.

Quitéria concordou, e Iara voltou à sua casa em busca de alimento. Conversando sobre amenidades, compartilharam o lanche simples até confirmarem que realmente era o capataz.

— Reze por mim e por ela, Quitéria — pediu Iara ao ver parar à charrete de Borges. — Do jeito que tava, é o fim.

— É, deve ser. Para virem te buscar, é porque não *tá* fácil.

— *Cê* sabe animar uma mulher, Quitéria — ralhou Iara sorrindo.

— É a verdade! Depois *cê* me conta se me enganei.

O capataz Borges aproximou-se a passos largos e foi falando:

— Boa tarde! Iara, *cê* vem comigo. Dona Mercedes e dona Josefina pediram para eu levar *ocê* lá para a casa da fazenda.

— Imaginei. Dona Maria Carolina *tá* ruim?

— Bastante ruim — respondeu o capataz erguendo a sobrancelha.

— *Tá* bem. Podemos ir. A gente viu o senhor e imaginou isso. Quitéria, *cê* vai ficar bem sozinha? — questionou Iara.

— Mas que dúvida! Vou dormir. Pode ir, Iara. Daqui a pouco, a Jucerê *tá* por aí. Ela sempre vem nos domingos.

304

— É mesmo. Nem tinha me lembrado dela. Assim fico mais tranquila. Vamos, capataz — disse Iara e tomou a direção da charrete.

— Não precisa levar a bolsa, Iara? — perguntou o capataz surpreendendo-a.

— Não, agora não. Nem pensei que o senhor prestasse atenção nisso. O capataz sorriu e olhou para ela ao responder:

— É você que não presta atenção em mim. Por que não vai levar a bolsa hoje?

— Porque não precisa. Não tem mais nada para tratar com erva — respondeu Iara séria e desconfiada com a atitude do capataz.

— Você nunca se casou, Iara? É uma mulher bonita.

Com a expressão fechada, Iara olhou de soslaio para o capataz e respondeu:

— Não entendo e não gosto do rumo da conversa. Preciso ficar quieta para fazer meu trabalho com a doente.

Ela foi tão incisiva no corte da conversa e o fez com tanta altivez que Borges emudeceu. Esqueceu todo interesse que a curandeira lhe despertava e limitou-se a conduzi-la à casa da fazenda.

A porta da cozinha estava simplesmente aberta. Ninguém a esperava. A penumbra, o cheiro de velas, os gemidos no silêncio, tudo estava igual. Havia, contudo, uma tensão maior. As crises de gritos e fúria haviam cessado. Maria Carolina padecia da doença física.

Chegando à porta do quarto, Iara encontrou Nora, Diva e as filhas da doente.

"Muita gente", pensou Iara. Mas decidiu observar antes de tomar atitudes.

— Boa tarde! — falou baixo.

Josefina voltou-se para ela e respondeu:

— Boa tarde! Que bom que veio, Iara. Mamãe chama por você. Acalmou-se há poucos minutos.

Surpresa, Iara ergueu a sobrancelha. A doente pouco falava com ela.

— Estranho. Ela está dormindo, dona Josefina? — indagou Iara.

— Não sei. Parece cochilar. Passou o dia assim, nessa sonolência, e, à tarde, começou a chamá-la — respondeu Josefina.

— Então, me dá licença, dona Josefina. Vou ver sua mãe.

— Claro, Iara. Aproxime-se — disse Josefina.

305

Iara olhou para a doente sobre o leito e as quatro mulheres ao redor, duas de cada lado. Josefina e Nora à direita e Mercedes e Diva à esquerda. Iara foi até o pé da cama e fixou a doente, que tinha os olhos abertos, mas parecia não enxergar, e uma expressão de sofrimento no rosto. Gemia e balbuciava constantemente. Viu que uma "nuvem" a envolvia. Ela denominava "nuvem" os campos mais densos do perispírito, que começavam a se desprender do corpo e volatizavam em torno dele. Por ser uma experiência pessoal repetida, Iara sabia que o processo de morrer estava em curso. Não tinha volta.

Tocou os pés de Maria Carolina e notou que estavam frios. Depois, tateou a perna e as panturrilhas. Estavam mornas. Segundo suas experiências, isso indicava que a enferma ainda tinha algumas horas de vida. Fechou os olhos para concentrar-se na percepção da "nuvem" e notou que, próximo de Mercedes — que, naquele momento, segurava a mão de Maria Carolina —, havia uma sensível diminuição da "nuvem" e que uma luz azulada fluía da filha para a mãe moribunda, criando uma teia sobre o rosto e o tórax da doente.

"Essa tem que sair", pensou Iara imaginando como faria.

Percebeu presenças espirituais próximas e identificou Bento. Mentalmente, agradeceu-lhes por estarem auxiliando a enferma a desprender-se do corpo.

— A situação está particularmente difícil hoje, Iara — falou Josefina. — Ela está muito agoniada. Parece ter dor, apesar de termos lhe dado todos os remédios.

— Espero poder ajudá-la — respondeu Iara olhando a enferma.

— Você tem o dom de acalmar, Iara. É só o que ela precisa. Parece estar fora de si. Devaneia, chama os mortos — disse Mercedes.

— Então, a senhora me dá licença para eu me aproximar da doente, dona Mercedes? Preciso de espaço e chegar perto dela — pediu Iara, aproveitando para promover um distanciamento de Mercedes.

— Claro! — apressou-se Mercedes. — Por favor!

Cuidadosamente, Mercedes colocou a mão de Maria Carolina ao lado do corpo. Lançou um olhar de preocupação à mãe enferma e afastou-se dando passagem a Iara.

"Melhor!", pensou Iara, colocando-se ao lado dela e fazendo uma rápida prece na sua língua nativa. Palavras decoradas, cerimoniais, mas ela revestia cada som com seu pensamento e sentimento. Concomitante à prece, começou a deslizar as mãos rapidamente e, a certa altura, sobre o corpo de Maria Carolina, da cabeça aos pés. Parou quando sentiu que não restavam mais energias de Mercedes. Via somente a nuvem adensando-se em torno dela, mas oscilante.

Sentou-se na cadeira antes ocupada por Mercedes e pôs-se a falar branda e mansamente:

— Dona Maria Carolina, ainda não lhe contei como a vida surgiu. Minha mãe me ensinou que, antes de tudo, existia Yamandu, o espírito criador, que queria conhecer a si mesmo e por isso se encolheu dentro de si, no seu silêncio, na sua enorme luz. Ele é mais luminoso do que o sol e, quando se voltou para dentro de si, descobriu que era imenso, muito, muito grande. Então, para poder ir a cada canto de si, transformou-se em uma coruja. A primeira coruja, mas não como essas que ouvimos piar à noite. Essas ainda não existiam naquela época. Ele se transformou na coruja ancestral e voou, descobrindo, assim, como era vasto o espaço. Depois, para ver qual era sua altura, se transformou num colibri e foi para baixo, para cima, descobrindo com isso o centro de si mesmo. Cada vez mais surpreso e feliz com o que descobria, quis conhecer a plenitude de si mesmo, sua totalidade, e transformou-se em um gavião real.

"Maravilhado com o que havia descoberto sobre si, decidiu que precisava criar mundos e começou a cantar. Do seu canto nasceram as estrelas. Ele encheu o céu com esse monte de estrelas que a gente vê à noite. O canto de Yamandu é pura harmonia. Então, quando encheu o céu de mundos, ele voltou para o centro de si, se transformou em um grande sol, e do seu coração nasceu Tupã, que foi criado parecido com Yamandu. Ele também podia cantar e criar, e, assim, Yamandu e Tupã seguiram cantando e criando muitos mundos.

"Um dia, Tupã sonhou com a nossa mãe Terra e gostou tanto do sonho que, com seu pensamento, criou o cachimbo sagrado e soprou o espírito da mãe Terra, que vagou à procura de um lugar entre tantos mundos. O espírito dela foi vagando, vagando, e se espichou, transformando-se numa serpente prateada e brilhante. Um dia, ela escolheu um lugar, onde se enrodilhou e dormiu, transformando-se depois numa tartaruga gigante, que ficou dormindo e sonhando. Tupã seguiu o rastro de luz do espírito da mãe Terra e encontrou a tartaruga dormindo. Ele desenhou no casco dela tudo o que a gente enxerga e conhece hoje, mas que ainda não existia: as montanhas, os rios, as cachoeiras. E Tupã pensou que precisava criar alguém para viver naquele lugar e continuar sua criação, assim como ele continuava a de Yamandu.

"Tupã, então, tirou de seu coração o primeiro humano, que tinha asas e voava, e lhe disse que continuasse sua criação na mãe Terra. O humano obedeceu, mas logo voltou aflito para Tupã, dizendo que não sabia viver na Terra. Tupã, então, o ensinou a procurar nas quatro direções e disse que ele encontraria um mestre em cada uma delas. Dito isso, foi embora.

"Nosso primeiro ancestral obedeceu novamente e foi para o Norte. Lá encontrou uma rocha, encantou-se com sua beleza e perguntou se ela poderia lhe ensinar alguma coisa sobre como viver na mãe Terra. Prontamente, a rocha o convidou a entrar nela e aprender tudo o que ela podia ensinar. Ele assim o fez e ficou muito tempo parado, pensando, olhando a natureza da mãe Terra e aprendendo. Um dia, quando julgou que nosso primeiro ancestral já sabia tudo, a rocha o mandou embora.

Ele, então, foi para o Sul, onde encontrou uma árvore linda e fez a ela o mesmo pedido. A árvore também o convidou a entrar nela e aprender, e ele sentiu como era ter raízes e alimentar-se da terra. E foi feliz até que, um dia, a árvore também o mandou embora e lhe disse: 'Saia. Você já aprendeu tudo. Não tenho mais o que lhe ensinar. Siga seu caminho!', e ele foi para o Oeste.

"Chegando lá, nosso primeiro ancestral encontrou uma onça pintada, grande, poderosa, de olhos brilhantes, e perguntou-lhe se ela poderia ensiná-lo a viver na Terra. Bem ligeiro, ela respondeu que sim e o convidou a entrar nela. Ele obedeceu e foi ainda mais feliz. Sentiu o cheiro da mãe Terra, a viu com os olhos brilhantes da onça e, com as patas, tocou pela primeira vez nossa grande mãe. Ele andou e aprendeu a correr. Gostou muito de correr e ver tudo o que existia. Foi muito, muito feliz, mais do que já havia sido. Um dia, contudo, a onça também o mandou embora, dizendo-lhe que nada mais tinha a ensinar e que ele fosse para o Leste. Ele foi.

"Nosso primeiro ancestral caminhou, caminhou, até chegar a uma gruta bem no pico da montanha. Curioso e cansado, resolveu entrar. No fundo da gruta havia uma luz, e, quando ele chegou perto, viu que era uma serpente iluminada. Ela estava enrodilhada no chão e o olhava. Então, ele perguntou quem a serpente era, e ela respondeu que era o espírito da mãe Terra. Ele ficou encantado, pois ela certamente poderia ensiná-lo a viver na Terra, e pediu-lhe a mesma coisa que havia pedido à rocha, à árvore e à onça. O espírito da mãe Terra concordou, pôs-se a juntar barro do solo da gruta e começou a esculpir pés, pernas, tronco, braços, pescoço e cabeça. Fez um corpo todo de barro e colocou na cabeça dois cristais. Pingava água do alto da caverna, e nosso primeiro ancestral viu a serpente umedecer o corpo esculpido com algumas gotas.

"O espírito da mãe Terra pediu que ele entrasse naquele corpo para aprender a viver na Terra, e ele o fez. Ficou surpreso por andar com dois pés e, ao notar que era muito bom, saiu da gruta. Então, com os olhos de cristal, viu o sol e o horizonte como nunca tinha visto. Viu também que a Terra era linda e ficou feliz. Tão feliz que seu coração começou a cantar. Foi aí que o espírito da terra chegou bem perto dele e disse: 'Você tem o poder da própria terra, das águas, das rochas, dos animais e das plantas. É um presente meu. Mas você também tem o poder de Tupã, por isso, preste atenção a tudo o que disser, porque suas palavras criarão o mundo. Ele estava muito feliz e grato. Então, ele começou a olhar a Terra e a falar, e cada palavra criava uma coisa: um passarinho, um peixe, um jacaré, uma borboleta e esse monte de bicho que a gente conhece hoje em dia.

"Um dia, ele viu que já tinha feito tudo o que a Terra precisava e aprendido tudo o que era possível aprender. Resolveu, então, voltar à gruta e falar com o Espírito da mãe Terra, pois não sabia o que fazer com aquele corpo com que ela o havia presenteado. Era diferente. A rocha, a árvore e a onça o haviam mandado embora, mas aquele presente tinha sido feito especialmente para ele, e, agora, que nosso primeiro ancestral havia aprendido e realizado tudo, precisava saber o que fazer com aquilo. Desejava voltar a Tupã, mas com aquele corpo não poderia voltar a voar.

"Ele refez o caminho até a gruta e encontrou a serpente iluminada, enrodilhada e serena no mesmo lugar do qual se lembrava tão bem. E lhe disse: 'Grande mãe, vim lhe devolver o corpo que você me deu, porque aprendi a viver na Terra e criei tudo o que era preciso. Agora, quero voltar ao meu Criador e, assim como devolvi para a rocha o que era da rocha, para a árvore o que era da árvore e para a onça o que era da onça, quero também lhe devolver o que é seu. A serpente o olhou firme e disse: 'Não precisa me devolver', mas ele retrucou que precisava sim, afinal, como voltaria ao Criador com aquele corpo? Não seria possível. Havia recebido aquele corpo dela e a ela precisava devolver como sempre tinha feito.

"Cansada de ouvi-lo repetir a mesma coisa, o Espírito da Terra decidiu ensinar-lhe o que fazer com aquele corpo que agora não servia mais para ele. Ensinou assim: 'Ande um pouco pelo mundo, viva mais neste chão e, quando estiver cansado, muito cansado, e ele não o suportar mais, nesse dia você o deixará. Não precisa, no entanto, vir a mim. Abra um buraco em qualquer lugar, entregue esse presente que lhe dei e siga para o seu Criador. Estaremos em paz'.

"Ele obedeceu e continuou por muitos años cantando e fazendo vidas nascerem, e elas foram fazendo amizade umas com as outras e gerando mais vida. Um dia, velho e cansado, ele resolveu que era hora de partir. Entrou na floresta, procurou uma clareira e lá entregou o corpo como o Espírito da mãe Terra o havia ensinado, ficando somente o espírito outra vez. E ele voou e se transformou nesse sol que todo dia ilumina nossa vida."

Surpresas, Josefina e Mercedes viram Maria Carolina recobrar a calma e a lucidez conforme Iara contava a história. Josefina envolveu-se no mito indígena, que lhe trouxe reflexões sobre as conexões com a espiritualidade e a trajetória evolutiva. Emocionou-se com a beleza singela e de profunda espiritualidade daquela cultura que pouco conhecia e a quem fora ensinada a ver e tratar como índios, como selvagens, que não tinham os mesmos refinamentos e as mesmas capacidades do homem branco. No entanto, naquele período de doença da mãe, aprendera a respeitar os conhecimentos e a cultura que Iara carregava consigo.

A beleza daquela história e a forma delicada como ela preparava Maria Carolina para o desencarne encantaram-na. Ela não teria palavras para fazer o que Iara fizera: preparar a mãe, que tinha uma visão da vida além da morte muito precária e cheia de medo, com respeito, sem ferir ou atacar, mostrando-lhe o processo da vida espiritual, sua interação com a matéria e a morte como um fenômeno natural. O mito indígena falava de amor, proteção, colaboração, felicidade, aprendizagem e desapego. Nada de culpa, de medo, de arrependimentos, ameaças; apenas lições para aprender na Terra e deixá-la quando nada mais houvesse a oferecer. Estava tão encantada que esquecera, por alguns momentos, que vivia o desencarne da mãe. Iara tirara todo o peso, toda a tristeza daquela experiência, e a transformara num momento de amor e gratidão.

Iara, por fim, calou-se. Tinha as feições tranquilas, olhou a doente e viu satisfeita que a influência de Mercedes se desfizera. Sobre o corpo de Maria Carolina pairava apenas a "nuvem", e o olhar da doente era calmo e lúcido.

— Filhas! — chamou Maria Carolina com voz fraca.

Mercedes e Josefina aproximaram-se pelo lado oposto e, com carinho, responderam:

— Estamos aqui, mãe.

— Eu amo vocês. São o meu canto. Estou cansada, quero dormir e não sei se vou acordar. Quero tomar chá, como fazíamos quando eram pequenas. Lembram?

Mercedes enxugou uma lágrima, respirou fundo e respondeu:

— Claro, mãe. Nós lembramos. Vou fazer igual à senhora fazia: chá de camomila com mel e biscoito de nata.

Maria Carolina sorriu com dificuldade e confirmou meneando a cabeça devagar.

Mercedes apressou-se em ir à cozinha providenciar a ceia, e Nora e Diva, mais do que rapidamente, seguiram-na.

Maria Carolina cochilou. Josefina contornou a cama, puxou outra cadeira para sentar-se ao lado de Iara e disse:

— Obrigada, Iara! Você me comoveu profundamente. Jamais esquecerei a sabedoria do seu povo e o que me ensinou hoje.

Iara apenas sorriu e continuou em silêncio. Para ela, não era hora de conversas. O espírito de Maria Carolina entraria na floresta à procura de uma clareira onde pudesse deixar a vida material, e era preciso guiá--la. Era o que esperava.

Mercedes retornou sozinha carregando a bandeja com quatro xícaras, bule e um pote de biscoitos.

Iara fez menção de levantar-se para deixá-las fazer a ceia como faziam na infância, mas Maria Carolina despertou do cochilo e, olhando-a, pediu:

— Fique, Iara. Quero que tome chá comigo.

Iara acomodou-se novamente e aceitou a xícara de chá.

Josefina recordou-se de uma história que a mãe lhes contava, e Mercedes recordou-se de outra. Maria Carolina bebeu o chá devagar, comeu um biscoito, e seus olhos brilhavam com alegres lembranças. Terminado o chá, Josefina ajoelhou-se ao lado da cama e proferiu a oração do anjo guarda, que elas rezavam antes de dormir quando crianças. Mercedes acompanhou-a. Terminada a prece, Maria Carolina pousou a mão trêmula sobre a cabeça das filhas e repetiu o que fazia na infância delas:

— Deus te abençoe, Josefina!

— Deus te abençoe, Mercedes!

As duas beijaram a mão da mãe e ergueram-se. Esforçavam-se para controlar a emoção.

Iara olhou para Maria Carolina e disse:

— Elas irão descansar, e eu ficarei aqui com a senhora. Pode dormir.

Josefina e Mercedes obedeceram. Nem sequer cogitaram questionar a orientação de Iara. Sentiam-se serenas. Todo medo e toda aflição haviam cessado. Sabiam que era a despedida, mas que seria envolvida em boas lembranças, alegria e gratidão. Seria leve.

Maria Carolina concordou com um gesto muito sutil e voltou à sonolência. Iara levantou-se, abriu a janela do quarto e olhou a lua e a estrelas. Em sua mente, o espírito precisa de uma abertura para partir. Iria ajudá-la.

O espírito de Bento sorriu satisfeito com sua antiga aprendiz. Observou que os familiares que haviam antecedido Maria Carolina se aproximavam para recebê-la no retorno à vida espiritual.

Poucas horas depois, Maria Carolina faleceu enquanto dormia.

CAPÍTULO 57

AURORA DE NOVOS TEMPOS

No palacete, o dia foi de festa. Após a inauguração, as autoridades e os convidados seguiram para a São Conrado, onde Edgar ofereceu um almoço comemorativo.

Romy foi apresentada a todos como Rosemeire Fontainelles, viúva de um artista francês, amigos de seu tutor Lima Gomes, na casa de quem haviam sido apresentados. Sabedora das dificuldades que Edgar enfrentava, ela fora com sua acompanhante auxiliá-lo com a casa nova e os eventos sociais.

Falando de forma natural, sem forçar o sotaque que usava na chácara, e usando uma peruca de longos cabelos castanhos penteados e com tranças, roupas elegantes e discretas, óculos falsos e algumas joias com que Edgar presenteara Ifigênia durante a convivência do casal na pequena cidade, Romy ficou irreconhecível.

Ela e Edgar haviam combinado a história a ser contada, mas ele não a vira "encarnando a personagem". Surpreendeu-se ao vê-la na porta, ao lado de uma das empregadas da chácara que se passava por acompanhante.

— Senhora Fontainelles, permita-me dizer que está muito bonita — cumprimentou Edgar beijando-lhe a mão.

Ela baixou os olhos fingindo timidez e murmurou um discreto "obrigada". Edgar colocou-se ao seu lado e disse:

— Permita-me apresentá-la a meus amigos e convidados.

E passou a apresentá-la um a um até chegar a José Linhares, que a olhou com curiosidade, mas, ao identificar as roupas de qualidade e as joias, acatou de imediato a história. Romy suspirou aliviada quando ele e os ingleses passaram e Edgar apresentou-a aos deputados e comerciantes.

Quando o último convidado ingressou na sala, Romy e Edgar trocaram olhares triunfantes.

— Perfeito! — murmurou Romy. — Agora, como combinamos, dê atenção aos ingleses e ao seu sogro. Eu entreterei os outros. Está tudo certo na cozinha. O "mordomo" chegou pouco depois de você ir para a cidade.

— Maravilhoso! Como é mesmo o nome dele? — indagou Edgar.

— Martin.

Edgar fez um gesto com a cabeça, e os dois encaminharam-se à sala de visitas, onde todos já estavam acomodados e as empregadas uniformizadas serviam aperitivos.

Edgar estava encantado com a transformação de Fátima: cabelo preso numa touca, vestido e sapatos escuros, avental e meias brancas. E apareceram três empregadas e um mordomo em sua casa. Todos impecáveis.

Também observou Romy com os comerciantes e os deputados, que pareciam à vontade e interessados na conversa. Logo estavam descontraídos. Sentiu uma pontada de ciúme e pensou no que ela estaria conversando com eles. Sem ter como resistir, desculpou-se com os ingleses e José Linhares e aproximou-se do grupo sorrateiramente. Aliviado, descobriu que falavam da culinária local, pois Romy colocara no cardápio bolinhos de queijo, feitos com queijo local e produzido na fazenda, e outros feitos de aipim e carne-seca.

— Fico feliz que estejam apreciando nossa culinária regional. Foi ideia de Rosemeire apresentar-lhes essas iguarias — comentou Edgar.

— São deliciosos! Ela fez muito bem — elogiou Eulálio, parceiro comercial que muito interessava a Edgar agradar e que, a julgar pelo peso e pela barriga, seria facilmente conquistado pelo estômago.

— Edgar tem uma cozinheira que é uma preciosidade, senhor Eulálio. É uma mulher simples, mas faz magia com as panelas. Um capricho! E eu, particularmente, adoro comidas regionais. É tão bom experimentar novos sabores. E a São Conrado tem uma produção abençoada! Tudo que esta terra produz tem um sabor sem igual. Estou encantada com tudo — falou Romy com convicção.

Eulálio e os outros começaram a falar sobre as dificuldades de se ter alimentos frescos na capital e boas cozinheiras. Satisfeito, Edgar voltou ao grupo anterior.

Próximo à hora de servir o banquete, viu Romy sair discretamente da sala para supervisionar a cozinha e a sala de jantar.

Ao vê-la entrar na cozinha, Fátima, a cozinheira, e as outras empregadas aproximaram-se nervosas:

— *Tá* tudo do jeito que a senhora ensinou? — perguntou Fátima.

Romy colocou-lhe o braço sobre os ombros e respondeu alegre:

— Você está perfeita! Aprendeu tudo direitinho. Aliás, todas estão perfeitas. Obrigada! É muito importante que dê tudo certo hoje. Isso será bom para os negócios, e assim todos vocês também terão melhora de vida. Eu espero!

— Deus lhe ouça! — respondeu a cozinheira. — O povo aqui pena bastante. A senhora nem imagina.

— Esperamos que isso mude — reafirmou Romy. — Muito bem! Deixe-me ver os pratos que vamos servir.

A cozinheira destampou as panelas e fez um gesto com a mão convidando-a a se aproximar:

— Veja se está do seu gosto — pediu a cozinheira. — Cuidei direitinho daquelas comidas finas que a senhora fez. Tão no ponto.

Romy aproximou-se, olhou as panelas, pegou uma colher e começou a provar.

— Hum! Maravilhoso. Vamos servir como o combinado. Martin vai ajudar a decorar os pratos e orientar a ordem de serem servidos, caso tenham dúvidas — disse Romy.

— Não, senhora. Tudo na cachola! Sei direitinho — respondeu a cozinheira. — Vou deixar o moço enfeitar, pois isso eu não sei fazer. Mas aprendo ligeiro!

— Você é ótima! Não se preocupe com o que não sabe. Deixe Martin fazer e observe. No próximo, já saberá tudo — incentivou Romy e, acenando, deixou a cozinha.

Na sala de jantar, Martin dava os últimos retoques na arrumação da mesa.

— Impecável, Martin — elogiou Romy.

— Obrigadíssimo, Rom..., dona Rosemeire — corrigiu-se Martin sorrindo.

Romy riu, deu uma tapinha no braço do amigo e comentou:

— Isto está muito divertido, não é verdade?

Martin fez um ar de desdém e, olhando-a por sobre o ombro, respondeu:

— Hã! Se merecem! São um bando de idiotas; vão engolir bonitinho a nossa história. Somos um oásis de elegância no meio desta terra de incultos — respondeu Martin debochado, contendo o riso. Depois, olhou Romy de alto a baixo e completou:

— Menina, você está um luxo! Uma verdadeira *lady*!

Romy conteve o riso e voltou ao salão com os olhos brilhando e divertidos. Aproximou-se de Edgar e sussurrou:

— Estamos prontos para servir o almoço. Tudo perfeito!

Ele deu um rápido sorriso e, com a voz cheia de satisfação, anunciou:

— Senhores, boas notícias. Minha querida senhora Fontainelles acaba de informar que nossa refeição será servida. Por favor, nos acompanhem.

E ofereceu o braço a Romy para conduzi-la até a sala. Alguns convidados começaram a cogitar a ideia de que, em breve, Edgar estaria casado novamente. Ele não disfarçava que tinha interesse na amiga do tutor.

Martin aguardava-os à porta da sala de jantar e cumprimento-os cerimoniosamente. Edgar admirou a mesa arrumada impecavelmente, decorada com flores e frutas, porcelana, cristais, prataria e guardanapos de linho. Cochichou para Romy:

— Maravilhoso! Você superou minhas expectativas.

— Não esqueça, doutor Edgar, que frequentei uma escola muito exigente — respondeu Romy piscando o olho maliciosamente.

Martin foi indicando os lugares aos convidados, e Romy sentou-se à extremidade oposta a Edgar. Novamente, os mais próximos a ela eram os comerciantes e os deputados.

O almoço foi um sucesso, e os convidados não pouparam elogios. Intimamente, Edgar regozijava-se com a farsa. O menino que sofrera na escola para aprender os modos de um menino branco educado, filho da elite, sentia-se vingado em ver quão facilmente aqueles homens estavam sendo ludibriados por gente de má vida e mulheres da roça. No fim, concluiu que, para seus convidados, a casca, e não a noz, era o que realmente importava. Por essa razão, até os macacos eram mais inteligentes.

O dia transcorreu como o planejado. No meio da tarde, José Linhares e os investidores despediram-se e retornaram à cidade. Romy viu com satisfação os veículos partindo. Eles tinham sido sua única preocupação. Agora, estava ainda mais segura na condução da farsa.

No início da noite, Edgar descansava no gabinete quando Tenório surgiu à porta.

— Boa noite, doutor Edgar.

— Boa noite, Tenório. O que aconteceu?

— Estou acompanhando a movimentação da casa velha, como o senhor mandou. Diva me disse que dona Maria Carolina não passa desta noite. Estão esperando para qualquer hora — informou Tenório.

— Fazer o quê? — respondeu Edgar dando de ombros. — Felizmente, esperou a inauguração da ferrovia. Continue vigiando e me avise assim que souber. Já tenho tudo preparado, mas não quero surpresa. Assim que ela morrer, você sabe o que fazer, Tenório. Faça e depois me avise.

— Sim, senhor. Pode deixar.

Sozinho, Edgar pensou que tudo corria conforme seus planos. Sentia-se seguro e forte. Romy mostrava-se uma perfeita anfitriã. Não tinha o refinamento e a cultura de Ifigênia, mas seu encanto e sua simpatia compensavam com folga. Seus parceiros comerciais estavam felizes e satisfeitos, o que renderia bons acertos ainda naquela noite.

"Planejado e executado com perfeição", avaliou Edgar mais tarde quando todos já haviam se recolhido aos seus quartos. Os negócios realizados tinham superado suas expectativas tanto no montante quanto na rapidez. As conversas com os deputados caminhavam por uma via escorregadia, contudo. Conversaria reservadamente com os exportadores para tratarem juntos das questões de interesse do grupo antes da reunião com os produtores da região, prevista para o penúltimo dia da visita.

Bebericava seu conhaque quando ouviu leves batidas na janela do gabinete. Sabia que era Tenório. Foi até a janela e abriu um vão suficiente para vê-lo iluminado pelo luar.

— Que houve, Tenório?

— O esperado, doutor. A velha se foi. As filhas mandaram dizer que o funeral será restrito à família; não querem estranhos lá. Vão velar esta noite toda e sepultar o corpo amanhã à tarde. Fiz tudo que o senhor ordenou. Está tudo pronto. Só esperando a hora.

— Muito bem, Tenório. Não haverá missa de corpo presente?

— Não falaram, doutor. Foi dona Josefina quem tomou a frente dos preparativos. Eu falei com as duas, como mandou. Farão tudo em casa. Provavelmente, será no cemitério mesmo.

Edgar não esperava essa escolha tão discreta e familiar, longe das vistas de todos. Imaginara que elas fariam um funeral cheio de pompa e cerimônia. A verdade é que não conhecia as irmãs por parte de pai. A pouca convivência da infância estava esquecida e não fora próxima nem feliz. Também não se sentia alguém que tivesse tido um pai. Não havia vínculos com nada que o envolvesse, à exceção do amor pela São Conrado que prosperava muito sob sua administração.

Voltando a si do breve devaneio, Edgar olhou para Tenório e ordenou-lhe:

— Melhor assim. Facilita minha vida. Confio em você. Vá descansar e siga com o combinado amanhã. Não quero me envolver nisso.

— Pode deixar, doutor. Precisa que eu fique observando o movimento do velório ou posso me recolher?

— Assegure-se de que será como elas disseram. Se for tudo desse jeito mesmo, pode se recolher depois.

— *Tá* certo, doutor. Vou ficar de guarda no jardim do casarão.

— Ótimo!

Tenório despediu-se, e Edgar fechou a janela. Terminou o conhaque e resolveu comemorar o sucesso do dia com Romy. Sabia que ela o aguardava.

Na antiga sede da fazenda, Iara fazia uma prece para que o espírito de Maria Carolina fosse recebido e encaminhado no outro lado da vida. Quando não sentiu mais a presença de Bento e dos outros vultos que havia percebido, levantou-se e foi até o quarto de Josefina. Bateu levemente na porta, que quase imediatamente foi aberta.

— A alma dela partiu, dona Josefina. Foi em paz e silêncio. Estava dormindo e parou de respirar, igual a uma vela que se apaga — informou Iara.

Josefina baixou os olhos e respirou fundo. Estivera sentada na sua antiga cama em prece para auxiliar a partida da mãe. A notícia era esperada desde o início do dia. Encarou Iara, tomou-lhe a mão e disse:

— Obrigada por tudo que fez por ela, Iara. Sou-lhe muito grata. Saiba que pode contar com minha ajuda sempre que precisar.

— É a vida, dona Josefina. É meu trabalho, minha tarefa. Agora tem que arrumar as coisas. Se a senhora precisar da minha ajuda, eu estou acostumada a fazer isso. Tem gente que não gosta, tem medo. É bobagem. É só um corpo conhecido. É igual a uma casa vazia, como me ensinou minha finada mãe.

— Vocês são muito sábias. Depois que tudo isso passar, eu irei visitá--la. Quero muito aprender com você, Iara.

— Nossa, dona Josefina! Vai ser uma honra muito grande a senhora ir à minha casa. Vou ter muito gosto de lhe fazer um café! Mas agora temos de cuidar das coisas que são necessárias nesta hora.

— Sim.

No quarto ao lado, Mercedes, insone, ouviu o movimento. Ergueu--se, pegou o xale, cobriu as costas e foi ao corredor.

Percebendo a aproximação da irmã, Josefina simplesmente a olhou, abriu os braços e disse:

— Seguimos nós, Mercedes. Acabou o sofrimento dela.

Mercedes abraçou a irmã com lágrimas nos olhos. Discretamente, Iara afastou-se e baixou a cabeça. Elas choraram abraçadas por alguns minutos e se recompuseram pouco depois. Mercedes perguntou:

— Faremos como ela pediu?

— Por mim, sim — respondeu Josefina.

— Por mim, também. Ela viveu toda a vida quase como uma prisioneira nesta casa. Não é hora de lembrar o passado e o tanto que sofreu. Nunca foi dada à sociedade. Faremos um funeral simples e avisaremos o juiz que é reservado à família. Não admitiremos estranhos. O jagunço dele deve estar rondando a casa como tem feito nos últimos dias. Mandaremos o aviso. Prefiro evitar dissabores dos problemas dessa família, ao menos no dia em que sepultaremos nossa mãe — falou Mercedes sem esconder o rancor que tinha por Edgar.

— Está bem, Mercedes. Vou tomar as providências. Iara ofereceu-se para nos ajudar a prepará-la.

— Deus lhe pague, Iara — agradeceu Mercedes dirigindo-se a Iara, que recebeu as palavras em silêncio.

— Seu marido providenciou a urna, não foi? — perguntou Josefina para Mercedes.

— Sim. Está em um dos antigos depósitos. O juiz desativou tudo em volta desta casa, você sabe — respondeu Mercedes.

— Sim. Vou providenciar que tragam para dentro. Faça a outra parte com a Iara. Vou chamar a Diva e a Nora...

— Não, dona Josefina. Por favor, deixe que eu chamo. Não vai demorar nada. Já vou ali chamar — interveio Iara. Constrangida em pensar que Josefina iria ao quarto das empregadas, apressou-se.

Olhando-a se afastar, Josefina balançou a cabeça resignada.

— Elas têm vergonha de você, Josefina. Não a entendem. Já lhe disse isso — murmurou Mercedes.

Josefina olhou para a irmã e considerou que não era o momento de voltarem ao assunto da forma como ela tratava os empregados e os pobres. Mercedes morreria como sua mãe, sem entender.

— Vou falar com o jagunço. Vá adiantando as outras coisas. Mandarei avisar nossas famílias na cidade — informou Josefina.

Josefina parou ao pé dos degraus que davam acesso à entrada da casa, elevou a lamparina a querosene que carregava e olhou em torno do jardim. Viu a silhueta de Tenório perto de um arbusto e chamou-o:

— Ei, você! Venha aqui. Preciso lhe falar.

Tenório obedeceu e, parando diante de Josefina, respondeu:

— Sim, senhora. O que deseja?

— Há dias, você está vigiando esta casa. Eu o tenho visto. Suponho que trabalhe para o doutor juiz e saiba o que se passa aqui, então, tenho um recado para ele. Diga-lhe que minha mãe, Maria Carolina Brandão de Albuquerque, faleceu essa noite e será velada aqui pela família e somente pela família. Ele não é bem-vindo aqui ou no cemitério. Minha irmã e eu não apreciamos fingimentos. Amanhã à tarde, ela será sepultada no jazigo da família, e, assim, será cumprida a última cláusula do maldito testamento do meu pai.

— Sim, senhora. Será dito.

Josefina deu-lhe as costas, subiu apressada as escadas e fechou a porta.

No dia seguinte, Maria Carolina foi sepultada numa cerimônia que contava com a presença de suas filhas, seus genros, netos e dos poucos empregados que a haviam servido por anos. Na saída do cemitério, Tenório entregou a Josefina um envelope enviado por Edgar. Nele havia comprovantes de uma soma em dinheiro depositada em um banco da capital em nome das irmãs para recebimento por ocasião da morte da mãe. Era o último laço entre eles.

— O doutor Edgar mandou retirar todas as coisas da falecida da casa. Elas já foram para sua casa na cidade, dona Josefina — informou Tenório ao entregar-lhe o envelope.

Josefina recebeu o documento, mas não o abriu. Limitou-se a pensar na pressa que Edgar tinha de livrar-se delas e do passado.

— Está entregue — respondeu o marido de Josefina encarando Tenório, que tocou com um dedo na aba do chapéu à guisa de despedida e se afastou, caminhando em direção ao cavalo amarrado em uma árvore poucos metros à frente.

No palacete, Edgar, inabalável e satisfeito, prosseguia com seus negócios.

Enquanto isso, vários homens subiam no telhado da orgulhosa e tradicional casa que fora sede da fazenda São Conrado, residência da família Sampaio e depois Sampaio Brandão de Albuquerque por gerações e iniciavam sua destruição. Em poucos dias, nada, nem mesmo os jardins, restou.

CAPÍTULO 58

INTERVALO DE ALEGRIA

Os negócios de Edgar não podiam ter sido mais bem-sucedidos. Conseguira tudo o que desejava com poucas concessões.

Edgar colocara-se como a liderança regional, crescera em influência política e comercial como era seu desejo e sabia que a participação de Romy fora relevante. Ela fora perfeita. Criara todas as condições propícias ao bom andamento da visita e fora extremamente discreta, deixando-os à vontade para tratar de questões importantes, saindo de cena sem ser notada.

Nem mesmo entre os produtores da região houve qualquer indício de que Romy houvesse sido reconhecida. Nem sequer houve suspeitas a respeito disso. Após o último evento programado por Edgar, quando não havia mais hóspedes ou convidados na São Conrado, ela jogou-se no divã do gabinete e riu incontrolavelmente. Edgar rendeu-se ao riso fácil de Romy e, depois de rirem muito, comentou:

— Eu lhe disse que era a história do rei nu.

— Também! Mas não é a única explicação. Eu estava incrédula! Edgar, você sabe que esses produtores da região são todos clientes da chácara. Eles me conhecem, mas não me reconheceram.

Edgar sentiu um mal-estar com a fala de Romy. Não era algo em que gostava de pensar.

— O grande e astuto José de Barros Linhares não a reconheceu. Você foi perfeita! É uma grande atriz — elogiou Edgar.

Romy voltou a rir, mas notou uma sombra no olhar de Edgar quando falou da vida na chácara. Decidiu, então, guardar para si o pensamento de que ter se prostituído para a classe mais privilegiada da sociedade lhe ensinara muitas coisas. Em vez disso, respondeu:

— Tenho uma teoria. Enquanto vocês tratavam dos negócios, tive um pouco de descanso e pensei em algumas coisas para explicar esse fenômeno. Não sou atriz, Edgar. Admito que sei fingir, mas não por tanto tempo. E foram vários dias. Acredito que o principal ingrediente do sucesso nunca dependeu de nós, mas sempre esteve na cabeça deles. Eles não imaginavam ser possível uma das mulheres da chácara estar na sua sala de jantar comandando a casa. Não é um lugar para nós. É como se vissem uma freira de verdade na chácara. Jamais acreditariam que se trataria de uma religiosa. Para eles, seria uma de nós disfarçada. Eles veem o que estão condicionados a ver pelas crenças pessoais. Se mudar uma peça de lugar, não irão reconhecê-la. Não veem pessoas; veem utilidades. Eu, Rosa Maria, jamais fui vista ou conhecida. Não poderiam me reconhecer. Bastaria que eu me despisse da Romy. Já não me reconheceriam como vivo no sítio. Na cabeça deles, cada um tem seu lugar. É um mundo cheio de fronteiras sem comunicação. Por isso, lá eles são outros. No fim das contas, é muita falsidade.

— É possível. Não deixa de ser outra forma de ler a história do rei nu. O dinheiro e a autoridade que tenho fazem com que me tratem como o rei nu e disfarcem, às vezes muito porcamente, o estranhamento que lhes causo — concordou Edgar pensativo, olhando para Romy, alegre e relaxada no sofá de seu gabinete, como se fosse feito para ela.

Aproveitando a oportunidade, sentou-se ao lado dela e puxou-a para perto, beijando-a e acariciando-a com a intimidade de um dono e senhor.

Aquele foi o início de um período de tranquila estabilidade que Edgar ainda não havia conhecido em sua vida.

Com a morte de Maria Carolina e a destruição do antigo casarão, ele julgava ter apagado da fazenda as marcas do passado e voltado seu olhar para o futuro. Com o final do caso Dantas e dos processos de desapropriação de terras, o trabalho como juiz era rotineiro; não lhe trazia mais preocupações ou pressões. Os tios paternos tinham gradativamente mudado sua atuação profissional para outra comarca e deixado a cidade.

Aproximadamente em cinco anos, Edgar executara com pleno sucesso seus planos de vingança. Ainda tinha muita raiva de todos eles, mas, quando se lembrava de onde os colocara, sentia-se satisfeito. Restava-lhe a necessidade de casar-se para ter herdeiros que garantissem a continuidade do patrimônio na sua descendência.

323

O cortejo das mães com filhas em idade de casamento prosseguia invariável e até mesmo com algumas ofertas quase diretas de alguns pais. Nenhuma candidata, porém, o interessava para justificar uma segunda visita.

Foi durante uma visita surpresa de Eulálio à fazenda para tratar de negócios relativos às exportações da região que as ideias de Edgar sobre o tema ganharam uma forma mais atraente.

Após conversarem sobre as manobras que estavam resultando na melhora dos preços e das vendas do café por meio de novas parcerias comerciais estrangeiras, em grande parte motivada pelos contatos com os investidores da ferrovia e da mineração, eles começaram a trocar ideias sobre vários temas. Podia-se dizer que descobriam afinidades, ainda que limitadas ao campo profissional. Mas pessoas com o perfil de Edgar raramente tinham amizades de caráter pessoal, pois a vida se resumia ao trabalho e às finanças.

— Permite-me uma pergunta pessoal, já que estamos falando um pouco de tudo — pediu Eulálio.

— Ora, é claro — respondeu Edgar, curioso.

— É sobre a senhora Fontainelles — começou Eulálio cuidadoso.

Edgar empertigou-se, sem perceber o que foi notado por Eulálio, que sorriu e esclareceu:

— Bem, eu simpatizei muito com ela. Gostaria de saber se tem notícias dela. Reside na capital, não é?

— Sim, reside. Pelo que sei, ela está bem, Eulálio. Por quê?

— Achei-a encantadora e, como você sabe, também sou viúvo. Meus filhos estão na escola interna, e tenho pensado em casar-me novamente. Você não pensa nisso? Uma mulher ajuda em muitas coisas. É mesmo preciso ter uma boa esposa. E a senhora Fontainelles ajudou-nos tanto, a todos, naquelas negociações. Foi uma anfitriã impecável.

— Ela é uma realmente mulher admirável. Sou-lhe imensamente grato pela ajuda — respondeu Edgar secamente.

— Então... pensei em visitá-la na capital. Mas, Edgar, lhe serei franco: não desejo criar atrito em nossas relações, por isso estou lhe expondo meu interesse. Ela é uma mulher jovem, que poderia me dar mais filhos. Não é meu interesse maior, mas talvez seja para ela, pois perguntei-lhe se tinha filhos e me disse que não. Enfim, interessou-me conhecê-la. Vi que tem todos os predicados que homens como nós precisam em uma esposa: distinta, competente na gerência da casa, educada, sabe receber convidados com desenvoltura, como pude testemunhar aqui na sua casa, e, para maior satisfação, é ainda jovem e bonita. Não quero, contudo, criar atritos, por isso gostaria de confirmar se não há de sua parte outros interesses além da relação de amizade entre famílias.

Edgar sentiu o sangue subir-lhe a face, e seus olhos lançavam chispas de irritação. Asperamente, disse:

— Pois, tal qual você, penso em me casar e espero que a senhora Fontainelles aceite meu pedido brevemente.

Eulálio engoliu em seco e sorriu disfarçando o constrangimento.

— Só posso desejar-lhe sucesso e dar-lhe antecipadamente as felicitações. Homens como nós, experientes, que já foram casados, não têm mais disposição para longos noivados nem paciência com jovens tolas. Você é um felizardo por ter encontrado a senhora Fontainelles. Por favor, esqueça minhas pretensões. Eram honradas, mas você a conheceu primeiro. Eu respeito isso.

— Assunto encerrado — respondeu Edgar tenso.

A conversa prosseguiu, retomando assuntos referentes às negociações do café, à melhora das cotações internacionais e à facilidade de escoar a produção com a nova ferrovia. Eulálio pernoitaria na São Conrado, o que obrigou Edgar a chamar Fátima e lhe dar ordens para o jantar e para arrumar o quarto de hóspedes.

Ao notar a irritação de Edgar em lidar com assuntos domésticos, Eulálio lembrou:

— É o que lhe digo, Edgar! Uma esposa faz falta. Mas logo, meu amigo, você estará muito bem casado. Espero ter sua sorte.

Mais tarde, em seu quarto, Edgar teve dificuldade para conciliar o sono. A irritação com Eulálio, devido ao interesse que ele confessara ter por Romy, ainda o incomodava e o levou a pensar na possibilidade de casar-se com Rosemeire Fontainelles. E quanto mais pensava, mais a ideia o agradava. Era o mais simples e prático a fazer. Tinha diante de si o futuro e a necessidade de um herdeiro, e isso começava a martelar em sua mente com insistência. Nos últimos meses, a cada inventário que pegava sobre sua mesa, a necessidade de herdeiros fortalecia-se, mas escolher a mãe deles não estava sendo fácil, afinal, teria de conviver com ela. A ideia de casar-se com a senhora Fontainelles, contudo, vinha como uma ventania que afastava todas as nuvens escuras e deixava um céu azul. No dia seguinte, tomaria algumas providências.

Pouco depois da partida de seu hóspede, Edgar rumou para o sítio de Romy. Encontrou-a na varanda lateral, seu lugar preferido, envolvida com sua nova ocupação: pintar. Em frente ao cavalete, uma orquídea presa a um pedaço de galho de árvore.

Absorta no trabalho, ela não ouvira o som do carro ou a aproximação de Edgar. Ele escorou-se no pilar de pedra e ficou observando-a. Romy usava uma maquiagem suave, um vestido preto com um decote amplo, justo, sem mangas, e uma saia que finalizava em franjas na altura dos joelhos. Não seria o modelo escolhido por uma senhora, porém, era inegavelmente atraente.

Depois de examiná-la com atenção, Edgar lançou um olhar à tela. Os traços definidos e seguros, a luz que incidia sobre a orquídea e as cores vibrantes contrastando com o galho de madeira revelavam o talento de Romy.

— Está bonito! — elogiou Edgar falando mansamente.

Romy sorriu, retocou o miolo da flor e afastou-se. Parou ao lado dele, beijou-o rapidamente e voltou a apreciar seu trabalho.

— Acha mesmo, Edgar? Ainda não tenho certeza se consegui o tom certo do miolo. A natureza é tão caprichosa! Se você olhar essa orquídea com atenção, ela tem muitas cores. Algumas são pequenos traços, mas fazem toda diferença e são os mais difíceis de fazer — comentou Romy.

— Dizem que o diabo mora nos detalhes — lembrou Edgar sorrindo.

— Ela é tão linda! Não deve ser obra do diabo — rebateu Romy. — Ele não é tão sensível. Esses detalhes são requintes de beleza. São a assinatura de um grande artista; são obras de Deus.

— Deus? Ora, ora que surpresa! Nunca a ouvi falar Dele. Pensei que tivesse me dito que não era religiosa. Está mudando de ideia? — provocou Edgar.

— Não. Não mudei. A religião, ou melhor, a Igreja não é para mulheres como eu. Sou pecadora! Os filhos de uma pecadora não são batizados, e nós não somos bem-vindas nas cerimônias. Mas, obviamente, conhecemos os segredos de muitos religiosos, que costumam ser clientes assíduos de nossas casas. São essas hipocrisias sociais que me cansam. É muito "faça o que eu digo, mas não faça o que eu faço". No entanto, a meu ver, Deus está muito acima de tudo e compreende muito bem suas criaturas e suas ações. Creio que haja um Deus, mas não creio que a Igreja seja a casa Dele. A Terra é a casa Dele — respondeu Romy limpando os pincéis. — Eu não o esperava hoje. O que houve com seu hóspede? Tenório avisou-me da visita inesperada. Aliás, agradeço a delicadeza. Você sabe que não me deve satisfação da sua vida. Nossa relação...

— Eu sei, mas não vi problema em avisá-la — interrompeu Edgar aproximando-se, abraçando-a pelas costas e cingindo-lhe a cintura. Com o rosto colado ao de Romy, disse: — Eu sei como é a nossa relação e quero conversar com você sobre algumas mudanças para o futuro.

— Mudanças? — questionou Romy, moldando-se contra o corpo de Edgar.

— ·Sim. Estou pensando em algumas mudanças. Amanhã, iremos à capital.

— Como assim "iremos à capital"? Eu e você na capital? Entendi bem? — perguntou Romy agradavelmente surpresa. — É uma boa mudança na rotina. Quantos dias ficaremos lá?

Contente com a pronta aceitação dela, Edgar respondeu:

— Não tenho certeza. Uma semana, talvez mais.

Romy soltou exclamações de alegria e excitação com a informação. Feliz com a reação dela, Edgar comentou em tom de brincadeira:

— Não pense em comprar todas as lojas da capital.

— Não! Só a metade — retrucou Romy brincando.

— Metade?! Ainda é muito. Faça o seguinte: uma lista de tudo o que você deseja, e verei as possibilidades.

— Sério, Edgar? Uma lista dos meus desejos? Você atenderia isso?

— Com maior prazer, se estiver ao meu alcance, Romy.

— Mesmo? Qualquer coisa? — insistiu ela.

— Sim, mas você está me deixando curioso com tanta dúvida. Creio que já tenha sua lista na ponta da língua. Vamos! Me diga o que deseja.

Romy pôs as mãos sobre as dele em sua cintura e falou sorrindo:

— Quero conhecer o mar, andar de navio, ir ao teatro, ir ao cinema. Quero ir ao Rio de Janeiro. Quero conhecer a capital do país.

Surpreendido com a lista, Edgar insistiu:

— Concedido. E o que mais você quer?

Deliciada com a ideia de realizar seus sonhos secretos, Romy virou-se com os olhos brilhantes e, convicta, respondeu:

— Nada mais, além de fazê-lo feliz nessa viagem, como você está me fazendo feliz agora. Vejo fotografias desses lugares nas revistas e acho-os lindos. Fico sonhando em conhecê-los, em sentir o cheiro do mar, em sentir a água. Ah, preciso de um maiô! Isso eu tenho que comprar, pois não tenho. E, para ir ao teatro, também precisarei de um vestido. Nas fotografias as pessoas estão bem arrumadas, elegantes.

— Concedido. Você terá o maiô e o vestido — falou Edgar puxando-a para mais perto de si. — Seus desejos são tão simples que me atrevo a dizer que posso realizar todos. Tudo o que você quiser! Partiremos amanhã de manhã.

Romy viveu as horas seguintes nas nuvens. Uma experiência inusitada para alguém que tivera a infância roubada e vendida pelos pais para a prostituição. Depois, anos nas chácaras de Madame Adelaide, que eram casas luxuosas, fartas, seguras, mas sem liberdade ou direito a sonhar.

Aquela era a primeira vez em sua vida que iria fazer uma viagem a passeio. Conhecia a capital, mas somente a zona comercial.

Viveram dias de encantamento. Romy, por realizar desejos julgados improváveis de se realizarem, e Edgar, por experimentar o sentimento de fazer alguém feliz com suas atitudes. Algo novo e que ele apenas sentiu, mas não refletiu. Ficou na superfície.

Quando retornavam da curta visita ao Rio de Janeiro, Edgar, em meio a uma conversa sobre a paisagem, informou-a:

— Hoje à noite, jantaremos com o doutor Lima Gomes no melhor restaurante da cidade.

Romy calou-se. Embora Edgar não falasse sobre sentimentos, ela sabia que o convidado era seu antigo tutor e alguém a quem ele se referia com respeito e admiração. — Por quê, Edgar?

— Como assim por quê? Porque eu quero, e isso basta — respondeu ele.

— Não se faça de desentendido, Edgar. Sei que você tem poder suficiente para que sua vontade seja causa bastante de qualquer coisa, mas você pode ir encontrá-lo sozinho. Não me importo de ficar no hotel.

— Mas justamente o motivo do jantar é para que ele a conheça, Romy. Essa é a minha vontade — respondeu Edgar, calmo e indiferente à preocupação dela.

— Bem, se é assim. Está bem.

— Sim, está bem. Sou igual ao rei nu, lembra-se?

Romy concordou e guardou para si o sentimento de inadequação. Eles tinham ido ao teatro, às melhores lojas e aos restaurantes frequentados pela elite. Tiveram breves encontros com conhecidos de Edgar que não passaram da polidez social. Riram dos olhares curiosos que os espreitavam. Edgar sabia que sua aparição na sociedade com uma mulher desconhecida geraria comentários. Ela não se importava com pessoas estranhas, que eram a absoluta maioria em sua vida.

CAPÍTULO 59

O SEGUNDO CASAMENTO

Lima Gomes chegou com antecedência no encontro e foi conduzido à mesa reservada por Edgar. Seu propósito era observar a "pessoa" que seu antigo pupilo desejava apresentar-lhe. Conhecia Edgar suficientemente para entender que ele queria sua opinião sobre algum projeto, e isso o fazia feliz.

Acomodou-se de modo a não ser visto de imediato e pôs-se a fazer de conta que analisava o cardápio, quando, na verdade, observava a entrada do restaurante.

Sua espera foi curta, como ele esperava. Edgar não se atrasava. Fora algo que ele o ensinara. Sabia que ele chegaria minutos antes da hora marcada, como também sabia que vinha acompanhado de uma mulher.

Ela era uma visão agradável, bem-vestida, tinha feições harmoniosas e andava com segurança e desenvoltura. Notou que Edgar não tirava as mãos dela, mensagem clara de posse.

"Edgar, Edgar. Quando você começa, eu já terminei", pensou Lima Gomes observando o casal falando com o maître. Ergueu-se quando o garçom os conduziu à mesa.

— Boa noite, Edgar! Um grande prazer essa surpresa. Não o esperava por aqui — saudou Lima Gomes.

— E o senhor sempre um primor de pontualidade! Boa noite! É muito bom revê-lo também. De fato, foi uma viagem a passeio, sem planejamento.

Voltando-se para Romy, Edgar apresentou-a:

— Permita lhe apresentar a senhora Rosemeire Fontanelles. Senhora, este é meu grande amigo, meu antigo tutor, doutor Lima Gomes.

Romy estendeu-lhe a mão, e, gentilmente, Lima Gomes curvou-se e roçou os lábios rapidamente voltando a encará-la. Era mais jovem do que ele calculara e seu olhar brilhava de encantamento. Havia também algo de assustada que ela procurava disfarçar.

— É uma honra conhecê-lo, doutor Lima Gomes. O doutor Edgar fala-me muito a seu respeito.

— É mesmo?! Espero que boas coisas, senhora. Encantado em conhecê-la — voltando-se para Edgar, fez um gesto com a mão convidando-os a sentarem-se à mesa.

Lima Gomes observou-os por alguns instantes sem cerimônia, e pairou um silêncio cômico. Então, ele prestou atenção em um anel de ouro com um grande diamante no centro, cravejado de pequenos diamantes, e uma aliança combinando na mão direita de Romy. Era uma peça bela e sofisticada. De imediato, observou a mão direita de Edgar, onde também brilhava uma aliança de ouro.

Então, quebrando o silêncio, Lima Gomes riu e disse:

— Ora, ora, Edgar, creio que você não fez as apresentações como deveria. Eu estou velho, é fato, mas não tanto que não entenda o significado desses anéis.

Edgar sentiu-se tímido, como se tivesse voltado a ser o menino que um dia Bernardo de Albuquerque entregara ao professor Garcia para ser educado. Porém, nem naquele dia a timidez o derrotara.

— É verdade! Ainda não estamos habituados. É muito recente. Pedi a mão de Rose em casamento hoje. Este é o nosso jantar de noivado. Vou refazer as apresentações. Doutor Lima Gomes, quero apresentar-lhe minha futura esposa.

Romy sorriu, segurou a mão de Edgar sobre a mesa e acrescentou:

— Ainda estamos nos acostumando, e, acredite, o senhor é a segunda pessoa a saber desses planos.

— A segunda? — questionou Lima Gomes com um sorriso intrigado.

— Sim, a primeira fui eu. Edgar fez-me uma enorme surpresa. Não esperava o pedido de casamento.

— Fez-me uma grande e alegre surpresa também! Permitam-me felicitá-los. Precisamos brindar a esse noivado. Edgar, peça um champanhe, enquanto sua encantadora noiva me conta como se conheceram.

Romy, convicentemente, repetiu a história contada aos hóspedes de Edgar na inauguração, porém, Lima Gomes, diferente dos outros, fez perguntas que ela precisou responder de improviso.

Satisfeito, Edgar observou-a lidar com a situação e interrompeu a conversa à chegada do garçom com a bebida. Enquanto eram servidos, Lima Gomes perguntou sobre a data do casamento.

— Ainda não discutimos isso, mas será em breve — respondeu Edgar. — Rose e eu não temos razões para esperar.

— Sim, não há razões — endossou Romy. — Edgar e eu somos solitários, experientes e suficientemente seguros do que desejamos. Não tenho sonhos de cerimônia e festas. Faremos uma longa viagem de núpcias. Disso faço questão.

— Bem, vejo que formam uma boa dupla, pois, embora o noivado seja recente, já tomaram todas as decisões — elogiou Lima Gomes.

— Sim, temos pressa, e somos muito diretos um com o outro. Rose é uma mulher prática.

Após a refeição, Romy pediu licença para ir ao toalete e deixou-os sozinhos. Lima Gomes encarou Edgar e perguntou à queima-roupa:

— Você tem certeza do que está fazendo casando-se com sua amante?

Edgar sustentou o olhar e, com um meio sorriso, respondeu:

— O que o senhor achou dela?

— É uma mulher bonita, conversa agradável. Vê-se que não é uma grã-fina. Obviamente, se eu não soubesse de Romy e se não houvesse ouvido você falar dela, não desconfiaria. Mas, assim que entraram, desconfiei de que era ela. Seu comportamento revelou, meu caro. Você a trata de forma possessiva. Então, tem certeza do que está fazendo?

— Tenho. Pensei muito. Minha experiência com Ifigênia ensinou-me que esse verniz social de perfeita dama não é necessário, e mais me ensinou a morte dela. Considerei casar-me com jovens de bom nome, de famílias ricas e reconhecidas na região, mas, sinceramente, todas eram enfadonhas. E, com o hilário episódio da inauguração da estrada de ferro, que lhe contarei depois, convenci-me de que me casar com Romy seria o melhor a fazer. Preciso de uma esposa, de herdeiros e, como você me ensinou, sou o rei nu. Eu posso. O que eu disser será lei. E então, digo que Rosemeire será minha esposa. Ninguém ousará, na minha frente, dizer qualquer coisa.

— Os boatos... — lembrou Lima Gomes.

— Os boatos? — repetiu Edgar com desdém. — Os boatos serão como sempre foram na minha vida. O senhor sabe, tão bem quanto eu, que a elite a quem fui imposto me tolera e comenta sobre minha origem vir da cozinha. Mas, na minha frente, em razão do que tenho e do que represento, chamam-me de doutor e estendem-me tapetes vermelhos. Não preciso de uma esposa de família tradicional, pois já tive uma. Preciso de uma mulher e de filhos para garantir minha descendência, ou tudo que fiz até aqui perderá o sentido. Não serei derrotado por uma linha sucessória.

— Muito bem! Desejo-lhe felicidades, meu filho. Se essa é a sua vontade, que se realize!

Edgar sentiu um alívio que não reconhecia a causa. Por que era importante a aprovação de Lima Gomes a seus planos? Por que se sentira feliz por ele ter identificado Romy? Questões importantes, mas não iria se deter sobre elas.

Romy retornou à mesa e notou que os homens estavam aliviados, como se tivessem tido algum tipo de enfrentamento e chegado a um acordo, mas guardou suas observações.

No mês seguinte, após uma breve cerimônia civil, Edgar e Romy estavam casados. A cerimônia e o almoço comemorativo para poucos convidados realizaram-se na casa de Lima Gomes, pois interessava apenas produzir fotos para as colunas sociais. A transformação de Romy em Rosemeire Brandão de Albuquerque completou-se durante a viagem de núpcias.

CAPÍTULO 60

EXPERIÊNCIA DE PAZ

O casamento com Romy, inegavelmente, foi o ponto de virada na história de Edgar. Ele amava alguém pela primeira vez em sua vida, no entanto, não admitia esse sentimento. O orgulho falava tão alto que emudecia aquele que, com justiça, poderia ser chamado de um amor menino.

Sim, os orgulhosos também amam, mas com que dificuldade! A passividade de Romy facilitou o relacionamento. Ela nada exigiu, além da manutenção de sua liberdade financeira. Tornar-se Rosemeire Brandão de Albuquerque fora fácil. Bastou não falar do passado nem de si mesma. E não falar de si mesma era um hábito que garantira sua sobrevivência. Viver o aqui e o agora é fonte de força a qual recorrem os sobreviventes. É o que permite atravessar experiências dolorosas e manter a saúde mental emocional.

Ela foi a esposa perfeita para Edgar. Manteve-se à sombra e sempre alguns passos atrás dele. Não o ofuscava jamais. Era discreta, fiel, excelente administradora doméstica e anfitriã impecável. Aprendeu rapidamente a lidar com a elite, sem enganar-se sobre quem eram. Embora não falasse do passado, a experiência estava consolidada. Ela sabia com quem tratava, sem ilusões.

O casamento deu a Edgar os herdeiros tão sonhados. Tiveram quatro filhos: Aurélio, Augusto, Catarina e Vitória.

Deu-lhe também anos de paz, de alegria. Romy deu-lhe uma família. Lima Gomes viveu seus últimos anos sob o teto do casal no palacete. Era o vovô. Não se falou de Adamastor, Ifigênia, Maria Carolina, Mercedes, Josefina, José Linhares, Pedro Albuquerque, Beatriz e seus filhos. Simplesmente foram varridos da memória e da região sob a influência de Edgar.

Adamastor cumpria pena pelo assassinato do Juiz Firmino Dantas, crime que ele não cometera. Fora julgado e sentenciado conforme convinha aos interesses que conduziram Edgar àquele cargo.

Ifigênia, Maria Carolina, Beatriz e Pedro Albuquerque deixaram a vida física, os dois últimos em uma condição de ostracismo, de falência econômica e social quase absoluta.

José Linhares, também viúvo, encerrou seus dias demente e irreconhecível. Quem o visse discursando de pijama e chinelos pelos jardins de sua casa ou atendendo como um cordeirinho aos cuidados do enfermeiro e dos criados que o assistiam não diria quem ele tinha sido. No entanto, se quem o visse fosse dotado de clarividência, teria um panorama bem distinto, pois o veria cercado por espíritos que cobravam acerto de contas. Algumas vítimas que se tornaram algozes, diferentemente de Ifigênia, que, ciente do crime de que fora vítima, decidira prosseguir na vida espiritual com a decisão que tomara de assumir suas verdades, buscar sua felicidade e afastar-se de quem não a aceitava como era, mesmo que fosse sua família consanguínea. Ela não falava em perdão.

No mundo espiritual, Ifigênia entendeu as razões de suas experiências, a luta que sustentava para firmar sua individualidade e vencer preconceitos, aprender a beber na fonte de suas forças internas, e entendeu também o amor por Anabela, que tinha vínculos profundos em vidas passadas. O crime de que fora vítima não estava previsto. Ao aceitar reencarnar naquela família e enfrentar, face a face, o preconceito e a discriminação, sabia que estaria exposta à violência, mas José Linhares propusera-se, em espírito, a vencer seus preconceitos, seu orgulho, sua soberba e violência. Eis a necessidade que unia pai e filha, no entanto, ele faliu miseravelmente.

Na vida espiritual, Ifigênia lutava para construir em si mesma o perdão e vencer a prova inesperada. A atitude serena de aceitação da dor e de prosseguir vivendo com a coragem de Anabela a auxiliava muito. As leituras edificantes, as preces, as reuniões espíritas domésticas às quais comparecia acompanhada de seus mentores e de Anabela ajudavam-na a compreender o que vivia e, com alegria, vira a companheira acolher uma viúva doente e seus filhos pequenos. Em poucos meses, a doente perdeu completamente as forças e deixou a vida física como uma vela que se apaga. As crianças foram adotadas por Anabela, que, dessa forma, reencontrou alegria e propósitos para prosseguir a existência.

Mercedes e Josefina continuaram vivendo na pequena cidade, sem se aproximarem de Edgar. Sem ódios, sem amor. Indiferentes à presença dele, sem darem importância aos bens e ao nome da família. Construíram as próprias histórias distanciando-se do enredo criado pelos pais. Edgar e sua consciência, contudo, um dia teriam de encontrar-se.

CAPÍTULO 61
AJUSTES

Encerrei a análise do passado. Era tempo de voltarmos à fazenda São Conrado da atualidade. Flô e Antenor, acompanhados por alguém que identifiquei como Romy ou Rose, como fora conhecida enquanto esposa de Edgar, aguardavam-me.

— É uma satisfação conhecê-la, Rose. Obrigada por nos ajudar — disse a Rose.

Ela sorriu timidamente, fitou-me e respondeu:

— Eu que lhes sou grata. Espero que o plano tenha êxito e que eu consiga ser útil.

— Tenho confiança irrestrita no amor, Rose — afirmei.

— Eu também — disse Antenor sorridente.

Rose olhou para Flô. Visivelmente, ela tinha dúvidas.

— Edgar é alguém de personalidade difícil. Não tenho queixas dele, muito ao contrário. Tive uma vida feliz ao lado dele. Foi bom marido e pai, eu reconheço isso, apesar da forma como nos despedimos. No entanto, além das paredes do nosso lar, eu sei que ele era bem diferente. Eu via e sabia que Edgar se envolvia em negócios nem sempre corretos. Ele fez carreira, teve altos cargos, mas a defesa dos interesses do grupo ao qual se vinculava vinha primeiro e acima de quaisquer outros valores, mesmo da justiça ou da lei a que ele deveria servir. Edgar é duro e orgulhoso. Comigo nunca foi, mas, como lhe disse, eu sabia quem ele era. Experimentei um pouco desse lado, mas entendi e o perdoei. Ele não tinha força na época para agir de outra forma.

— Você tem razão. Edgar é muito orgulhoso e egoísta, mas ele a ama. Se alguém pode sensibilizá-lo é você, Rose. Eu o acompanho há muito, muito tempo, e ele não é o que se pode chamar de um protegido dócil. Raramente, pude me aproximar dele depois da adolescência. Já na infância, ele recuperou traços marcantes desse orgulho e dessa dureza, que foram o escudo para uma infância solitária e sem afeto. Depois, Edgar só fortaleceu isso e nunca se questionou. Eu sei do que você está falando. Ele comprometeu-se. Infelizmente, o sucesso profissional não foi também sucesso na evolução espiritual, mas poderia ter sido — comentou Antenor.

— Amor?! — repetiu Rose, sem estar convencida da afirmação de Antenor. — Tenho dificuldade em dar nome a sentimentos. Precisei ser muito prática para sobreviver a tudo o que passei. Nada do que vivi estava em meus propósitos. Ter a infância roubada e vendida para a prostituição por meu pai mudou completamente o curso da minha vida. Felizmente, ou, apesar de tudo, não me comprometi e se pode dizer que acabei com um saldo positivo. Em grande parte, devo isso a Edgar. Ele deu-me estabilidade, e ser mãe permitiu-me reformular meus próprios traumas e dilemas de uma infância marcada por miséria, violência e exploração sexual. Eu me recriei, do modo que pude, criando meus filhos. Consegui libertar-me do ódio, da raiva, do medo. Consegui tornar-me indiferente a esse passado, e, em grande parte, isso se deve a Edgar e à vida que ele me proporcionou. Nosso acordo não previa fazer o bem um ao outro, mas foi o que aconteceu.

— É bom ouvi-la — falei sinceramente comovida com a honestidade de Rose. — Geralmente, quando se fala em desvio de rota, em não cumprir o planejado, se pensa que, então, tudo deu errado, mas você prova que não é assim. A liberdade nos permite acertar e muito além dos fatos. É a nossa transformação interior que determina nossa evolução. Realmente, cumprir integralmente um planejamento reencarnatório é coisa rara, bem rara, neste nosso mundo. E, sim, amor é a palavra. Pode ser um amor menino, que nasceu e vive à sombra de um orgulho forte e frondoso, mas, ainda assim, é amor e trouxe consigo todos os benefícios que só ele é capaz de dar à alma humana. Aliás, você me deu a melhor definição de amor que conheço: fazer o bem um ao outro.

Flô acompanhava a conversa calada, pensativa. Aproximei-me dela e perguntei:

— Você está bem, Flô?

337

— Sim, Layla. Estou pensando, refletindo, só isso. Constatando o tamanho do estrago que o preconceito, o orgulho e a ganância geram.

Recordei-me da análise do passado dos envolvidos e concordei com Flô. Preconceito, orgulho e ambição resumiam a história. Todos os envolvidos naquela trama foram marcados por esses vícios, quer agindo ou sofrendo-lhes as consequências. Recordei-me de Iara, de seu sentimento de inferioridade, de ela sentir-se deslocada em alguns ambientes e algumas situações, de sua cultura desrespeitada, o mesmo ocorrendo com os descendentes de escravos africanos, aos quais, após séculos de exploração da vida e do trabalho, deram a "liberdade" de viver na miséria, marginalizados e discriminados. No fundo, talvez ainda remanescesse no imaginário social que o trabalho deles não era digno de ser remunerado. O pensamento colonialista e escravocrata e os sentimentos por detrás dele ainda estavam vivos.

Edgar era a prova disso. Embora tivesse sofrido e sido marcado pelo preconceito racial desde o nascimento, assimilou e adotou integralmente aqueles preconceitos, tanto que fez e continuava fazendo tudo para esconder sua origem mestiça e os traços de negritude. Em vez de libertar-se dos preconceitos, exercia-os contra si mesmo e os outros.

Afora isso, como todo orgulhoso, ele era preconceituoso com raça, com sexo, com cor, com condição social, e isso falava muito também da *sui generis* solidão em que vivia e viveu. Edgar esteve sempre cercado por outras pessoas, em ambientes sociais privilegiados, porém, era um pária por sua origem mestiça, tolerado por ter muito dinheiro e um nome de família tradicional. Tratavam-no "como a um igual", mas sem intimidade.

Entre os mestiços estava deslocado porque era rico e tinha nome, mas, a bem da verdade, por entendê-los pertencentes a uma classe social abaixo da dele, Edgar nunca procurou aproximar-se de nenhum deles. Havia uma elite de intelectuais e artistas mulatos no país, mas também não se aproximou deles por orgulho. O orgulho impõe relacionamentos superficiais, não se identifica com o outro.

Ele tinha vínculos apenas com Lima Gomes e Romy. Foi um pai severo e ciumento do cuidado que a esposa dedicava aos filhos. E, igualmente a cada gestação da esposa, preocupava-se com a aparência dos filhos. Queria-os com pele clara e "cabelo bom". Resumo: o orgulho e o preconceito, que não deixa de ser filho deste com a ignorância de quem só tem opinião, condenaram-no à solidão e a viver cercado de pessoas movidas pela ganância.

— E Mariana? — perguntei.

A tristeza nublou a expressão de Flô, mas ela encarou-me serena:

— Meu erro e o motivo de meu arrependimento é que falhei duplamente como mãe dela. Primeiro, por não ter me dedicado a conhecê-la. Eu simplesmente achei que, por ser cria do meu corpo e ter visto cada dia de sua vida, sabia quem era a minha filha. Enganei-me. Ignorei que ela Mariana era um espírito imortal, com uma história e uma personalidade formando-se através das eras. Eu até tinha alguma noção na época, mas nunca refleti ou empreguei isso na minha vida, no dia a dia. Era só um conhecimento. Segundo, por ter permitido que ela fosse o "brinquedo" de alguém. Eu só via que ela era bem tratada e gozava de conforto. Fui uma mãe materialista, Layla. Acordei quando era tarde demais. E, mesmo assim, nada fiz a não ser me sujeitar às consequências, e isso é compactuar com as causas.

"Meu amor materno também era muito menino, e eu desejei um melhor tão equivocado para Mariana! Um amor tão misturado com meus interesses e desejos! Muito pequeno mesmo. Não pense que estou sendo excessivamente dura comigo mesma. Sou realista, e isso me permitiu ficar apenas com a dor dos meus erros, não com o desespero, a culpa. Em uma palavra, sem o sofrimento. Responsabilidade apenas. Com a dor, se trabalha e se transforma, já o sofrimento paralisa. Aprendi com você. Por isso, tenho me empenhado para socorrer Mariana e Edgar. Vi que, sem ajudar a Edgar, não conseguiria ajudá-la, afinal, ele concretizou o desejo dela: a São Conrado. Espiritualmente, Edgar também vive em sintonia com pessoas gananciosas. Mariana era ambiciosa; ela não queria a vida de trabalho e pobreza. Ela tentou saltar de classe, contudo, viu o quão rígida ainda é essa estrutura. Nem a força da paixão rompeu."

— A atitude de Edgar não a fere mais — comentou Antenor encarando-a.

— Não, não mais. Ele renegou nossa existência e passou a odiar a mãe e a todas as mulheres negras. "Vadias", diz ele. Procurei me colocar sob a pele dele e reconheço que Edgar precisaria ter mais elevação moral para superar as barreiras sociais. Eu, ele, Mariana e todos os outros éramos medianos demais. Não tínhamos elevação espiritual que nos permitisse agir de forma diversa da acomodação e do interesse pessoal que existem em diferentes condições. Agi por interesse pessoal ao manter-me acomodada na posição em que estava, acreditando que era impossível fazer outra coisa. Tudo a seu tempo, não é assim? Tanto na vida física como na vida espiritual. Ele fez o que era possível às suas condições, e a educação que recebeu foi equivocada. Incentivou tudo o que deveria ter sido podado. O tutor dele o amou, é verdade, e o ajudou também, mas o ensinou a lutar com as armas erradas: orgulho, arrogância, ironia.

— As razões para essa experiência existem. Edgar foi um rico mercador de escravos africanos, não é, Flô? — comentei.

— É. Foi. Éramos parceiros comerciais. Eu negociava escravos com ele, e também tínhamos um romance. Uma história de paixão, poder e sangue. Acabamos como inimigos e muito mal. Mariana foi nossa filha. Uma longa história. Há algum tempo, eu dizia que havia tido um péssimo final, mas Layla me ajudou a entender que não foi o fim, que a história continuava e que aquilo tudo tinha nos trazido até onde estamos. Se houvesse aprendizado, crescimento pessoal, tudo aquilo se justificava e era válido, mesmo que, ao reencarnarmos, tivéssemos andado distante de algumas das nossas propostas originais.

Romy olhou a todos nós, deteve-se em Flô e disse:

— Flô, eu e você somos como uma moeda, os dois lados de uma idêntica experiência. Você diz que, em outra existência, andou um pouco fora dos seus objetivos e se complicou. Depois, acomodou-se nessa última. Eu fui jogada para fora do meu objetivo, que era auxiliar meus irmãos. Fui vendida pelo meu pai e nunca mais os encontrei. No entanto, mesmo andando na marginalidade social, não sujei minha alma; vendi apenas meu corpo e com dor. Senti muito bem isso que estavam falando: preconceito. "Nossa! Mulher e prostituta! Não tem lugar na sociedade, só à margem!" Hipocrisia! — Romy sacudiu a cabeça como desejosa de afastar aquelas lembranças, depois me olhou e prosseguiu: — Como você disse, Layla, mesmo fora dos meus propósitos originais para aquela existência, eu venci. Então, não importa tanto o que se viveu, mas como se viveu. Essa foi a lição que aprendi.

— Minhas amigas, a conversa está muito boa, mas, por falar em propósitos, vamos em busca de Edgar? — convidou-nos Antenor sorrindo.

Epílogo

O orvalho brilhava sobre as folhas do jardim em frente ao palacete da São Conrado. Observei Romy discretamente enxugar uma lágrima. Sorri para ela e indaguei:

— Está tudo bem com você?

— Sim. Emoção boa. Foi um tempo feliz e tranquilo o que passei nessa casa. Não tinha voltado aqui em todos esses anos — respondeu ela com um sorriso doce.

— Por quê? — questionei.

— Por algum tempo, fiquei magoada com a atitude de Edgar, embora, conscientemente, eu soubesse e entendesse que ele não tinha como agir de outra forma. Doeu, depois passou, e aí valeu meu princípio de não olhar para trás. Via meus filhos, e era o suficiente — falou Romy encarando-me com calma. Ela dirigiu-se também a Antenor e Flô e convidou-os: — Bem, vamos entrar? Alguma orientação sobre o que devo fazer?

— Seja você! Viemos propor a Edgar que deixe essa fixação por esse lugar e prossiga comigo no mundo espiritual. Se tudo der certo, Mariana seguirá com Layla e Flô — respondeu Antenor tomando-lhe o braço e avançando para o interior da casa.

Romy surpreendeu-se com a adaptação da entrada para o hotel-fazenda em que fora transformada sua antiga casa, mas nada disse. Apenas ergueu as sobrancelhas e olhou em torno com surpresa.

— Romy, ele costuma ficar no gabinete — informou Flô.

— Claro! Você vai comigo, Flô?

— Nós todos iremos, mas ele não perceberá nossa presença — respondeu Antenor. — Mas, se preferir ir sozinha, aguardaremos aqui. Você decide, Romy.

— Estranho isso. Você crê que tenho um poder muito grande, mas eu mesma não sinto assim. Vocês têm condições maiores do que eu de ajudá-lo, mas vamos em frente com o plano, que, se entendi, se resume a simplesmente me colocar frente a frente com Edgar, tentar convencê-lo a abandonar esse lugar e fazer como nós: prosseguir a vida e seguir em frente na dimensão espiritual — desabafou Romy, revelando insegurança e surpresa ao constatar que tudo dependia dela.

Antenor apoiou as mãos sobre os ombros de Romy e fitou-a firmemente por alguns segundos. Depois, falou com segurança:

— Eu conheço Edgar há muito tempo. Sei do passado dele como Hendrick e a história com Zury e Ayo. A devastação que promoveram no reino de Zury, as mágoas profundas. A necessidade de reajuste era entre eles, mas, como nem tudo saiu conforme o planejado, podemos dizer que será preciso recomeçar algum dia, pois o coração dele continua muito duro em relação a elas.

"O encontro de vocês, contudo, foi benéfico, muito benéfico, a Edgar. Embora, claramente você tenha dúvida, asseguro-lhe que, até o momento, você é a única pessoa que Edgar ama. Então, se alguém tem alguma chance de sensibilizá-lo, esse alguém é você. De fato, nosso único plano é possibilitar esse encontro. O restante é com você. Mas, por favor, não fique sobrecarregando seu pensamento e seus sentimentos com o que vai fazer. Insisto: apenas seja você. E, se não der certo, Romy, o que há demais nisso? Somente constataremos que ainda não é tempo de Edgar avançar. Se Deus permite que erremos, quem somos nós para exigir que você faça o certo e tudo corra conforme desejamos? Seja você! O restante é livre-arbítrio dele, e nós o respeitaremos, se ele insistir nessa escolha de marcar passo na vida.

Romy sorriu aliviada, e uma expressão alegre e confiante iluminou seu rosto. Antenor tirou as mãos antes pousadas nos ombros dela, e ela disse:

— Vamos juntos!

No gabinete, encontramos Edgar, absorto, contemplando a lua cheia através das vidraças de uma janela alta. No que estaria pensando? Há tantos anos, vivia praticamente recluso naquele lugar. Não se poderia dizer que agora ele fazia o mal, mas também não fazia o bem. Tolerava as visitas dos hóspedes e gostava de ouvir a narrativa da própria história, bem adoçada, pelas bisnetas que administravam o hotel-fazenda. Era tão forte a sensação de que ali havia um dono que elas sentiam como se estivessem incomodando, invadindo, sendo inoportunas, e apressavam-se em sair do local.

Romy observou o ambiente. Quase nada mudara desde a última vez em que estivera ali, apenas um vaso de cristal com flores do campo. Aproximou-se dele e examinou-o surpresa e verdadeiramente incrédula. Com gestos delicados, tocou as pétalas das flores. Aproximei-me, e ela sorriu:

— Esse vaso era meu. Ficava na minha saleta de pintura. Eu gosto dessas flores. Costumava manter essa forma de arranjo. Coincidência!

— Não, Romy. Não é coincidência — disse Antenor, ao lado dela. — Tenho vindo aqui regularmente ao longo de décadas. Eu vi o final da sua existência com Edgar e o acompanhei depois. Ele pôs esse vaso aí quando retornou do funeral e, todos os dias até a morte, fez o arranjo de flores do campo como você gostava. Tornou-se uma das muitas histórias de amor e paixão que povoam essas terras, e isso explica por que está aí. É parte da tradição e da biografia do grande amor de Edgar Brandão de Albuquerque por sua segunda esposa.

— Sério isso? — indagou Romy.

— Sim. Toque o vaso. Você é capaz de ler as impressões vibratórias fixadas nele. Informe-se por si mesma — sugeriu Antenor.

Lembrei-me do que havia percebido quando fiz o que Antenor orientava na minha primeira visita ao palacete. Observei Romy colocar as mãos em torno do vaso e fechar os olhos. Alguns instantes depois, duas lágrimas escorreram pelo canto de seus olhos. Emocionada, ela afastou as mãos, fitou Antenor e comentou:

— Eu não fazia ideia. Não quis retornar aqui. Julguei mais fácil esquecer e perdoar mantendo distância.

— Entendo. Fez bem, mas não se condene pelo que descobriu agora. Você fez o que era certo para aquele momento e para o que sabia — respondeu Antenor. — Compreende por que meu único plano e minha maior esperança é esse encontro?

— Sim, acho que sim — falou Romy observando as costas de Edgar. — Obrigada, Antenor. Agora eu sei o que fazer.

Decidida, ela caminhou na direção de Edgar e parou ao lado dele.

— Uma noite linda! — falou ela suavemente. — Lua cheia. Noites de mistérios, de histórias de bruxas, o lobisomem passeia, os loucos se agitam, as mulheres dão à luz, os amantes se encontram...

Edgar enrijeceu visivelmente. Sentia a presença de Romy, suas palavras o alcançavam, parecia tão perto, mas ele não tinha coragem de olhá-la. Temia que fosse um momento de delírio, de um maravilhoso delírio, mas que, ao virar-se, veria somente os mesmos móveis cujos detalhes sabia de cor.

Percebendo a tensão de Edgar, Romy prosseguiu:

— Tanto tempo! E eu ainda não descobri se tudo isso é mito ou se tem alguma coisa de verdade. O que acha, Edgar? É mito ou é verdade? Nossas filhas nasceram...

— Vitória nasceu à luz do dia. Catarina nasceu numa noite de lua cheia — falou Edgar baixinho. Sua voz falhava, denunciando forte emoção, mas ele mantinha os olhos na lua.

— Você se lembra desses detalhes?! Achei que os houvesse esquecido. Faz tanto tempo... — exclamou Romy surpresa.

— Eu recordo o passado todos os dias; é meu presente. Eu recordo o dia em que a conheci incansáveis vezes. Revejo cada detalhe. É uma das minhas melhores lembranças. Como não iria recordar o nascimento das meninas? Você queria muito uma filha, eu sabia. Fiquei muito feliz quando Catarina nasceu, porque eu sabia que você estava feliz. Catarina tinha o rosto redondinho como a lua, e você estava tão radiante com ela no seio que, naquela noite, nem a lua cheia brilhava mais do que você. Em todas as noites de lua cheia, eu me recordo daquela cena. Era o que eu estava fazendo — revelou Edgar. — Lembrando, revivendo.

Romy estava surpresa e lutava com as emoções. Não imaginara que o reencontro seria o encontro que, apesar de uma vida em comum, nunca tiveram.

— Você não pensa em viver, Edgar? A vida existe e prossegue.

— Eu sei, mas não quero. Não tenho motivos para existir fora daqui. Dedico meus dias a reviver e escolhi reviver meus dias com você incansavelmente, porque foram os melhores que já tive. Não me arrependo de um único minuto de nada que fiz ao seu lado, Romy. Absolutamente nada. Planejei e construí este palacete, e você o transformou num lar com a insuspeita habilidade com que redefiniu a fachada dele e materializou meu desejo, lembra-se? Você me deu vida, Romy. E a vida da qual não tenho arrependimentos e que posso me lembrar incansavelmente, sem sofrimento, foi aqui, por isso não abandono este lugar. É meu porto seguro. Não pense que não sei quem eu fui e em que condições existo hoje. Tenho consciência disso. Vi o tempo passar. Nós temos bisnetos, Romy, e logo teremos tataranetos. Temos uma família bonita. Gosto de ouvi-los contar nossa história. Rafaela é muito sensível. Alguns traços dela me lembram você. São interessantes as formas da matéria; são traços que se repetem. Eu faço parte desta família e me orgulho dela. Teve bases sólidas. Você deu bases sólidas aos nossos filhos e a mim.

— É estranho ouvi-lo dizer isso agora, mas é bom, sabe? Deixei a vida física dizendo a mim mesma que você era um bom homem, porém, era duro, tinha suas dificuldades, o que o fazia agir de determinada maneira, e eu não tinha o direito de esperar que comigo fosse diferente. A verdade, contudo, é que eu queria que você tivesse ficado comigo. Fiquei magoada, sim. Depois, fui dizendo a mim mesma que era preciso esquecer e seguir em frente. Nunca mais sequer pensei em retornar aqui, e o motivo era essa mágoa. Ela ainda existia. Foi mais um abandono que tive que suportar naquela experiência. Dizia a mim mesma que nosso trato era um sucesso, afinal, vivi mais tempo com você do que sozinha. Foram décadas felizes que até me fizeram esquecer minhas origens...

— Eu fui covarde, Romy. Muito covarde! Não aguentei vê-la doente. Não suportei a ideia de que você iria morrer. Não aguentava vê-la sofrer. Pura covardia! Meu Deus! Essa é a única época que não suporto lembrar, pois me envergonho. Fugi. Eu a abandonei e abandonei nossos filhos. Eu dizia a mim mesmo que Catarina e Vitória estavam lhe dando tudo de que era preciso. Eu trouxe os melhores médicos e, enquanto tinha esperança, era possível ficar ao seu lado. Podia lutar para mantê-la comigo. Mas, quando me disseram que não havia o que fazer, quando você disse que queria sair do hospital e vir para casa porque queria viver como gente, não como paciente o tempo de vida que lhe restasse, perdi o chão e o juízo.

"Nós retornamos, e você ainda conseguiu me fazer feliz. À noite, porém, eu acordava e prestava atenção para ouvir sua respiração, temendo que morresse. Escondi o que sentia e aparentei normalidade, mas sua doença era uma espada na minha cabeça. Eu não sabia o que fazer. Então, aqueles últimos dias de agonia foram muito difíceis, e, sim, eu fui para os bordéis da cidade, mas não atrás de mulheres, de sexo, nada disso. Bebi, sim. Não de perder a razão, mas porque seria muito estranho ir a esses lugares e simplesmente ficar sentado, chorando como criança e sonhando que tinha voltado no tempo, que estava na chácara de Madame Adelaide e que uma certa moça viria sentar-se no meu colo sem

345

pudores e me acariciar. Foi isso o que eu fiz. E, quando cheguei em casa e vi o carro funerário...".

Edgar calou-se, lutando contra as lágrimas e a dor daquela lembrança, e depois continuou:

— Meu Deus! Você não imagina o que senti! Eu simplesmente não acreditava que o sol fosse nascer novamente. Vitória entregou-me o colar que você usava com meu retrato e me disse que você havia perguntado por mim e chamado meu nome até o último suspiro. Foi a pior coisa que alguém me disse em toda minha vida. Nem com a morte daquela que foi minha mãe eu senti algo parecido. Quando criança, eu tive medo, mas, por pior que fosse, queria continuar vivendo. Mas, quando você partiu, eu morri em vida. Não tinha força nem vontade de prosseguir.

— Por que nunca me disse isso, Edgar?

— Boa pergunta — respondeu ele, recobrando-se da emoção da lembrança. — Nunca pensei nos meus sentimentos nem nos dos outros. Por isso, os anos seguintes foram tão terríveis.

— Como assim? Você está me dizendo que, depois que eu parti, foram anos terríveis e mesmo assim prefere continuar aqui? Edgar, faz mais de cinquenta anos que estou na vida espiritual! Disseram-me que você encerrou aquela existência cinco anos depois, portanto, são quarenta e cinco anos ou mais que você está aqui revivendo o passado...

— Não me lembro daqueles dias. Na verdade, nunca tinha falado deles até hoje. E, sim, eu suportei cinco anos sem você. Até que cansei de tudo e dei o que pensava ser o ponto final, mas não foi — esclareceu Edgar com o olhar fixo na lua. — Eu me suicidei e fiz parecer que tinha sido vítima de uma vingança. Não queria que nossos filhos nem a memória da família suportassem o fardo da minha covardia. Sou mestre em parecer o que não sou, vivi toda a vida assim, então, por que minha morte seria diferente? Não sentia mais o sol nascer, então, planejei meu fim. Coincidiu com o retorno de Adamastor à cidade... Era perfeito. Ele dizia a todo mundo que tinha vivido no inferno por minha culpa, por ter sido condenado por um crime que não havia cometido. Era perfeito. Era óbvio que ele me odiava. Quem seria o suspeito número um? Fazê-lo vir até mim era coisa simples e o bastante para incriminá-lo se depois eu fosse encontrado morto. Foi assim que encerrei a vida física, Romy. Na matéria, não podia viver de lembranças, rememorando. Mudanças são obrigatórias na vida material; aqui, não. Aqui, posso viver de passado. Eu tinha a louca esperança de reencontrá-la. Na verdade, ainda tenho essa esperança, mas foi em vão. Vi outros vivendo por aí, me importunando às vezes, mas não você...

Romy silenciou por instantes, digerindo aquelas informações e emoções. Então, encostou a cabeça no ombro de Edgar e indagou:

— E por que não me olha? Por que não me abraça?

— Porque tenho medo de estar alucinando, de olhar e não vê-la. Ouvir sua voz é tão bom! Não tenho coragem ...

Romy elevou a mão tocando-lhe o rosto e forçando-o a encará-la. Quando ele a fitou, seus olhos brilharam. Ela sorriu, segurou-lhe a mão e disse:

— Terei imenso prazer se aceitar minha companhia esta noite, doutor Edgar.

Edgar não escondia mais a emoção, mas ainda não acreditava que fosse real o encontro, então, tomou-a nos braços e sussurrava seu nome sem parar.

Ele não percebia nossa presença nem era necessário. Fitei Adamastor e fiz o sinal da vitória. Ele sorriu e retribuiu o gesto dizendo:

— O amor.

Ao meu lado, Flô estava pensativa, emocionada, e limitou-se a dizer:

— Muito diferente do que eu tinha imaginado fazer, Antenor. Mas, sem dúvida, você foi certeiro. Será que agora, ao reconhecer o amor, Edgar entenderá Mariana e Bernardo? Apesar de todos os seus enganos, eles também se amaram.

— Acredito que sim, Flô. Edgar, Mariana e Bernardo são espíritos ainda numa faixa evolutiva em que as sensações predominam. O amor é neles menino. É dramático, dolorido. Está desabrochando, rompendo a casca. Dê tempo ao tempo. Não creio que seja o momento desse reencontro. Vamos levá-lo, como você havia planejado. Depois, buscaremos Mariana. Ao ver que Edgar não está mais aqui, ela aceitará sua ajuda para reencontrá-lo.

Romy fez-nos um sinal indicando que, como havíamos combinado, seguiria com Edgar para nossa instituição no mundo espiritual.

Acenamos concordando felizes com o sucesso dela, pois fora evidente que ela também se libertara de mágoas naquele encontro e admitira seu amor por Edgar.

Dias depois, convencida de que Edgar não mais habitava o palacete, Mariana cedeu aos apelos de Flô, aceitou afastar-se da São Conrado e receber ajuda no plano espiritual.

347

O único sinal das leis da vida é seguir em frente. E, assim, retomando a rotina após os fatos narrados, Flô procurou-me certo dia para conversar, e constatei que tinha a expressão do olhar serena, firme, transparente, sem sombras de aflição e angústia.

— Como está, Flô? Sente-se aqui, ao meu lado. E nossos atendidos? Tem notícias deles?

— Estou bem, e eles também. Mariana está consciente, graças a Deus. Abandonou aquelas ideias obsessivas de vingança. Edgar e Romy estão adaptando-se muito bem entre nós. Eu pedi para conversar, Layla, porque tomei uma decisão importante e, por tudo que você me ajudou, julgo que deva ser a primeira a saber.

Olhei-a curiosa, e ela prosseguiu:

— Decidi retornar à África. Reencarnarei lá. Entendi que tenho compromissos maiores do que somente com Mariana e Edgar. Com eles, por enquanto, conseguimos o máximo possível. Eu colaborei com o desequilíbrio que afetou aquele continente por séculos e tenho responsabilidade em trabalhar para que se reequilibre.

Aplaudi a decisão de Flô e abracei-a, indagando:

— E quais são seus planos?

— Redimirei minha consciência trabalhando pela educação. Você citou as lições de Sêneca numa de suas palestras e me marcou: "A educação exige os maiores cuidados, porque influi sobre toda a vida", e era tudo o que eu precisava ouvir para tomar minha decisão quanto ao meu futuro. A rainha Zury não existe mais. Eventualmente, ela ressurge para socorrer algum companheiro daquela época, mas nem memórias foram registradas pela história. Agora, eu servirei à rainha que promove o progresso humano: a educação. Minha viagem de retorno à vida material está marcada.

Layla

Abril de 2021.

GRANDES SUCESSOS DE
ZIBIA GASPARETTO

Com 20 milhões de títulos vendidos, a autora
tem contribuído para o fortalecimento da literatura
espiritualista no mercado editorial e para a popularização
da espiritualidade. Conheça os sucessos da escritora.

Romances
pelo espírito Lucius

A força da vida

A verdade de cada um

A vida sabe o que faz

Ela confiou na vida

Entre o amor e a guerra

Esmeralda

Espinhos do tempo

Laços eternos

Nada é por acaso

Ninguém é de ninguém

O advogado de Deus

O amanhã a Deus pertence

O amor venceu

O encontro inesperado

O fio do destino

O poder da escolha

O matuto

O morro das ilusões

Onde está Teresa?

Pelas portas do coração

Quando a vida escolhe

Quando chega a hora

Quando é preciso voltar

Se abrindo pra vida

Sem medo de viver

Só o amor consegue

Somos todos inocentes

Tudo tem seu preço

Tudo valeu a pena

Um amor de verdade

Vencendo o passado

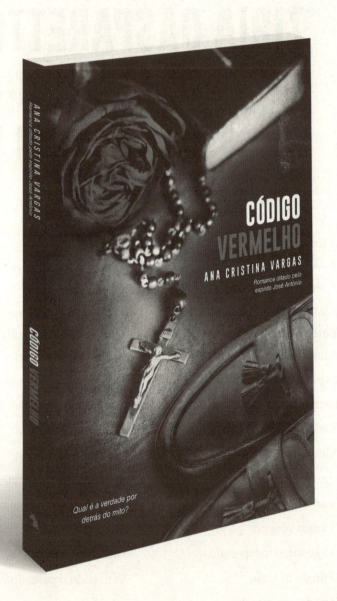

CÓDIGO VERMELHO

Ele era uma pessoa sob os holofotes e outra na vida privada e experimentava uma estranha dualidade de caráter, influenciando milhões de pessoas. Aos olhos da multidão, foi um soberano, um vencedor, alguém que, saído do anonimato, se tornou um mito.

E, se você pudesse ver o íntimo dele, ouvir suas confissões, conhecer seus amores e segredos? E se pudesse conhecê-lo após a morte do corpo físico, na outra dimensão da vida, no astral?

Esta história nos faz questionar o que vemos, nos propõe uma visão longe dos mitos, reforça a importância da autenticidade e nos mostra que o sucesso tem um conceito diferente sob o ponto de vista da espiritualidade.

Este e outros sucessos da autora, você encontra
nas melhores livrarias e em nossa loja:
www.vidaeconsciencia.com.br/lojavirtual

vidaeconsciencia.com.br /vidaeconsciencia @vidaeconsciencia

Rua das Oiticicas, 75 — SP
55 11 2613-4777

contato@vidaeconsciencia.com.br
www.vidaeconsciencia.com.br